源氏物語の礎

日向一雅［編］

青簡舎

まえがき

明治大学文学部に勤務して二十年、この三月で定年を迎える。忙しい日々であったというのが実感であるが、昨年のある日、袴田光康君、湯淺幸代さん、西本香子さんの三人が発起人になって、私の定年を記念して論文集を企画したいと袴田君と湯淺さんが言ってきた。そんな柄ではないし、無理でしょうと言いながら、話を聞いていると書名のタイトルも既に考えていると言って、三つ四つ案を示してくれた。その熱意にほだされて決めた書名が「源氏物語の礎」である。

膨大な注釈史、研究史の蓄積のある源氏物語研究はそれゆえに常に新しい研究を待ち受けているとも言えるが、しかし、研究の根本的な問いかけは変わることはないと思う。それは源氏物語とは何か、どのような作品なのか、その長い注釈、研究の歴史は何を語っているか、現代において源氏物語研究はどのような意味があるのか、等々の問題意識である。そうした問いかけを忽せにしないことを「礎」とするという意味で書名にした。内容は「歴史」「文学」「文化・思想」と三部構成にした。

執筆者については明治大学大学院博士後期課程修了生だけでなく、私の以前の勤務校で受講してくれた鈴木裕子さん、吉森佳奈子さん、日本学術振興会特別研究員として来られた長瀬由美さんにもお願いしたが、さらに浅尾広良氏、秋澤亙氏にもあえてお願いした。私の後年の関心になった源氏物語の准拠の問題に同様の関心を持っておられること、お二人の博士学位請求論文の副査を仰せつかったことを縁としてお願いした次第である。そのような私の勝手な希望を汲んでいただいて、第一線で活躍する方々から玉稿を賜ったことに心から感謝申し上げたい。各論文は私が言うのもおこがましいが、現在の源氏物語研究の問題の所在を明示し新しい研究の方向を指し示す力作であると思う。

私はいくつも勤務先を変わったので、それぞれの勤務先で忘れがたい友人や風景との出会いがあるが、今はそれを語る場ではないので省略するほかない。明治大学での二十年を振り返ると、最後の十年が特にあわただしかったという印象である。その理由は個人の問題よりも大学を取り巻く環境の急激な変化に拠るものと言えよう。そのころから文部科学省は大学の国際化と高度知識基盤社会の到来に対応するための大学院教育の実質化を掲げて、さまざまな対応を求めるようになった。たまたまそのような時期に大学院文学研究科委員長になり、何か自分たちでできるプロジェクトを考える羽目になったものの、元来そのような方面に不得手で無才の者にできることではなかったが、忙しくなったことだけは間違いなかった。後に、その試行錯誤の中から大学院ＧＰ（組織的な大学院教育改革推進プログラム）への取り組みや、明治大学古代学研究所ができ、それらの活動に参加することになり、そこで考古学、歴史学など、従来あまり交流のなかった分野の研究者と一緒に仕事ができたこと、海外の研究者との親しい交流を持ち得たのは幸せであった。院生たちに対しては自分の進路を考えて勉強してもらえばよいと思い、また自分の研究テーマに従って自立した研究者になってほしいと念じたが、それは実は各自勝手にやってもらうということ以外ではない。そのような指導など何もできなかった私の定年退職に合わせてこのような論文集を出してもらえることになったのは望外の喜びである。心から御礼申し上げる。

二〇一二年正月

日向一雅

源氏物語の礎・目次

Ⅱ　源氏物語と文学

Ⅲ　源氏物語と文化・思想

I

源氏物語と歴史

読解の演出としての准拠

――『源氏物語』桐壺巻から――

秋澤　亙

一　楊貴妃の例

いづれの御時にか、女御、更衣あまたさぶらひたまひける中に、いとやむごとなき際にはあらぬが、すぐれて時めきたまふありけり。はじめより我はと思ひあがりたまへる御方々、めざましきものにおとしめそねみたまふ。同じほど、それより下臈の更衣たちはましてやすからず。朝夕の宮仕につけても、人の心をのみ動かし、恨みを負ふつもりにやありけん、いとあつしくなりゆき、もの心細げに里がちなるを、いよいよあかずあはれなるものに思ほして、人の譏りをもえ憚らせたまはず、世の例にもなりぬべき御もてなしなり。上達部、上人などもあいなく目を側めつつ、いとまばゆき人の御おぼえなり。唐土にも、かかる事の起こりにこそ、世も乱れあしかりけれと、やうやう、天の下にも、あぢきなう人のもてなやみぐさになりて、楊貴妃の例もひき出でつべくなりゆくに、いとはしたなきこと多かれど、かたじけなき御心ばへのたぐひなきを頼みにてまじらひたまふ。

（一七～八頁、傍線筆者）(1)

改めて断るのもおこがましいが、周知の桐壺巻冒頭の一節である。さして身分の高くなかった更衣に向けられる帝の無類の愛情が物語社会にあらぬ波紋を投げかけ、「唐土にも、かかる事の起こりにこそ、世も乱れあしかりけれ」と人々の不安を駆り立てて、果ては「楊貴妃の例」までもが引き合いに出されそうになっていった、という（二重傍線部）。「唐土にも」とだけあって、我が国の先蹤に言及されないのは、元来本邦の歴史にはこの種の悲劇が存在しなかったためであろう。唐土においては今までに幾度となく勃発した女難系の混乱が、我が国で初めて起ころうとしている。つまり、これは本邦におけるこの類の事件の嚆矢なのである。したがって、先蹤がないどころか、これじたいが後世の前例にされかねない。だから、「世の例にもなりぬべき」云々と評されもする（傍線部）。ここでは本邦におけるその未曾有の国難に対処すべく、経験豊富な唐土の歴史が参照されようとしているわけである。

ところで、右で参照されるべき唐土の歴史は、二重傍線部にあった「かかる事の起こり」と事情を同じくする例であろう。それは更衣の身分にそぐわない帝の異常な愛情の傾け方に端を発することを意味していた。したがって、素直に考えれば、ここで想起されるべき唐土の故事は、それと同類か、もしくは近接した事情が原因で、社会が乱れ世相が悪化した事例に限られるものと思われる。しかるに、正直なところ、后妃が身分違いの寵愛を受けたことによって世が乱れた唐土の事件は、浅学にして思い浮かばない。古注釈にあっても、その種の事例には記憶が及ばなかったらしく、『河海抄』は「殷紂は妲己ヲ愛し周の幽王は褒姒を寵して天下を乱る唐玄宗の楊貴妃にいたるまて其例おほし」[2]と注し、『岷江入楚』も「殷紂愛妲己周幽王寵褒姒夏桀溺末喜呉王夫差酔西施之類」[3]と記すに留まっている。

挙げられた夏の末喜、殷の妲己、周の褒姒、呉の西施は、いずれも世の紊乱を招いた悪名高き后妃だが、身分違いの寵愛によって混乱を招いたわけではなかった。末喜に惑わされた桀王は、肉を山と積み、脯を林立させて贅の限りを尽くした末に、夏王朝を滅亡させ（『帝王世紀』）、妲己に溺れた紂王は、酒を池のように満たし、肉を林のごとく吊るして狂態の宴を張った挙句、殷王朝を瓦解させた（『史記』殷本紀）。誤報の烽火により京畿救援を目指して諸侯が続々と集る姿を見て、無表情な褒姒が顔をほころばせたのに味をしめた周の幽王は、その笑顔見たさに虚偽の烽火を繰り返し、ついに王城危急の際に援軍を得られず、帝都東遷を余儀なくされて、王威は見る影もなく衰微した（『史記』周本紀）。今一人の西施は、越王勾践が呉王夫差をたぶらかすために遣した回し者であり、夫差は周囲の諫止も聞かずにこれを溺愛して、越に討たれる一因を作ったとされている（『呉越春秋』）。

今、確認したように、これらの美女は王朝や国家を衰亡へと追いやった歓迎すべからざる后妃ではあるものの、事件の発端が君王による身分違いの寵愛にあったわけではなく、その意味で桐壺更衣とは大きく事情が異なっていたように感じられるのである。『源氏物語』の長い享受においても、これら以外に当該箇所の先駆として挙げられた故事は管見に入らず、それは唐土においても、桐壺更衣のごとき状況によって世の乱れた歴史がなかった事情を示唆していたであろう。すなわち、格の低い后妃が身分違いに帝王の寵愛を独占し、それがために世が乱れそうになるという桐壺巻の設定は、我が国にはもちろん、異朝の歴史においても類例の見出しがたいこの作品固有の悲劇だったことになる。にも関わらず、物語は、「唐土にも、かかる事の起こりにこそ、世も乱れあしかりけれ」と先蹤のないはずの海彼に淵源を求め、その余勢を駆って、「楊貴妃の例」へと付会してゆく。

つまり、上掲の文脈には、太古の后妃たちの故事を枕に置きつつ、徐々に真の標的である「楊貴妃の例」に焦点を絞り込む狙いがあったものと考えられる。だが、その楊貴妃も前出の末喜たちと同様に、桐壺更衣と十分に符合する人物とは言えなかった。彼女に関しては、村山吉廣『楊貴妃』（中公新書・平九）に詳しく、多く同書に導かれる形で、その点を確認しておきたい。楊貴妃の幼名は玉環。蜀州の楊玄琰の女と言い、幼くして父母と死別して、叔父に養われたとされている。十七歳の折に、玄宗の第十八皇子だった寿王瑁の妃となるが、五年後には舅だったはずの玄宗によって、驪山の温泉宮に召される。時に開元二十八年（七四〇）、玄宗五十六歳、玉環二十二歳の年である。だが、さすがに息子から嫁を取り上げたとなっては外聞が悪い。そこで玉環は、道教における出家の形を取って俗世の縁を清算し、道士太真として玄宗の寵を賜わり、やがて正式に還俗して掖庭に入った。

皇后・貴妃・三夫人・九嬪・二十七世婦・八十一御妻と、一人の皇帝に百二十二名もの后妃が配される唐の後宮制度の中で、太真は貴妃に冊立される。これは皇后に次ぐ高い地位である。子宝にこそ恵まれなかったものの、代わりに一族が取り立てられ、中でも遠縁の楊国忠は宰相にまで昇りつめた。だが、繁栄は長く続かない。貴妃冊立十年に当たる天宝十四年（七五五）、安禄山が楊国忠の討伐を旗印に乱を起こし、玄宗や貴妃一族は楊氏の故地である蜀へ落ち延びた。この蜀幸に随伴した廷臣たちは、極度の疲労と絶望感によって精神的に追いつめられ、途中の馬嵬という地において、突如楊国忠に謀反の嫌疑を浴びせかけて殺害した。続けて、謀反に連座した者として、楊一族を次々に手にかけ、最後は玄宗に対して楊貴妃の処刑を迫る。むろん、玄宗は拒むものの、側近の有力者であった高力士がこれを強く諫め、一任の言質を取りつけた上で、楊貴妃を縊殺した。

このように楊貴妃のたどった軌跡を俯瞰してみると、桐壺更衣と通う点はほとんど見出せなかったに違いない。第一に、楊貴妃は皇后に次ぐ地位にあったのに、桐壺更衣は下級の皇妃に過ぎなかった。玄宗と楊貴妃は父娘ほど年齢の違う夫婦であったのに対して、桐壺帝と更衣はどう見てもお似合いのそれであったろう。貴妃の一族は大いに取り立てられ、それらの打倒が安禄山の乱の名分にされたのに対して、更衣には取り立てられる一族それじたいが不在だった。また、更衣への嫉視には、彼女の所生である第二皇子（光源氏）の立坊の可能性が根深く絡んでいたのに、楊貴妃は立坊させるべき皇子すら持たなかったのである。両者を見比べるに際し、似通っていなくてはならないはずの点は悉く相違していると言ってよい。その意味では、先の末喜、妲己、褒姒、西施などと同じく、楊貴妃の場合も、桐壺更衣の事件の引き合いに出すのには、必ずしも適切な事例とは評せなかった。

しかしながら、冒頭引用文においては、「楊貴妃の例」が更衣の事件に関して引証すべき故事の、言わば本命として位置づけられていた。むろん、楊貴妃は八世紀中葉の人物であり、先の末喜以下、紀元前の美女たちと並べてみて、現実感は比べ物にならなかったに違いない。「楊貴妃の例」は、「ひき出でつべくなりゆくに」とあるように、取り沙汰されそうになりながら、実際には人が口にかけなかった故事であった。いや、正確に言えば、口にしかけて、それを飲み込んだという意味であろう。恐らく、生々しくて口にできなかったの謂であると思われる。桐壺巻の舞台である十世紀初頭において、唐王朝は既に倒壊寸前であったが、まだかろうじて命脈を保っていた。二百年以上も前の人物とは言え、唐王朝を現に隣国として抱えていた桐壺巻において、楊貴妃は卑近な存在だったはずであり、その悲劇が紀元前の太古の故事と同じように扱われなかったのは、むしろ当然だったと言えるだろう。

もっとも、時代的な遠近感だけで、上掲の文脈における楊貴妃の特別視を説明しきれるわけではあるまい。当時、楊貴妃の故事は主として白楽天の『長恨歌』によって人々に知られていた。むろん、桐壺巻には陳鴻の『長恨歌伝』に拠ったとおぼしき表現が見られないでもないが[5]、基本的に両者は一対のものである[6]。これらの作品の主眼は、美女の不徳によって王朝が衰退したことを語ると同時に、楊貴妃という一人の女性の悲劇性を歌い上げるところにあった[7]。そこは末喜以下、紀元前の美女たちの故事が伝える内容と決定的に相違する部分であったろう。これらの太古の后妃たちは、単に王朝や国家を傾けた女性として、我が国に名を知られていた。対して、楊貴妃は紛れもなく唐王朝衰退の発端を作った張本人でありながら、その点とともに、帝王に愛されたがゆえに悲劇的な死を遂げた気の毒な女性として、平安の人々に広く認知されていたのである。

されば、「唐土にも、かかる事の起こりにこそ」云々から、「楊貴妃の例」へと移行する文脈の中において、巧妙に趣意の転換が計られたと見てよいのではないか。すなわち、唐土における末喜以下の事跡に引きつけることによって、桐壺更衣を本邦には出現しえなかった傾国の美女の系譜に位置づける一方、その流れに乗じて、彼女とは本来似ても似つかないはずの楊貴妃に結びつけ、悲劇性を付与する。そして、その先には更衣が貴妃と同じく非業の死を遂げる結末が見据えられていたに相違ないのである。秋山虔氏は、「玄宗皇帝によって溺愛された楊貴妃の、そのために死を免れなかったという故事が引例されるということは、帝によって寵愛される桐壺更衣の運命のやがては行きつくところを読者に予知させることになる」と指摘するが[8]、上述の経緯に徴する限り、この見解には全面的に服す以外にないものと思われる。

つまり、「楊貴妃の例」には、「桐壺更衣の運命のやがては行きつくところを読者に予知させる」ための布石としての意味が潜んでいたことになる。ただし、秋山氏も指摘に付随して繰り返し確認していたように、この作品の准拠の大きな狙いの一つとして、「事実めかし」[9]があったことは間違いなく、「楊貴妃の例」の場合もけっしてその例外ではなかっただろう。唐土の太古の后妃たちや楊貴妃の作った実在の故事が、桐壺更衣という我が国の現実の歴史上には存在しえなかったはずの傾国の美女の出現に、迫真の重みを添えたのは疑いない。しかし、「楊貴妃の例」が文脈に及ぼす影は、それに留まらなかった。更衣の上に楊貴妃を重ねることによって、読者が非業の結末を予見する。准拠の大きな目的の一つであったはずの事実めかしを、一歩踏み超えたところに存在する別次元の意味合いが、おのずから発生している点がここでは重要なのである。

二　保明親王の故事

もっとも、歴史的な事件や特定の人物にまつわる准拠の場合、それらの事跡との類推を通じて、読者が以後の展開を直感的に予測するのは当然だろう。つまり、これは「楊貴妃の例」に限った話ではなく、その種の准拠が常に内在させている通有の働きと言ってもよいのである。したがって、そのことじたいは当たり前の事柄であり、特に大げさに取り沙汰するには及ばないのかも知れない。だが、ここで考えてみたいのは、それ単独の意味ではない。そのような手法が繰り返され、それが組み合わされることによって、読解のための一つの演出として機能しえているのではないか、という視座である。

例えば、桐壺更衣が亡くなった際に、まだ三歳だった光源氏が喪に服そうとする記事がある。

　皇子は、かくてもいと御覧ぜまほしけれど、かかるほどにさぶらひたまふ例なきことなれば、まかでたまひなむとす。（桐壺巻・二四頁）

知られるように、延喜七年（九〇七）に七歳以下の幼児の服喪は免ぜられており、近親者の死穢に触れた皇子が宮中に伺候することを「例なきこと」とする上記の文脈は、この光源氏三歳の年がそれ以前の設定であることの暗示であった。

これは作品冒頭の「いづれの御時にか」がいつ頃であるかをほのめかす重要な手がかりであるが、その点に関しては旧稿で説いたので、(10)ここでは繰り返さない。問題にしたいのは、この箇所にも先の「楊貴妃の例」と似通った読解が可能だという事実である。上述の延喜七年（九〇七）を指摘したのは、一条兼良『源語秘訣』（群書類従所収）であった。それによれば、この年に五歳だった崇象親王の姨が亡くなり、服喪の必要があるどうかが諮問された。亡くなった姨は、貞元親王妃で、源兼忠の母親であった藤原基経女と見られ、(11)崇象の生母である女御穏子（後に中宮）の姉妹に当たるため、令の規程（喪葬令）では、彼には一ヶ月の服喪義務があるはずだった。ところが、答申に当たった惟宗善経、同直本は、七歳以下の者は死罪さえも免ぜられるとする律（名例律）の精神の方を重く見て、徒罪に過ぎない服喪義務（職制律）は幼児の墨守に及ばないものと判断。これ以後、七歳以下の幼児の服喪が免ぜられた、という。

崇象は延喜十一年（九一一）十一月二十八日に保明と改名し（『日本紀略』）、一般にはそちらの呼称で通っているが、ここで服喪が問題にされたのは、この人物が五歳にして既に皇太子だったためであり、死穢によって宮中を退出してしまうと、神事などに差し障りがあった。桐壺巻の光源氏の場合は、特に皇太子でもなく、崇象と同じく退下させがたい状況はあったにせよ、それは帝の鍾愛ゆえであるから、事情はまるで違っている。だから、光源氏の上に崇象を重ね合わせるべく、この故事が持ち出されたものとは考えられない。本旨はあくまでも時代設定をほのめかすための手がかりであろう。しかし、ここに崇象の故事を想起した読者は、おのずからこの人物と光源氏の将来とを重ね合わせてゆくことになるのではなかろうか。

これと近似した叙述のありように、六条御息所の伊勢下向に関する記事があった。

親添ひて下りたまふ例もことになけれど、いと見放ちがたき御ありさまなるにことつけて、うき世を行き離れむと思すに、大将の君、さすがに今はとかけ離れたまひなむも口惜しく思されて、御消息ばかりはあはれなるさまにてたびたび通ふ。

（賢木巻・八三頁）

右の冒頭に「親添ひて下りたまふ例もことになけれど」とあるが、斎宮の伊勢下向に母親が随伴した事例として、実際には斎宮規子内親王に母親の徽子女王が連れ添った貞元二年（九七七）の故事があるのは、あまりにも著名であった。ここはそれを意識した書き方であり、六条御息所の下向がその実在の歴史に先立つ事例であることを主張しようとする叙述である。むろん、これは基本的に賢木巻の時代設定を暗示するための文言であったに相違ない。しかし、高田祐彦氏の発言(12)に代表されるように、引用文冒頭の叙述を根拠に六条御息所・秋好母娘と徽子・規子母娘とを積極的に重ね合わせようとする読みが生じてくるのも、これまた必然の流れであったようにも思われる。

徽子・規子母娘の場合は、母親の徽子女王自身も斎宮経験者であったのに比べ、六条御息所にはその種の閲歴は読み取れない。また、徽子女王は宮家の出で、規子内親王は村上天皇の皇女であったが、六条御息所は大臣家の出身で、秋好は皇太子の娘であった。そして、規子内親王は弟円融天皇の御代の斎宮であったために、下向の折に秋好のごとく送り出す当帝から恋慕の情を賜わるべくもなかったのである。このように考えてみると、徽子・規子母娘を御息所・秋好母娘になぞらえうる要素は至って希薄であろう。にも関わらず、なおも両者の間に何らかの符合を感取させ、作品と歴史とを重ね合わせるよう、読者に対して迫る力が、先の賢木巻の引用文には潜在していたように思われる。してみると、先に眺めた桐壺巻の崇象親王の故事に関しても、これと同様のことが言えるのではないだろうか。

歴代として位置づけられていないことからも分かるように、崇象はわずか二歳で立坊しながら、即位の日を見ずに終わった悲運の皇太子であった。かと言って、幼少で薨じたわけでなく、保明親王として立派に成人し、藤原時平女の仁善子を妃に迎えて、その腹に慶頼王、煕子女王を成している。延喜二十三年（九二三）三月二十一日に二十一歳で薨ずるが、『扶桑略記』に「無病而薨」と記されているように、これは死因も特定できない突然死だったらしい。『日本紀略』は、「挙世云、菅帥霊魂宿忿所為也」と、菅原道真の御霊に祟られたとする世評を挙げているが、それは保明親王が、道真を排斥した醍醐天皇の第二皇子である上、事件に大きく関与したと見られている時平の外甥、かつ女婿であったためであろう。こうした事情に加え、「前坊の君」（『大和物語』第五段）などと呼ばれていた経緯から、古来『源氏物語』では六条御息所の夫君とされる「前坊」の准拠と目されている人物である[13]。

したがって、保明親王を光源氏と重ね合わせる要素は必ずしも十分とは言えまいが、符号浅くして連想を余儀なくされた徽子・規子母娘と六条御息所母娘の先述の事例を念頭にすれば、この文脈にも同様の読みが強いられていると考えてもよいような気がするのである。特に、天皇になるべくして皇太子で終わった経歴は、桐壺巻の後半に登場する高麗の相人の予言とのからみにおいて、軽視できなかったように思われる。

そのころ、高麗人の参れる中に、かしこき相人ありけるを聞こしめして、宮の内に召さむことは宇多帝の御誡あれば、いみじう忍びてこの皇子を鴻臚館に遣はしたり。御後見だちて仕うまつる右大弁の子のやうに思はせて率てたてまつるに、相人おどろきて、あまたたび傾きあやしぶ。「国の親となりて、帝王の上なき位にのぼるべき相おはします人の、そなたにて見れば、乱れ憂ふることやあらむ。朝廷のかためとなりて、天の下を輔くる方にて見れば、またその相違ふべし」と言ふ。（三九～四〇頁）

右大弁の息子に成りすました光源氏を占う高麗人は、帝王となる人相がありながら、その場合は「乱れ憂ふること」

が避けられず、摂政関白や大臣などの「朝廷のかため」として輔弼の官で終わる人相かと見るとそういう顔立ちではないと鑑定して幾度も首をひねった、という。

右の予言に関しては、「乱れ憂ふること」の内実などを含めて、河添房江氏に詳細な整理と分析があるので[14]、ここでは多くをそちらへ委ねたいが、今の記事で浮上するのは、天皇になりそうでいて、そうなるかは怪しく、そうでいながら、臣下の域では終わらないという、光源氏の前代未聞の将来像であった。この謎かけのような予言が、光源氏はどのような身に行き着くのだろうかという読者の知的好奇心をくすぐり、それが読解を進める上での大きな牽引力となるしくみなのである。表層次元で用意されたその解答が、恐らく「太上天皇になずらふ御位」（藤裏葉巻・四五四頁）であり[15]、さらに深層の部分に帝の父親である事実や[16]、それに立脚した王権の問題が潜在しているものと考えられる。だが、それは通常の読者のありきたりな想像力を働かせただけではとうてい到達不可能な、かなり屈折した「正解」だったと言えるだろう。

そんなこととも知らずに、読者は「正解」に迫ってやろうと、とことん知恵を絞るわけであるが、その際に想像をめぐらす手がかりとして働き、同時にこれらの知的好奇心を煽り立てる役目をも果たすのが、光源氏の上に幾重にもかすめられようとしている准拠だったのではないかと思うのである。天皇になるべくして皇太子で終わった保明親王の例がその一つであったのは言うまでもないだろう。保明親王は、天皇にこそなれなかったものの、これを皇家の正嫡と見なす周囲の意識は強く[18]、薨去直後に母親の穏子を皇后（中宮）に冊立して差別化を計り、女御所生の多くの醍醐皇子を差し置いて、彼の王子である慶頼王が皇太孫として継嗣に立てられた。もっとも、慶頼王は夭折し、周囲の努力は実を結ばなかったが、その歴史的な顚末じたいにここでの関心はない。重要なのは、自身が皇太子であり、しかも皇太孫の父親でもあった保明親王のありようが、天皇にはなれずとも臣下には終わらないとされる光源氏の将来像に読者が思いを致す際の指標とならなかったはずはない、と思われる点なのである。

三　高麗人の観相

同じく高麗人の記事では、光源氏が観相のために鴻臚館に出向くという設定に対しても、注意の目を向けなければならなかった。松本三枝子氏が、この類似の逸話として、『聖徳太子伝暦』を挙げたのは見逃せない。[19]もっとも、『聖徳太子伝暦』の全体像は信仰臭の濃厚な仏教説話であり、両者の間に一定の径庭が置かれていることは、後藤祥子氏の指摘の通りだと思われる。[20]ただし、その後藤氏も評価するように、光源氏が右大弁の子に成りすまして鴻臚館を訪ねた設定は、聖徳太子が馬飼いの子に紛れて百済の達率日羅の滞在する難波館に赴いた話と酷似しており、この符号は無視できなかったに相違ない。平安時代に聖徳太子がどのような印象で受け止められていたかは十分に明らかにしえないが、当論の文脈においては、これが推古女帝の皇太子の地位にあり、しかも摂政としての立場を与えられながら、太子のままで終わった人物であるとする『日本書紀』などの一般的な伝えが念頭にされれば十分である。

光源氏は、天皇になれないにしても、聖徳太子のごとき崇高な存在として立つのではないか。聖徳太子が、保明親王と同じく、光源氏の将来を予測する際に連想を働かすべき先蹤となりうるのは当然であり、『聖徳太子伝暦』の逸話と光源氏の予言との類似がその連想の契機となることは、ほぼ疑いなかった。ただし、光源氏が右大弁の子を装い、鴻臚館を訪ねた点に関しては、桐壺帝の意思によるものである。対して、聖徳太子の場合は、当時の欽明天皇に身分を省みない難波館への来訪を禁じられ、やむをえず庶人に身をやつして出かけたものであった。両者の設定にはその事情において大きな隔たりがあることになる。特に注意したいのは、光源氏の場合、鴻臚館に出向く際に、「宮の内に召さむことは宇多帝の御誡あれば」という理由づけがなされていた点であろう。この記述によって、我々は聖徳太子と両睨みの形で、宇多天皇への連想を新たに強要されることになる。

「宇多帝の御誡」は、いわゆる『寛平御遺誡』のことと考えられ、これが作品に登場する第一義は「事実めかし」に他ならなかったろう。この『御遺誡』は、後世において歴代の座右の書として重んじられた帝王としての心得であるが[21]、もともとは退位する宇多が新帝の醍醐に対して与えた私的な庭訓であった[22]。したがって、これを遵守する桐壺帝には、醍醐天皇その人であるかのような印象が宿っていることになるが、今はその点に関心がない。ただし、現在の『御遺誡』に異邦の人物を宮中に召すことの禁令が見当たらないのは、少し奇妙であったろう。代わりに認められるのは、「外蕃之人必可召見者、在簾中見之、不可直対耳」とする一条で、外国の人間と対座する場合は、簾中にあって引見せよ、とする趣意である。『御遺誡』には完本が存在せず、現存の流布本に逸文を補うことによって、ほぼ原形が復元しうるとされているが[23]、近年にも新たな遺漏が報告されている[24]。つまり、原形から漏出した記事の全体量は未知数であり、それらのうちで未発見のものも皆無ではないに違いない。「宮の内に召さむこと」を禁ずる条項が、そのような散逸部分に相当する可能性は高く、上記の「外蕃之人」云々とする一文との近接性に鑑みれば[25]、その場合は前記の文章と一連の脈絡の中で説かれていたと見るのが、最も自然であったかも知れない。

つまり、元来この一条が、外国の人間を禁中に入れてはいけないが、やむをえず召し出さなければならない場合は必ず簾中で謁見せよ、というような趣旨であった可能性が想定できるわけであるが、かりにそうであれ、この高麗人の記事に「宇多帝の御誡」が持ち出される必然性があったかどうかは疑問であった。そもそも、先にも述べたように、光源氏は鴻臚館に向うに当たって右大弁の子を装わされており、それは皇子の身分を隠蔽するための措置だったものと思われる。物語は、事前に桐壺帝が倭相によって高麗人の観相と同等の趣旨を把握していた、と伝えている（四〇頁）倭相の具体的な内容は明らかでないが、それによって、帝王相があっても天皇にはなりがたく、かと言って、臣下にも終わらない、といった概略を帝が予め承知していた点は疑いえない。光源氏が右大弁の子に扮した場合、天皇になるという想定じたい不可解であることになるが、それでもなお高麗人が帝王となる相を占ってくるかどうか。桐壺帝が光源氏に観相を受けさせたことには、その点を確かめ、倭相で聞き知った内容の真偽を見極める狙いがあったものと考えられる。だとすると、観相の際に光源氏が天皇になりえない立場を装うのは、むしろ不可欠の前提だったのではないだろうか。

帝が宮中に召し出して観相を命じるのでは、身分がすぐに露呈して、高麗人に光源氏を会わせる意味がない。つまり、この件で高麗人を「宮の内に召さむこと」など、初めからありえなかったことになる。なのに、わざわざ不必要な「宇多帝の御誡」が持ち出され、それゆえに鴻臚館を訪ねたかのように書かれている点が、ここでは重要なのである。そもそも、宇多天皇の名が作品上に登場させられたのは、この高麗人の記事が最初ではなかった。桐壺更衣の里邸を訪問した靫負命婦が宮中に帰参した際に、帝は「亭子院」（＝宇多天皇）の作成した「長恨歌の御絵」を眺めて、女房たちと思い出話に耽っている（一三頁）。「長恨歌の御絵」は『伊勢集』にも見える実在した屏風絵のことと考えられる[26]。それを継承し、愛用している桐壺帝は、宇多天皇の直系に連なる人物であるかのような印象で描かれており、先と等しく、そこには醍醐天皇の面影が強く滲んでいるだろう。

むろん、前述と同様、今はその点に大きな関心はないが、この長恨歌の絵の話にしろ、先の高麗の相人の記事にしろ、この作品における宇多天皇には、歴史の時間軸と桐壺巻のそれとを連接させる役割があったことになる。それはそれで、作品にとって欠かせない重要な役柄であったに違いない。だが、よしんばそうであるにせよ、その役目は一度限りの登場で十分に果たせるはずではなかったか。具体的には、亭子院の長恨歌の絵が作品に出現した段階で、宇多天皇の上述の役割は既に完了していると見るべきなのである。そして、先に説いてきた経緯によれば、高麗の相人の記事で、「宇多帝の御誡」が持ち出されなくてはならない必然性は皆無だった。となれば、この記事における「宇多帝」の登場の意味は見えてこない。今の場合は、『長恨歌』の屏風の時とは多少角度の異なる別の狙いがあったもの、と考えなければならないような気がしてくるのである。

思うに、高麗人の話において、特に必要のなかったはずの「宇多帝の御誡」が取り沙汰されたのは、この記事の時点で、宇多天皇の存在を改めて読者に想起させるためだったのではなかろうか。「当代は家人にはあらずや」と陽成院が言い放ったという『大鏡』宇多条の逸話を挙げるまでもなく、この天皇は一度賜姓源氏となった人間が即位した事例[27]として、平安当時も広く知られていた。一方で、光源氏の場合は、高麗人の観相の結果を伝え聞いた桐壺帝が「相人はまことにかしこかりけり」と思い、「わが御世もいと定めなきを、ただ人にて朝廷の御後見をするなむ行く先も頼もしげなめること」と確信して、「源氏になしたてまつるべ」く決意していた人物なのである（四〇～四一頁）。このような経過で賜姓が決せられてゆく光源氏の将来と、源氏に下って後に一転即位した宇多天皇の経歴との間に、何がしかの連想が働くであろうことは想像に難くない。

光源氏は、賜姓源氏となって一旦は皇位継承権を手放してしまうものの、後に失地回復が図られるのではないか。読者がその種の可能性を模索する際に、宇多天皇の史実が念頭にされるのは、至極当然だったと言えるだろう。そして、読者がそれを想起する上で、「宇多帝の御誡」という、さりげない記述がかけがえのない手引きとなるのである。むろん、先にも述べてきたように、この記事における「宇多帝の御誡」の登場の意義は、あくまでも桐壺帝が高麗人を宮中に呼びつけない理由づけとしてであった。だが、そうした本来的な意味とは無関係に、「宇多帝」という言葉じたいが、読者の記憶を呼び覚ますためのよすがとなるのである。文脈上では宇多天皇と光源氏とが少しも重ね合わされていないのに、読者の脳裏ではこの両者がありありと二重写しになってゆく。そのように文脈の流れを無視したところで密かに成立する「准拠」としての意味に、ここでは注意を払いたいわけである。

一方、高麗の相人の予言と言えば、宇多天皇よりも遥かに連想の対象となりやすかったのは、父親の光孝天皇の方だったろう。

嘉祥二年、渤海国入覲し、大使王文矩、天皇の諸親王中に在りて拝起し給ふ儀を望見し、所親に謂ひて曰はく、「此の公子至貴の相有り。其の天位に登ること必せり」と。復善く相する者藤原仲直有り。其の弟宗直藩宮に侍奉す。仲直戒めて曰はく、「君王の骨法当に天子たるべし。汝勉めて君王に事へよ」と。

（『日本三代実録』光孝天皇即位前紀）[28]

奇しき果報にあずかった者にはこの種の予言が付き物であるが、光源氏の高麗人の観相に最も近接したそれが右であることは、既に説いたので繰り返さない[29]。しかも、光孝天皇の生母の藤原沢子は、光源氏の母親の桐壺更衣の准拠として、ほぼ間違いのない女性でもあった[30]。予言を通じて、光源氏は光孝天皇と十分以上の重なりを有していたと言える。

しかし、光孝天皇の人生と光源氏のそれとの間には、実際にどの程度の符号があったのか。第五十七代の陽成天皇は奇矯な人柄であり[31]、源益なる人物を格殺（＝殴殺）したともされて[32]、それゆえに外伯父で摂政だった藤原基経の強い意向により、わずか十七歳にして退位させられた。これを受けて白羽の矢の立った時康親王は、既に五十五歳の老境にあり、兄文徳天皇の系譜が継がれて三代を重ねた今となっては望外の帝位であるはずだったが、母方の従弟である基経による推戴(33)に感謝し、これを受け入れて光孝天皇となった上で、みずから皇祖となる道を断ち、自分の皇子皇女を全て賜姓源氏に下した(34)。基経が現に外孫として貞保、貞辰両親王（陽成異母弟）を擁していたことに対する遠慮かと思われる(35)。ところが、受禅して三年後、早くも死期の迫った光孝天皇は、一転して第七子源定省を皇嗣に立てたい旨を漏らし、その希望を酌んだ基経が計らって、親王復位、立太子、そして即位といった一連の運びとなった、とされる（『愚管抄』巻三）。この流れには色々と不明な点も多いが(36)、宇多天皇誕生の概略としては以上でよいだろう。この宇多の踐祚が、例外中の例外であることは言うまでもないが、光孝の即位の方も、負けず劣らず、異例であった。もっとも、宇多と異なり、光孝天皇には賜姓源氏として臣籍に下った経歴はない。だが、五十八歳で崩ずる運命にありながら、五十五歳にしてようやく玉座を射止めた光孝の人生に対しては、少々複雑な思いを禁じえなかっただろう。天皇とは言いながら、この人の生涯の大半は皇子だったのである。むろん、たった一日であれ、天皇になった以上は立派な歴代の一人に違いない。その意味では、前掲『三代実録』にあった王文矩の「此の公子至貴の相有り。其の天位に登りたまふこと必せり」とする予言は外れてはいない。だが、見事に当たったと評すには、少しためらいを覚える事例ではあったろう。光孝天皇は、至貴にはなったが、それはならなかったにも近い、晩年におけるほんの短い栄光だった。宇多のごとく賜姓源氏から即位に漕ぎつけた光源氏が、「乱れ憂ふること」を回避するなどの事情で、光孝のような短命な天皇として終わる展開は、読者の十分に予測しうる範囲内だったかも知れない。

事情は異なるにせよ、光孝も、宇多も、天皇になれないかと見せて、結局は登極を果たした幸運な人物であった。対して、先に名を挙げた聖徳太子や前章の保明親王は、逆に天皇になれると思わせて、即位に至らなかった不運な事例なのである。高麗人の占った光源氏の運勢は、この二つのいずれともつかない混沌としたものだったと言える。帝王相は有するものの、実際に玉位につくと、「乱れ憂ふること」が起こる。だが、これは帝王相の実現を必ずしも拒んだものではなかったろう。「乱れ憂ふること」さえ覚悟すれば、実現はかなうはずだったからである。ただし、そのような凶事がつきまとう以上、帝王相の完遂は自ずと向わざるをえない。相人の予言は、光源氏の登極の可能性をめぐって、実に曖昧模糊としており、杳として捉えどころがなかった。

上述の先蹤の数々は、そのようにもとより見えにくい予言の読み解きを、一層攪乱するものであったろう。天皇になれなそうで実際にはなれた史実と、天皇になれそうで実際にはなれなかった事例とを、二つながら並べて、光源氏の将来がどちらの方向へ振れるのかを、一層不鮮明にする。これらの史実は、高麗人の予言の謎解きに関して揺さぶりをかけ、読者をもどかしがらせて、やきもきさせる一つの演出となっている。少々サディスティックな色彩の強い趣向だとは言えるが、我々の読書行為に一味違った面白みを添えるしかけの一種と見てよいものと考えられる。

四　多段階にしかけられる准拠

さし当たって、今は悪意を強調してみたが、この趣向には一面で良心的な性格も見出せる。結果論で言えば、光源氏は、光孝や宇多のように天皇になったわけでなく、また保明や聖徳太子のように皇太子であったわけでもない。だからこれらは、光源氏の将来を占う謎解きの答えとしては、「不正解」の一例なのである。だが、それでいて、当たらずとも遠からずの位置にあった。つまり、こうした先蹤は、正解ではないけれども、光源氏の運勢を予測する際の手がかりにはなっている。逆の言い方をすれば、光源氏の将来はこれらと同一ではないのだと、作品が教えてくれているとも解せるだろう。これら不正解の史実が次々に切り出されることによって、読者は光源氏の将来像の予測の幅を徐々に絞り込むことができるしかけなのだが、わざわざ読者を連想に誘い込んでおいて、実はそれではないというのも、確かに少し意地が悪い。だが、その少し意地の悪い点こそが、読者を楽しませる演出そのものなのである。

ところで、当論のこれまでの説明の中で、保明親王・聖徳太子・宇多天皇・光孝天皇を同列に扱って論じてきたのは、多少不適切だったかも知れない。と言うのは、これらの人々の文脈への関与のありようは、それぞれにまちまちだったはずだからである。先蹤や准拠と呼びながら、桐壺巻において実際に名の見えたのは、上記のうちで宇多天皇一人きりであった。保明親王は、『源語秘訣』が「無服の殤」と呼んで掲示する服喪の故実を念頭にして初めて出てくる名前であり、光孝天皇や聖徳太子の名は、高麗人の記事の向こう側に、その若かりし頃に予言を得たとする逸話を透視しなくては浮上して来なかったのである。つまり、宇多天皇以外の人々の連想は、読者の側の予備知識に専ら寄りかかっている。したがって、教養の足りない読者は、この演出の面白みを十分に味わうことができず、一部の高度な知識層だけを対象とした特殊な恩典になっていると言える。ちなみに、我々現代人は予備知識の大いに欠落した劣悪な読者の代表だが、頭注などの方法がその点を補い、この件に関しては当時の知識層に匹敵する高度な水準の読解が一応可能になっている。

右のような観点から、かつて藤井貞和氏は桐壺更衣の藤原沢子准拠説を批判し、「藤原沢子の史実が準拠であるためには、その史実のなかから人物像が抽出され、あたかも先行文芸のごとく後宮に語り伝えられているか、説話化されている必要があるのではないか」と指摘して[37]、准拠として認定できる史実の条件に、口承化、ないしは説話化されている点を挙げた。『続日本後紀』承和六年（八三九）六月三十日条の卒伝に記される沢子死去の描写は、桐壺更衣のそれと酷似している。藤井氏の懸念は、そのような歴史書に綴られた事実が多くの読者に周知されているか否かにあったろう。特に、玉上琢弥氏の説くように[38]、物語が黙読によらず、音読によって読み聞かされるものであったとしたら、瞬時の想起が不可欠であり、単に史実に過ぎない沢子卒伝のごときを典拠とする読解は、当時の読者層の大半において機能しないおそれがあったに違いない。

この藤井氏の指摘を踏まえてみると、挙げてきた光源氏の先蹤のうちでも、保明親王の故事などは、かなり高度な故実の知識に属するであろうし、『日本三代実録』光孝天皇即位前紀を出所とする光孝天皇の予言にしても、一般に知られていた話であったかどうかは疑わしいだろう。『聖徳太子伝暦』の日羅の観相に関しては、まだしも伝承化されていた形跡が濃いが、細かい表現までもが平安の貴族社会に周知されていたとは限るまい。少なくともこの三例は、それなりに故実や歴史に通じた人間だけが気づくべき典拠であったと見る方が自然であるように思われる。このように考える限り、かりに上述のような演出手法が認められたとしても、それは大半の読者にとっては享受しえない、無意味な工夫だったことになる。

しかし、この物語が全ての読者を平等に扱っている保証はなかった。中でも他と同一に扱うことのできない読者に、一条朝きっての碩学と目される藤原公任などがいたことを忘れてはならなかったろう（『紫式部日記』寛弘五年十一月一日条）。紫式部を捜し回り、「あなかしこ、このわたりに、わかむらさきやさぶらふ」と呼びかけてくる公任の口吻は、『源氏物語』に対する好意的な心証に満ちあふれていた（同前・一六五頁）。物語に対する評価が至って低かったこの時代に、なぜ公任のような極めて知的水準の高い読者の心を掴むことができたのか。そうした人々の関心を満足させる作品の内実については、現在のところ、十分に説かれていない。だが、平々凡々の水準にある読者たちと同じ興味関心が、彼らを惹きつけていたとはとうてい考えがたいであろう。そのような男性知識人層の欲求に応えうるそれなりの内実がこの作品のどこかに必ずや潜んでいた、と確信するのである。

いったい、高麗人の観相で占われた光源氏の将来に関して、果たして彼は何になるのかと不思議がる読者は少なくなかったであろうが、それを当ててみようとまで意欲を燃やす人間が、どれほどいたであろうか。それは一面で偏執的な関心の持ちようであり、必要以上の知的好奇心や、十分以上の自負がなければ、起こりえない意欲だったものと考えられる。つまり、一定のこだわりや気概を持つ読者だけが、高い知的欲求を抱いて、この謎に挑んでくる。前出の藤井氏が述べた通り、確かに一般的な准拠としては、読者の誰もが即座に想起できる常識的な典拠来歴が望ましかったであろう。しかし、この作品の准拠は、全てが万人を対象にするがごとき一面的なものでもなかった(39)。時には、高度な水準にある読者だけがそれと気づき、普通の読者はそれと分からなくてもよい。そうした差別的とも言える、一部の読者に向けた特別仕立ての准拠がしかけられることもありえたものと思われる。むろん、その場合、一般の読者が特に准拠に気づかなくても楽しめるよう、つつがない読解が担保される必要はあったろう。だが、それにさえ気づかっていれば、高度な趣向は当然許されるはずであった。水準の低い読者に合わせていては、作品の質はとうてい維持できないからである。

もとより、先例や故実にこだわるのは、当時の男性官人にありがちな志向だったに違いない。それは前例を踏襲、ないしは参照しつつ政務を進める日々の官僚生活によって、巧まずして身に着いた彼らの習性だったものと思われる。図らずも、この作品にしかけられた准拠の読み解きには、それが有効に作用する。そもそも、作品に下敷かれた先蹤を「准拠」などと呼ぶことじたい、すこぶる官人的な発想によるものであった。作品の記事、ないしは表現の拠って立つところを先行の文学や史実に求め、それが単に空疎な仮構でないことを証立てようとして編み出した中世の公家たちの先例主義の賜物なのである(40)。そして、その癖性は、中世のみならず、同じく先例主義に飼いならされた平安朝の貴紳にも、十分に通底しているはずであった。むろん、准拠がそのような官人特有の発想を見透かして逆手に取ったものだったとまでは、さすがに考えられないだろう。だが、この技法が先例探しに血道を挙げている男性知識人層の特異な体質に合致していたことだけは、確かだったものと思われる。

史実や有職の世界に埋もれた難解な典拠が、ごく普通の読者にとって、さしたる意味を持たなかったことは容易に察しがつく。しかし、故実における識見の深さを誇りとして生きている知識人たちにとって、作品の奥に下敷かれた准拠が大いに興味を掻き立てられるしかけだったことは間違いあるまい。記述の裏に隠された准拠に気づき、その意味を探ろうと躍起になる。それはこれらの人々にとって、まさに本能に近い行動であったろう。そのような知的好奇心をくすぐり、刺激するための用意が、今回取り上げたような准拠の事例だったものと思われる。

その意味では、桐壺巻冒頭で真っ先に名の挙げられる楊貴妃などの場合は、初歩中の初歩だったであろう。あからさまに実名の示される宇多天皇も、単なる小手試しであったに違いない。その種のたやすい引用は、読者にこの作品の読み方を手ほどきするための導入に他ならないのである。そのように読者に手引きを与え、典拠探しの手順を学ばせつつ、一方で本格的な准拠をしかけてくるのである。先にも述べたように、保明親王、光孝天皇、聖徳太子などは、並の知識人では歯の立たない相当に高度な難問であったろう。この作品は、それを一つならず、二つ三つと、畳み込むように浴びせかけてくる。そして、そのしかけられた准拠をことごとく見破り、それらが浴びせかけられてきた意味を読み取ってこそ、この趣向の真意が理解できるのである。

もっとも、それで懸案の予言の謎にたどり着けるわけではなかった。見破った准拠が、単に「不正解」の事例だったことに気づかされるだけであり、困惑の中で、再び読者は頭をひねりはじめるのである。読者が優秀であればあるほど、課題が増える。そのように文脈に尽きせぬ奥行が控えているからこそ、この作品は公任のごとき知識人層の好意的な支持を得られるのではないか。その背後には、藤裏葉巻に至るまでは誰一人として「正解」が出せまいとあざけり、余裕綽々で意地の悪い笑みを浮かべている作者の顔が見え隠れしているわけだが、そのような百戦錬磨の有識家さえも手玉に取ってからかう心憎い演出のありようには、今さらながらに驚嘆の念を禁じえないのである。

注

（1）当論の『源氏物語』本文の引用、及び頁数は、『新編 日本古典文学全集』（小学館・平六～一〇）に拠り、特に巻名を断らない限りは桐壺巻のそれを意味する。また、他の古典作品の引用も、基本的には同シリーズにより、それ以外はその都度断る。
（2）玉上琢弥編『紫明抄 河海抄』（角川書店・昭四三）
（3）中田武司編『岷江入楚 第一巻〈源氏物語古注集成11〉』（おうふう・昭五五）。ただし、この箇所は底本に誤謬が多いため、引用する際には適宜修正した。
（4）吉海直人『源氏物語の視角』（翰林書房・平四）
（5）中西進『源氏物語と白楽天』（岩波書店・平九）の第一章
（6）近藤春雄『中国学芸大事典』（大修館書店・昭五三）の「長恨歌伝」の項に、「元和元年（八〇六）、白楽天・陳鴻・王質夫の三人が仙遊寺に遊び、たまたま玄宗・楊貴妃のことを話し、感じて白楽天が歌を作り、陳鴻が伝を作ったといわれる。長恨歌と同じ内容を散文につづったもの」云々とある。
（7）日向一雅「桐壺帝と桐壺更衣」『源氏物語の準拠と話型』（至文堂・平一一）
（8）「桐壺帝と桐壺更衣」（『源氏物語の論』笠間書院・平一三／初出『講座 源氏物語の世界〈第一集〉』有斐閣・昭五五）
（9）清水好子『源氏物語論』（塙書房・昭四一）
（10）「相人の予言と准拠」『源氏物語の准拠と諸相』（おうふう・平一九）
（11）秋澤亙「道綱母の日月の夢」（「むらさき」平成二一・12）
（12）「六条御息所の〈時間〉」『源氏物語の文学史』（東京大学出版会・平一五）
（13）藤本勝義「源氏物語における前坊」『源氏物語の想像力』（笠間書院・平六）
（14）「光る君の誕生と予言」『源氏物語表現史』（翰林書房・平一〇）
（15）注（1）の書の四五四～五頁の頭注。なお、浅尾広良「『太上天皇になずらふ御位』攷」『源氏物語の准拠と系譜』（翰林書房・平一六）参照。

(16) 藤井貞和「『宿世遠かりけり』考」『源氏物語の表現と構造』（笠間書院・昭五四）

(17) 注(14)の河添論、及び小嶋菜温子「籠らふる光」『源氏物語批評』（有精堂・平七）

(18) 角田文衛「太皇太后穏子」『紫式部とその時代』（角川書店・昭四一）

(19) 「光源氏と聖徳太子」（『へいあんぶんがく』昭四二・7）

(20) 「叛逆の系譜」『源氏物語の史的空間』（東京大学出版会・昭六一）

(21) 『日本古典文学大事典』（岩波書店・昭五八〜昭六〇）

(22) 『国史大辞典』（吉川弘文館・昭五四〜平九）

(23) 『平安時代史事典』（角川書店・平六）

(24) 目崎徳衛「『寛平御遺誡』の逸文一条」（『日本歴史』昭六〇・2）

(25) 注(1)の書の一巻「漢籍・史書・仏典引用一覧」四三六頁

(26) 袴田光康「桐壺帝と玄宗と宇多天皇」『源氏物語の史的回路 皇統回帰の物語と宇多天皇の時代』（おうふう・平二一）では、このことを足がかりとして、玄宗と宇多とを重ね合わせる論が展開されている

(27) 世上、これが賜姓源氏の即位の唯一の例とされているが、醍醐天皇は宇多天皇が源定省だった仁和元年（八八五）に生まれているので、それ以降、宇多天皇が皇籍に復する仁和五年（八八九）までの間は、源氏として生きていたことになるため、こちらも臣籍から即位した例の一つとして数えることができる（注(31)の角田論参照）。

(28) 訓読は、武田祐吉・佐藤謙三『訓読 日本三代実録』（臨川書店・昭六一）による

(29) 注(10)に同じ。

(30) 日向一雅「桐壺帝の物語の方法」（注7の書所収）

(31) 角田文衛「陽成天皇の退位」『王朝の映像』（東京堂出版・昭四五）

(32) 『日本三代実録』元慶七年（八八三）十一月十日条。なお、河内祥輔「光孝擁立問題の視角」『古代政治史における天皇制の論理』（吉川弘文館・昭六一）参照

(33)　角田文衛「敦仁親王の立太子」『王朝の明暗』(東京堂出版・昭五二)
(34)　『日本三代実録』元慶八年(八八四)四月十三日条、同六月二日条。
(35)　角田文衛「尚侍藤原淑子」(注(18)の書所収)
(36)　注(32)の河内論文参照。
(37)　「光源氏物語の端緒の成立」『源氏物語の始原と現在』(三一書房・昭四七)
(38)　『源氏物語音読論』(岩波現代文庫・平一五)
(39)　注(10)に同じ。
(40)　仁平道明「源氏物語の准拠」(「国文学」平七・2)

藤壺立后から冷泉立太子への理路

浅尾広良

序

紅葉賀巻末は藤壺の立后を語って終わる。藤壺の産んだ皇子は光源氏に生き写しであることで秘密露見の緊張感が増す一方、桐壺帝はその皇子を光源氏の身代わりと見做して皇位継承を思い立つ。そして、その皇子を立太子するための布石として藤壺の立后を行うのである。桐壺帝の心に寄り添う読者には、光源氏に叶えられなかった想いを藤壺腹皇子に託そうとする心の動きに不自然さを感じることはないが、歴史的な文脈としてこれを見た時に、飛躍はないのかどうか。藤壺を立后することと冷泉を立太子することとは、どう関わり、どのような意味があるのか。桐壺帝や弘徽殿女御の言動、世人の思い等を一つ一つを検証することで、『源氏物語』の虚構の論理が明らかとなろう。

本稿は藤壺立后と冷泉立太子がもつ意義を歴史との比較から考えてみたい。

一　立后記事における問題の所在

紅葉賀巻末の立后記事にどのような問題点があるのかを、本文を確認するところから始めてみたい。本文では次のように語られている。

　七月《ふみづき》にぞ后《きさき》ゐたまふめりし。源氏の君、宰相《さいしやう》になりたまひぬ。帝《みかど》おりゐさせたまはむの御心づかひ近うなりて、この若宮を坊にと思ひきこえさせたまふに、御後見《うしろみ》したまふべき人おはせず、御母方《ははかた》、みな親王《みこ》たちにて、源氏の公事《おほやけごと》知りたまふ筋ならねば、母宮をだに動きなきさまにしおきたてまつりて、強《つよ》りにと思すになむありける。弘徽殿《こきでん》、いとど御心動きたまふ、ことわりなり。されど、「春宮《とうぐう》の御世《よ》、いと近うなりぬれば、疑ひなき御位《くらゐ》なり。思ほしのどめよ」とぞ聞こえさせたまひける。げに、春宮《とうぐう》の御母にて二十余年《よ》になりたまへる女御《にようご》をおきたてまつりては、引き越したてまつりたまひがたきことなりかしと、例の、安からず世人《よひと》も聞こえけり。

　参りたまふ夜の御供《とも》に、宰相《さいしやう》の君も仕うまつりたまふ。同じ后《きさき》と聞こゆる中にも、后腹《きさいばら》の皇女《みこ》、玉光りかかやきて、たぐひなき御おぼえにさへものしたまへば、人もいとことに思ひかしづききこえたり。まして、わりなき御心には、御輿《みこし》のうちも思ひやられて、いとど及びなき心地したまふに、すずろはしきまでなむ。

（光源氏）尽きもせぬ心の闇《やみ》にくるるかな雲居《くもゐ》に人を見るにつけても

とのみ、独りごたれつつ、ものいとあはれなり。

　皇子《みこ》は、およすけたまふ月日に従ひて、いと見たてまつり分きがたげなるを、宮いと苦しと思せど、思ひよる人なきなめりかし。げにいかさまに作りかへてかは、劣らぬ御ありさまは、世に出でものしたまはまし。[1]月日の光の空に通ひたるやうにぞ、世人も思へる。

（紅葉賀①三四七〜三四九頁）

この場面は、語られた内容と語られ方、そして異文による解釈の違いの三点から注意深く見る必要がある。最初に内容を整理すると、七月に藤壺の立后が行われ、併せて光源氏を参議とした。藤壺の立后は所生皇子の冷泉を立太子するためで、後見が皆皇族ばかりで政を行う筋ではないので、母を立后すれば、若宮の「強り」になるという。この措置に憤慨した弘徽殿女御には、朱雀が帝になれば帝の母として后（皇太后）の位が保障されているのだから心鎮めよと桐壺帝はなだめたという。しかし、弘徽殿は心穏やかではない。東宮の母として二十年余りになる弘徽殿女御を「引き越」すことはとてもできないと世人は複雑な想いで噂した。次に立后した藤壺が参内し、付き従う源氏の姿と歌が語られる。冷泉と光源氏はうり二つで、この二人が世にあるのは日と月の輝きが同じように空を廻っているようなものだと世人は思っているだという。ここで問題となるのは、帝の思いとして語られる、母を立后すれば所生皇子の立坊の「強り」になるという論理がどれほどの蓋然性があるのか。藤壺が弘徽殿女御を[2]「引き越す」とはどのような意味を表すのか。従来これは身分のことと考えられ、藤壺を下位の女御とする考え方があるが、それは妥当なのかどうか。世人が「安からず」思う根拠は何で、それは正当なのかどうか。「月日の光の空に通ふ」とは何に由来する表現で、どういう意味なのか等である。

次に、語られ方の特徴を見ると、ここは世人の思いがクローズアップされ、帝の思いと対立的に語られている点が挙げられる。憤慨する弘徽殿女御の様子を「ことわりなり」と語り手が支持し、さらに「例の、安からず世人も聞こえけり」とあるように、語り手も含めて世人は帝の行動に批判的である。「安からず」とは、直接表立って非難はしないものの、納得のいかない含みのある思いを表す。誰も納得していないということは、それだけ帝の行動が尋常でないからであろう。ところが、巻末では、桐壺帝の行動を難ずる世人も、冷泉と光源氏の様子については驚きをもって歓迎しているという。世論の有り様が、帝の行動への評価と皇子へのそれで大きく異なり、冷泉と光源氏への称賛によって帝への複雑な思いが韜晦されるかのような書き方でまとめられている。

ちなみに、これと同じように、桐壺帝の思いや行動と世人の思いが対立的に語られるあり方は、これ以前にも存在していた。桐壺巻と紅葉賀巻にである。

A明くる年の春、坊《ばう》定まりたまふにも、いとひき越さまほしう思せど、御後見《うしろみ》すべき人もなく、また、世のうけひくまじきことなりければ、なかなかあやふく思《おぼ》し憚《はばか》りて、色にも出《い》ださせたまはずなりぬるを、「さばかり思したれど限りこそありけれ」と世人も聞こえ、女御《にようご》も御心落ちゐたまひぬ。（桐壺①三七頁）

B源氏の君を限りなきものに思しめしながら、世の人のゆるしきこゆまじかりしによりて、坊にもえ据《す》ゑたてまつらずなりにしを、あかず口惜《くちを》しう、ただ人《うど》にてかたじけなき御ありさま容貌《かたち》にねびもておはするを御覧ずるままに、心苦しく思しめすを、かうやむごとなき御腹に、同じ光にてさし出でたまへれば、瑕《きず》なき玉と思ほしかしづくに、宮はいかなるにつけても、胸の隙《ひま》なくやすからずものを思ほす。（紅葉賀①三二八〜三二九頁）

注目すべきは、いずれも皇位継承問題に関わっていることである。しかも、これらが一連の文脈として繋がっていることも了解される。すなわち、Aで桐壺帝は第二皇子（光源氏）を立坊させたいと思いながら世人の反対にあってできなかったとあり、さらにBではその口惜しさが帝の心にずっとあり、光源氏そっくりに生まれた藤壺腹皇子にその思いを託そうするのである。藤壺の立后はこれと呼応している。いわば、帝の思いから起こった一連の行動がさまざまな物議をかもして世人の批判をかうというのである。桐壺帝の心に寄り添って読む限り、ここに違和感はない。むしろ、読者は、帝の無念にこそ同化しその熱意を理解するであろうが、その行動が他から見て如何に尋常でないかが世人の評価との対比によって明らかとなる。問題は、桐壺帝の行動がどのような意味において尋常でないかである。

最後に異文による解釈の違いについてである。この場面は河内本にのみ大きな異文がある。具体的には、冒頭の立后の行われた月が「七月」ではなく「其の年の十月」とあり、世人の批判に当たる箇所「例の、安からず世人も聞こえけり」が「例の、安からず世人もきこえけれど、人の御程のいとやむことなきにやゆるされ給けん」とある。さらに最後の「月日の光の空に通ひたるやうにぞ、世人も思へる」の箇所が「月日の光の空に通ひたるやうにおはするなめりとぞ思へるとや」と「世人」の語がない。最後の箇所は、文意から言って世人がなくともほぼ同じ意味として解釈可能だが、前二箇所は大きく異なっている。これの意味するところは何なのだろうか。

これと関わって、古注釈で問題となっているのは、冒頭の「七月」か「十月」かという箇所である。これについては『細流抄』が、

藤壺の女御中宮に立給事也　河内本十月とあり七月可然歟　其故は皇太后藤原温子昭宣公の御むすめ也寛平九年七月中宮に立給昌泰二年七月皇太后たり是等模して書侍るなるへし然者七月可然也[3]

と記し、十月ではなく七月とすべきこと、およびここには藤原温子が寛平九（八九七）年七月に中宮になり班子女王が皇太后となったことを注する。ただし、寛平九年七月二十六日の藤原温子の立后については、『日本紀略』に「皇

后」、『扶桑略記』に「中宮」（薨去の条に「皇后」）とあるのを除いては、『古今和歌集目録』『中右記』『一代要記』などには「皇太夫人」と記している。しかも、藤原温子は醍醐天皇の実の母ではなく養母であり、かつ醍醐天皇即位後の立后であることからすると、これは後述する今上帝が母に孝養を尽くす意味で立后する例に該当し、所生皇子を立太子するための立后ではない。

『源氏物語』成立以前で、七月もしくは十月に立后した例を挙げると、七月には嵯峨天皇皇后橘嘉智子が弘仁六（八一五）年七月十三日、円融天皇皇后藤原媓子が天禄四（九七三）年七月一日の例がある。十月立后には藤原安子が天徳二（九五八）年十月二十七日、藤原定子が永祚二（九九〇）年十月五日の例がある。これらのうち、立后が後に立太子を導いたのは橘嘉智子と藤原安子の例である。これらが藤壺の立后と関わって物語の読みに還元できる余地があるのかどうかが問題となる。物語内の文脈として見た場合、冷泉誕生が二月で、参内が四月、そして同年の七月（河内本では十月）に母を立后したのであるから、この月表示は、冷泉への皇位継承の道筋をなるべく早く決めてしまおうとする桐壺帝の意志として読むことができる。七月だと生後五ヶ月、十月だと八ヶ月となり、いかに急いだかが明らかだ。こうしたタイミングとの関わりから立后の意味を考える必要もあろう。

以上、立后の時期、立后と立太子の関係、桐壺帝の行動の意味、弘徽殿女御と世人の批判の妥当性、異文に見る河内本の解釈、日月の比喩の意味などが問題となる。

二　立后と皇位継承

ここでは、桐壺帝が考える立后と所生皇子の立太子が歴史上ではどのような関係にあるのか、また立后がどのような意味を担ったのかを検証してみたい。これについてはすでに岸俊男が聖武天皇の皇后藤原光明子の立后をめぐる意義を述べ[4]、それをうけた瀧浪貞子が『日本書紀』全体にまで広げて立后と立太子の関係を説いている[5]。岸は、聖武天皇の夫人である藤原光明子が立后されたことには、光明子腹の皇太子基王の死が大きく関わっていて、皇太子が死んだ同じ年に聖武の夫人の一人の県犬養宿禰広刀自に安積親王が生まれたことが直接の原因だと位置づける。つまり、このままでは安積親王の立太子が現実味を帯びてしまうため、それに先手を打つ形で光明子を立后したというのだ。文武天皇の在位中には立后は行われなかったので、『大宝律令』が制定されて以降、天皇の在位中に立后された初例は聖武天皇御代の藤原光明子である。律令制社会になって最初の立后がこのような政治的な駆け引きから行われたことは、皇后の地位と皇位継承との関わりが如何に深いかを窺わせる。さらに、瀧浪貞子は神武から孝謙までの天皇毎の即位と尊皇太后、立后、立太子の関係を調査し、期間を大きく二つに区分した。〔I〕神武から仁徳までと、〔II〕履中から孝謙までである。そして、〔I〕においては即位と同時に先帝の皇后（すなわち現天皇の母）を皇太后と尊称し（尊皇太后）、その後に立后が行われ、その所生皇子が立太子されるという同一パターンで統一されていること、しかも尊皇太后と立太子の表記の様式まで画一的であることに注目した。〔II〕では、記載が不統一であるばかりでなく、女帝が即位するなど、即位と立后・立太子の関係は複雑となる。これは〔II〕の履中以降で、兄弟相承が多くなり、次の皇太子を立太子しないまま崩ずる例が増えたためである。〔I〕には実在性に疑問のある内容が含まれているため、直木孝次郎は画一化された表記が『日本書紀』編纂時に行われた造作であろうと言われ、不統一な記載の方がむしろ当時の実情に近いと分析する[6]。これに対して瀧浪は、類型的な〔I〕の記載の方法には書紀編纂当時の皇位継承の理想が反映していると分析する。即位と同時に尊皇太后が行われ、次に立后が行われ、その所生皇子が後に立太子する〔即位→尊皇太后→立后→立太子〕というあり方である。例えば仲哀天皇の生母は立后されなかったにも関わらず、仲哀紀ではあえて皇后と記していることを見ても、『日本書紀』では皇太子の母はすべて皇后である、もしくは皇后であるとして扱われているということが分かる。これらのことから、瀧浪は立后とはそれによって次代の皇位継承者が決（予）定されることであり、立后が立太子を導く重要な政治的行為であったと述べる。[7]先の藤原光明子の立后が、安積親王の立太子を阻み得るのは、立后によって皇位継承者を光明子腹の子に限定する力をもつからに他ならない。

　では、その後の立后を考えるうえで、立后の根拠が何であったかを次に確認してみたい。そもそも律令制においては、皇后は天皇の嫡妻とされ、[8]「後宮職員令」に「妃二員　右四品以上、夫人三員　右三位以上、嬪四員　右五位以上」[9]と規定して、皇后になり得る妃を皇族に限定していることから、皇后となり得るのは皇女であり、皇女腹の皇子が正統な皇位継承者であると位置づけている。しかし、最初に立后されたのは皇女でも妃でもない夫人の藤原光明子だった。光明子の立后の宣命を見ると、正当化するためにさまざまな理由を述べていて、光明子の立后が如何に困難であったかが窺える。[10]その中でも重要視されたのは、皇太子の母である点である。これは女御から初めて立后した藤原穏子も、わざわざ皇太子の母であることを明記していることからも確かめられる。[11]ここから分かるのは、立后の根拠は皇女であることが第一であったこと、皇女以外から立后させようとすれば皆を納得させ得る正当な根拠が必要で、それが皇太子の母という実績だったと考えられる。これにより夫人や女御からの立后する道が開かれ、皇女以外を母とする天皇が出現する。聖武天皇以降では、皇女からは光仁天皇皇后井上内親王と淳和天皇皇后正子内親王が、夫人からは桓武天皇皇后藤原乙牟漏と嵯峨天皇皇后橘嘉智子が立后し、いずれもその後に所生皇子が立太子している。皇太子保明の母として女御から初めて立后した藤原穏子は、後に孫の慶頼王と所生皇子の寛明・成明の立太子を導き、憲平が立太子したことは母の藤原安子の立后を導いた。立后は皇位継承者を決定する力をもち、立太子は母の立后を導くというように、相互に密接な関係をもち続けたのである。

ただし、立后は皇位が父子で継承されている限り支障はないが、兄弟で継承した場合に問題を複雑化させる。嵯峨と淳和、冷泉と円融がその例である。皇太弟を立てるのにはそれなりの事情があったにせよ、皇位を兄弟で継承しながらそれぞれが立后すると、皇位継承候補者が複数出現するため、皇統は不安定化する。嵯峨と淳和、冷泉と円融の間では両統迭立となった。承和の変は、この両統迭立から生まれた不幸な事件と言って良い。仁明天皇が在位中に立后しなかった本当の理由は不明ながら、承和の変の影響は少なからずあったであろう。そして、仁明天皇以降六代に渡って皇后の立后は行われなくなるのである。

次に、皇后の立后が行われなかった間の即位・尊皇太后・立太子はどのように推移するのかを見てみたい。仁明以降の文徳・清和・陽成・光孝・宇多の六代に特徴的なのは、女御所生の皇子が立太子し即位したこと、幼帝が出現しそれに付随して摂政・関白が補任されたこと、尊皇太后（尊皇太夫人）が親に孝養を尽くす儀礼として定着したことであろう。仁明天皇が女御藤原順子腹の皇子道康を立太子したことで、女御の地位は相対的に上がり、さらに道康が即位することで、女御から皇太夫人そして皇太后となる例が出現する。女御腹の皇子の立太子、女御から皇太夫人となる初例である。幼帝として即位した清和と陽成は、即位時に母女御を皇太夫人とし、天皇の元服時に皇太后とする慣例を作り上げた。元服時の宣命を見ると、天皇の元服の祝を天下の人と慶ぶため、親を崇め奉り、皇太后と太皇太后を立后する旨が明記されている[12]。元服の祝賀に孝養を繋げ、母と祖母の立后を祝うという構図である。これが前例となることで、皇太后は元服した天皇の母がなるものとなり、尊皇太后は天皇が母に対して孝養を尽くす儀礼として定着した。仁明から宇多までの六代の間は、在位中での皇后の立后こそ行われなかったが、母の立后を通して天皇と母（皇太后）との結び付きがより強固になったと言える。

醍醐天皇の御代になって、新たに女御から立后する前例が開かれ、再び在位中に皇后が立后される時代が到来する。(13)村上・冷泉・円融と立后が続くことで在位中に立后することが常態化し、后妃とその所生皇子女の序列化が進む。さらに立后が外戚の勢力と密接に結び付くことで無理な立后が繰り返され、円融天皇御代には中宮と皇后が並立する事態にまで発展するのである。そして一条天皇が即位するに至っては、また新たな例が出現する。中宮に立后されることもなく、また皇太夫人を経ることもないまま皇太后となった藤原詮子の例である。しかも、藤原詮子は一条天皇が元服する前に皇太后になった初例でもある。弘徽殿女御に皇太后の位が保障されていると説いたのは、この先例が根拠としてあるからに他ならない。以上に見るように、立后の制度は、立后できる範囲が皇女から夫人そして女御へと広がり、皇后と別に中宮が出現し、一方で夫人や皇太夫人の呼称が消え、中宮と皇后が並立するまでに至るなど、制度として大きく変遷を遂げる。しかし、立后が皇位継承者を決定する力をもつことと、立太子がその母の立后を導くという密接な関係は変わることはなかった。そのため、立后はきわめて政治的な手段として利用され続けるのである。

『源氏物語』の桐壺帝の行動を史上の例と比較してみると、若宮を立太子するために母の藤壺を立后するのは、従来から用いられた手法であることが確かめられた。しかも藤壺は先帝の后腹皇女であり、立后するに相応しい。しかし、一方、弘徽殿女御も、皇太子の母として二十余年の実績は立后するに相応しい。歴史上で皇太子の母としての実績が一番長かった藤原穏子でも十九年である。すなわち、紅葉賀巻末では、皇女か皇太子の母かという立后をめぐる二つの論理が真っ向からぶつかり合う構図が見て取れるのである。

三　立后の政治状況

立后が次の皇位継承者を決定する意味で、極めて重大な政治的行為であるなら、当然そこには、天皇側と妻側のそれぞれの思惑が反映する。ここでは、光明子以来の立后にどのような事情が絡んでいるのかを整理することで、藤壺の立后の問題を考えてみたい。

藤原光明子の立后に関して、皇嗣を光明子腹に限定し、安積皇子の立太子を阻む意図があったことは先に述べた。その立后の宣命を見ると、それだけでなく光明子の父藤原不比等の恩に報いるべきとの内容が見え、藤原氏との関係強化の意図を読み取ることもできる[14]。そもそも特定の皇子に皇位継承させる場合、母が皇族でなければ、その母方の後見との関係強化を図る意図が含まれるのは必然である。その意味で藤原乙牟漏には桓武と藤原式家との関係強化が、藤原穏子には醍醐と藤原忠平、藤原安子には村上と藤原師輔、藤原媓子には円融と藤原兼通、藤原遵子には円融と藤原頼忠、藤原定子には一条と藤原道隆、藤原彰子には一条と藤原道長などにも同様の意図を読むことができよう。天皇は舅との関係を強めて皇統の安定を図り、后妃の実家では自家の繁栄を願う。これは主に妻側の意向が天皇の利害と一致した形であって、往々にして藤原氏内の主導権争いに繋がる場合もあった[15]。

これに対して、天皇側の意向が強く反映したと思われるのが井上内親王、橘嘉智子、正子内親王、昌子内親王の立后である。光仁天皇の皇后となった井上内親王は、聖武天皇の皇女であって、所生の他戸を聖武の系譜を引き継ぐ皇位継承者に据えるために立后したものと考えられている[16]。昌子内親王も、朱雀天皇の唯一の皇女であり、母は、長らく皇太子でありながら即位する前に亡くなってしまった醍醐天皇皇子の保明親王の女熙子女王である。謂わば、途絶えざるを得なかった保明と朱雀の両方の系譜を引き継ぐ存在なのである。昌子は村上天皇の皇太子憲平の元服とともに入内し、冷泉の即位式の前に立后が行われた。この立后を願ったのは朱雀天皇だったと言われている[17]。皇女が入内する場合に、こうした途絶える側の皇統の血が継承する皇統に引き継がれることがあることは以前に述べた[18]。天皇家が抱える皇統の尊貴性と関わる重要な課題だったと考えられる。

橘嘉智子と正子内親王の立后には、皇位の兄弟相承と関わって、それぞれの天皇側の事情が潜んでいると思われる。嵯峨天皇は即位した年の大同四（八〇九）年六月十三日に高津内親王（父桓武天皇）を妃、橘嘉智子（父橘朝臣清友）と多治比真人高子（父多治比真人氏守）を夫人としたが、何時か不明ながら高津内親王の妃を廃している。そして、弘仁六年七月十三日、夫人であった橘嘉智子を立后し、多治比真人高子を妃、さらに藤原朝臣緒夏（父藤原朝臣内麻呂）を夫人とした。高津内親王がいつどのような理由で妃を廃されたのかは分からない。しかし、橘嘉智子の立后が行われた時には高津内親王腹の業良親王と橘嘉智子腹の正良親王の二人の皇子がいたと考えられ、順当に行けば高津が立后され、業良が立太子されていたはずである。『続日本後紀』では正良を第二皇子とし[19]、『三代実録』では業良を第二皇子としていて[20]、真偽のほどは分からない。さらに『三代実録』貞観十（八五九）年正月十一日の業良薨去の条には「無品業良親王薨。（中略）親王精爽変易、清狂不慧、心不能審得失之地、飲食如常、無病而終焉」とあり、必ずしも好意的な書き方ではない。これをどの程度信用して良いかは分からないが、場合によっては、この業良を皇位継承候補者から外すために、母の妃が廃せられた可能性もあるのではないか。しかも、橘嘉智子が立后した十九日前の弘仁六年六月二十四日には、高津腹の第一皇女業子内親王が薨じていて、立后当日高津は喪に服していたと考えられる[21]。なぜこのような日に立后したのかも不明である。分かっているのは、何らかの事情で高津内親王の妃が廃され、夫人の橘嘉智子が立后されたことである。そしてこれは同時に正良の立太子を予定した措置と考えられる。嵯峨天皇は薬子の変で高丘親王を廃太子し、大伴親王を立太子して次の皇位継承者を決定しただけでなく、橘嘉智子を立后することでその次の皇位継承まで見据えていたことになる。

一方、淳和天皇皇后となった正子内親王の場合は、淳和側の事情が垣間見える。大伴親王（淳和）と嵯峨天皇皇女の正子との婚姻は、もともと嵯峨と淳和の融和の証であり、嵯峨の后腹皇女を嫁すことで淳和の正統性を証す行為でもあった。嵯峨は淳和に皇位を譲る際に、淳和皇子で桓武皇女高志内親王腹の恒世親王を立太子しようとしたが、淳和はこれを固辞し、嵯峨の后腹皇子正良を立太子した。このように嵯峨と淳和との間では、表面上相手を立て、譲り合う関係を見せるのである。しかし、嵯峨は橘嘉智子を立后し、次の皇位継承の道筋をつけていたことは先に見た。淳和とて固辞はしたものの、恒世をその次の皇位継承者と考えていたであろう。ところが、恒世は天長三（八二六）年五月一日に二十二歳の若さで亡くなってしまうのである。このままでは淳和皇統は途絶えてしまうため、天長二（八二五）年に正子との間に生まれていた恒貞親王を後継者に据えるべく、その母である正子の立后を行ったものと考えられる。正子の立后が恒世の死後一年もたたない天長四（八二七）年二月二十八日に行われたのは、一刻も早く淳和の後継を表明しようとした意向の表れであろう。しかも嵯峨の后腹皇女である正子を立后することは嵯峨方への敬意の表れにもなる。これで恒貞は后腹親王という意味で皇太子の正良と同格となるだけでなく、父方に淳和を母方に嵯峨の血を引くことで、正良以上に非の打ち所のない尊貴性を担う存在となった。仁明天皇が即位して恒貞を立太子した際の詔の中に恒貞を「正嗣」と述べているのは、恒貞を立てた表現というだけでなく、その尊貴性の高さを表す表現でもあろう。このように、嵯峨方と淳和方は、相手の皇子に敬意を表して皇位を譲り合う姿勢を見せながら、その実、特定の皇子の立太子に向けて母を立后するなど、皇位継承をめぐる密やかな緊張関係を孕んでいったのである。

これら嵯峨・淳和に限らず、天皇家の意向を反映した立后・立太子に共通するのは、途絶える側の皇統の血を取り込むなどして皇位継承者により尊貴性の高さを確保しようと拘る点であり、自らの皇統を選別する意識が働いていると言える。

『源氏物語』の藤壺の立后は明らかに天皇側の事情に由来する。紅葉賀巻の状況を歴史と照らし合わせると、朱雀を既に立太子していることからすれば、弘徽殿女御の立后こそが本来の姿で、妻の後見の力を借りてより安定した皇統を作ることが帝の採るべき道だった。しかし、先帝の后腹皇女の藤壺に皇子が生まれた後すぐに立后し、立太子への道筋をつけたことは、外戚との関係強化を捨て、より尊貴性の高い皇統を作ろうとしたことになる。それは嵯峨が特定の子を皇嗣に据えるべく妃を廃して夫人を立后したことや、淳和が誰よりも尊貴性の高い恒貞に自分の皇統を嗣がせようとした意志に重なるものがある。

四　譲位時の立太子

ここでは、桐壺帝が行った朱雀に譲位するとともに冷泉を立太子するあり方が、歴史上どのような場合に行われるのかを通覧し、その意味を考えてみたい。

紅葉賀巻で冷泉を立太子するために藤壺を立后し、葵巻で朱雀が即位した後は冷泉が立太子していることからすると、桐壺帝は譲位する際に冷泉の立太子を表明するという手続きを用いたと考えられる。歴史的に見れば、これは譲位宣命に立太子のことを明記する形である。この形式は、文武天皇以降で見ても、そう多いわけではない。その可能性があるものを含めて列挙すると以下のようになる。参考までに『源氏物語』以前だけでなく、後三条天皇が白河に譲位する例までを記す。

年月日	譲位	受禅	立太子
①弘仁一四（八二三）、四、一六	嵯峨	淳和（弟）	恒世（甥）固辞により正良（子）
②安和二（九六九）、八、一三	冷泉	円融（弟）	花山（子）
③永観二（九八四）、八、二七	円融	花山（甥）	一条（子）
④寛弘八（一〇一一）、六、一三	一条	三条（従兄弟）	後一条（子）
⑤長和五（一〇一六）、一、二九	三条	後一条（従弟子）	敦明（子）
⑥寛徳二（一〇四五）、一、一六	後朱雀	後冷泉（子）	後三条（子）
⑦延久四（一〇七二）、一二、八	後三条	白河（子）	実仁（子）

このうち『源氏物語』成立以前の例は①から③までである。一覧して明瞭であるように、①から⑤までに共通するのは、譲位する相手が弟や甥、従兄弟で、立太子するのが自分の子の場合、即ち両統迭立で皇統が父から子へそのまま繋がっていかない場合である。譲位することと引き換えに自らの子を立太子するのであり、譲位する天皇がなんとか自らの皇統を残そうとする意志の表れを反映した形であることが分かる。『源氏物語』では、朱雀帝が弟の冷泉に譲位して、自らの皇子を立太子することと同じである。これを桐壺帝の場合に当て嵌めるなら、桐壺帝が弟の前坊に譲位する際に、自らの皇子を立太子する場合になる。しかし、実際には物語が始まった時点で前坊は既に故人で、桐壺帝のみが次の皇位継承を決める役割を担っている。その桐壺帝が行ったのが、弘徽殿女御腹の朱雀を立太子していながら譲位の際に藤壺腹の冷泉を立太子するという、それまでの歴史にはまったく例を見ない新しい形であることは注意を要する。むしろ両統迭立をわざわざ引き起こす形である。『源氏物語』は、注意深く歴史に准拠して物語を進

めながら、この藤壺立后から冷泉立太子に至る箇所はそれまでの歴史の有り様から大きく外れているのである。

ところが、『源氏物語』以後になると、これを実際に行った天皇が出現する。⑥の後朱雀が藤原嬉子（父藤原道長母源倫子）腹の親仁親王（後冷泉）を立太子していながら、禎子内親王（父三条天皇　母中宮藤原妍子）を立后しその所生皇子尊仁親王（後三条）を譲位の際に立太子する例、それと⑦の後三条天皇が藤原茂子腹の貞仁親王（白河）を立太子していながら、源基子腹の実仁親王を譲位の際に立太子した例である。この二例に共通するのは、最初に立太子した親王の母が東宮時代に入内し、即位する前に亡くなっている点である。この点では『源氏物語』の弘徽殿女御の場合と違う。しかし、尊仁親王の場合など、後から立太子された皇子は三条天皇皇后禎子内親王腹であるから、冷泉が先帝の后腹内親王藤壺腹である点とみごとに重なる。どのような理由で後朱雀が尊仁を立太子しようとしたのかは分からないが、この立太子に対して、当時関白だった藤原頼通は反対したという[22]。その理由について、河内祥輔は『古事談』の記述を根拠としながら皇統の分裂を招く事態を危惧したからだと説いた[23]。この視点は⑥⑦を読み解く場合だけでなく、紅葉賀巻の藤壺立后に関しても有効ではないだろうか。しかも、河内は後三条が譲位の際に実仁を立太子したのは、後朱雀が行ったことを踏襲したのだとし、譲位の際に立太子をうけた者こそ直系を担う者だとする意味を読み解いた[24]。すなわち、後朱雀の行った皇位継承の儀式を、後三条は直系継承の儀式として位置づけ、それを実仁に行ったというのである。これは桐壺帝が冷泉に行ったことと全く同じである。自分の皇子二人を立太子して、後の方に自分の皇統を繋げようという行動は、『源氏物語』の桐壺帝が行った皇位継承に由来する可能性があるのではなかろうか。皇女の入内は、正子内親王の後しばらく行われなかったのに、醍醐天皇以降再び復活し、さらに『源氏物語』が成立して以降、途絶える皇統の后腹内親王の入内が何例も出現すること[25]、その皇子が聖なる帝として受け取られたことなど、いずれも『源氏物語』に由来する出来事である可能性がある。

歴史との比較から見て、桐壺帝の行った皇位継承は極めて異例のことであった。両統迭立という状況の中で、自らの皇統を残すための手段であった譲位宣命に立太子を書き込むあり方は、『源氏物語』の桐壺帝によって全く新しい意味づけがなされ、後に直系継承の儀として受け取られ実践されていった可能性がある。

五　前代未聞の立后

桐壺帝が所生皇子を立太子するために母を立后した措置は、立太子の根拠になり得ることが歴史的に確かめられた。しかし、ここで留意すべきもう一つの問題は、歴史上皇女腹の皇子で立太子した他戸親王と恒貞親王はその後いずれもが廃太子されてしまっていることである。すなわち、母を立后する措置は子の立太子を導くが、皇太子の立場は極めて脆弱で、母を立后しても廃太子を防ぐ力にはなり得ない。何らかの強力な後見がいないと皇太子の地位は維持できないことが分かる。しかも、皇女が入内する場合は、皇統が危機的な状況である場合が多く、皇女で天皇の権威を補ったり、途絶える皇統を皇女で存続させるためなど、天皇家に由来する理由が優先する場合なのである。そのような場合は、天皇が兄弟で継承するなど皇位が安定せず、政治的な駆け引きの中で皇太子がいつ犠牲になってもおかしくない危険性を孕んでいる。桐壺帝の場合、同腹の妹（大宮）を降嫁させて左大臣を強力な後見としてつけていることなどから判断して、近い過去に皇統の交替があったらしいこと、および権威が脆弱であったことが推測される。[26] それを補う役割を果たしたのが后腹内親王藤壺の入内だったのである。とすると、その所生皇子を立太子させるのは、より尊貴性が高く正統性のある皇位継承者を据えるためであったと言える。朱雀を立太子していながら、冷泉を立太子する根拠はここにあるのであって、それを物語の文脈では、光源氏を立太子できなかった代償行為として語っているのである。しかし、これは客観的に見れば両統迭立をわざわざ引き起こす行為に他ならない。最初に立太子した朱雀を繋ぎの位置に追いやり、母弘徽殿女御や後見である右大臣勢力を軽視することになるからである。桐壺帝の措置に弘徽殿女御が「いとど御心動きたまふ」と「いとど」を伴って動揺する様子を、語り手が「ことわりなり」と評するのは、弘徽殿に同情してというだけでなく、立后するなら皇太子の母として実績のある弘徽殿女御であるとの世の評価を代弁したことばであろう。よって、「引き越す」とは身分のことではなく、第一候補を差し置いて立后したことを指すのであり、「安からず聞こゆ」とは帝の措置に対するそうした世人の言葉にできない抵抗が込められていると考えられる。桐壺帝の行動が尋常でないのは、立后すべき順番を違えて、わざわざ皇統の混乱を引き起こすことであり、それは元を正せば立太子した皇子の母とは別の人を立后する行動そのものが前代未聞のことなのである。『源氏物語』以前で、皇太子の母以外の人を立后し、その子を立太子した例はない。これに似た例では、大化の改新の際に、皇極天皇が弟の孝徳天皇に譲位して、皇極皇子の中大兄皇子を立太子したが、孝徳天皇は中大兄皇子の同母妹の間人皇女を立后した例がある。しかし、間人皇女腹の皇子の立太子にまでは至らなかった。立后の後、孝徳天皇と中大兄皇子が対立する関係になるのは、立后が中大兄皇子を否定し、間人皇女腹に皇位継承者を期待する意味をもってくるからであろう。清水好子は、『源氏物語』が時代設定から主人公の造型に至るまで、歴史的事実に準拠しながら積み上げているのは、不義の子冷泉帝の即位という一番重要な準拠ばなれをしたかったからだと述べた(27)。しかし、冷泉帝の即位は母藤壺が立后されれば十分あり得る歴史的事象である。一番の準拠ばなれというなら、冷泉帝の即位よりも、前代未聞の藤壺の立后にこそ見るべきであろう。それを読者には帝の情念の達成として読ませ、あり得べき現実としてしまうところに物語独自の論理がある。

ここに現れた河内本の異文「例の、安からず世人もきこえけれど、人の御程のいとやむことなきにやゆるされ給けん」に関しては、他の本が全て「例の、安からず世人も聞こえけり」として帝の行為への違和感を表明している世人の側に立つのに対し、河内本のみには藤壺の后腹皇女である血の尊貴性を根拠とすれば仕方がないとする帝の行為を正当化する意識が見られ、語り手は帝側に近い。また、藤壺の立后を河内本のみが「十月」とすることについては不明とせざるを得ないが、多くの本文に「七月」とあるのは、史上の嵯峨天皇皇后橘嘉智子の例を連想させ、淳和皇統との密やかな対立を含意して読ませるためかもしれない。紅葉賀巻の冒頭の朱雀院行幸には嵯峨天皇御代に准拠する桐壺帝の姿が見えることを以前指摘した(28)。それとの関連で、同巻の末尾が橘嘉智子の立后を連想させる語りと見ることもできよう。加えて、紅葉賀巻末の「月日の光の空に通ひたるやうにぞ、世人も思へる」については、この場面が立后を語ることに中心があることからすると、立后宣命の基本となった藤原光明子の立后宣命(29)にある文言との関係も指摘できるのではないか。宣命の中では、天皇と皇后を一対の関係とし、それを空にある日と月の関係としてみる見方を示している(30)。『源氏物語』紅葉賀巻は、本来桐壺帝と藤壺が日と月の関係として描かれるべきところを、冷泉と光源氏の関係にずらして、本来一対にならない二人を一対に見立ててその正統性を語ろうとした文脈として理解することができる。

結

歴史との比較検討から、紅葉賀巻末の状況は次第に明らかとなった。立后する根拠としては皇女であることが第一であり、立后は立太子を導く点で、藤壺立后は所生皇子冷泉を立太子する根拠となる。しかし、桐壺巻ですでに朱雀を皇太子としている状況では、皇太子の母を立后する場合が通例で、皇太子の母として二十余年の実績があることからすれば当然弘徽殿女御が立后すべき立場にある。それを無理やり皇女であること根拠として立后したのが紅葉賀巻の状況なのである。皇太子を決めていながら、譲位にあたってその弟を新たな皇太子に立てることは、皇統の分裂を招く行為で、歴史上これ以前に前例を見ない極めて異例のことである。しかも後に立てられた皇太子が后腹皇子であることで、桐壺帝の直系の皇統を形成する役割は冷泉に託されたと見ることができる。それは同時に朱雀を繋ぎの立場に追いやることを意味する。ところが、朱雀には弘徽殿ほか右大臣勢力が確固とした後見として存在しているのに対し、冷泉にはこれといった後見はなく、立后した藤壺と参議になった光源氏しかいない。さまざまな意味において朱雀側と冷泉側に深刻な軋轢を招きかねない状況が作り上げられたのである。聖武天皇以降で皇女が立后し、その所生皇子が立太子した二つの例（井上内親王腹の他戸親王、正子内親王腹の恒貞親王）が、いずれもその後廃太子の憂き目にあっていることは、物語の今後を考える上で外せない出来事であろう。物語は藤壺を立后し、冷泉を立太子した時点で、後に廃太子の憂き目にあう物語を可能態として胚胎したといえるのである。その危うい立場にある冷泉と光源氏が日と月の比喩によってその正統性が語られるところに紅葉賀巻末の眼目がある。

注

（1）『源氏物語』本文の引用は、小学館刊新編日本古典文学全集『源氏物語』により、巻名・巻数・頁数を記した。
（2）増田繁夫「源氏物語の藤壺は令制の〈妃〉か」（『源氏物語と貴族社会』所収　吉川弘文館　平成14（二〇〇二）年）
（3）『細流抄』本文の引用は、桜楓社刊源氏物語古注集成7『内閣文庫本細流抄』による。
（4）岸俊男「光明立后の史的意義―古代における皇后の地位―」（『日本古代政治史研究』所収　塙書房　昭和41（一九六六）年）

(5) 瀧浪貞子「光明子の立后とその破綻」（『日本古代宮廷社会の研究』所収　思文閣出版　平成3（一九九一）年）

(6) 直木孝次郎「厩戸皇子の立太子について」（『飛鳥奈良時代の研究』所収　塙書房　昭和50（一九七五）年）

(7) 瀧浪貞子　注(5)に同じ

(8) 『令集解』では、巻三十四「公式令」に「皇后　謂、天子之嫡妻也、釈云、皇后、天子嫡也、昔今通称、朱云、皇后者不在天子母、只称皇后耳、先帝・今帝之后並同也」とあるように「天皇の嫡妻」である。本文の引用は『新訂増補國史大系』（吉川弘文館）

(9) 『律令』本文の引用は、岩波書店刊日本思想大系による。

(10) 藤原光明子を立后した際の宣命に述べている理由は以下の六点である。①光明子は聖武の妻となって六年経過している。②光明子を立后するのは、二歳でなくなった皇太子の母であるからだ。③天下の政は一人で行うものではない。必ず後方《しりえ》の政がある。④天皇と皇后が並び立つのは、天に日月があるように、地に山川があるように並び坐してあるのが当然だ。⑤母光明天皇が藤原光明子を聖武に賜った日の宣命に光明子の父藤原不比等の功績に報いることが大切であることを説いた。⑥臣下の女が皇后になるのは仁徳天皇皇后（磐之媛命）の例があり、新しい政ではない。理由の多さから苦心の跡が忍ばれる。

(11) 藤原穏子の立后については、『日本紀略』延喜二十三年四月二十六日条に「以女御従三位藤原朝臣穏子為中宮、前皇太子之母也」とことさら皇太子の母であることが明記されている。

(12) 『三代実録』貞観六（八六四）年正月七日条、同じく元慶六（八八二）年正月七日条

(13) 藤原穏子が醍醐天皇の皇后か中宮かは記録により異なる。『日本紀略』『大鏡裏書』が「中宮」とし、『一代要記』『西宮記』『中右記』『扶桑略記』は「皇后」と記す

(14) 注(10)の光明子の立后の宣命の⑤の内容

(15) 立后が藤原氏内部の対立を招いたことでは、円融天皇御代に藤原頼忠が関白となって藤原遵子を立后したことに藤原兼家が激しく反発して男公達の出仕を差し止めたこと（『栄花物語』巻第一「花山たづぬる中納言」）や、一条天皇御代に藤原定子が立后して藤原道隆が道長を中宮大夫に任命したことに道長が反発して定子に寄りつこうともしなかったこと（『栄花物語』巻第三「さまざまのよろこび」）などが知られる

(16) 河内祥輔『古代政治史における天皇制の論理』（吉川弘文館　昭和61（一九八六）年）一三一頁
(17) 『栄花物語』巻第一「月の宴」
(18) 拙稿「桐壺皇統の始まり—后腹内親王の入内と降嫁—」（『國學院雑誌』第一〇九巻第十号　通巻一二一八号　平成20（二〇〇八）年10月）
(19) 『続日本後紀』仁明天皇即位前紀
(20) 『三代実録』貞観十年正月十一日条
(21) 「喪装令」によれば、服喪期間は嫡子が三ヶ月、それ以外の子（衆子）は一ヶ月とある。
(22) 『今鏡』巻一「つかさめし」、『古事談』第一
(23) 河内祥輔「後三条・白河『院政』の一考察」（『都と鄙の中世史』所収　吉川弘文館　平成4（一九九二）年）
(24) 河内祥輔　注(23)に同じ。
(25) 三条天皇中宮妍子腹の禎子内親王が後朱雀に入内する例、後一条天皇中宮藤原威子腹の章子内親王が後冷泉に入内する例、同馨子内親王が後三条に入内する例など『源氏物語』以降后腹内親王が入内する例が頻出する。
(26) 拙稿注(18)に同じ。
(27) 清水好子「源氏物語における準拠」（『源氏物語の文体と方法』所収　東京大学出版会　昭和55（一九八〇）年）
(28) 拙稿「嵯峨朝復古の桐壺帝」（『源氏物語の准拠と系譜』所収　翰林書房　平成16（二〇〇四）年）
(29) 皇女が立后する場合は理由を必要としないが、夫人や女御から立后する場合には必ず根拠を宣命で述べている。宣命が残っているもののうち、橘嘉智子・藤原安子の場合には「後方の政」を根拠としていて、これは光明子の立后にある根拠の一つで、表現まで似ている。宣命は残っていないが藤原穏子の場合は皇太子の母であることで、これも光明子の立后の根拠の一つである。
(30) 天皇と皇后を一対の関係として見る見方は、『礼記』「昏義」にある「天子之與レ后、猶ニ日之與レ月、陰之與レ陽、相須而后成者也」（天子《てんし》と后《こう》とは、猶《な》ほ日《ひ》と月《つき》と、陰《いん》と陽《やう》とのごとし、相須《あいま》ちて后《のち》に成《な》る者《もの》なり）あたりを出典とするか。

光源氏の六条院
——源融と宇多上皇の河原院から——

湯淺幸代

はじめに

光源氏の壮年期の栄華を象徴する邸宅・六条院については、すでに多くの論考が重ねられている。古くは『河海抄』に、史上の河原院に準拠するとの指摘があり(1)、先行物語では、『うつほ物語』の源正頼邸(2)、神南備種松邸(3)がその先蹤と見られている。

通常、貴族の邸宅は一町を限りとしたが、六条院は四町を占め、その各町に女人とそれにふさわしい四季を配することで、時に「生ける仏の御国」とも表される理想的空間を現出させた。六条院の研究史においては、そのような邸宅が物語にもたらす意味を明らかにすべく、その源泉や背後にある思想が探られてきた経緯がある。

たとえば四方四季の邸宅と庭には、浦島伝説の龍宮のような理想郷(4)や中国の古代帝王の神仙思想(5)が見い出されており、季節と方位のずれについては、民俗学的見地から戌亥・辰巳の方角を尊ぶ信仰(6)などが指摘されている。さらに六条院の独自性、ひいては臣下でありながら帝の父であるという光源氏の特殊な位相を追究する試みとして、六条院の行事や各町の描写など、より詳細な表現の検討がなされてきた。

また、六条院造営の理由については、先に登場する二条東院の変容と合わせ、構想論として展開した。[7] 二条東院は、明石の地から帰京した光源氏が、妻妾の集団化や明石母子の引き取りなどを目的に造成した邸である。しかし当初予定していた女性たちの一部は東院入りすることなく、その役割は時を経ずして六条院に引き継がれる。作者の構想の変更が言われる所以であるが、その理由については、明石の君の東院入り拒否[8]や六条御息所の鎮魂[9]など、およそ女性側に求められた。しかし、政界復帰後の光源氏のありようを考えた時、六条院造営の理由は光源氏側の変化にあったと思われる。

そこで本稿では、源融が造営し、後に宇多上皇が所有することになった河原院（東六条院）を中心に見据えた上で、物語の六条院に特徴的な表現について改めて検討を加えながら、光源氏にとっての六条院の意味を再考したい。見通しを先に述べれば、表向きには太政大臣という廟堂の首班にふさわしい邸宅が必要とされたこと、[10] またその一方で、藤壺の死後、冷泉帝に実父として認識された光源氏にとって、太上天皇の住まいである後院（仙洞）としての邸宅の造営が必須となったということであろう。[11] 冷泉帝に譲位を申し出られた薄雲巻に六条院構想の端緒となる春秋優劣論が展開され、太政大臣に任じられた少女巻で六条院が完成することは、その証拠と言える。[12]

しかしながら、光源氏の六条院については、妻妾集団化の点で〈後宮〉形成という指摘があるほか、内裏でのみ行われる白馬の節会が見られるなど、[13] 臣下の枠組みを越えるありようが注目され、主に王者としての理想性が言われてきた。先述した四方四季の読み解きや、六条院に関する表現についての詳細な検討も、およそ光源氏の王者性の体現という結論に帰着している。六条院の復元図を想定する試みにも、やはり光源氏という王者の邸宅を具象化したいという欲求があるのだろう。[14]

しかし、それらはあくまで「源氏の大臣」として官位を極めながら、隠れた「太上天皇」としても君臨する光源氏の二面性を映し出す邸宅であることを、史上の例や漢詩文の表現を中心に検討することで証明したい。

一　源融の河原院と源順の「河原院賦」

「河原院」とは、嵯峨天皇の第八皇子で左大臣まで至った源融（八二二―八九五）が造成した邸宅であり、『拾芥抄』には「六条坊門南、万里小路東八町云々、融大臣家、後寛平法皇御所（号：六条院）、本四町京極西、号：東六条院」と記されている。このように、六条の地に四町を占めるあり方は、『河海抄』が準拠として指摘する通り、光源氏の六条院を髣髴とさせる。

またこの邸が特に風流を極めた造りであったことは、難波津から取り寄せた海水によって写された塩竈の景（陸奥国の歌枕）によく知られるが、『本朝文粋』には河原院を舞台とした漢詩文が収められており、宇多上皇の没後は源昇の子孫・安法法師により歌会が開かれるなど、後世まで文事の場として機能し続けた[15]。『伊勢物語』八十一段には、親王たちが河原院で宴をし、邸の風趣を褒める歌を詠んだとあり、そこにいた業平とおぼしき「かたゐおきな」の歌「塩竈にいつか来にけむ朝なぎに釣する舟はここに寄らなむ」が披露されている[16]。

この段は、源融が『伊勢物語』の成立に関わるのではないかという説の根拠にもなっているが、このような河原院の様相は、一見、惟喬親王の諸の院のごとく、政治から疎外された者たちによって追究された風流と軌を一にするように思える。源融の場合、確かに基経を中心とする藤原氏の台頭により、十分な政治力を発揮できたとは言いがたい[17]。特に陽成の即位にあたり右大臣ながら摂政を兼ねた基経が、太政大臣・藤原良房の死後、左大臣として十年近く廟堂の首班にいた十四歳年上の融を引き越して関白太政大臣となったことは、当時の基経の勢いを物語っている。とはいえ、七十四歳の長寿を保った融は、官位は留め置かれたものの、清和・陽成・光孝・宇多と四代にわたり、二十四年間、大臣職を務めあげた。この長さは藤原顕光の二十六年、藤原良房の二十五年に次ぐものであり、これら上位三人に続くのが源常の十五年であることに鑑みても、「源氏の大臣」として、源融の存在は人々の記憶に深く刻まれたはずである。

藤原良房を外祖父に持つ清和、藤原基経を伯父とする陽成天皇の時代には藤原氏の躍進が続き、ついに年下の基経が摂政となった際、自邸に引き籠った融であったが[18]、光孝・宇多の治世時にも、引き続き大臣職に就いていることは注目される。河原院の造成時期は不明ではあるが、先の『伊勢物語』に登場する業平の生没年・天長二年（八二五）—元慶四年（八八〇）を考慮に入れると、河原院は融が大納言から左大臣に任じられた清和天皇時代に既に完成しており、その後の蟄居等とは直接関わらないのではなかろうか。そして廟堂の首班に至った融の源氏としての自負こそ、河原院の豪奢な風流を生み出したと考えたい。

そしてこのような邸宅を築き、世に文事の興を提供し続けた一世源氏・源融のありようは、物語世界の主要人物として定位されるのである。『うつほ物語』の左大臣・源正頼の邸宅である三条院は「四町の所を四つに分かちて、町一つに、檜皮のおとど・廊・渡殿・蔵・板屋など、いと多く建てたる、四つが中にあたり面白き、本家の御料に造せ給ふ。」と記され、同物語の嵯峨源氏・源涼を養育する神南備種松の吹上の宮は「吹上の浜のわたりに、広く面白き所を選び求めて、金銀・瑠璃の大殿を造り磨き、四面八町の内に、三重の垣をし、三つの陣を据ゑたり。」と記述される[19]。光源氏の六条院も、間違いなくこのような一世源氏の住まう邸宅の延長線上にあると思われ、表向きには確かに少女巻における光源氏の太政大臣就任が、六条院造成の理由であったに違いない。

また、源融と光源氏との共通性として、即位の可能性が持ち上がりながらも即位できなかった一世源氏であるという点はやはり重要であろう。『大鏡』には、陽成天皇が廃位された際、次の天皇候補に融自ら名乗りを挙げたエピソードが収載されており[20]、嵯峨源氏で仁明天皇の猶子であった融の自負が窺える。一方、光源氏は澪標巻において「みづからも、もて離れたまへる筋は、さらにあるまじきことと思す」と、語り手によって源氏の即位への意志は固く否定されているが、源氏自身「宿世遠かりけり」と、改めて帝位と縁がなかったことを思い返すあたり、融と通じるところがある。

以上のような共通点を持つ二人であるが、邸宅の具体的な様相についても、重なる部分を見いだせるのではなかろうか。そこで、次は河原院を題材として詠まれた『本朝文粋』所載の漢詩文[21]について検討してみたい。源順「源澄才子の河原院賦に同じ奉る」（巻一・上、以下「河原院賦」と表記）では、主に第一～第三段落において、往時の河原院の様子を知ることができる。

有レ院無レ隣、
自隔二囂塵一。
山吐二嵐之漠漠一、
水含二石之磷磷一。
承相遺二幽居一、誰忘二前主一。
法王垂二叡覧一、猶感二後人一。
其始也、

院有りて隣無く、
自ら囂塵《ごうじん》を隔つ。
山は嵐の漠漠たるを吐き、
水は石の磷磷たるを含む。
承相幽居を遺す、誰か前主を忘れん。
法王叡覧を垂る、なほ後人を感ぜしむ。
其の始めや、

軒騎聚レ門、
綺羅照レ地。
常有二笙歌之曲一、
間以二弋釣一為レ事。
夜登二月殿一、蘭路之清可レ嘲、
晴望二仙台一、蓬瀛之遠如レ至。
是以、
四運雖レ転、
一賞無レ忒。
春翫二梅於孟陬一、
秋折二藕於夷則一。
九夏三伏之暑月、竹含二錯午之風一、
玄冬素雪之寒朝、松彰二君子之徳一。

軒騎門に聚《むらが》り、
綺羅地を照らす。
常に笙歌の曲有りて、
間《まじ》ふるに弋釣《よくちょう》を以て事と為す。
夜に月殿に登れば、蘭路の清きを嘲るべく、
晴れに仙台を望めば、蓬瀛の遠きも至るが如し。
是を以て、
四運転《めぐ》るといへども、
一賞忒《たが》ふこと無し。
春は梅を孟陬に翫《もてあそ》び、
秋は藕《はちす》を夷則に折る。
九夏三伏の暑月には、竹は錯午の風を含み、
玄冬素雪の寒朝には、松は君子の徳を彰す。

（新日本古典文学大系『本朝文粋』岩波書店、表記は一部改めた）

「山吐二嵐之漠漠一、水含二石之磷磷一。」（山の気が一面に広がり、池は水中の石がはっきりと見えるほど澄んでいる）と詠われる河原院は、実際、賀茂川沿いの豊かな自然に隣接しており、「有レ院無レ隣、自隔二囂塵一。」（隣家はなく、自然と世間の喧しさからは隔たっている）という様であったという。にもかかわらず「軒騎聚レ門、綺羅照レ地。」（乗車した貴人や騎乗

した人が門に群れ集い、女性たちの美しい出衣の裾が地に照り映えた）とあるのは、左大臣の邸宅としての繁栄を示しており、それらの人々によって「常有二笙歌之曲一、間以二弋釣一為レ事」（常に管弦の音が鳴り響き、時には鳥を射たり魚を釣ったりして楽しんだ）と、その賑わいの様が記される。光源氏の六条院も、「静かなる御住まひ」を志向して造られており、恐らく周囲は河原院同様の静けさを有していたはずである。しかしながら、春の町の趣向を凝らした中宮季御読経を始め、端午の節句の競射など人々を集める行事が催されており、このような点も「河原院賦」で詠われる賑やかさを思わせる。また「夜登二月殿一、〜蓬瀛之遠如レ至」は、庭の景を中国の仙境に見立てて賞美しており、このような表現は、『本朝文粋』の庭園描写に度々見られるものであるが[22]、特に上皇の御所を舞台とする場合には必ず用いられており[23]、後に河原院が宇多上皇の所有となったことに鑑みても、御所同様の趣を湛えていたと考えられる。またこのように仙界に擬され永遠に時を止めるかのような美しい庭園にも「四運」（四季）による変化は訪れる。しかしながら「春翫二梅於孟陬一〜松彰二君子之徳一」のように、どの季節にも賞美しうる風物が存在することによって、常時風流を楽しめる邸宅であったと謳われる。光源氏の邸宅のように、最初から四季が割り当てられたわけではないだろうが、それぞれの季節が楽しめる植生がなされている点は、光源氏の六条院と共通すると言えるだろう。

このように、「河原院賦」に見る往時の河原院は、光源氏の六条院に近しい姿をしている。この詩の作者・源順（九一一―九八三）は、嵯峨天皇の子・源定の孫であり、源融が主人であった頃の河原院を知らない世代である。しかしながら、同じ嵯峨源氏であればこそ、「源氏の大臣」・源融の河原院には特別な思いがあったのではなかろうか。この詩の四段落以降は、かつて風雅を極めた邸宅が今では寂れた寺院となり、世の中も住む人も変わってしまったことが愁嘆されるが、河原院の変わらない風景の美しさも詠まれている。またこの歌の正式名称にある「源澄才子」とは光孝源氏・源為憲（？―一〇一一）のことであり、その「河原院賦」に倣って詠まれたというのも興味深い[24]。ともかく『源氏物語』の作者・紫式部が光源氏の六条院を描くにあたり、このような漢詩文中の河原院を参考にしたかは定かでないが、双方廟堂の首班たるにふさわしい「源氏の大臣」の邸宅として表現されていることは確かだろう。ただし河原院は、「河原院賦」においても源融の対として登場する宇多上皇を後の主人とする。(25)そこで、次は宇多上皇と河原院との関係について見ていきたい。

二　宇多上皇の河原院と紀在昌「宇多院の河原院の左大臣の為に没後諷誦を修する文」

宇多上皇と河原院との関わりは、延喜十七年（九一七）十月六日、宇多上皇の主催する源昇の七十賀が河原院で行われたとする『日本紀略』の記事(26)を初出とする。源昇は融の子であり、「河原大納言」と呼ばれることから、河原院を父から相続していたことが窺えるが、この邸が昇から宇多上皇に譲渡、あるいは貸与されたのは、昇の女・源貞子（小八条御息所）が宇多の後宮にいたことや、広壮な邸を維持しうる財力、及び融に匹敵する豪奢な性癖などに由来すると言われている。(27)

当時宇多上皇は出家して法皇となっていたが、譲位後、三十五年の長きにわたり皇室の家父長として君臨し、朱雀院、亭子院、六条院（中六条院）と、数々の後院で多くの風流事を催した。また『大和物語』六十一段には、宇多が藤原時平の女・褒子（京極御息所）を河原院に住まわせて通うようになったことが記されるが、亭子院には「御息所たちあまた御曹司してすみたまふに」とあるように、譲位後も多くの女御・更衣が宇多上皇に仕えていた。天皇在位中には権威の弱さや基経との関係から、思うような政治が行えなかった宇多であったが、譲位後は息である醍醐天皇に摂政を置かず、婚姻政策にも口を出すなど、院政の萌芽のごときふるまいも見られ、(28)かなり自由に行動していたようである。

このような宇多上皇が、風流を極めた源氏の邸宅・河原院を所有したことは、自然の流れであるように思われる。しかし同じ一世源氏でありながら、即位の叶った宇多と、叶わなかった融との間には、何かしらわだかまりがあったのかもしれない。阿衡事件の際、融が最終的に基経の意見を尊重し、宇多天皇に改めて関白の詔を下すよう促したのは、そのことが理由であったとする見方がある[29]。ただし基経との紛議に際し、宇多が左大臣・源融を仲裁役として遣わした理由は、公卿を四十年近く務め、長いこと大臣職にあった融を信頼してのことであろう。また融の方も、光孝・宇多の治世時に引き続き大臣職を続けていたのは、彼らの天皇としての資質を認めていたからであると思われる。しかしながら、宇多上皇を主人とする河原院において、融が亡霊となって現れるのは、このような複雑な両者の関わりに理由があるのではなかろうか。具体的には『本朝文粋』（巻十四、四二七）に収載される紀在昌「宇多院の河原院の左大臣の為に没後諷誦を修する文」を見ていきたい。

諷誦を請けん事

三宝衆僧の御布施云々

右、仰せを奉ずるに云《のたま》はく、「河原院は、故左大臣源朝臣の旧宅なり。林泉隣をトし、喧囂《けんごう》境を隔つ。地を択《えら》びて構へ、東都の東に在りといへども、門を入りて居れば、北山の北に遁《のが》るるが如し。ここを以て、年来、風煙の幽趣を尋ねて、禅定の閑棲と為す。時代已に昔年に同じからず、挙動何ぞ旧主を煩はすこと有らんや。しかるに去る月の廿五日、大臣の亡霊、忽《たちま》ち宮人に託して申して云《いは》く、『我在世の間、殺生を事と為す。その業の報に依りて、悪趣に堕つ。一日の中、三度苦を受く。剣林に身を置きて、鉄杵骨を砕く。楚毒至痛、具《つぶさ》に言ふべからず。ただその笞掠の余、拷案の隙《ひま》に、昔日の愛執に因りて、時々来りてこの院に息《いこ》ふ。惣《すべ》て侍臣の為に、悪眼を挙げず。いはんや宝体においては、あに邪心有らんや。しかれども重罪の身、暴戻《ぼうれい》性に在り。物を害するに意なしといへども、なほ人に向かふに凶有り。冥吏捜り求めて、久しく駐《とどま》ることを得ず。我が子孫皆亡じなば、汲引誰をか恃《たの》まむ。適《たまたま》遺《のこ》りし所は、相救ふべきに非ず。ただ湯鑊《とうかく》の中に悲歎し、枷《か》鎖《さ》の下に憂悩するのみ』といふ。勅答して云く、『今卿《なんじ》が為に善を修して、その苦より脱せしめんか』といへり。報奏して云く、『罪根至つて深く、妙功も抜き難し。縦《たと》ひ無数の善を修すとも、脱すべき期を知らず。ただ七箇寺において、おのおの諷誦を修して、遥かに抜苦の慈音を聴かば、暫《しばら》く無明の毒睡を覚《さま》さん。自余は、万善を修すといへども、我が得る所に非ざるなり』といふ。ここに、そのかくの如きを観て、悲感自づから然り。朕は昔握符の尊たり、卿もまた和羹《わこう》の佐たり。分段間なく、生死遠く隔たりしより、薬石の前言を忘れ難く、いまだ魚水の旧契を改めず。常に思ふ、抜済道を得て、早く覚樹の花を攀《よ》ぢんことを。あに図りきや、出離媒《なかだち》なく、永く苦海の浪に溺れんとは。合体の義、既に曩時《のうじ》に重く、滅罪の謀《はかりごと》、すべからく今日に廻《めぐ》らすべし。仍《よっ》て七箇の精舎を占めて、九乳の梵鐘を扣《たた》く。今の企《くはだ》つる所は、これその一なり。伏して乞ふ、一音風に任せて、忽ち鵝鴨《がおう》の宿訴を息《や》め、三明月を照らして、遂に瓔珞《ようらく》の後身と為らん」てへれば、宮臣仰せを奉じて、修する所件《くだん》の如し。敬ひて白《もう》す。

延長四年七月四日　主典代散位秦有明

（新日本古典文学大系『本朝文粋』岩波書店、表記は一部改めた）(30)

右記は、宇多上皇が源融の霊を供養するために行った諷誦に際しての願文であり、施主である宇多の意を受けて紀在昌が作ったとされる。ただし『扶桑略記』では三善文江の作としており、この願文が宇多上皇の言葉をほぼそのまま引用しているところを見ると、作者が誰であるかということはそれほど問題ではなかったのかもしれない。

内容については、まずは河原院が源融の旧居であり、その様が周囲から隔絶した隠者の住まいのごとき趣であったことから、そのような場所を探し求めていた宇多が、仏道修行のために住んでいたと説明する。そして自分の振る舞いが、邸の元の主人である源融を煩わすはずはないと述べる。つまり融が亡霊となって現れたことについて、自分に非がないことを確認させるのである。その上で、融の亡霊と対峙した折の話に入る。

融の霊は、突然女官に取り憑いて「生前、自分は殺生を行ったために、地獄の責苦を受けており、その拷問の隙を見て、時々生前愛着のあったこの邸で休んでいる。侍臣を憎んだり、法皇に対して邪な心を抱いたりすることは決してないけれど、重い罪のために凶暴になることもある。自分の子孫がすべて死んでしまっては、この苦しみから救われる手だてがなく、地獄で憂い悩んでいる」と訴える。上皇は、自分が融を救うための善業を行うので、どのようなことをすればよいかを尋ねる。すると融の亡霊は「自分の罪は重いので、いかに優れた功徳でも、罪根を全て抜き取ってしまうことはできないが、七つの寺においてそれぞれ諷誦を行ってもらえれば、しばらくは迷いの境地から脱することができる」と答えている。その後宇多は、「薬石の前言を忘れ難く、いまだ魚水の旧契を改めず。」（薬のように為になるお前の忠告は忘れ難く、魚と水のように親密なかつての君臣の契りは以前のままである）と、融との親密な君臣関係を強調した上で、地獄の苦しみから救うべく自分が諷誦を行い、融の極楽浄土への往生を願うのである。

この願文の内容が、すべて真実を語っているかどうかは定かでない。特に河原院への住居が仏道修行のためというのは、褒姿・褒子を住まわせて通っていたとする『大和物語』六十一段の記述とは食い違いを見せている。そのため『江談抄』[31]などの説話が、宇多と褒子との情事に際し、源融の霊が現れたと語るのは、それらの疑義に対する一つの答えのようにも思われる。また融が地獄に堕ちた理由として挙げる「殺生」は、源順の「河原院賦」にも「間以二弋釣一為レ事。」（時には鳥を射たり魚を釣ったりして楽しんだ）と確かに見えているが、先述したようなわだかまりが想定される二人の間柄において、融が亡霊となった理由が本当に生き物への殺生であったのかについても疑問が残る。『今昔物語集』[32]などは、生前同様、河原院の主人として宇多上皇を出迎える融の霊を登場させるが、この霊に対し、邸の正当な所有権を主張する宇多を描いており、二人の生前からの微妙な関係を想像させる。とはいえ、未だ成仏できないでいる融のために宇多が諷誦を行わせたのは事実であり、その二人を結ぶ接点が河原院であったことは確かである。そしてこのような亡霊との対話は、融が何かしら無念の想いを抱いていたであろうと考える宇多側の後ろめたさを意味しているのではなかろうか。実際、当時の宇多上皇は体調が悪く、融の霊との対話を夢や幻覚として見たものと解釈する説[33]もある。

　ともかくこの出来事は、先述したように後世の説話の題材となるが、『源氏物語』の夕顔巻における「なにがしの院」の「もののけ」との関わりが指摘されている[34]。また前の邸の主人が新しい主人と対峙するという意味では、六条院に現れる六条御息所の死霊との関わりも見過ごせまい[35]。この場合、光源氏は宇多上皇の立場に当てはまるが、お互い一線を退いた体をとりつつ、太上天皇として（光源氏の場合は隠れた太上天皇として）子の治世に引き続き大きな影響力を持った点は共通していよう。

　以上、源融と宇多上皇と、それぞれ河原院をめぐる状況を押さえてきたが、次は光源氏の六条院の描写について具体的に見ていきたい。

三　光源氏の六条院

光源氏の六条院については次のように語られる。

八月にぞ、六条院造りはてて渡りたまふ。未申の町は、中宮の御古宮なれば、やがておはしますべし。辰巳は、殿のおはすべき町なり。丑寅は、東の院に住みたまふ対の御方、戌亥の町は、明石の御方と思しおきてさせたまへり。もとありける池山をも、便なき所なるをば崩しかへて、水のおもむき、山のおきてをあらためて、さまざまに、御方々の御願ひの心ばへを造らせたまへり。

南の東は山高く、春の花の木、数を尽くして植ゑ、池のさまおもしろくすぐれて、御前近き前栽、五葉、紅梅、桜、藤、山吹、岩躑躅などやうの春のもてあそびをわざとは植ゑで、秋の前栽をばむらむらほのかにまぜたり。

中宮の御町をば、もとの山に、紅葉の色濃かるべき植木どもを植ゑ、泉の水遠くすまし、遣水の音まさるべき巌たて加へ、滝落として、秋の野を遥かに作りたる、そのころにあひて、盛りに咲き乱れたり。嵯峨の大堰のわたりの野山、むとくにけおされたる秋なり。

北の東は、涼しげなる泉ありて、夏の蔭によれり。前近き前栽、呉竹、下風涼しかるべく、木高き森のやうなる木ども木深くおもしろく、山里めきて、卯花の垣根ことさらにしわたして、昔おぼゆる花橘、撫子、薔薇、くたになどやうの花のくさぐさを植ゑて、春秋の木草、その中にうちまぜたり。東面は、分けて馬場殿つくり、埒結ひて、五月の御遊び所にて、水のほとりに菖蒲植ゑしげらせて、むかひに御厩して、世になき上馬どもをととのへ立てさせたまへり。

西の町は、北面築きわけて、御倉町なり。隔ての垣に松の木しげく、雪をもてあそばんたよりによせたり。冬のはじめの朝霜むすぶべき菊の籬、我は顔なる柞原、をさをさ名も知らぬ深山木どもの木深きなどを移し植ゑたり。

（新編日本古典文学全集『源氏物語』「少女」七八～八〇頁、表記は一部改めた）


まず最初に、邸の一町が六条御息所の娘・秋好中宮の住居であったと語られ、六条院は中宮の里邸として機能していることが知られる。六条御息所母子の造型については、『河海抄』以来、史上の徽子女王とその娘・規子内親王への準拠が言われており、規子が斎宮の任を終えて伊勢より帰京した際、母子ともに徽子の父・重明親王の本邸と思われる六条院（河原院同様、元は源融所有）に住んだ可能性が指摘されている(36)。このことは、物語の拠る史実が、融の所有する邸を中心に展開しているようで興味深い。続いて光源氏、花散里、明石の君の住む町の場所が示され、元々あった池や山が各町の女主人の意に沿うよう造りかえられたと記される。そして以下、各町のテーマとする季節の植物を中心に、庭の様子が語られていく。

この記述については、植えられている草木の種類が日本の自然を生かした庭園であって、ことさら仙境を象るものではないとの指摘がある(37)。実際これらの描写は『作庭記』等の作庭秘伝書の本文と酷似する箇所を見出すことができ、むしろ当時の現実的な建築・造園を基に描かれていると言われる(38)。よって六条院の四方四季の体制が、『うつほ物語』の吹上の宮のように、「東―春、南―夏、西―秋、北―冬」という五行の配当ではなく戌亥・辰巳信仰を優先させていたとしても、また春→夏→秋→冬と季節が循環するような町の配置になっていなくとも、それは後の六条院崩壊の暗示などではなく、『作庭記』等、当時の実際的な造園の理念を踏襲していると見るのである。

また薄雲巻で春秋優劣論が展開されるように、日本では特に春と秋の情趣が重んじられてきた。その二つの季節に光源氏の栄華にとって重要な紫の上と秋好中宮が配され、またそれらの町が隣り合って置かれることは、実際、現実的な配置であったと言えるだろう。さらにこれらの季節が厳密に分かたれていなかったことは、春の町に「秋の前栽」が、また夏の町に「春秋の木草」がまぜられていることより明らかである。

以上のことを確認した上で、再び源順の「河原院賦」を見てみると、第三段落、季節の風物について詠まれている部分が、こちらも「春→秋→夏→冬」と、季節の循環とは関わりなく詠まれていることに気づく。

四運雖レ転、　　　　　　　　　四運転るといへども、
一賞無レ忒。　　　　　　　　　一賞忒ふこと無し。
春翫二梅於孟陬一、　　　　　　春は梅を孟陬に翫び、
秋折二藕於夷則一。　　　　　　秋は藕を夷則に折る。
九夏三伏之暑月、竹含二錯午之風一、　九夏三伏の暑月には、竹は錯午の風を含み、
玄冬素雪之寒朝、松彰二君子之徳一。　玄冬素雪の寒朝には、松は君子の徳を彰す。

また春の梅と秋の蓮、夏の竹と冬の松が対になっている。さらにここで言われる梅、竹、松は、傍線部のように六条院の庭にも植えられており、季節の対応も一致している。ただし蓮の花は、若菜下巻、発病から小康を得た紫の上が二条院の蓮の花を介して光源氏と贈答する場面が印象的であるが、六条院では幻巻において光源氏が一人で池の蓮

を眺めて紫の上のことを思い出すよすがとするのが実景としての唯一の描写となっている[39]。「一蓮托生」という来世の約束を意味するこの花を、最初から特定の女性の庭に植えられていると記述することはふさわしくなかったのかもしれない。また「河原院賦」で詠われる庭は、先述したように、中国の仙境のようだと評されるが、一方で日本的な庭園の様式を伝える表現をとっていることがわかる。このことは、光源氏の六条院にも言えるのではないか。そこで次に、胡蝶巻に描かれる六条院の春の町の様子について検討していきたい。

竜頭鷁首を、唐の装ひにことごとしうしつらひて、楫とりの棹さす童べ、みな角髪結ひて、唐土だたせて、さる大きなる池の中にさし出でたれば、まことの知らぬ国に来たらむ心地して、あはれにおもしろく、見ならはぬ女房などは思ふ。中島の入江の岩蔭にさし寄せて見れば、はかなき石のたたずまひも、ただ絵に描いたらむやうなり。こなたかなた霞みあひたる梢ども、錦を引きわたせるに、御前の方ははるばると見やられて、色を増したる柳枝を垂れたる、花もえもいはぬ匂ひを散らしたり。他所には盛り過ぎたる桜も、今盛りにほほ笑み、廊を繞れる藤の色もこまやかにひらけゆきにけり。まして池の水に影をうつしたる山吹、岸よりこぼれていみじき盛りなり。水鳥どもの、つがひを離れず遊びつつ、細き枝どもをくひて飛びちがふ、鴛鴦の波の綾に文をまじへたるなど、物の絵様にも描き取らまほしきに、まことに斧の柄も朽いつべう思ひつつ日を暮らす。

風吹けば波の花さへいろ見えてこや名にたてる山ぶきの崎
春の池や井手のかはせにかよふらん岸の山吹そこもにほへり
亀の上の山もたづねじ舟のうちに老いせぬ名をばここに残さむ
春の日のうららにさして行く舟は棹のしづくも花ぞちりける

などやうのはかなごとどもを、心々に言ひかはしつつ、行く方も帰らむ里も忘れぬべう、若き人々の心をうつすに、ことわりなる水の面になむ。

（新編日本古典文学全集『源氏物語』「胡蝶」一六六～一六八頁）

右記は、中宮季御読経前に行われた春の宴の記述であるが、傍線部には爛柯の故事や白詩「海漫漫」の引用などが用いられ、仙境を思わせる記述が続く。このような表現については、神仙を希求した古代中国の帝王と光源氏とを重ね合わせる、[40]あるいは後の准太上天皇位を見越して六条院に他の後院同様の重みを持たせるなど、[41]主として光源氏の王者性に関わる表現と見られてきた。

この宴は、波線部に「唐の装ひにことごとしうしつらひて」、また「唐土だたせて」とあるように、光源氏自ら異国の雰囲気を作り出しており、その場の人々が仙境を意識するような演出を施している。ただし光源氏は帝王というより隠れた帝の父として上皇の仙洞御所を目指していると見る方が、六条院の庭の現実的な描かれ方に鑑みても妥当のように思われる。また物語における他の後院とのバランスを考える意見については、漢詩文において後院（上皇御所）が詠まれる際、必ず仙境表現が用いられたことを根拠とするが、物語中、朱雀院や冷泉院においては、仙境表現は用いられていないのである。つまり、六条院の仙境的な様子は、あえてそのような演出をもって理想的に見せたものであり、そこに隠れた帝の父として「太上天皇」を志向しながらも、実際は「源氏の大臣」である光源氏の特殊な位相を読みとることができるのではないだろうか。

先述したように、「河原院賦」には仙境表現が見られるが、この河原院は、左大臣として廟堂の首班を務め、後に帝位を意図するほどの自負を持った源融が造った邸宅である。融自身、神仙世界に傾倒していたとする意見もあるが、[42]

実際、後院に匹敵するほどの庭づくりがなされたのは、そのような融の意思を反映しており、後に河原院が宇多上皇の所有となったのも、そのふさわしさを備えていたからであろう。

物語の光源氏は「太政大臣」という臣下の時分においては、仙境のごとき河原院を造成した源融に近く[43]、また「准太上天皇」となってからは、元の邸宅の主人・六条御息所の死霊と対峙するなど、後に河原院の主人となった宇多上皇に準えられる[44]。このように、物語の六条院は、光源氏がそのような二面性を持つことを如実に示しているのである。

結語

物語の六条院とは、河原院の造営者である源融（源氏の大臣）と、後の所有者である宇多上皇（太上天皇）の、両方の位相をあわせ持つ存在として光源氏を意義づける。皇統交替という歴史的転換は、二人の源氏を翻弄し、皮肉にもその運命を分けた。そのことは、当時の人々にとって非常にドラマティックな出来事として受けとめられたに違いない。そしてその二人が多くの風流事の舞台となった河原院を通して結びついた時、それはいくつもの文学的創造をなさしめた。『本朝文粋』における漢詩文の存在は、河原院の文化的意義の大きさを改めて知らしめるものであり、『源氏物語』もその一つと言える。しかしながら、この物語が他の説話などと一線を画すのは、史上の二人を一人の人物として創造し、その苦悩と喜びとを生涯にわたって記述した点にあろう。結果、六条院を舞台とする光源氏の物語は、多面的な歴史の厚みを持った人間ドラマとして成立するのである。

注

（1）此六条院は河原院を摸する歟別記（真本御記云）みえたり
延喜（十）七年三月十六日己丑此日参入六条院此院是故左大臣源融朝臣宅也大納言源朝
臣奉進於院矣
一世源氏作られたるも其例相似たる歟
延長二年正月廿六日乙丑此日参入中六条院々御此院
（玉上琢彌編『紫明抄河海抄』角川書店、三八〇頁、以下『河海抄』の引用は同書）

（2）室城秀之「『うつほ物語』の三条院について―『源氏物語』の六条院との比較を通して」（『平安文学の想像力』論集平安文学五、二〇〇〇年五月）

（3）『河海抄』では「少女」の巻に「うつほの物語云紀伊国むろの郡に神なひのたね松といふ長者吹上浜のわたりに四面八町のうちに紫檀蘇芳くろかひからも、なといふ木ともを材木にとりて（真本として）金銀瑠璃車渠馬脳のおほ殿をつくりかさねて東の陣のとには春の山南の陣のとには夏のかけ西の陣のとには秋の林きたには松の林四面をめくりうへたる木草た、のすかたせす　此事を摸する歟たね松孫の源氏宮のために造て四面八町のうちに四季をわけてすまひけりといへる（真本すまひけるとあり）相似たり」とある。

（4）三谷栄一「源氏物語の構成と古代説話的性格―六条院の造営における民俗学的意義―」（『国学院雑誌』六二―二・三、一九六一年三月）、後に『物語史の研究』（有精堂、一九六七年）所収。ただし野村精一「光源氏とその自然」（阿部秋生編『源氏物語の研究』東京大学出版会、一九七四年）「六条院の四季の町」（『講座源氏物語の世界』第五集、有斐閣、一九八一年）は、邸宅の四方四季が民間の雑信仰の型ではなく、超人間的な時間を割り当てられた聖なる空間であると述べる。

（5）小林正明「蓬莱の島と六条院の庭園」（『鶴見大学紀要』（国語・国文学）二四、一九八七年三月）

（6）注（4）三谷論文

（7）高橋和夫「二条院と六条院―源氏物語に於ける構想展開の過程について―」（『源氏物語の主題と構想』桜楓社、一九六六

年）

（8）森藤侃子「二条東院と明石君」（『人文学報』八〇、一九七一年三月）

（9）藤井貞和「光源氏物語主題論」（『源氏物語の始原と現在』岩波現代文庫、二〇一〇年、初出一九七一年）

（10）日向一雅「六条院世界の成立について―光源氏の王権性をめぐって―」（『源氏物語の主題―「家」の遺志と宿世の物語の構造』桜楓社、一九八三年）

（11）光源氏が後院としての六条院造営を意識的に行ったとまでは述べていないが、六条院の仙境表現や「院」の名称から、後の准太上天皇位を視野に入れた邸宅として語られていることを田中隆昭「仙境としての六条院」（『国語と国文学』七五―一一、一九九八年十一月）、家井美千子「理想の邸宅としての「院」―「六条院」再考のために」（『言語と文化の諸相』一九九九年三月）が指摘している。

（12）深沢三千男「王者のみやび―二条東院から六条院へ―」（『源氏物語の形成』桜楓社、一九七二年）

（13）河添房江「六条院王権の聖性の維持をめぐって―玉鬘十帖の年中行事と「いまめかし」―」（『源氏物語表現史』翰林書房、一九九八年）

（14）玉上琢彌「『六条院』推定復原図并考証」（『大谷女子大国文』一四、一九八四年三月）、池浩三「光源氏の六条院―そのかくされた構想―」（『中古文学』四八、一九九一年十一月）

（15）犬養廉「河原院の歌人達―安法法師を軸として―」（『国語と国文学』四四―一〇、一九六七年十月）

（16）渡辺実「源融と伊勢物語」（『国語と国文学』四九―一一、一九七二年十一月）

（17）山中裕「源融」（『平安人物志』東京大学出版会、一九七四年）

（18）左大臣自二貞観十八年冬一、杜レ門不レ出。今日始就二太政官候庁一視レ事。（『三代実録』元慶八年（八八四）六月十日条、国史大系）

（19）『うつほ物語』の本文は室城秀之校注『うつほ物語　全』改訂版（おうふう）による。以下も同じ。

（20）融のおとど、左大臣にてやむごとなくて、位につかせたまはむ御心ふかくて、「いかがは。近き皇胤をたづねば、融らもはべるは」と言ひ出でたまへるを（新編日本古典文学全集『大鏡』「太政大臣基経昭宣公」七〇頁）

(21) 本稿でとりあげた源順の詩以外にも河原院を詠んだ詩に藤原惟成「秋日於二河原院一同賦二山晴秋望多一」（巻八・二二八）があり、安法法師が河原院の主人として登場する。

(22) 田中徳定「河原院と源融の風流―平安朝文人の意識をめぐって―」（『駒澤國文』二三、一九八六年二月）

(23) 注(11)田中論文

(24) 源為憲の「河原院賦」は現在散逸しており、『新撰朗詠集』に一部見ることができる。

(25) 工藤重矩「河原院の文学的伝統と宇多天皇」（『平安文学研究』五一、一九七四年七月）は、源順らの詩が、融の風流を継承しうるのは宇多法皇だけであり、融の遺した風流は法皇を迎えてますます盛んであると謳っていたであろうと述べる。

(26) 太上法皇於二河原院一賀二大納言源昇七旬筭一王卿宴飲（『日本紀略』国史大系）

(27) 目崎徳衛「宇多上皇の院と国政」（『貴族社会と古典文化』吉川弘文館、一九九五年）

(28) 河内祥輔「宇多「院政」論」（『古代政治史における天皇制の論理』吉川弘文館、一九八六年）

(29) 注17に同じ。

(30) 原文は以下の通り

請二諷誦一事

三宝衆僧御布施云々

右、奉レ仰云、河原院者、故左大臣源朝臣之旧宅也。林泉卜レ隣、喧囂隔レ境。択レ地而構、雖レ在二東都之東一、入レ門以居、
如レ遁二北山之北一。是以年来、尋二風煙之幽趣一、為二禅定之閑棲一。時代已不レ同二於昔年一、挙動何有レ煩二於旧主一。而去月廿五日、
大臣亡霊、忽託二宮人一申云、我在世之間、殺生為レ事。依二其業報一、堕二於悪趣一。一日之中、三度受レ苦。剣林置レ身、鉄杵
砕レ骨。楚毒至痛、不レ可二具言一。唯其笞掠之余、拷案之隙、因二昔日愛執一、時々来二息此院一。惣為二侍臣一、不レ挙二悪眼一。況於二
宝体一、豈有二邪心一乎。然而重罪之身、暴戻在レ性。雖レ無レ意二於害一レ物、猶有レ因二於向一レ人。冥吏捜求、不レ得二久駐一。我子孫
皆亡、汲引誰恃。適所レ遺者、非レ可二相救一。只悲二歎於湯鑊之中一、憂二悩於枷鎖之下一耳。勅答云、今為レ卿修レ善、令レ脱二其
苦一。行二如何善一、脱二此苦一乎。報奏云、罪根至深、妙功難レ抜。縦修二無数之善一、不レ知二可レ脱之期一。但於二七箇寺一、各修二諷
誦一、遥聴二抜苦之慈音一、暫覚二無明之毒睡一。自余雖レ修二万善一、非二我之所一レ得也。於レ是観二其如一レ此、悲感自然。朕昔為二握符

之尊一、卿亦為二和羹之佐一。自二分段無レ間、生死遠隔一、雖レ忘二薬石之前言一、未レ改二魚水之旧契一。常思抜済得レ道、早攀二覚樹之花一。豈図出離無レ媒、永溺二苦海之浪一。合体之義、既重二於曩時一、滅罪之謀、須レ廻二於今日一。仍占二七箇之精舎一、扣二九乳之梵鐘一。今之所レ企、是其一也。伏乞、一音任レ風、忽息二鵝鴨之宿訴一、三明照レ月、遂為二瓔珞之後身一者、宮臣奉レ仰、所レ修如レ件。敬白。

延長四年七月四日　主典代散位秦有明

(31) 『江談抄』巻三・三二「融大臣霊抱二寛平法皇御腰一事」また『古事談』もほぼ同文を収載する。

(32) 『今昔物語集』巻二七・二「河原院融左大臣霊宇多院見給語」同様の話は『古本説話集』や『宇治拾遺物語』にも見られる。

(33) 田中隆昭「夕顔巻における歴史と虚構」(『源氏物語　歴史と虚構』勉誠社、一九九三年)

(34) 古くは『弘安源氏論議』や『河海抄』より言われているが、研究としては、小林茂美「「融源氏の物語」試論」(『源氏物語論序説』桜楓社、一九七八年)、注(33)田中論文など。また融の怨霊譚をテクストのコードとして読む論に土方洋一「六条院の光と影―テクスト論の視座から―」(『源氏物語のテクスト生成論』笠間書院、二〇〇〇年)がある。

(35) 注(34)小林論文など。

(36) 増田繁夫「六条御息所の准拠―夕顔巻から葵巻へ―」(中古文学研究会編『源氏物語の人物と構造』笠間書院、一九八二年)

(37) 注(11)田中論文

(38) 横井孝「源氏物語と作庭秘伝書―「六条院」の基底―」(『静岡大学教育学部研究報告』三八、一九八八年三月)

(39) いと暑きころ、涼しき方にてながめたまふに、池の蓮の盛りなるを見たまふに、「いかに多かる」などまづ思し出でらるるに、ほれぼれしくて、つくづくとおはするほどに、日も暮れにけり。

(新編日本古典文学全集『源氏物語』「幻」五四二頁)

(40) 注(5)に同じ。

(41) 注(11)田中論文

（42）ベルナール・フランク「源融と河原院」『風流と鬼―平安の光と闇』平凡社、一九九八年）
（43）注（34）土方論文では、融の王権から遠ざけられた王氏のイメージが光源氏の謎めいた未来についてのコードの一つとしてあり、また源融の山荘・棲霞観に準えられる嵯峨の御堂の造営など、融を思わせる造営事業の延長線上に六条院造営があると言う。
（44）高橋和夫「源氏物語「六条院」の源泉について」（『源氏物語の主題と構想』桜楓社、一九六六年）は、六条院の源泉の検討から、光源氏の人物形成の背後に宇多上皇の面影があることを指摘する。

准太上天皇光源氏の四十賀
――上皇・天皇の算賀儀礼内容を通して――

金　孝珍

はじめに

奈良時代から四十歳を「初老」とし、老年期の人生儀礼として長寿を祝い、以後十年ごとに賀を祝う算賀行事が始められた。老化現象が表れはじめる四十歳を老人と見なす、つまり四十歳を「老人」の境界年齢と設定したのは、当時の老に対する文化的区分の現れであろう(1)。算賀行事は平安時代に入りさらに盛んになり、宮廷の儀式書にも定められた。また平安時代の物語や和歌などの文学にもたびたび描かれている。

『源氏物語』にも算賀が描かれており、実際に賀が行われたのは、一院と朱雀院、そして光源氏の三人である。つまり上皇二人と、准太上天皇一人の賀宴が描かれていることになる(2)。なかでも光源氏の四十賀は四度に亘って大変盛大に行われ、賀の様子も詳細に描かれている。『源氏物語』では行事を通して登場人物の公的立場が示されていることを考えると、光源氏の算賀の描き方は准太上天皇という身分と関わる問題であるといえよう。物語特有の身分地位である准太上天皇の位置付けは、二人の上皇と准太上天皇の算賀の儀式内容を比較することで垣間見ることができると考える。

本稿では史実や儀式書の上皇・天皇の算賀と『源氏物語』の三人の算賀を照らし合わせながら、上皇と天皇の算賀儀式の違いを明確にし、物語が儀式の面において准太上天皇光源氏の身分をどのように描き、意味付けているのか、また儀式の裏側にある意図は何かを考察したい。

一　一院・朱雀院の賀宴と光源氏の四十賀

上皇二人の算賀と准太上天皇光源氏の賀宴を物語はどのように描いているのか、その差は何であろうか。

まず、桐壺帝主催の一院の算賀の儀式内容を見ると、当日行事を見られない女御・更衣、特に懐妊中の藤壺に見せるため、清涼殿の前庭で試楽が行われ、光源氏と頭中将が青海波を舞う。そして朱雀院行幸当日は光源氏の青海波の後「承香殿の御腹の四の皇子、まだ童にて、秋風楽舞ひたまへるなむさしつぎの見物なりける」（「紅葉賀」三一五頁、『源氏物語』の本文引用は新編日本古典文学全集による　以下同じ）と、童親王「承香殿腹の四の皇子」の舞いが披露されている。四の皇子はこの場面のみに登場し、以後物語では全く姿を見せない。四の皇子が一院の賀宴の場面にたった一度だけ登場し、童舞を担っていることに注目したい。[3]

次に、朱雀院の五十賀の場面を見てみよう。朱雀院の五十賀は延引を重ね年末の十二月二十五日に行われることになり、試楽の日は、髭黒の四郎君と夕霧の三郎君、蛍兵部卿宮の孫王の君たち二人が万歳楽を、夕霧の二郎君と式部卿宮の息男源中納言の子どもが皇麞を、髭黒の三郎君が陵王を、夕霧の太郎が落蹲を舞うなど、源氏と血縁関係にある子どもが中心になって童舞を披露している。

一院と朱雀院の算賀の行事内容を見ると、同様に試楽が行われ、童親王舞または童舞が行われている。二人とも上皇という身分なので、その算賀の儀式内容も同じであることは当然と思われる。

では、准太上天皇光源氏の算賀はどのように描かれているのか。光源氏の四十賀については「藤裏葉」巻に「明けむ年四十になりまたふ、御賀のことを朝廷よりはじめたてまつりて、大きなる世のいそぎなり。その秋、太上天皇になずらふ御位得たまうて、御封加はり、年官、年爵などみな添ひたまふ」（「藤裏葉」四五四頁）と、賀宴の計画を記したその後に准太上天皇への昇進が語られる。四十賀の計画が予告され、その直後に准太上天皇への昇進があるのは決して唐突ではなく、光源氏の四十賀と准太上天皇という身分地位が緊密に関わっていることを物語は暗示しているのではないだろうか。

准太上天皇光源氏の四十賀は、玉鬘が正月子日に主催した賀宴、紫上が薬師仏供養の後に行った精進落しの祝宴、秋好中宮が諸寺に布施し開いた饗宴、冷泉帝の勅命により夕霧が行った賀宴の、四度に亘って行われる。また、その記述も行事の記録として賀宴の場所や参列者、調度品の有様、音楽、禄など儀式内容を事細かく描いている。このような叙述の流れは、堀淳一氏や浅尾広良氏が指摘したように物語と同時代あるいは准拠とされる時代に編まれた故実書や儀式書、漢文日記などの記録に見える形式と類似している(4)。

光源氏の四十賀の部分は大変長く詳細に語られているが、一院と朱雀院の賀宴で見られる「試楽」「童舞」は全く見られない。ここに上皇と准太上天皇の身分地位の差、さらに物語の思惑があるのではないかと推測する。

二　上皇・天皇の算賀儀式

村上朝成立と推定される筆者未詳の『新儀式』には天皇への算賀の儀式次第と上皇・皇后への算賀の儀式次第が詳細に記されているが、算賀に関する記事は主に宇多・醍醐朝の事例を典拠にしている。天皇が主催する皇后の算賀は『新儀式』に「皆上皇御算の奉賀に同じ」とあり、その儀式次第が上皇と同じであることが明示されている。

まず、『新儀式』の天皇が主催する上皇の算賀を見てみよう。

「天皇奉レ賀二上皇御算一事」（『新校群書類従』六、巻第八十）

(i) 前二箇月一、定下調楽所行事人〈参議一人、殿上侍臣堪二其事一者二三許人〉(ii) 并可レ献二舞童一人々上〈以二親王公卿弁官若近国受領有二息子一者一宛レ之、或帝親王別有レ勅舞レ之〉。先二四日一、差二納言已上一人一令レ申二事由於上皇一。先十日、行事等向二可レ設レ宴宮一定二装束事一、預前五六日定二吉日一、修二御諷誦一并賑給。（中略）(iii) 先二三日一、有二試楽事一。（以下略）

天皇主催の上皇の算賀は(i)(ii)(iii)にあるように、二ヶ月前から、童舞を舞う童が、親王や公卿、受領の子息から選ばれ、練習を重ねる。そして、算賀の三日前に試楽が行われ、童舞、勅があれば童親王の舞が披露される。

史実において算賀が行われた上皇は嵯峨（四十賀）、陽成（四十・七十・八十賀）、宇多（四十・五十・六十賀）の三上皇のみである。

【表1】は、算賀で見られる童舞、試楽であるが、童舞は賀宴形式に登場している。上皇の算賀では④の醍醐天皇主催の宇多法皇の五十賀と、⑥の源氏親王による陽成上皇の七十賀の際童舞が見られる。特に④では試楽と童舞・童親王の舞が見られ、天皇の主催らしい規模であることが伺える。

ところで、嵯峨上皇の四十、陽成上皇の四十、八十、宇多法皇の四十、六十の賀には童舞が見られないが、それぞれの状況および算賀の内容について検討してみよう。まず、弟淳和天皇による嵯峨上皇の四十賀は上皇の賀宴としては最初のもので、儀式書成立よりかなり遡った時代に行われたものである。『新儀式』の「上皇算賀儀礼」のような童舞や試楽は見られないが、天皇主催の上皇算賀の典礼の基礎を作ったとも考えられる(5)。次に、妻釣殿宮内親王（綏子）による陽成上皇の四十賀は仏事形式になっており(6)、八十賀は「功徳を修す」、「陽成院八十算を賀す」という内容だけで、具体的記録がなく賀宴形式で行われたのか否かはっきりしない(7)。そして、宇多法皇の四十賀は妻藤原温子主催の諷誦、子である醍醐天皇主催の仏事、朱雀院に行幸して行った算賀の三回が行われており、そのうち賀宴形式は朱雀院行幸のみである。しかし朱雀院行幸の記事を見ると「有侍臣等舞」とあるだけで、童舞があったかどうかはっきりした記録がない(8)。また、宇多法皇の六十賀は宇多法皇の辞退により宴形式の算賀は行われなかった(9)。

賀宴形式で行われた上皇の算賀で、儀式書成立以前に行われた嵯峨上皇の四十賀と、具体的記述のない宇多法皇の四十賀（朱雀院行幸）を除いては童舞が行われており、童舞発生以後においては上皇賀宴に組み込まれていることがわかる。

【表1】算賀で見られる童舞・試楽

被賀者	年	月・日	主催者	続柄	内容
①皇太后明子五十賀	元慶二（八七八）	十・十一	清和上皇	子	『三代実録』太上天皇献物於太皇太后宮（明子）雅楽挙楽。令太上天皇童親王舞。右大臣藤原朝臣男児一人預焉。先是、延五十僧、講経薫修。是則解斎之宴也
②皇太后高子四十賀	元慶六（八八二）	三・二七	陽成天皇	子	『三代実録』天皇於清涼殿設秘宴。…命内蔵寮辨設衣被酒食。…雅楽寮陳鼓鐘。童子十八人遞出舞殿前。先是宴廿許日、擇取五位以上有容皃者、於左兵衛府習舞也。貞数親王舞陵王。…親王于時八歳。太上天皇第八之子也。
③太皇太后班子六十賀	寛平四（八九二）	三・十三	宇多天皇	子	『伏見宮御記録』常寧殿東庭構舞臺、…舞人皆簡定五位已上子童候之、於左兵衛庁、先一月教習諸舞…初舞春鶯囀、次酔胡楽、次散手、次万歳楽、次陵王、次打球楽（＊『日本紀略』『西宮記』）
④宇多上皇五十賀	延喜十六（九一六）	三・三	（A）試楽 醍醐天皇	子	『日本紀略』於左近衛府庁、試同御賀童等。『河海抄』御記曰延喜十六年三月、御賀試楽
		三・五	（B）試楽 醍醐天皇	子	『日本紀略』天皇御南殿、覧陸奥國交易進御馬五十匹、法皇御賀料也。又御仁壽殿、贈太政大臣藤原公（時平）第三男（敦忠）奏散手舞。『河海抄』御記云延喜十六年三月五日、試楽、召卽床子時未一剋也。
		三・七	醍醐天皇	子	『日本紀略』天皇幸朱雀院、奉賀太上法皇五十匹、諸司献物、童親王及五位以上子為舞人。（＊『西宮記』『扶桑略記』）
⑤皇太后穏子五十賀	承平四（九三四）	三・二四	朱雀天皇（C）試楽	子	『西宮記』中宮御賀試楽、天皇御仁寿殿覧其儀…童舞（春鶯囀四人、萬歳楽四人、散手、皇麞、陵王、次納蘇理、次喜春楽）（＊『新儀式』）
		三・二六	朱雀天皇	子	『西宮記』於常寧殿、有中宮御賀…童廿人（赤白橡袍、葡萄下襲）…萬歳楽（童四人）、春鶯囀（一人）、散手、皇麞・陵王・納蘇理、喜春楽、下舞臺舞御下、被物、仙遊霞、親王勅授（村上）（＊『日本紀略』『扶桑略記』『新儀式』）

＊はその他の出典

		三・二七	朱雀天皇	子	『西宮記』玉樹、童四人。散手、殿上舞人童給レ酒。皇麞・納蘇理。左大臣已下共降舞抱二子孫一舞。
⑥陽成上皇七十賀	承平七（九三七）	一二・二七	親王源氏	子	『花鳥余情』承平七年、陽成院七十賀、舞童五人、服赤白橡袍、蒲萄染下襲 『一代要記』親王源氏、於二冷泉院一、奉レ賀二太上天皇七十御算一
⑦右大臣藤原師輔五十賀	天徳元（九三八）	四・二二	藤原安子	子	『日本紀略』女御安子於二藤壺一、賀二右大臣五十筭一、天皇渡御、…天皇以二御盃一給二大臣一、…大臣嫡孫小童奉二仕舞一、伊尹朝臣子。（＊『九暦』『西宮記』）
⑧摂政藤原兼家六十賀	永延二（九八八）	三・二五	一条天皇	外孫	『日本紀略』聴三摂政乗レ輦車出二入宮内一、本日天皇於二常寧殿一、賀二摂政六十算一、左右大臣以下候。摂政孫兒二人奏レ舞（＊『大鏡』）
⑨東三条院詮子四十賀	長保三（一〇〇一）	十・七	一条天皇 Ⓓ試楽	子	『日本紀略』院御賀試楽、今日左大臣（道長）息舞二陸王、納蘇利…彼童舞左頼通、（幼名鶴君）、右頼宗（幼名岩君）云々 『小右記』申剋出二御清涼殿一又庇御座、依レ召大臣以下候二簀子敷一…召二龍王、納蘇利一、左大臣息童歳十（＊『権記』）
		十・九	一条天皇	子	『日本紀略』於二上東門第一、有二東三条院冊御賀一、仍天皇行幸、中宮（彰子）行啓。令二侍臣奏一レ舞 『小右記』勅、令レ奏二龍王納蘇利一。々々々極優妙、主上有令感給之気、…龍王兄既愛子、中宮弟、当二腹長子一、納蘇利外腹子、其愛猶浅（＊『権記』『大鏡』）
⑩源倫子六十賀	治安三（一〇二三）	十・一三	太皇太后彰子	子	『小右記』午時許参二上東門第一、…三宮御座、…陸王童、殿上、参議経通二郎、・納蘇利童、殿上、大納言頼宗息（＊『栄花物語』）
⑪源倫子七十賀	長元六（一〇三三）	十一・二八	関白頼通	子	『日本紀略』關白左大臣於二高陽院第一賀…上東門院（彰子）御幸二此処一。有二童舞事一（＊『扶桑略記』・『百錬抄』では二九日）

次に、天皇の算賀の儀式次第について『新儀式』を照査してみよう。

「奉二賀天皇御算一事」
可レ奉レ賀二天皇御算一之年。ⓐ中宮被レ奉二賀之禮一（或太上天皇、若東宮諸親王、有修此禮、延喜十六年、太上法皇行レ之、承和十年、皇太弟献レ賀）豫定二其日一、洩三奏事由一。先於二諸寺一被レ修二諷誦一。又於二京中一令レ行二賑給一。當日、所司設二御座并公卿座於南殿一、如二節會一矣。但侍従座在二宜陽殿西廂一。（中略）中宮職立二御厨子於殿西第二間一（納御衣什物等類也、法皇被レ賀之時無）此御厨子、唯母屋四間副二北御障子一立、淳和御手跡御屏風二帖、御帳東立二同御屏風一帖、障子北又立二一帖、西壁下北障子又立二四帖一。殿西壁下立二棚厨子四基一、設二威儀御膳一。殿南廂西第四間立二御杖机一。（中略）庭中東西相分立二屯物酒食一。（中略）當二春興殿前一立二様辛櫃一也。（中略）ⓑ大臣奏請召二雅楽寮一、可許。訖雅楽寮相分参三入自二日月華両門一、於二庭中一奏楽。奏楽終頭。
以下略

賀の主催者はⓐにあるように中宮で、場合によっては上皇・東宮・親王などである。日程を決めてから諸寺で諷誦が修せられ、また、京中に賑給を行う。当日は、紫宸殿に節会の如く御座や公卿座を、宜陽殿西廂に侍従座を設ける。中宮職は、厨子・棚厨子・威儀御膳（天皇の食膳）・御杖机・御挿頭机・唐櫃などを指定の場所に据える。そしてⓑにあるように、雅楽寮の楽人による奏楽が行われる。

上皇の算賀においては当日の前に童舞の舞人が定められ試楽が行われているが、天皇の算賀においては二つとも見られない。史実によれば天皇の算賀が行われたのは仁明天皇・醍醐天皇・村上天皇・三条天皇の四人である。賀宴形式で行われた仁明天皇、醍醐天皇の算賀を表にすると次のようである。

【表2】 賀宴形式で行われた天皇の算賀

被賀者	年	月・日	主催者	続柄	内容
仁明天皇四十賀	嘉祥二（八四九）	十・二三	橘嘉智子	母	『類聚国史』嵯峨太皇太后遣㆑使㆑奉㆓賀天皇冊寶算㆒也。其献物。…机二前。就㆑中一前御挿頭。造㆓沈香山㆒以㆓純金㆒為㆑鶴。令㆑恩㆓挿頭花㆒。…既而天皇御㆓紫宸殿㆒。音楽遞奏。歓樂終㆑日。
		十一・二二	皇太子（文徳）	子	『類聚国史』上表。…其献物。机二前。一前居㆓御頭華㆒。一前置㆓純金御杖㆒。…既而天皇御㆓紫宸殿㆒。音楽遞奏。歓樂終㆑日。
		十一・二五	皇太子（文徳）	子	『類聚国史』皇太子入㆔覲於清涼殿㆒。献㆓御贄物百餘捧㆒。兼設㆓熟饌㆒。右大臣良房朝臣及宰相兩三人近習臣等得㆑陪㆓宴席㆒。
		十一・二七	今上皇子十一人・源氏二人	子	『類聚国史』相共献㆓物於清涼殿㆒。御贄熟食。充㆑庭溢㆑閣。音樂終㆑日。賜㆑禄如㆑例。
		十二・二六	右大臣藤原良房	小舅	『類聚国史』献㆓物於清涼殿㆒。水陸珍味。莫㆑不㆓咸萃㆒。日暮。賜㆓殿上侍臣禄㆒有㆑差。
醍醐天皇四十賀	延長二（九二四）	正・二五	宇多法皇	父	『西宮記』自㆓宇多院㆒被㆑奉㆓若菜於内裏㆒。其日早旦、院司参上、装㆔束南殿㆒。御座帳中、王卿座如㆓節会時㆒。母屋四間、傍㆓北障子㆒立㆔渡淳和天皇御書五尺四寸屏風三帖㆒…南廂自㆓東第四間㆒立㆓挿頭机一脚㆒。有㆓銀山・銀水・金銀花樹等㆒、又有㆓履敷物㆒。…未剋、出御。…次雅樂奏㆑樂。入㆑自㆓日月華兩門㆒、東西相分立㆓承明門前㆒。（以下略）
		十二・二一	中宮藤原穏子	妻	『西宮記』吏部記云、中宮奉㆔仕内裏御賀㆒。供㆓御座於紫宸殿之南廂㆒。当㆓階中間左右柱㆒、立㆓御挿頭・御杖机㆒。…当㆓春興殿第四五間許㆒、立㆓禄辛櫃冊合㆒。…雅樂入㆓日月兩門㆒、奏㆓唐・高麗楽㆒。…承明門左右立屯食百具。……給禄。王公禄綿。中宮禄同㆓大饗禄㆒。…清涼殿…宴酣…自㆓中宮御方㆒執㆓楽器㆒、…大臣第一執㆓北辺大臣清和御時手書㆒献㆓箏春鶯囀譜㆒。（以下略）

【表2】でわかるように仁明天皇は五回、醍醐天皇は一回賀宴が行われ、その記録も大変詳しく記されているが、一切童舞は見られない。なお、主催者が父（母）、妻、子である点は、『新儀式』の内容と一致している。

仁明天皇と醍醐天皇は仏事と賀宴の両方が行われたが、村上天皇と三条天皇の算賀は仏事だけで賀宴形式はとられていない。村上天皇は四回に亘って算賀が行われているが、主催者が全員僧侶で、上皇や中宮、または皇太子による算賀が行われていない[10]。また三条天皇の四十賀は僧侶主催のたった一度だけで[11]、同年五十賀が行なわれた道長との差は明らかである。

以上『新儀式』と史実に見られる上皇・天皇の算賀を検討してみた。『新儀式』の儀式次第を見ると、諷誦と賑給、当日の儀式のおおまかな流れは類似しているが、上皇の算賀においては当日の三、四日前に試楽・童舞がそして当日勅があれば童親王の舞が行なわれるが、天皇の算賀では試楽、童舞は行われず、当日には雅楽寮の楽人による奏楽が行われる。また、史実においても賀宴形式で行なわれた上皇の算賀では童舞が、天皇主催であれば試楽が見られるが、天皇の場合はまったく童舞が登場しない。つまり、両者の最も大きな違いは試楽・童舞の有無にあるといえよう。

三　算賀における童舞と試楽

童舞が天皇の算賀においては舞われることなく、上皇や皇后の算賀においては儀式の一部分として入っていることの意義を、儀式として定められる前の状況に注目して考えたい。

童舞の初見は、承和元年（八三四）仁明天皇が嵯峨新院に遷御する父嵯峨上皇と母太皇太后橘嘉智子のため宴を催した時の記述で「上爲二先太上天皇及太皇太后一、置二酒於冷然院一。上自奉二玉巵一。伶官奏レ樂。令三源氏兒童舞二于殿上一」

（中略）太上天皇及太皇太后将レ遷ニ御嵯峨新院一。故有ニ此讌設一也」(12)とあり、源氏児童が童舞を舞っている。この時の源氏児童舞とは、嵯峨一世源氏に十一、十二、十三歳の勤、融、生がいることを考えると、その主体は一世源氏による舞であることが推測される(13)。父母のための宴に童舞が用いられたことに注意を払いたい。

　春秋時代の楚の国の賢人で中国二十四孝子の一人として有名な老萊子の孝行説話をみてみよう。二十四孝は長い伝承の過程で様々な変化が見られるが、まず老萊子の孝行に関する話が初めて見られる後漢の武氏祠畫像石にある武梁祠西壁の榜題を見ると

　老萊子は楚人なり。親に事《つか》へて至孝なり。衣服斑連、嬰兒の態、親をして驩《よろこ》ぶこと有ら令む。君子これを嘉す。孝これより大なるはなし(14)。

とある。また『孟子』「萬章章句上」条の本文「大孝、終身父母を慕ふ。五十にして慕ふ者は、予大舜に於いて之を見るなり」の後漢の趙岐注には、

　大孝之人、終身父母を慕ふ。老萊子の若き七十にして慕ふ。五綵の衣を衣して、嬰兒と為りて父母の前に匍匐するなり(15)。

とある。色彩のある衣服を纏い、嬰兒の姿をして親を喜ばせたことは両者ともに共通するシチュエーションであるが、はたしてその行動は何を意味するのだろうか。梁音氏は武梁祠西壁の老萊図の人物が手に持っているのは燕礼に用い

られる鼗鼓であり、嬰兒は老子思想から見られる純粋な性に復帰するという意味で、榜題の「嬰兒の態」には老萊子が親に養老の礼を尽くす気持ちが込められ、燕礼の儀式を踏まえた上で深衣を着て舞うという行動を指していると指摘する[16]。さらに氏の調査によれば、後漢の武氏祠畫像石と同じ時代とされる浙江海寧畫像においても老萊子に関する内容があるが、それによると老萊子が「手に鼗鼓を擧げ、正に自ら歌ひ、自ら舞ふ」と解説されており[17]、舞の動作であることが立証できる。

また、後代のものになるが『全相二十四孝詩選』にも

老萊子

戯舞嬌痴を學ぶ　春風綵衣を動かす

雙親口を開いて笑ふ　喜色庭闈に滿つ

老萊子至孝にして、二親に奉ず。行年七十にして、身に五色斑斕の衣を著け、嬰兒の戯れを親の側に為す。以下略[18]

とあり、さらに室町時代の『御伽草子集』にも

老萊子は、二人の親に仕へたる人なり。されば、老萊子、七十にして、身にいつくしき衣を着て、幼き者のかたちになり、舞ひ戯れ、また親のために給仕をするとて、わざとけつまづきて転び、いとけなき者の泣くやうに泣きけり

『御伽草子集』本文は日本古典文学全集による

と見え、老莱子が親の前で愛らしい着物を着て嬰児のように舞い戯れたとある。幼き者、つまり童子の姿になり年老いた親の前で舞うという行動で親を喜ばせるのが「孝」であるという理解は後漢以来の伝承においても共通しているのには大きな意義があるだろう。

老莱子孝行説話が平安前期にどのように伝承されていたかを確かめる史料は見当たらないが、平安後期の大江匡房の「為悲母四十九日願文」にも「昔老莱之七十余也、斑衣之戯未罷」[19]と見え、斑衣之戯、つまり老莱子の孝の表現を斑衣を着、舞い戯れる行動と理解していたとみて差支えないだろう。

要するに仁明天皇が父母嵯峨上皇と橘嘉智子のために童舞を嵯峨上皇の皇子で臣下に下った嵯峨一世源氏をして舞わせたのは老莱子のように親を悦ばせるため、つまり「孝」の表現として舞われたものだと推測できる。童舞の初見に見られる意義は親に対する孝の精神の表現であることにあり、これが主催者である子が親の算賀を祝う場面において欠かせない一つの慣例として用いられるようになったのであろう。

算賀における童舞が初めて見られるのは【表1】の①清和上皇が鬱病を患っている母藤原明子のために解斎を兼ねた五十の賀宴で、「太上天皇の童親王に舞わせしむ。右大臣藤原朝臣の男児一人預かる」[20]とあり、清和の童親王と基経の男児である時平（八歳）が一緒に童舞を舞う。皇太后藤原明子の孫に当たる童親王と義理の甥にあたる童が中心になって舞っており、単に五位以上の貴族の子弟ではなく、宴の主人公である父母または主催者と血縁関係にある人物が中心になっている。

『新儀式』「上皇の算賀」ⅱに戻って考えてみると、「親王や公卿・弁官もしくは近国受領の子息があれば選び出す。あるいは童親王別に勅あれば舞う」と、童親王の存在が明示されている。童舞は算賀以外の「童相撲」や「殿上賭射」、「競馬」の儀式でも見られるが、童舞を舞うのは童親王ではない。『新儀式』「童相撲事」には、「亦楽所および諸司所々の絃管に堪える者両三人を召して用ふ、或いは舞人には童を用ふ」とあるだけで、「童」の具体的な身分は記されていない。もちろん、殿上童が主として担っていたことは十分推測できるが、算賀で見られるような血縁者が中心となって舞うという観念はまったく見られない[21]。殿上賭射・競馬に関しても同様のことが言える。

算賀における童舞は【表1】の⑥、⑦、⑩、⑪のように主催者が天皇ではない、親王・女御、太皇太后、関白の場合にも、また⑦、⑧、⑨、⑩、⑪に見られるように被賀者が上皇・皇太后ではない師輔・兼家、東三条院、倫子の場合にも一族の童が舞っている。

つまり、算賀につながる童舞は初見のような意義を受け継ぎ、他の臨時儀式とは異なり天皇主催の上皇・皇后の算賀では童親王の舞が見られ、また大臣においても一族の子どもが中心となっており、儒教的な孝の論理が下敷きになっている。

ところで、天皇の算賀においてはどうして童舞が行われないのだろうか。それは天皇算賀の主催者が天皇の父母であることと密接に関わっていると思われる。算賀の主催者と被賀者の関係を見ると、主に子が父母のため行う例が多数を占めている。父もしくは母が子のために賀宴を行った例は、上皇・太皇太后が子である天皇のために行ったものだけであり、被賀者が天皇以外の例は見当たらない。

子の算賀は年齢的に父母が他界している場合が多く、父母が子のために算賀を祝うことは物理的にも難しいことは当然であろう。にもかかわらず『新儀式』では天皇の算賀に関しては主催者の一人に太上天皇と明記されているところには注意が必要であろう。

実際、父母が子のために賀宴を設けた場合は【表2】にもあるように仁明天皇の四十賀（母橘嘉智子主催）と醍醐天皇の四十賀（父宇多法皇主催）の二例のみである。算賀が行われた四人の天皇のうち賀宴形式で行われた二人の賀宴を父母が主催しているのは注目すべきであろう。

天皇以外の場合は父母が健在しており、賀宴を主催するに充分な権力財力を持っている場合も、父母が子のために賀宴を行ったケースは見られない。例えば、皇太后明子の四十賀の貞観十年（八六八）は父良房も健在であったが、子のための賀宴は見られない。また、元良親王の四十賀の延長七年（九二九）は父陽成上皇も健在であったが、元良親王のための賀宴は見られない。陽成天皇は在位時に母高子の四十賀を、譲位後は五十賀を祝っている。また、藤原頼通の四十賀の時、父道長は他界しているが、母倫子は生存している。倫子は母穆子の七十賀のため法事を行っているが、長男頼通のための賀宴は行わない。

唯一上皇、皇太后が子である天皇の賀のための賀宴を行うだけである。これは天皇という最高地位にある者に限られた特別ケースであると理解すべきであろう。しかし、父母である上皇・皇太后が一国の最高地位に君臨するわが子、天皇の賀を祝うことはあっても、孝の意味を持つ童舞を用いることはない。上皇・皇太后が主催する天皇の算賀行事はその他の主催者にも影響を及ぼしたのであろうか、皇太子や天皇の妻の主催であっても、童舞は行われない。要するに唯一童舞が舞われないのは天皇の算賀だけで、そこに天皇の算賀の特徴があるといえよう。

天皇と上皇の算賀のもう一つの違いに試楽が挙げられる。試楽は賀茂・岩清水臨時祭や相撲節会などの年中行事、行幸、算賀など舞楽を伴う儀式の本番前に行われる楽の予行演習である。【表1】でわかるように算賀における試楽は、④醍醐天皇主催による宇多上皇の五十賀Ⓐ、Ⓑの二例、⑤朱雀天皇主催による皇太后穏子の五十賀Ⓒの一例、⑨一条天皇主催による東三条院詮子の四十賀Ⓓの一例で、後一条朝まで全四例見られる。試楽が行われた場所は、Ⓐは左近衛府、ⒷⒸは仁寿殿、Ⓓは清涼殿で、いずれも宮中である。つまり算賀における試楽は四例すべてが天皇主催によるもので、いずれも宮中で天皇の出御のもとに、改まった形で行われている。

四　准太上天皇光源氏の四十賀と朱雀院の五十賀

先述したように上皇と天皇の算賀行事の大きな違いは試楽と童舞の有無にある。光源氏の四十賀を冷泉帝が直接主催したわけではないので、天皇出御のもとに行なわれる試楽がないのは当然であろう。しかし、四度にも亘って行われたにもかかわらず、音楽や舞楽に関する描写があるが、成人夕霧・柏木による舞は舞われるものの、一度も童舞は舞われないのはなぜか。二人の上皇の算賀には例外がなく童舞が行なわれ、さらに童舞の出自が桐壺帝主催の一院の賀宴では承香殿腹の四の皇子、光源氏主催の朱雀院五十賀では、夕霧・髭黒・蛍兵部卿宮の子ども、即ち、光源氏の孫、外孫（養女玉鬘の子ども）、甥と具体的に示されており、主催者の孫と甥が中心となって童舞を担っている。史実の上皇・皇太后、臣下の算賀においても主催者が天皇でなくても童舞が舞われ、唯一天皇の算賀にだけ舞われないことを考えると、光源氏の算賀に天皇の算賀を重ねようとする意図が感じとれる。

源氏を取り巻く外側では光源氏を「太上天皇」の如く待遇しようとする。しかし、「御賀のこと、おほやけにも聞こし召し過ぐさず、世の中の営みにて、かねてより響くを、事のわづらひ多くいかめしきことは、昔より好みたまはぬ御心にて、みな返さひ申したまふ」（「若菜上」五四頁）、「今年はこの御賀にことつけて行幸などもあるべく思しおきてけれど、「世の中のわづらひならむこと、さらにせさせたまふまじくなむ」と辞び申したまふ」（「若菜上」九七頁）と、たびたび謙退している。そして四度に亘る賀宴はつねに「左大将殿の北の方、若菜まゐりたまふ。かねて気色も漏らしたまはで、いといたく忍びて思しまうけたりければ、にはかにて、え諫め返しきこえたまはず」（玉鬘主催「若菜上」五五頁）、「いかめしきことは、切に諫め申したまへば、忍びやかにと思しおきてたり」（紫の上主催「若菜上」

九二頁）、「丑寅の町に、御しつらひ設けたまひて、隠ろへたるやうにしなしたまへれど」（勅命による夕霧の饗宴「若菜上」九九頁）と、「忍びて」「にわかに」「隠ろへ」という形で光源氏本人には知らせずに行われざるを得なかった。特に冷泉帝は父である光源氏を太上天皇になずらえる形を取り、准上皇の算賀にふさわしい賀宴を催し孝を尽くそうとするが、源氏の謙退により結局、天皇主催の賀宴を行うことはできない。光源氏が冷泉帝主催の四十賀宴を辞退する理由について森一郎氏は「源氏の内なる心には藤壺事件の暗部が潜在し、冷泉帝の心意を知るがゆえにこそ、朝勤の礼に倣おうとされる六条院行幸を辞退するのだろう」と述べている。(22) また袴田光康氏も、光源氏が冷泉帝の算賀を固辞する理由について源氏の罪という観点に注目し、その背後には「世の中を憚りて」という心理が働いており、源氏の陰の皇統の代償として、源氏の罪を知らぬまま、物語に算賀が語られなかった桐壺院や、罪の苦悩を抱えたまま、我が子に算賀を祝われることもなく崩じた藤壺ら第一部世界の死者たちが源氏に算賀を辞退させていると指摘する。(23) 両氏の指摘どおり冷泉帝主催の賀宴を辞退する理由には藤壺事件や親子関係を隠蔽しようとする光源氏の心が大きく作用したのであろう。しかし、主催者に関係なく賀を拒む光源氏の態度は結果として天皇の算賀のような賀宴をもたらしたのである。

　天皇の算賀を想起させるような賀宴の演出が特に目立つのは妻紫上主催の賀宴である。紫上主催の算賀ではすでに浅尾広良氏が指摘したように『新儀式』の中宮が行う天皇の算賀の調度類の記述に近似しているが、(24) 賀の際に調達した物質、つまり財政の源は光源氏より譲り受けたものである。(25) 紫上主催の賀宴が盛大に、なおかつ天皇の算賀に用いられる調度類を揃えて催すことができたのは光源氏の力があったからこそ可能だったのであり、その背後には光源氏の存在があることに意味があるだろう。

　また、秋好中宮は今の自分があるのは養父のおかげで、その報恩および亡くなった父宮と母御息所の分まで合わせて盛大に賀宴を催そうとするが、光源氏は「四十の賀といふことは、さきざきを聞きはべるにも、残りの齢久しき例なむ少なかりけるを、このたびは、なほ世の響きとどめさせたまひて、まことに後に足らむことを数へさせたまへ」（「若菜上」九七頁）と、四十賀を行った人々が短命だった例をあげ、自分の四十賀を辞退している。ここで、『源氏物語』成立頃の一条朝までに四十賀があった人物とその寿命をみると、

上皇…①嵯峨上皇（七八六～八四二、五十七歳）②宇多上皇（八六七～九三一、六十五歳）③陽成上皇（八六八～九四九、八十二歳）

女院…東三条院詮子（九六二～一〇〇一、四十歳）

天皇…①仁明天皇（八一〇～八五〇、四十一歳）②醍醐天皇（八八五～九三〇、四十六歳）③村上天皇（九二六～九六七、四十二歳）

その他…①刑部福主（？～？）②皇太后明子（八二二～九〇〇、七十九歳）③藤原基経（八三六～八九一、五十六歳）④藤原高子（八四二～九一〇、六十九歳）⑤採子女王（？～？）⑥忠子内親王（八五四～九〇四、五十一歳）⑦良岑終生（？～？）⑧大納言定国（八六七～九〇六、四十歳）⑨尚侍藤原満子（八七二～九三七、六十六歳）⑩参議定方（八七三～九三二、六十歳）⑪参議仲平（八七五～九四五、七十一歳）⑫左大臣忠平（八八〇～九四九、七十歳）⑬元良親王（八九〇～九四三、五十四歳）⑭左衛門保忠（八九〇～九三六、四十七歳）⑮藤原道隆（九五三～九九五、四十三歳）⑯藤原道長（九九六～一〇二七、六十二歳）[26]

と、全員二十三人中、点線を付した七人が五十賀を迎えず亡くなっており、天皇全員がその中に含まれている。つ

まり、算賀が行われた天皇すべてが短命だったことになる。四十賀を行った後、長生きした人が少ないという源氏の言葉は明らかに天皇の算賀を意識した言葉であると考えられる。光源氏の五十賀を描かずにあえて四十賀だけを描くことで、光源氏の四十賀はより歴代天皇の賀宴を思い起こすのであろう。

算賀を祝われる側の立場ではなく、祝う立場の光源氏が総力をあげて朱雀院の五十賀を準備する姿からも源氏の威力が顕示されている。物語では、光源氏が主催する朱雀院の五十賀に向けての準備が「試楽に、右大臣殿の北の方も渡りたまへり。大将の君、丑寅の町にて、まづ内々に、調楽のやうに、明け暮れ遊び馴らしたまひければ、かの御方は御前のものは見たまはず」（「若菜下」二七三頁）とあり、夕霧が花散里のいる丑寅の町で毎日行っていた試楽前の三十日間の集中練習を「調楽のやうに」としているのに対して、「試楽のやうに」ではなく、天覧のもとに宮中で行われる「試楽」と明記されている点は注目に値する。[27]

先述したように史実に見られる算賀での試楽はすべて天皇主催の賀宴のみで、宮中で行われている。算賀での試楽ではないが、『蜻蛉日記』では天禄元年（九七〇）三月の賭弓の前に道綱が舞の予行練習をする場面の記述が「今日ぞ、ここにて試楽のやうなることする」（本文は新編日本古典文学全集、一八八頁）とあり、作者の邸での予行練習であるので「試楽のように」とある。つまり予行練習をすべて試楽といえるものではないことがこれにても確認できる。

『源氏物語』で見られる試楽は、桐壺帝主催の一院の算賀、光源氏主催の朱雀院五十賀で、全てが算賀の場面のみである。桐壺帝が主催する一院の算賀の際の試楽は清涼殿で、光源氏側が主催する朱雀院の五十賀の試楽は六条院で行われる。桐壺帝主催の試楽は史実の例と同じく宮中で行われている。しかし、天皇ではない準太上天皇光源氏が試楽を主催し、その場所も六条院という私邸で行われている。[28]

朱雀院の五十賀の試楽当日は、「廂の御簾の内におはしませば、式部卿宮、右大臣ばかりさぶらひたまひて、それより下の上達部は、簀子に、わざとならぬ日のことにて、御饗応などけ近きほどに仕うまつりなしたり」（「若菜下」二七八頁）とあり、源氏は御簾の内に、その近くに紫上の父である式部卿と養女玉鬘の夫である右大臣が参列し、上達部の座席は簀子に設けられている。天皇が宮中で行う試楽ならば皇族や大臣らが列席するはずだが、光源氏主催の六条院での試楽は、舅の式部卿と婿の右大臣という身内の二人だけである。そして何より蛍兵部卿宮は孫である童孫王が童舞の重要な主役であったにもかかわらず出席してない。

光源氏が朱雀院の五十賀のためもっとも力を入れ入念に準備をしたのは童舞である。童舞の選定にも「いにしへも、遊びの方に御心とどめさせたまへりしかば、舞人、楽人などを心ことに定め、すぐれたるかぎりをととのへさせたまふ。右の大殿の御子ども二人、大将の御子、典侍腹の加へて三人、まだ小さき七つより上のは、みな殿上せさせたまふ。兵部卿宮の童孫王、すべてさるべき宮たちの御子ども、家の子の君たち、みな選び出でたまふ。殿上の君たちも、容貌よく、同じき舞の姿も心ことなるべきを定めて、あまたの舞の設けをせさせたまふ。いみじかるべきたびのこととて、皆人心を尽くしたまひてなん。道々の物の師、上手暇なきころなり（「若菜下」二八〇頁）」と、髭黒、夕霧、蛍兵部卿宮の子どもはもちろんすべてしかるべき宮家の子息、良家の若君たちを選び出して五十賀の前の年の冬から練習に励む様子が語られる。

朱雀院の五十賀の試楽の際、童舞は「右の大殿の四郎君、大将殿の三郎君、兵部卿宮の孫王の君たち二人は万歳楽、まだいと小さきほどにて、いとらうたげなり。四人ながらいづれとなく、高き家の子にて、容貌をかしげにかしづき出でたる、思ひなしもやむごとなし。また、大将の御典侍腹の二郎君、式部卿宮の兵衛督といひし、今は源中納言の御子皇麞、右の大殿の三郎君陵王、大将殿の太郎落蹲、さては太平楽、喜春楽などいふ舞どもをなむ、同じ御仲らひの君たち、大人たちなど舞ひける（「若菜下」二七九頁）と、右大臣髭黒の子ども、夕霧の子ども、蛍兵部卿宮の童孫王、源中納言の子ども（式部卿の孫）たちが見事な舞を披露する。準太上天皇光源氏主催の朱雀院五十の賀宴であれば「いみじかるべきたびのこと」であるから、世間から注目されるのは言うまでもない。当然、光源氏の孫、甥たちが中心になって舞う童舞は光源氏の権威を世間に知らすものである。しかし、光源氏の直系の孫である夕霧の子は童孫王にはなれないことがより目立つことにもなるだろう。つまり、夕霧の子どもと一緒に舞う蛍兵部卿宮の孫である童孫王の存在は天皇像を持つ光源氏が臣籍降下し、準太上天皇になったとはいえ、それは光源氏一代に限るものであることを如実に語ることになる。

光源氏の四十賀宴では上皇の算賀の儀式で見られる童舞や試楽が行われなかったのは、光源氏自身の賀宴謙退によるものであった。光源氏のこのような謙退の態度は儒教的論理に基づく理想的人間像が強調されるとともに、[29]その結果は天皇を髣髴させる賀宴をもたらすことになったのである。つまり儒教的な論理の理想像を逆手に取り、准太上天皇光源氏の算賀を上皇より天皇に近い行事として描いているといえよう。しかし、光源氏主催の朱雀院の五十賀は、天皇主催の上皇算賀のように試楽と童舞はあるものの、天皇が主催する賀宴のような盛大な試楽ではなく身内だけのものであり、童舞を舞う夕霧の子と蛍兵部卿宮の童孫王の存在の対比は自然と光源氏の身分を表すことになる。それは「帝王相」を持つ光源氏の系譜は「一代限り」であることや「帝王」にはなれない「帝王相」であることを端的に表わすものであろう。

おわりに

史実にも例のない〈虚構〉の制度たる「准太上天皇」を『源氏物語』はいかなる待遇の地位として創出しようとし

たのか。准太上天皇光源氏の賀宴の描かれ方を一院・朱雀院の二人の上皇の賀宴、そして史実の上皇・天皇の賀宴と比較しながらその一面を見てきた。

史実における上皇と天皇の算賀の大きな違いは試楽と童舞にあった。特に算賀における童舞は孝を表わすもので、上皇や大臣の賀宴には見られるが、唯一天皇の算賀においてのみ行われない。物語の二人の上皇の賀宴には童舞・試楽の両方が描かれているのに対して、光源氏の四十賀の儀式は、四度も行われたが、童舞・試楽のことは一度も描かれず、調度品などに力を入れ、歴代天皇の算賀を思わせている。

准太上天皇光源氏の賀宴は天皇の儀式を彷彿させるような形で描かれるが、それは光源氏の謙退・辞退があったからだろう。冷泉帝から院として扱われることを回避したことや、光源氏の庇護下にある紫上が主催した賀宴が『新儀式』の天皇算賀の調度品で調えられている点には、天皇として演出されることへの期待が潜んでいるとも考えられる。また、主催者側として行う朱雀院の五十賀を天皇主催のように試楽を六条院で嗜好を凝らして行う光源氏の姿には天皇になりすましたような感を拭えない。

四十賀は喜びの慶事ではあるが、老年期に入ったことを表わす人生儀礼でもあり、四十賀を迎える人が「老」に対する自覚とともに来し方を回想することは必然かもしれない。光源氏にとっても同様であり、賀宴の際には「老い」と過去に対する回想が繰り返され、四十賀の内部には老いの問題や紫上の苦悩など暗の雰囲気が漂う。また朱雀院の五十賀では柏木と女三宮の密通問題が深刻に浮き彫りになっている。賀宴の表《おもて》は盛大に描かれ、そこには被賀者、賀の主催者としての光源氏の天皇をかたどる権威が顕示されるが、儀式と内実のギャップが六条院体制の崩壊をより目立たせることになっているといえよう。

注

（1）拙稿「算賀考―老人の境界年齢を中心として―」（日向一雅編『源氏物語　重層する歴史の諸相』竹林舎、二〇〇六年）。

（2）他の王朝物語が后の算賀を多く描いているのに対して、『源氏物語』は太上天皇、准太上天皇の算賀に力を入れ描かれる。これについて湯浅幸代氏は「物語が皇統の家父長として太上天皇の存在を重視していること、またそこから王権の世代交代を描くとともに、それを受け入れることができない光源氏の存在を暴くモチーフとして機能している」と指摘する（「『源氏物語』に見る太上天皇の算賀―王権の世代交代と准太上天皇・光源氏」（日向一雅編『源氏物語　重層する歴史の諸相』竹林舎、二〇〇六年））。

（3）松井健児氏は、朱雀院行幸だけに登場する桐壺帝の承香殿女御やその第四皇子の存在は後宮社会における政治的敗者がいかに多かったかを逆に示し出すものであろうと指摘する（「儀式・祭り・宴―『源氏物語』朱雀院行幸と青海波―」（物語研究会編『物語とメディア』有精堂出版、一九九三年））。もちろん第四皇子の存在は後宮社会の厳しさを窺わせる面もあるが、第四皇子の役割が一院の賀宴の際、童舞を舞うことであった点がより重要な意味を持つのではないだろうか。

（4）堀淳一「算賀の形式をめぐって（下）―賀宴を記録する視線―」（『王朝文学研究誌』十号、一九九九年三月）、浅尾広良「特集　物・住まい・自然　光源氏の算賀―四十賀の典礼と准拠―」（『源氏研究』七、二〇〇二年四月、『源氏物語の准拠と系譜』（翰林書房、二〇〇四年）所収）。

（5）『類聚国史』巻廿八、帝王八「太上天皇筭賀」に「淳和天長二年（八二五）十一月丙申（廿八）。奉レ賀二太上天皇五八之御齢一。白日既傾。継レ之以レ燭。雅楽奏レ楽。中納言正三位良岑朝臣安世下レ自二南階一舞。君臣亦学舞。」とあり、雅楽と臣下による舞がある。しかし、これは童舞の初見（承和元年（八三四））より以前のことである。淳和天皇主催の嵯峨上皇算賀は異母弟による主催で異例的なものであるが、これについて袴田光康氏は「淳和天皇は、弟としての「悌」の立場ではなく、親子の「孝」に準ずる立場から、上皇の算賀を主催し、上皇との間に擬似的な親子関係を構築することによって、上皇の家父長的権威の下に自らの皇統の安定化を図ったものと考えられる」と指摘する（「『源氏物語』の算賀―宮廷算賀と直系皇統の視点から―」（小嶋菜温子編『王朝文学と通過儀礼』竹林舎、二〇〇七年））。

（6）『日本紀略』延喜七年十二月二十一日条に「釣殿宮内親王奉レ賀二陽成院四十御算一、營二佛像經王等一」とある。

（7）『日本紀略』天暦元年七月二十三日条に「中納言源清蔭卿奉下為二陽成太上天皇一賀中八十筭上、仍修二功徳於八箇寺一」、十二月二十六日条に「上野太守親王賀二陽成院八十筭一」とある。

（8）『扶桑略記』第廿三（醍醐）延喜六年十一月七日条に「十一月七日丙辰。太皇奉レ賀二法皇四十筭一。行二幸朱雀院一。有二侍臣等舞一。院別當如無法師任二律師一。院司賞也」、『新儀式』に「延喜六年、於二仁和寺一被レ修二八講法會一、後日有二宴會事一」とある。

（9）『新儀式』に「無レ有二宴會一、依二上皇固辭一也」とある。

（10）『日本紀略』康保二年八月二十八日、十一月四、九日、『西宮記』十二月十五日

（11）『小右記』長和四年十二月二十八日条。

（12）『続日本後紀』承和元年八月三日条

（13）服藤早苗「舞う童たちの登場―王権と童」（『王朝の権力と表象―学芸の文化史―』森話社、一九九八年）

（14）『漢代石刻畫象拓本目録』（臺北、中央研究院歴史語言研究、二〇〇二年）により読み下した。本文は「老莱子楚人也、事親至孝、衣服斑連、嬰兒之態、令親有驩、君子嘉之、孝莫大焉」とある。

（15）焦循撰『孟子正義』（中華書局、一九八七年）により読み下した。本文は以下のとおり。大孝、終身慕父母、五十而慕者、予於大舜見之矣【注】大孝之人、終身慕父母、若老莱子七十而慕、衣五綵之衣、為嬰兒匍匐於父母前也。

（16）斑連、五綵の衣については梁音氏の「二十四孝の孝―老莱子孝行説話の場合―」（『日本中國學會報』第五十四集、二〇〇二年）を参照されたい。また下見隆雄氏は老莱子に関する説話には老莱子の嬰児のような行動を子が親を慕う行為、つまり親への服従奉仕と受け止める観点と、親の老衰を悲しませない配慮（「言に老を称せず」の解釈）として見る観点の大きく二つの系統があることを指摘し、後者のような解釈は南北朝宋の人である師覚授の『孝子伝』（『御覧』四一三引）から始まったとし、老莱子の行動の真意は前者のような親への従順と慕情にあると述べている（「老莱子孝行説話のおける孝の真意」『東方學』第九十二輯、一九九六年）。『孟子』の注は前者、正義にあげる『蒙求』の「高士傳」は後者のような受け止め方

をしている。一方、敦煌本『孝子伝』には「年七十なるも、言ひて老を称せず。其の母を傷つけんことを恐る。五彩の服を衣し、童子為るを示して、以て母の情を悦ばしむ」とあり、「老を称せず」と子どものような行動を結びつけず区別している。

(17) 梁音「二十四孝の孝―老萊子孝行説話の場合―」(『日本中國學會報』第五十四集、二〇〇二)。

(18) 『全相二十四孝詩選』は龍谷大學藏甲乙本があるが、入手できず、梁音氏の論文(注(17))を参照した。

(19) 『江都督納言願文集』巻三(『六地蔵寺善本叢刊』第三巻　汲古書院)。

(20) 『三代実録』元慶二年(八七八)十一月十一日条には(【表1】①参照)算賀だとは明記されていないが、この宴はちょうど五十歳になっている明子のための宴で、また五十人の僧侶による誦経があることや、同年九月二十五日にも「斎會」の後、算賀行事があったことから、「解斎」を兼ねた賀宴であったと思われる。なお『西宮記』でもこの記事を「皇后御賀事」に収めている。

(21) 松見正二氏は童相撲とその儀式で行われる童舞について考察し、童の呪術性・聖性を強調している(「平安宮廷行事における「童」―童相撲と童舞をめぐって」(『早稲田大学大学院教育学研究科紀要別冊』一九九六年三月))。これに対して服藤早苗氏は、童相撲・滝口相撲、殿上賭射や歌合せ・競馬などほとんどが新たに設けられた私的・娯楽的要素の強い儀式に多いことに注目し、「古代から伝統的に継承されてきた呪術性の強い儀式では、童舞はけっして登場しないのである。とするなら「聖なる」「呪術的」等を冠して、童や童舞を考えることは誤りで、童舞は、娯楽的・余興的要素を持ち登場した」と述べており、天皇の算賀や相撲節等のような公的な行事には童舞がないと指摘している(注(13))。

(22) 森一郎「若菜上・下巻の光源氏―藤壺事件の伏在―」(『日本文藝學』四十一号、二〇〇五年二月)。

(23) 注(5)。

(24) 注(4)。

(25) 川名淳子「若菜巻　光源氏四十賀について(一)―紫の上主催の賀を中心に―」(『立教大学日本文学』五十二号、一九八四年七月)。

(26) 村上美紀氏が平安時代の算賀史料を網羅して作成した算賀一覧表から拾いあげた(「平安時代の算賀」(『寧楽史苑』四〇、

一九九五年））

(27) 調楽は『江家次第』「岩清水臨時祭試楽」に「試楽前卅日調楽」とある

(28) 『源氏物語』の試楽は「こころみ」を含めて、「末摘花」「紅葉賀」（桐壺帝の朱雀院行幸（一院の賀）、「若菜下」「柏木」（朱雀院の五十賀、「柏木」巻は柏木が見舞いに来た夕霧に語る部分）に出ている。

(29) 河内山清彦「光源氏四十賀の叙述の骨法―謙退・白粛・盛儀の意味するもの―」（『言語と文芸』八十六、一九七八年六月）。

〔付記〕

本稿は、平成十六年度中古文学会秋季大会（於広島大学）における口頭発表を基にしております。席上その他で貴重なご教示賜りました方々に心より厚く御礼申し上げます

帝の御妻《みめ》をも過つたぐひ

――『源氏物語』から歴史物語へ――

高橋麻織

一　『源氏物語』と「日本紀」

『源氏物語』と「歴史」との密接な関係性を最も早く言い当てたのは、一条天皇の『源氏物語』読後の感想であった。(1)

内裏の上（一条天皇）の、源氏の物語、人に読ませ給つゝ聞こしめしけるに、「この人（紫式部）は日本紀をこそ読みたるべけれ。まことに才あるべし」とのたまはせけるを、ふと推しはかりに、「いみじうなん才がる」と殿上人などにいひちらして、日本紀の御局とぞつけたりける、いとをかしくぞはべる。（『紫式部日記』寛弘六年）

作者・紫式部のことを「この人は日本紀を読んでいるに違いない」と言うのである。ここに見える「日本紀」は、『日本書紀』をはじめとする六国史の総称と理解されており、それは定説化している。(2)しかし一方で、「日本紀」とは

『日本書紀』のみを指すという解釈、[3]あるいは『日本書紀』でも六国史でもなく、『日本書紀』注釈作業である「日本紀講書」の過程で生成されたサブテキストを指すという見解もある。[4]ここでは「日本紀」を六国史および「日本紀講書」に関わる言説を含む概念として広義に捉え、便宜的に〈日本紀〉と表記する。漢文体で書かれた権威ある歴史書一般を想起しつつ、実態としての書物というよりは、「物語」に対応する観念として理解したい。[5]この一文は、『源氏物語』の歴史性を鋭く言い当てたものである。そして、ここには、「物語」と「歴史」という問題が横たわっている。「歴史」と「物語」は、事実か虚構かという二元論では捉えることはできない。歴史には虚構性があり、物語には真実性がある。『源氏物語』における虚構の真実性については、『源氏物語』「蛍」巻の物語論の記述が想起されよう。先行研究では、「蛍」巻の光源氏の発言をそのまま作者の物語観と捉えることに対する批判や、この場面を解釈することこそ大切であるという指摘もある。[6]しかし、これは『源氏物語』が歴史性を有する特異な作品であることの意味を、光源氏の発言を通し、読者に対して高らかに宣言している部分と捉えられる。つまり、『源氏物語』自身が自負する物語観、文学観として理解する必要があるであろう。ここでは特に、『源氏物語』における虚構の真実性に着目する。「蛍」巻の本文を以下に引用する。

「あなむつかし。女こそものうるさがらず、人に欺かれむと生まれたるものなれ。ここらの中にまことはいと少なからむを、かつ知る知る、かかるすずろごとに心を移し、はかられたまひて、暑かはしき五月雨の、髪の乱るるも知らで書きたまふよ」とて、笑ひたまふものから、また、「かかる世の古事ならでは、げに何をか紛るることなきつれづれを慰めまし。[1]さてもこのいつはりどもの中に、げにさもあらむとあはれを見せ、つきづきしくつづけたる、はた、はかなしごとと知りながら、いたづらに心動き、らうたげなる姫君のもの思へる見るにかた心つくかし。あたいとあるまじきことかなと見る見る、おどろおどろしくとりなしけるが目おどろきて、静かにまた聞くたびぞ、憎けれどふとをかしきふしあらはなるなどもあるべし。このごろ幼き人（明石姫君）の、女房などに時々読まするを立ち聞けば、ものよく言ふ者の世にあるべきかな。そらごとをよくし馴れたる口つきよりぞ言ひ出だすらむとおぼゆれどさしもあらじや」とのたまへば、「げにいつはり馴れたる人や、さまざまにさも酌みはべらむ。ただいとまことのこととこそ思うたまへられけれ」とて、硯を押しやりたまへば、「骨なくも聞こえおとしてけるかな。[2]神代より世にあることを記しおきけるななり。日本紀などはただかたそばぞかし。これらにこそ道々しくくはしきことはあらめ」とて笑ひたまふ。

（『源氏物語』「蛍」③二一〇）

光源氏の前半の発言には、「人に欺かれむ」「まことはいと少なからむ」「すずろごと」「いつはりども」などとあり、物語の虚偽性を批判的に断じていることがわかる。ただし、この部分は光源氏が物語に熱中する玉鬘をからかい、その反応を試す目的がある点に配慮したい。例えば、初めに「女こそ」と見えることからもわかるように、光源氏に男性読者の古物語観を代表させているのである(7)。しかし、その一方で、傍線部［1］のように、物語の性質を認める発言もなされる。虚偽を物語の欠点と捉えながらも、物語が心を動かされるものと認めているのである。そして、傍線部［2］にあるように、玉鬘の返答に対して光源氏は前言をひるがえし、物語の虚構に真実性を見出す発言をする。これが、物語論の核心部分である。この虚構の真実性について考えるとき、物語の比較対象として挙げられる〈日本紀〉すなわち歴史に目を転じる必要がある。ここに見える〈日本紀〉も、一般的には『日本書紀』をはじめとする六国史の総称と注釈されるが、やはり『紫式部日記』の〈日本紀〉と同様、漢文で書かれた権威ある歴史書として広義に捉えたい。つまり、この部分は、「歴史」との比較によって、「物語」の可能性を提唱するものである。そして、これ以降の本文では、物語の創作動機や人物造型の典型化、あるいは読者を意識して書かれた物語の「よきもあしきも」という事柄に対し、「この世の外のことならず」とその現実性が強調されている。以上、物語論の全体像を見てみると、前半部分では、虚偽性が物語批判の対象であったのに対し、結論としては虚構の真実性が物語賞賛の要点となっていることがわかる。まさに「物語」が虚構の方法によって「歴史」よりも真実性を有するという文学観を、『源氏物語』自身が自覚していることと考えられるのである。

物語の方法という観点では、塚原鉄雄氏が、『伊勢物語』の方法は「虚構の事実化」、『竹取物語』は「事実の虚構化」、そして『源氏物語』はそれらを弁証法的に「虚実の止揚としての虚構」として新たな方法を獲得したと見なしている[8]。また、日向一雅氏は、事実と虚構を分断する当時の通念的な文学観に対し、『源氏物語』だけがほとんど例外的に虚構の方法の可能性について明確な認識をもっていた。事実と虚構とを対立的に考える文学観しかなかった時代に、『源氏物語』は両者を止揚した物語論に到達していた」という[9]。『紫式部日記』の「日本紀をこそ読みたるべけれ」という言葉は、『源氏物語』が「歴史」を喚起する独特な物語世界を形成していることを示唆している。つまり、『源氏物語』の歴史性は、成立期からの問題であったといえよう。そして、それは中世における『源氏物語』研究の第一の関心となり、貴族社会の先例主義に相俟って、『紫明抄』『河海抄』の成立とともに延喜天暦准拠説という形で結実するのである。

二 「帝の御妻をも過つたぐひ」

『源氏物語』准拠論は、『河海抄』の見直しとともに、玉上琢彌氏、清水好子氏らによって再評価された。玉上氏は、

『紫明抄』や『河海抄』における「准拠」の指摘と『源氏物語』研究の准拠論との概念の差異を指摘しつつ、物語の本質に立ち返って、『源氏物語』の世界に具体性と理想性を付与するため、一時代前の延喜天暦期を時代設定としたとする。[10] 清水氏も当初、「架空の物語に真実らしさを与える」という准拠の目的を示唆し、玉上氏と同様の立場を取ったが、[11] 後にそれを改め、以下のように述べている。[12]

首巻桐壺の巻で明瞭に、誤る余地なく、また以後の重要な時点でも一貫して、具体的な歴史的事実を標榜してきたのは、肝腎なところで歴史を超えるためであった。準拠をあれだけやまかしく取り用いてきたのは、ここと思うところで準拠ばなれがしたかったからである。そこに作者のしんに独創の刃を振うところが拓けていたのだ。作者がもっとも大切に育んできた準拠ばなれは不義の子冷泉帝の即位である。

清水氏のいう「歴史を超える」「準拠ばなれ」とは、冷泉帝の即位という『源氏物語』における最大の虚構を指す。藤壺中宮との密通、そして冷泉帝の誕生と即位は、光源氏の人生に大きく関わる点で物語展開に影響する。しかし、「后妃の密通」と不義の子の即位という筋書きは、現実的にはあり得ない。それは「准拠」の指摘によって明らかにされた『源氏物語』と「歴史」との密接な関わりの中でこそ、実現することができたと理解される。[13] つまり、『源氏物語』は、虚構を確立するために、准拠を方法として物語に取り入れたのである。中世の延喜天暦准拠説では、史実上の人物や出来事と比較した上で、両者の共通点を列挙することを目的としたが、むしろ史実には有り得ない不義の子冷泉帝の即位という史実との相違点、すなわち虚構の確立にこそ、准拠の目的は存したのである。このように「准拠」を『源氏物語』の方法として捉え直すことにより、『源氏物語』准拠論は再評価され、『源氏物語』研究のテーマのひとつとなる。

さて、清水氏の指摘のように、『源氏物語』が准拠を物語の方法とすることで確立した最大の虚構は、冷泉帝の即位である。藤壺中宮の死後、冷泉帝は夜居の僧都から自身の出生の事実を聞かされる。以下、「薄雲」巻の本文を確認する。

いよいよ御学問をせさせたまひつつさまざまの書どもを御覧ずるに、唐土には、顕れても忍びても乱りがはしきこといと多かりけり。日本には、さらにご覧じうるところなし。たとひあらむにても、かやうに忍びたらむことをば、いかでか伝え知るやうのあらむとする。

（『源氏物語』「薄雲」②四五五）

自らの出生の秘密を知った冷泉帝は苦悩し、皇統乱脈の先例を中国や日本の史書に求める。中国の歴史書には皇統の乱れに関わる不祥事が多いのに対し、日本の書にはそれが見出せない。しかし、たとえ皇統の乱れに関わる事実があったとしても、それを後世に伝えるような記録はなく、歴史書に書かれないだけで、現実はどうかわからないという。このことは、正史には書かれないもうひとつの「歴史」として「后妃の密通」の可能性を示唆しており、それを『源氏物語』は描いたものと見做せるのである。さらに、「若菜下」巻では、女三の宮と柏木の密通を知った光源氏が、次のように思いを巡らしている。

帝の御妻をも過つたぐひ、昔もありけれど、それは、また、いふ方異なり、宮仕といひて、我も人も同じ君に馴れ仕うまつるほどに、おのづからさるべき方につけても心をかはしそめ、ものの紛れ多かりぬべきわざなり、女御、更衣といへど、とある筋かかる方につけてかたほなる人もあり、心ばせかならず重からぬうちまじりて、思はずなることもあれど、おぼろけの定かなる過ち見えぬほどは、さてもまじらふやうもあらむに、ふとしもあらはならぬ紛れありぬべし、（略）

（『源氏物語』「若菜下」④二五四）

過去に「后妃の密通」が事実としてあった可能性があるが、確かな証拠がない限りは、その醜聞は露見することがないという。これには、直後の本文に「近き例を思す」（「若菜下」④二五五）と見えるように、光源氏自身がかつて藤壺中宮に通じたことを含むであろう。注意したいのは、「后妃の密通」は正史には書かれないものの、現実的には起きていた可能性のあることが、このように物語本文に繰り返し示される点である。これは、「蛍」巻で光源氏に言わしめた、〈日本紀〉には書かれない真相真理を物語は描くことができるという物語論の核心部分と通底するのである。

例えば、日本の正史である六国史を繙くと、『日本三代実録』貞観十五年二月二十六日条に、仁明天皇の后妃と密通した嫌疑をかけられて藤原有貞が左遷されたという記事が見える。[14] 増田繁夫氏は、これが六国史に見える唯一の「后妃の密通」の記録であることを指摘し、「こうした密通の事例は他にも多くあったに違いないが、表に出ることなしに処理された」という。[15] 先に引用した「薄雲」巻の本文に、「たとひあらむにても」とある通りである。ただし、『日本三代実録』の記事は、有貞の左遷された理由として后妃との密通の疑惑を説明するものであり、「見疑私通」と見えるように、あくまでも疑惑である点で、「后妃の密通」の可能性を示唆する記事でしかないのである。[16] では、「后妃の密通」という、正史には書かれない歴史の真実を、『源氏物語』はどのように取り込んだのであろうか。あるいは、物語が「后妃の密通」を描く意義はどこにあるのであろうか。

三　歴史物語に描かれる「后妃の密通」

『河海抄』は、「帝の御妻をも過つたぐひ」の歴史的事例として、以下の五人の后妃の名を挙げている[17]。

藤原順子（藤原冬嗣女、仁明天皇女御）と在原業平
藤原高子（藤原長良女、清和天皇女御）と在原業平
婉子女王（為平親王女、花山天皇女御）と藤原実資・藤原道信
藤原綏子（藤原兼家女、三条天皇東宮妃）と源頼定
藤原元子（藤原顕光女、一条天皇女御）と源頼定

五条后・藤原順子や二条后・藤原高子がともに在原業平と通じたという指摘は、『伊勢物語』によるものであろう。ここでは、先に婉子女王・藤原綏子・藤原元子の史実を確認する。このうち、婉子女王と藤原元子の場合は、厳密な意味での「后妃の密通」ではない。いずれも、配偶天皇との婚姻関係が終了した後に再婚した事例である。例えば、婉子女王は花山天皇に入内するものの、その半年後に天皇が出家したため里に下がり、藤原実資と藤原道信から求婚された婉子は実資と再婚する。『大鏡』「師輔伝」には、この結婚に対して「いとあやしかりし御事どもぞかし」（「師輔伝」一二〇）という評価がなされる。后妃の再婚は倫理的には問題ないが、決して一般的というわけではなく、見方によっては奇妙なことと捉えられたようである。また、藤原元子も夫である一条天皇の崩後、源頼定と再婚してい

る。『栄花物語』巻第十一「つぼみ花」には、一条天皇の崩御の後、里に住まっていた元子に頼定が通い始め、二人の関係を知った元子の父・顕光は、怒りのあまり元子の髪を下して尼にしてしまったという逸話が載せられている。未婚の男女が親の許可を得ずに関係を持った場合、事後承諾という形で正式な結婚に至ることが多かったようである。[18]ところが、元子と頼定の結婚は、最後まで父・顕光の許可を得ることはなかった。そのことについて、『栄花物語』には、「あやにくにこの殿（藤原顕光）のたまふを、かへすがへすあやしきことに人聞ゆめる」（『栄花物語』「つぼみ花」②二〇）とあり、むしろ元子と頼定の結婚を認めない顕光に対する批判がなされている。その直後の本文には、同じく一条天皇の女御であった藤原尊子が、母・藤三位の采配によって藤原通任と再婚したことが記されるが、[19]これによって、顕光の正常でないさまがさらに強調される。このような記述からは、かつて天皇の后妃であった女性が臣下と再婚することに対する『栄花物語』『大鏡』のそれぞれの視点が窺われる。ただし、繰り返すように、この事例はどちらも后妃が配偶天皇との婚姻関係の終了後、臣下の男性と再婚したケースと認識でき、厳密な意味での「后妃の密通」の例とはいえない。

一方、藤原綏子は、三条天皇の東宮妃であった時期に源頼定と密通している。『栄花物語』には、「かくて麗景殿の尚侍（綏子）は東宮（居貞親王）へ参りたまふことありがたくて、式部卿宮（為平親王）の源中将（頼定）忍びて通ひたまふといふこと聞えて、宮（居貞親王）もかき絶えたまへりしほどになくならせたまひにしかば、宮（居貞親王）さすがにあはれに聞こしめしけり」（巻第七「とりべ野」三三三）とある。東宮妃・綏子と頼定との密通によって東宮（居貞親王）との関係が絶えたこと、綏子亡き後にはさすがに東宮も同情したことなどが書かれている。そして、『大鏡』「兼家伝」には、密通が発覚する経緯をめぐり、さらに詳細なエピソードが載せられている。

あやしきことは、源宰相頼定のきみのかよひたまふとよにきこえて、さとにいで給にきかし。ただならずおはすとさへ、三条院きかせたまて、この入道殿（道長）に、「さることのあなるは、まことにやあらん」とおほせられければ、「まかりて、みてまいり侍らん」とて、おはしましたりければ、例ならずあやしくおぼして、几帳ひきよせさせ給けるを、をしやらせたまへれば、もとはなやかなるかたちにいみじうけさうじたまへれば、つねよりもうつくしうみえたまふ。「春宮（三条院）にまいりたりつるに、しかじかおはせられつれば、みたてまつりにまいりつるなり。そらごとにもおはせんに、しかきこしめされ給はんが、いとふびんなれば」とて、御むねをひきあけさせ給て、ちをひねりたまへりければ、御かほにさとはしりかゝるものか。ともかくものたまはせで、やがてたゝせ給ふ。東宮（三条院）にまいり給て、「まことにさぶらひけり」とて、したまひつるありさまを啓せさせたまへれば、さすがに、もと心ぐるしうおぼしめしならはせたまへる御なかなればにや、いとをしげにこそおぼしめしたりけれ。「ないしのかみ（綏子）は、殿（道長）かへらせ給てのちに、人やりならぬ御心づから、いみじうなきたまひけり」とぞ、そのおりみたてまつりたる人かたり侍し。春宮（三条院）にさぶらひたまひしほども、宰相（頼定）はかよひまいりたまふ。ことあまりいでゝこそは、宮（三条院）もきこしめして、「帯刀どもしてけさせやせまし」とおもひしかど、故おとど（兼家）のことを、なきかげにもいかがと、いとほしかりしかば、さもせざりし」とこそおほせられけれ。この御あやまちより、源宰相（頼定、三条院の御時は殿上もしたまはで、地下の上達部にておはせしに、この御時（後一条朝）にこそは、殿上し、検非違使別当などになりて、うせ給にしか。

（『大鏡』「兼家伝」一七一）

綏子と頼定との関係を噂で聞いた東宮（三条天皇）が、道長にその真偽を確かめさせようとし、道長は宮処である綏子に対して無礼な行動に出る。東宮妃の乳房から母乳がほとばしるという描写は、「后妃の密通」だけでなく、「ただならずおはす」という綏子懐妊の事実をはっきりと示すものである。この頃にはすでに綏子に対する東宮（三条天皇）の寵愛は衰えていたようであるが、異母妹に対する道長の乱暴なやり方を聞き綏子に同情していること、また、頼定に対する表立った咎めはなかったもの[20]の、三条朝を通して頼定の清涼殿昇殿が許されなかったことなどが、『大鏡』には記されている。このように「后妃の密通」と不義の子の懐妊は、『源氏物語』成立期の史実として歴史物語に記されているのである。何より歴史書でなく歴史物語だからこそ、具体的なエピソードを交えつつ鮮明に伝えられたといえよう。これは、『源氏物語』の「帝の御妻をも過つたぐひ」の例として『河海抄』が指摘する史実ではあるが、むしろ『栄花物語』『大鏡』が「歴史」を再構築するにあたり『源氏物語』から影響を受けたことこそ、読み取るべきである。歴史書には書かれない歴史を『源氏物語』は取り込み、さらに『源氏物語』の影響によって成立した歴史物語は、物語の虚構の方法によって「虚構の真実性」を後世に伝えることに成功したのである。

四　「后妃の密通」と皇統断絶

「后妃の密通」に関わる先行研究は、『伊勢物語』と『源氏物語』との関連性を論じるものが多く、特に『伊勢物語』二条后章段が光源氏と藤壺中宮との密通や、光源氏と朧月夜との私通に与えた影響について論じられている[21]。しかし『伊勢物語』では、高子と業平との恋愛は、高子が清和天皇に入内する前のこととされている。例えば、三段「ひじき藻」には、「二条の后の、まだ帝にも仕うまつりたまはで、ただ人にておはしましける時のことなり」、六段「芥川」には「まだいと若うて、后のただにおはしける時とや」などと見える[22]。これらの記述の通り、業平との関係を高子の入内前のこととすると、二人の関係は厳密には「后妃の密通」とは言えない[23]。また、片桐洋一氏は、「一〇世紀中頃までの『伊勢物語』には、東五条の大后邸の西の対に住む女は描かれていても、「二条后」という名は記されていなかった」とし、高子と業平の関係は事実ではなく、『伊勢物語』の享受過程において広く信じられるようになったことと指摘する[24]。さらに、『河海抄』の指摘する五条后・順子についても、年齢を考慮すると、業平と恋愛関係にあった事実は信じがたい。つまり、虚構の恋愛関係が物語を通して人々の周知するところとなり、次第に事実として認識されていったのである。例えば、『大鏡』「文徳天皇紀」には、文徳天皇の母后である藤原順子の略歴が紹介され、「伊勢語に、業平中将の「よひよひごとにうちも寝ななむ」とよみたまひけるは、この宮（順子）の御ことなり。「春や昔の」なども」（「文徳天皇紀」一四）と記される[25]。しかし、「よひよひごとに」「春や昔の」の二首は、それぞれ『伊勢物語』五段「関守」、四段「西の対」に見える昔男の歌であり、贈った相手の女は二条后とされ[26]、『大鏡』が「五条后」と記すことと矛盾する[27]。『河海抄』が高子だけでなく順子の名をも挙げるのは、業平の相手の女性が誰であるのか混乱していたためであろう。さらに、『大鏡』「陽成天皇紀」には、二条后・高子と業平の関係についての記述が見える。

[1]およばぬみに、かやうの事をさへ申は、いとかたじけなき事なれど、「是は」みな人のしろしめしたる事なればいかなる人かは、このごろ、古今・伊勢語などおぼえさせたまはぬはあらんずる。「みもせぬ人の恋しきは」など申ことも、この御なからひのほど、こそはうけたまはれ。[2]すゑのよまでかきおき給けむ、おそろしきすきものなりかしな。いかに、むかしは、なかなかに、けしきある事も、おはしき事もありける物」とてうちわらふけしきことになりて、いとやさしげなり。二条のきさいと申は、この御事也（『大鏡』「陽成天皇紀」四三）

傍線部［1］のように、語り手である世継は「后妃の密通」という醜聞を暴露することに若干の抵抗を見せるが、高子と業平の関係が『古今和歌集』『伊勢物語』を通して世間の知るところであることを理由に歴史語りを進める。そして、注意したいのは、傍線部［2］に「するのよまでかきおき給けむ」とあるように、これは業平本人が書き留めたものと理解している点である。このことは、二条后と業平の恋愛が事実であったと『大鏡』が認識していることに他ならない。そして問題なのは、これが事実か否かということではなく、「后妃の密通」というスキャンダルが物語に描かれる意図である。結論を先に述べると、これは文徳天皇の皇統が陽成天皇で断絶してしまうことと関わりがあるのではないだろうか。仁明天皇の後継者として光孝系皇統の正統性を強調する必要があり、そのため、文徳系皇統を貶める手法が取られたと考えられる。光孝天皇・宇多天皇に始まる新たな皇統にとって、『伊勢物語』が享受される過程で、五条后・順子や二条后・高子の「后妃の密通」が事実のように認識されてゆくことは、決して不都合なことではなかったはずである。つまり、陽成天皇の廃位と文徳系皇統の断絶の理由づけとして、密通する母后の造型が

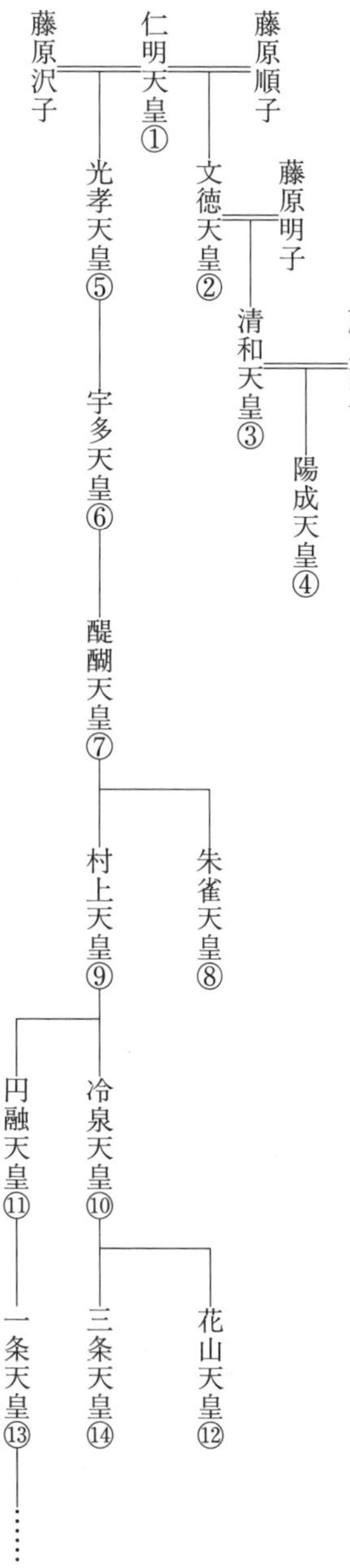

※数字は即位の順序

なされたと考えられるのである。[28]

さて、「后妃の密通」と皇統断絶との関連性は、『源氏物語』にも見られる。「若菜下」巻において冷泉帝が退位する際、光源氏は次のように述懐する。

六条院は、おりゐたまひぬる冷泉院の御嗣おはしまさぬを飽かず御心の中に思す。同じ筋なれど、思ひ悩ましき御事なうて過ぐしたまへるばかりに、罪は隠れて、末の世まではえ伝ふまじかりける御宿世、口惜しうさうざうしく思せど、人にのたまひあはせぬことなればいぶせくなむ。

（『源氏物語』「若菜下」④一六五）

冷泉帝には、皇位継承できる皇子はおろか、皇女さえ誕生しなかった。冷泉帝の退位とともに冷泉系皇統は断絶を余儀なくされる。光源氏はこのことを自らの罪が露見しないことと引き換えであったとし、まさに「宿世」であると認識している。つまり『源氏物語』は、藤壺中宮の密通の報いとして、冷泉系皇統の断絶を描いているのである。また、朱雀帝の后妃である朧月夜にも皇子女は誕生しないが、これも光源氏との密通に関連付けて考えることができるであろう。朱雀帝は、朧月夜に皇子女が産まれることを切望していた。

大臣（旧右大臣）亡せたまひ、大宮（弘徽殿大后）も頼もしげなくのみ篤いたまへるに、わが世残り少なき心地するになむ、いといとほしうなごりなきさまにてとまりたまはむとすらむ。（中略）「などか御子をだに持たまへるまじき。口惜しうもあるかな。契り深き人のためには、いま見出でたまひてむと思ふも口惜しや。限りあれば、ただ人にてぞ見たまはむかし」など、行く末のことをさへのたまはするに、いと恥づかしうも悲しうもおぼえた

（『源氏物語』「澪標」②二八〇）

まふ。

朧月夜が皇子女を産まない后妃であることは、朱雀帝の切実な思いが繰り返されることで、物語の中でかえって強調される。密通する后妃として造型される朧月夜は、朱雀帝の皇統の存続に寄与できないのである。『源氏物語』は、密通の代償として、子孫の断絶を描いている。また、これは女三の宮と柏木の密通という「罪」を背負った不義の子・薫にもいえる。「后妃の密通」の範疇に入れられるか議論の余地があるが、『源氏物語』はやはり最後まで薫の子の誕生を描かない。『源氏物語』の描く「后妃の密通」は、光源氏の王権の問題や皇統断絶など、物語に新たな展開をもたらす。そして、それは歴史物語に取り込まれた場合も同様である。ここでは『大鏡』における『伊勢物語』引用の一端を確認したが、断絶する皇統と新たな皇統という二つの力のせめぎ合いの中で、「后妃の密通」がねつ造され、政治的に利用されてゆく過程が見て取れる。(29)

五　『源氏物語』から歴史物語へ

『源氏物語』は、「歴史」を取り込むことで確立した准拠の方法によって、「虚構の真実性」を描き得た。そして、そのような『源氏物語』の物語観あるいは歴史観は歴史物語に継承される。例えば、『栄花物語』が宇多朝から書き起こされるのは、光孝天皇までを書き留めた『日本三代実録』すなわち六国史を継承する目的からであると指摘される。(30)また、『栄花物語』を踏まえて成立した『大鏡』、さらに『増鏡』にも「歴史」と「物語」とを意識した記述がある。そして、ここにもやはり〈日本紀〉という語が見える。(31)『大鏡』『増鏡』の本文を合わせて引用する。(32)

世次、「よしなき事よりは、まめやかなる事を申はてん。よくよくたれもたれもきこしめせ。けふの講師の説法は、菩提のためとおぼし、おきならがとく事をば、日本紀きくとおぼすばかりぞかし」といへば、僧俗、「げに説経・説法おほくうけたまはれど、かくめづしき事のたまふ人は、さらにおはせぬなり」とて、年おひたるあま・ほうしども、ひたいにてをあて、、信をなしつ、き、いたり。

（『大鏡』「大臣序説」五九）

かの雲林院の菩提講に参りあへりし翁の言の葉をこそ、仮名の日本紀にはすなれ。又かの世継が孫とかいひし、つくも髪の物語も、人のもてあつかひ草になれるは、御有様のやうなる人にこそありけめ。猶ほ給へ。

（『増鏡』序、二四八）

『大鏡』の語り手・世継は、自らの歴史語りが〈日本紀〉に匹敵するもの、あるいはそれを超えるものであるとの自負を持つ。そして、『増鏡』もまた『大鏡』を「仮名の日本紀」と表現する。そして、つまり『大鏡』は、〈日本紀〉すなわち正史には描かれない「歴史」を記した歴史物語として捉えられる。このような歴史物語の認識は、『源氏物語』の有する歴史性から影響を受けたものと考えられるのである。

正史の書かかないもうひとつの「歴史」は、歴史物語という形で後世に伝えられることとなる。『源氏物語』「蛍」巻に、「物語」には「虚構の真実性」が存することが提唱されるが、その物語観のもとに歴史物語は成立したといえるであろう。漢文体の正史には書けない事柄でも、仮名の歴史物語には記すことができるという意味で、歴史物語は正史を超える真実性を有する。このように、『源氏物語』は「歴史」を取り込むことで、『源氏物語』そのものに虚構世界を構築することを可能としただけでなく、新たなジャンルである歴史物語の成立にも関わるのである。さらに、歴史物語が『源氏物語』成立期の「歴史」を再構築することによって、「歴史」が「物語」に与えた影響のみならず、「物語」から「歴史」に働きかけるという逆の作用もまた見て取れる。ここに、『源氏物語』と「歴史」との往還関係を認めることができるのである。

注

（1）『紫式部日記』引用本文は、新編日本古典文学大系（岩波書店）による。
（2）新潮日本古典集成『紫式部日記 紫式部集』（新潮社）、日本古典文学大系『枕草子 紫式部日記』（岩波書店）などは、六国史の総称と注する。
（3）石川徹「紫式部の人間と教養」（『国文学』一九六一・五）、深澤三千男「源語と日本紀―一条天皇の感想をめぐって―」（『文学・語学』第四二号）など。
（4）神野志隆光「「日本紀」と『源氏物語』」（古代文学研究叢書四『古代天皇神話論』若草書房、一九九九・一二）、斎藤英喜「摂関期の日本紀享受」（『国文学　解釈と鑑賞』第六四巻第三号「特集　日本紀の享受」、一九九九・三）、吉森佳奈子『『河海抄』の『源氏物語』』（和泉書院、二〇〇三・一〇）。
（5）関根賢司「源氏物語と日本紀」（『物語文学論―源氏物語前後―』桜楓社、一九八〇・九）。は、『日本書紀』をはじめとする六国史あるいは男性官人の手になる漢文表記の書物と解釈する。
（6）藤井貞和「雨夜のしな定めから蛍巻の〝物語論〟へ」（『共立女子短期大学分科紀要』第十八号、一九七四・一二）。
（7）河添房江「蛍巻の物語論と性差」（『源氏研究』第一号、翰林書房、一九九六・四）、足立繭子「蛍巻の物語論―言語の決定性あるいはジェンダーをめぐって―」（『中古文学論攷』第十七号、一九九六・一二）。
（8）塚原鉄雄「序説」「冒頭表現と史的展開」「物語文学の素材人物」（『王朝の文学と方法』風間書房、一九七一・一）。
（9）日向一雅「事実と虚構のあいだ」（『日本文芸史―表現の流れ』巻第二、古代Ⅱ、鈴木日出男・藤井貞和編、河出書房新社、一九八六・五）。

(10) 玉上琢彌「源氏物語准拠論―河海抄疏（一）」（『源氏物語研究　源氏物語評釈』別巻一、角川書店、一九六六・三）。

(11) 清水好子「準拠」（『源氏物語論』塙書房、一九六六・一）は、準拠の方法について「写実性を目指した作者の工夫」と述べる。

(12) 清水好子「源氏物語における準拠」（『源氏物語の文体と方法』東京大学出版会、一九八〇・六）。

(13) 『紫明抄』『河海抄』に見られる准拠説では、『源氏物語』に描かれる儀式や年中行事など有職故実の「准拠」が、『西宮記』『李部王記』などに求められている。前掲注11清水論文には、「物語の人物や事件を史上実際のそれにあてはめて考えうる場合、古注は史実のそれらを準拠と呼んだ」とある。また、加藤洋介「中世源氏学における准拠説の発生―中世の「准拠」の概念をめぐって―」（『国語と国文学』第六十八巻第三号、一九九一・三）には、「「准拠」とは、厳密には先例といえないものを、「先例」と同等の価値を有するものとして意義づける行為」とある。

(14) 「廿六日庚寅、前近江権守従四位下藤原朝臣有貞卒、有貞者、右大臣贈従一位三守朝臣之第七子也、年在童乱、侍奉仁明天皇、姉「貞子」為女御、因而蒙寵狎、及弱冠、承和十一年授従五位下、拝丹波介、不之任、十二年見疑私通後宮寵姫、出為常陸権介」とある。引用本文は、増補国史大系第四巻『日本三代実録』（吉川弘文館）による。

(15) 増田繁夫「密通・不倫という男女関係」（『平安貴族の結婚・愛情・性愛』青簡舎、二〇〇九・一〇）。

(16) 物語研究会大会（二〇一一年八月一九日、於京都）における口頭発表で、ご指摘いただいた。本稿は、その口頭発表に基づくものである。

(17) 藤原実資や藤原道信に通じた花山女御とは、婉子女王のことと解せる。『河海抄』が「花山院女御」を「元方民部卿女」とし、「三条后」と付記するなど不審な点がある。また、藤原実資を「関白」とするのも誤りである。『河海抄』引用本文は、玉上琢彌編『紫明抄　河海抄』（角川書店、一九六八・六）による。

(18) 前掲注(15)増田論文。光源氏と朧月夜の私通に関しても、父右大臣はその関係を追認し正式な結婚を進めるような態度をとっている。

(19) 「また、暗部屋の女御（藤原尊子）と聞こえしには、母の藤三位（藤原繁子）、今の宣耀殿（藤原娍子）の御はらからの修理大夫（藤原通任）をぞあはせきこえためる」（『栄花物語』「つぼみ花」②二〇）とある。『栄花物語』引用本文は、小学館刊新編日本古典文学全集による。

(20) 前掲注(15)増田論文には、頼定と綏子が密通の発覚後も叙位されるなど昇進していることから、二人が密通に関わる公的な処分を受けた様子は特にないことが指摘されている。

(21) 秋山虔「伊勢物語から源氏物語へ」（『源氏物語の世界』東京大学出版会、一九六四・一二）、深澤三千男「光源氏像形成の基盤—伊勢物語から源氏物語へ—」（『源氏物語の形成』桜楓社、一九七二・九）、高橋亨「源氏物語の〈ことば〉と〈思想〉」（『源氏物語の対位法』東京大学出版会、一九八二・五）、深澤三千男「紫式部の皇室秘史幻想への幻想—帝の御妻密通物語発想源考、高子・陽成帝母子をめぐって—」（神戸商科大学経済研究所『人文論集』第二七巻第三・四号、一九九二・三）、室伏信助「伊勢物語から源氏物語へ」（『王朝物語史の研究』角川書店、一九九五・六）など。

(22) 『伊勢物語』引用本文は、小学館刊新編古典文学全集による。

(23) 七十六段「小塩の山」には、東宮（後の陽成天皇）の母となった高子に、業平が歌を詠みかける逸話が見える。『伊勢物語』からは、高子の入内後も業平との交流のあったことが窺われる。同様の逸話は、『大和物語』百六十一段「小塩の山」にも載せられる。

(24) 片桐洋一「二条后と在原業平—その文学史的役割—」（『中古文学』第七七号、二〇〇六・六）。

(25) 『大鏡』引用本文は、日本古典文学大系（岩波書店、旧大系）による。

(26) 『伊勢物語』五段「関守」には「東の五条わたりに、いと忍びて」「二条の后に忍びて参りけるを」、四段「西の対」には「東の五条に、大后の宮おはしましける西の対に住む人ありけり」とあり、この「女」が二条后・高子であることがわかる。

(27) 『大鏡』作者が読んだ『伊勢物語』は、現在の定家本『伊勢物語』とは異なる本文であったことが窺われる。新全集『大鏡』頭注には、「『源氏物語』や『大鏡』の作者の時代には塗籠本に近い本文の『伊勢物語』が享受されていたふしがある」とある。

(28) 『今昔物語』巻第二十第七には、清和天皇の母后である染殿后・藤原明子が、物の怪に憑りつかれて鬼と交わる話が載せられている。順子・明子・高子の三人の母后それぞれに密通のエピソードが伝わっていることは特筆すべきである。

(29)『権記』寛弘八年五月二十七日条には、「但故皇后宮（藤原定子）外戚高氏先、依斎宮（括子内親王）事為其後胤之者、皆以不和也」とあり、外戚・高階氏が在原業平と伊勢斎宮の括子内親王との間の不義の子を祖とすることを理由に、敦康親王の立太子が不都合であると説かれる。これは、『伊勢物語』の記事が事実として認識され、政治的に利用される事例である。

(30) 新全集『栄花物語』の頭注には、「村上前史として宇多天皇から書き始めるところに『三代実録』（清和・陽成・光孝の三代を記す）を継ぐ姿勢が窺われる」とある。

(31) 旧大系『大鏡』（岩波書店）の補注には、「日本書紀だけを指すと見てもよいし、転じて六国史―官撰の国史―という意味に解してもよい。（略）紫式部日記のものは日本書紀の意味にも解されるが、増鏡のは仮名で書いた国史というように広い意味に解される」とある。

(32)『増鏡』引用本文は、日本古典文学大系（岩波書店）による。

II

源氏物語と文学

菅原文時「封事三箇条」について
――『源氏物語』以前のひとつの文学――

長瀬由美

平安朝の漢詩文を集成する『本朝文粋』の巻二には、意見封事として三つの文章が収められている。ひとつは天長元（八二四）年八月廿日の「公卿意見六箇条（太政官府）」[1]、いまひとつは著名な延喜十四（九一四）年四月廿八日の三善清行「意見十二箇条」、そしてもうひとつが、天暦十一（九五七）年十二月廿七日の日付をもつ菅原文時「封事三箇条」である。菅原文時（昌泰二（八九九）～天元四（九八一）年）は平安中期、村上朝を代表する文人であり[2]、「本朝の集の中には、詩においては、文時の体を習ふべきなり」（『江談抄』）といわれ、また『本朝文粋』巻一巻頭を飾るのが文時の「繊月賦」であるなど、大江匡房や藤原明衡をはじめ後代の文人達に非常に尊ばれた人物である。『源氏物語』が成立した一条朝の文人達に与えた影響も極めて大きい[3]。本稿ではこの菅原文時の手に成る「封事三箇条」について考察してみたい。

一　文時意見封事の構成と内容

意見封事とは、天皇がまず諸臣に対して意見を求める意見徴召の詔を下し[4]、これに応じて諸臣が時の政治について意見を記し密封して上奏したものであり、『本朝文粋』に収められる文の中でも「詩序や和歌序といった文学的な文章とは対照的な、政治の場で活用された文章」(5)の一つとされる。平安朝の封事といえば三善清行の「意見十二箇条」が有名だが、(6)本稿で扱う菅原文時の意見封事は、同じ『文粋』所収のその清行意見封事としばしば比較して論じられ、清行の封事が政治の問題点とその対応策を具体的に明示して議論を展開しているのに対して、全体として抽象的・観念的叙述に終わってしまっているといわれる。(7)

そのようにみなされる文時の意見封事について、まず構成と内容を確認していきたい。封事が論ずるところは「奢侈を禁ぜんと請ふ事」、「官を売ることを停めんと請ふ事」、「鴻臚館を廃失せずして遠人を懐け文士を励まさんと請ふ事」の三箇条であり、これら三箇条について述べた後、

> 以前の封事は、去る天暦八年七月廿七日の綸旨に依りて、上奏すること右の如し。臣素《もと》より政道の要に達せず、只空しく儒士の名を窃《ぬす》めり。詔これ逃れ難く、義苟《いやし》くも隠すことなし。遂に罪責を忘れ、敢へて狂言を献ず。
> 臣文時、誠惶誠恐《せいこうせいきょう》、頓首頓首、死罪死罪、謹みて言《まう》す。
> 天暦十一年十二月廿七日　従五位上守《しゅ》右少弁臣菅原朝臣文時上る(8)

と結びの文言と日付・署名が記される。これによれば、文時の封事は天暦八年村上天皇の意見徴召の詔を受け、天暦十一年に具申されたものだという。

以下三箇条について一条ずつ内容を確認する。一条目「奢侈を禁ぜんと請ふ事」は、「高堂連閣、貴賤共にその居を壮にし、麗服美衣、貧富同じくその制を寛くす」る、すなわち貴賤貧富を問わずみな高大な家屋を望み規制を超え

て美麗な衣服を着する「今」にあって、その奢侈、分を過ぎた贅沢の禁止を訴える。村上朝にはたびたびの禁制が出されたにもかかわらず、世の風潮はいよいよ奢侈に流れていたらしく、続く文言には「明詔頻りに下り、厳禁緩きこと無しと雖も、しかも積習常を生し、流遁して還るを忘」る、とある。封事はそうした現状を受け「伏して望むらくは重ねて有司に勅し、更に旧法を張り、若《も》し容隠を致さば殊に譴責を加へんことを」と、人々に改めて「旧法」を遵守させるべきことをまず述べる。そして続けて「そもそも朝廷の行ふ所は、制に従ふこと猶遅く、人君の好む所は、指を承《う》くる蓋し速やかなり。……伏して惟《おもんみ》れば采椽土階、清風古に扇ぎ、膳を損し服を減ずる、紫泥今に新たなり。[10]猶願はくは内　弥《いよいよ》倹に親しみ、外惣て奢を遏《とど》め、其の僭侈を見てはこれを悪み、その節倹を聞きてはこれを嘉《よみ》せば、天下将にその奢を去てて倹を好むことを知らんとす。誰か敢へて己が財を費して、君の心に逆《さか》へん者あらんや。これ実に禁ぜずして止み、令せずして行はるる所以なり。しからば則ち浮偽の俗自づから改まり、敦厖《とんぼう》の化成るべし」と訴える。人民は朝廷の施行する制度にではなく、人君の好む所にこそ速やかに従うものであり、人君が倹約に努めれば人々も自ずとそれに倣うとして、「君」たる天皇がいよいよ倹約に努めることを求めて終わっているわけである。

この条について所功氏は、三善清行の十二箇条中「奢侈を禁ぜんと請ふ事」条と比較し、清行の場合はまず一般論を述べ、その上で今日における人々の奢侈の実態を着用している衣服のさま等具体的に示して、「衣服之制」を定め検非違使に取り締まらせるべしという結論を強く訴える、すなわち非常に具体的な論となっているのに対して、文時の封事は、語句の類似からも清行の封事を意識しその影響を受けているとみなせるにもかかわらず「いたずらに美辞麗句を並べ」た「抽象的な楽観論に終っている」と論ずる。[11]ただし、奢侈の禁止を求める文時の本条については、その文言に「明詔頻りに下り、厳禁緩きこと無しと雖も」云々とあったように、醍醐朝と異なり村上朝においては既に幾度か奢侈の禁制がでており、だがそれら天暦元年以後の奢侈禁制の対象が主として、諸司諸衛の下級官人の乗馬・乗車・服飾や、賀茂・石清水の祭使の装束、従者人数、その他の男女道俗の衣服であったという点に注意しておきたい。そのことも踏まえて言うならば、清行の封進が公卿以下庶民に至るまでの奢侈の禁止を訴えるものであったのに対し、諸臣への奢侈の禁止の訴えを天皇自らの倹約の励行へと収斂させていること、天皇自身にいっそうの倹約を求め訴えている点に、文時と清行の封事の内容面での相違を認めることができる[12]。

第二条「官を売ることを停めんと請ふ事」は売官、すなわち官職・位階を売ることの停止を求める。売官は、奈良時代から平安時代を通して行われ、平安時代にそれは贖労・年給・成功などとして行われ衰えることはなかったという[13]。後藤昭雄「《意見封事》売官を停めんと請ふ事[14]」は、三善清行の封事「贖労の人を以て諸国の検非違使及び弩師に補任するを停めんと請ふ事」条にも触れ、既に十世紀前半に「弊風がいかに瀰漫していたか」をそこに認めるとともに、『本朝文粋』中の落書「首を取り上げ、天暦から天徳期に制作されたと推察できるこれら落書がいずれも売官を大きな問題としていることを論じて、天暦・天徳期における売官横行の実情を示唆している。竹内理三「成功・年爵考」[15]によれば、財源として寺院に官職が与えられることの初見するのも、この天暦期（天暦八年）であるという。十世紀後半いよいよみだりに行われたとおぼしい売官は、天暦期に書かれた封事として触れぬわけにはいかない重要な社会問題であったといえよう。

本条で文時は「能を量りて官を授くれば、官乃ち理《をさ》まり、材を択びて職に任ずれば、職乃ち脩《をさ》まる。若し量らずして授け、択ばずして任ずれば、人これを謬妄《びうまう》と謂ひ、俗これがために衰亡せん。……歴《あまね》く漢家の典を訪ね、略《ほぼ》皇朝の記を考ふるに、未だ官を売りて俗を敦くし、職を鬻《ひさ》ぎて民を安ずる者有らざるなり。伏して望むらくは、早く彼の澆時《げうじ》の政を改め、淳世《しゅんせい》の風に返らしめんことを。若し国用を憂へば、則ち事毎に必ず倹約を行へ。若し倹約を行はば、則ち何に因りてか貨財に乏しかるべけん。欲利の源、此れより暗かに減《へ》え、廉止の路、自然に将に開けんとす」と述べる。売官に対する有効な手立てについては清行の封事もまた十分に示し得なかったところだが、文時の封事も具体的事務策を掲げることなく、むしろ具体的に論旨を展開させることを本来意図していないかの如くに、第一条同様最終的に天皇・朝廷に倹約を訴えて終る。文時は売官の実情をつぶさに見ていたはずだと推測されるだけに、人材能力に応じて官職を与えるべしという理念ばかりを確認する本条は、(16) なるほど観念的な印象を抱かせる。

第三条は、「鴻臚館《こうろくわん》を廃失せずして遠人を懐《なつ》け文士を励まさんと請ふ事」。鴻臚館とは、古代外国使節を接待するために設けられた施設であり、京・難波・大宰府に置かれたが、文時がここで問題にする鴻臚館とは平安京のそれを指す。平安京の鴻臚館は七条大路北、朱雀大路を挟んで東西に各二町の敷地を占めてあったが、東の鴻臚館は早くに停廃され西の鴻臚館のみが存続していた。本条では「頃年以来、堂宇尽きんとすれども、所司修造すること能はず、公家空しく廃忘せ」るという有様の鴻臚館（西鴻臚館）の荒廃を嘆き、「恐るらくは彼の化に帰する国、徳を慕ふ郷、風聞を万里に得て、狐疑を両端に成さんことを。一には以為らく君恩薄くして、懐け柔ぐる情《こころ》なしと。一には以為へらく国用乏《とも》しくして、弘きを含む力なしと」と、鴻臚館の衰微が他国の日本への評価に繋がることを懸念する。そして続けて「しかのみならず国家の故事、蕃客朝《ばんかくてう》する時、通賢の倫《ともがら》を択《えら》びて、行人の職に任じ、礼遇の中、賓主筆を闘はしむ。また諸生の文を能くする者を抜きて、餞別の席に預らしむ。茲に因りて翰苑思《おもひ》を鋭《みが》く士、蕃客に対するを以てその心期となさずといふこと無し。……今此の館を廃せざらんことを陳ぶるは、蓋しまた文章の道の為なり……伏して望むらくは深く図り遠く慮り、此の賓館を廃失すること勿れ。然らば遐方《かはう》心を離たず、文士業《げふ》に倦《う》むこと無からん。是れ則ち海外に示すに仁沢の広きを以てし、天下に耀かすに威風の高きを以てするなり」と述べる。外国使節訪問にあたっては博学の者がその応接の職に任じられ、彼等は礼遇の中に外賓と詩文を交わし、また特に餞別の宴では諸生のうち能文の者が選ばれて、彼等も詩作に加わった。それゆえ詩文に長じた志深い者は皆、鴻臚館での外国使節接待の任に与かることを期待していたのであり、文士達にとって鴻臚館は己が詩文の才を発揮する重要な場である、この鴻臚館を「文章の道」の為にも廃絶しないようにと訴える。

本条は右の如く鴻臚館の意義を論じてその存続を訴えているわけだが、ところで平安京において、実際にこの鴻臚館に迎え入れられ朝廷の応接を受けた「外国使節」とは、唐使でも新羅使でもなくもっぱら渤海使であったといわれる[17]。渤海は、六九八年に建国され現在の中国東北地方から朝鮮半島北部・ロシア沿海州を領域とした国で、日本との通交は神亀四（七二七）年渤海使来日に始まり、以後渤海が滅亡する九二六年までの二〇〇年間友好関係は続き、渤海使来日は延喜十九（九一九）年を最後として計三十四回を数えた。日本は渤海を朝貢国高句麗の再興とみなし、渤海もこれを容認して「高麗国」と名乗ったこともあって、『うつほ物語』『源氏物語』に登場する「高麗人」とはすなわち渤海人をさすという。注目すべきは天平宝字六（七六二）年の第六次渤海使以降、渤海使節団は文官の職にある者が大使に任命されるようになり、日本側もそれに応じて当代を代表する文士が応接にあたることとなった、そのために渤海の使節団と日本の文人との間で漢詩文の交歓が盛んに行われるようになったことである。河野貴美子「渤海使と平安時代の宮廷文学[18]」は、渤海使応対の任にあたった文人貴族達の顔ぶれを調査し、そこに当代を代表する錚々たる文士・知識人達の名が連なることを確認し、渤海使との外交に関わることは文士達にとって登竜門の如きものだったと考えられると述べて、平安漢文学における渤海使との交流の意義を論じている。渤海使との贈答詩は『凌雲集』『文華秀麗集』『経国集』の勅撰三集、また『菅家文草』をはじめとする私家集に収められ[19]、都良香や菅原道真・島田忠臣・紀長谷雄・大江朝綱ら時代を代表する文人達の作が残る。確かに文時封事の言う如く、鴻臚館という場、すなわち渤海使との交流の場は、宮廷文士がその力量を発揮し得る貴重な場として平安初頭以来あったのだといえる。

さてしかし、である。渤海使の来日は醍醐天皇の延喜十九（九一九）年を最後として、九二六年の渤海国の滅亡によって以後途絶えたのであり、渤海使が唯一の公式外国使節であった平安朝においては、外国使節を受け入れる迎賓館たる鴻臚館も、それに伴って必然的に衰微したわけである。朱雀天皇の天慶五（九四二）年五月十七日に、内裏で「遠客来朝」の礼を模して詩興を促す「蕃客の戯れ」が催されているのも渤海国滅亡のゆえ、すなわち実際に外国使節と詩文を応酬し交歓することが叶わなくなったゆえである。[20]文時は渤海国滅亡という事情を無論知らぬはずはない。ならば、渤海使が最後に来日してより三十五年以上も経た、天暦十一年の時点における文時の鴻臚館復興の訴えは、あまりに非現実的であり懐古趣味的ではなかろうか。

ところで、そもそもこの天暦十一年の日付については問題がある。次章ではその点を検討してみたい。

二　結びの文言の不審

まず改めて結びの文言を挙げる。

以前の封事は、去る（ア）天暦八年七月廿七日の綸旨に依りて、上奏すること右の如し。臣素《もと》より政道の要に達せず、只空しく儒士の名を竊《ぬす》めり。詔これ逃れ難く、義苟《いやし》くも隠すことなし。遂に罪責を忘れ、敢へて狂言を献ず。臣文時、誠惶誠恐《せいこうせいきょう》、頓首頓首、死罪死罪。謹みて言《まう》す。

（イ）天暦十一年十二月廿七日　　従五位上守《しゅ》右少弁臣菅原朝臣文時上る

特に取り上げて考えたいのが、傍線を付した（ア）（イ）の部分である。意見封事は、必ずまず意見徴召の詔があってそれに応じて上奏すべしと定められていたわけだが[21]、文時の封事の場合は（ア）天暦八年七月の詔により村上天皇が公卿・五位以上の官長・儒士等に封事の提出を求めた[22]、それに応じたものなのだという。しかし文時の封事の日付は天暦十一年と、天暦八年の意見徴召から三年半も経たものとなっている。今日の我々の感覚では随分と遅れた提出と感じられるが、この点はいったいどう理解すればよいのだろうか。

例えば、同じ『本朝文粋』に所収される他の二例の意見封事をみてみると、天長元（八二四）年八月二十日の「公卿意見六箇条（太政官府）」は、前年の弘仁十四（八二三）年十二月四日の意見徴召[23]に応じて公卿が封進した意見奏状のうちの一部、六箇条が採用され諸司に太政官符として頒下されたものである。十二月の詔に応じて公卿から封進された意見が審議を経て翌八月には太政官符として頒下されたというからには、公卿達の意見上奏自体は意見徴召の詔を受けてから数箇月のうちになされたと考えられる。いまひとつ延喜十四（九一四）年四月廿八日の三善清行「意見十二箇条」についていえば、これは延喜十四年二月十五日の意見徴召の詔に応じたものであり、清行はこの意見十二箇条を徴召後二箇月余りで纏め上げている。つまりこれら二例の封事はいずれも、意見徴召の詔が発せられてから数箇月で上奏されているのである。もっとも、天暦八（九五四）年の当該意見徴召に近い時期の例として、朱雀天皇の天慶五（九四二）年三月十四日の意見徴召があり、この際「公卿大夫及び京官外国の五位已上にして職官長に居、秀才明経の課試及第して名儒士為る」者に対して意見を徴召する詔が下されたのに対して[24]、諸国司が一年半以上を経ても意見を封進しなかったという事がある。但しこの時には翌天慶六年十二月十七日、山陰道諸国司に「応に早く封事を進るべき事」という太政官符が出されている[25]。その結果ようやく意見が封進され天慶八年十一月に審議（封事定）が行われたというが[26]、この時諸国司に出された官符には「□□《諸国》司等、徒らに年月を送り、今に未だ進らず。緩怠の甚しき、責むるに余り有り。…宜しく下知を加へ、早く之を上らしむべし」とあって、意見徴召の詔から一年半経っても意見を封進しない状況を厳しく叱責する文言がみられる。[27] 以上をふまえると、この朱雀朝の例からおよそ十年後に出された村上天皇の意見徴召の詔に対して、文章博士菅原文時がその三年半も後に意見を封進したというのは、やはりいかにも奇異であるといわなければなるまい。[28]

そもそも、この「天暦十一年十二月廿七日」という日付が妙なのである。なぜならば天暦十一年十月二十七日、水旱の災に依り天徳に改元されているためである。[29] 天暦十一年十二月二十七日というのは本来存在しない日付ということになる。そのため『国史大辞典』はじめ辞典類はこの年月記載を誤りとみて、文時の封事奏上を天徳元年と説明するものが殆どである。[30]『大日本史料』は「年月誤あるに似たりと雖も、姑く茲に収む」と断って文時封事を天徳元年十二月二十七日条に収め、柿村重松『本朝文粋註釈』も「案ずるに年月に誤り有り」とする。但しこの記載年月日については、現存『本朝文粋』諸本すべてに異同がない。[31] 意見封事は「公式令」に基づく公文書、すなわち公式様文書であり、天皇が奏聞された意見書を開封して閲覧し各々の年月日官位姓名を切り取り、内容別に分類したものを公卿に下して評議（封事定）するという次第が定まっていたからには、[32] 当該封事の年月日の部分のみ後人の書き入れと見なすのも難しいように思われる。ちなみに、意見封進ののち封事定が行われることから、村上朝天暦八年以後の封事定の記事を史書等に確認しておくと、『日本紀略』は天暦四年から十年までを欠くため天暦八年意見徴召後の動向が残念ながら不明だが、天徳元年に関しては二度の封事定の記事が認められる。しかしいずれも天徳元年（天暦十一年）四月五日、[33] 天徳元年（天暦十一年）十月十四日と、[34] 文時封事の提出時を天徳元年十二月と見た場合でもそれ以前となり、これらの封事定は文時の封事を審議したものではない。しかしこれよりのち封事定の記事が見出せるのは、応和二（九六二）年以降となる。[35] 文時の封事が提出され審議されたことを証する記述は、史書古記録類に見出すことはできないのである。

いったい、諸本に異同のないこの日付を記載の誤りでなく、まさに本来そのように記されていたと認めたうえで、この封事を考えてみることはできないだろうか。そうすることにより、鴻臚館復興という時代錯誤的な内容への不審、三年半も経て後の提出という記述の不審をも解くことができるように思われる。想起されるのは、平安朝文人におおいに尊ばれた『白氏文集』にみられる、白居易散文のある方法――擬制の方法――である。

三　白居易擬制の方法との関連

周知の如く、白居易の詩文集は仁明天皇の承和年間に伝来して以来長く日本人に愛好され、平安時代において『白氏文集』は、『史記』をはじめとする史書や『文選』とともに最も重要な漢籍の一つとしてあった。『文集』と文時ということでいえば、村上天皇の勅命により大江朝綱とともに『文集』第一の詩を撰進したという説話が、良く知られるところであろう[36]。さてその『白氏文集』のうち、巻三十七から巻四十の四巻には、白居易が翰林学士[37]の任にある時に書いた詔令制勅、「翰林制詔」が収められている[38]。そしてこれらのうち前半の巻三十七・三十八に収められる制詔の大部分は擬制、すなわち実際に発布されたのではなく、あくまで白居易が制詔の形式に則って作った文章とされる[39]。下定雅弘「翰林制詔の擬制について」[40]によれば、これらの文章について中国では、官名や年月について事実と食い違うものが少なくないが故に偽作と論じられ、そうした理解が今もって有力であるが、日本では伝存する金澤文庫本巻三十八巻首に「翰林制詔二　擬制　四十三道」とあるのを始めとして、那波本にも擬制と明記されており、擬制と指示のあるものは擬制として古来より今に至るまで疑いなく受け入れられてきたという。下定氏は本論で、中国で偽作とされる根拠となっている年月日等の史籍上の事実との食い違いは、むしろ「故意に事実とちがえて、真の制詔との区別を明瞭にしようとした」ためではないかと推察したうえで、数例の制詔を取り上げて具体的に検証している。そして結論として、巻三十七・三十八の制詔に大量の脱落や齟齬が集中するのは、白居易がやはり、これが擬制であることを読者に知られるように故意にそれらを設けたためと論ずる。氏によれば白居易の擬制では、著名な高官については気付かれ易い官位などに齟齬や脱落を作り、逆に官位に齟齬があってもそれと気づかれる効果の薄い中下級の者についてはそこに齟齬を設けなかったりと、擬制であることを多くの人に察知させるための実際的効果を見定めつつ、官僚ならばおかしいと気づくはずの齟齬が意図的に仕組まれているという。『文集』巻三十七・三十八所収の制詔はすべて天子の任命辞令に関するものであるが、白居易は天子の任命辞令書を擬すという方法を用いることで、いわば理想とする虚構の官僚世界を創り、自らの理念と思想――「直」であることこそが朝官として最も重要なのだという主張――を表現したのだと理解し得る、というのが下定氏の論である。この擬制の方法について花房英樹氏は、唐代には劉禹錫の作品など他にも例があり、これらは政治的な批判や期待を制書の形を借りて表現した、文学の一つの形態であったとみなし得る旨を述べる(41)。これら先学の論に従えば、擬制とは公文書の書式を借りてそこに自らの思想をこめる、文学の一つの形態としてあり、その中でみられる如き官位年月の齟齬は、「正規の制ではない擬制の印」として敢えて仕掛けられているものなのである(42)、とまとめることができる。

　白居易作品における年月の齟齬の問題といえば、例えば他に、「長恨歌」や新楽府と並んで非常に愛好された「琵琶引」（巻十二、0603）にもある。江州司馬に左遷された折に彼の地で詠いあげたとして知られる「琵琶引」には序が付されており、白居易者自身が詠詩事情を語っているのだが、その序の冒頭には那波本をはじめ「元和十年、予、九江群司馬に左遷せらる……」とある。史実として白居易は元和十年に江州司馬に左遷されており、那波本その他の記事に問題はないわけだが、この箇所は実は古抄本である金澤文庫本や管見抄本は「元和十五年秋」とする。これは単なる誤写なのか。判断が躊躇させられる所以は、「琵琶引」と同じ巻十二感傷詩中に、左遷された江州での思いを詠った「放旅雁」（巻十二、0591）、「送春帰」（巻十二、0592）が収められるのだが、これらの詩には那波本は無論金澤文庫本にもそれぞれ「元和十年冬作」「元和十一年三月卅日」と、元和十年（翌十一年）という左遷の年時が明記されているためである。(43) 金澤文庫本および管見抄本「琵琶引」序の「元和十五年秋」という文字について、平岡武夫・今井清校定『白氏文集』(44)は「事合はずと雖も、亦由る所有るべし」と注記する。この「琵琶引」序の異同については、古抄本の持つ「元和十五年」という本文こそが本来のものであって、敢えて事実と相違するこうした年時表記こそ、続けて詠いあげられる「琵琶引」の内容——明月の一夜、長江に浮かぶ船上で漂泊の妓女と出会い、美しい琵琶の音の響きの中で流謫の悲しみを分かち合うという——が虚構に他ならないことを明かす方法となっているのではないかという先学の説がある。(45) このほか白居易作品における年時の齟齬の問題については新楽府に関し下定氏が論ずるところもあり、(46) これらをふまえると白居易の文学においては、自己の理念や心内を語るために、あるときは公文書の形を借りまたあるときは事実であることを装いながら、虚構の作品を作るという態度がみられ、そしてその場合には年月等に敢えて齟齬を仕掛けることで虚構たることを明かすという方法が用いられているといえよう。こうした中唐白居易文学の方法を『文集』を尊重した平安朝の文人文時が受けとめ、その結果として封事三箇条のような作品が成立した、そのように捉えることで、文時の封事三箇条を不審箇所も含めて理解することができるのではあるまいか。すなわち奇妙な年月を付す文時の封事三箇条もまた、封事という文章形式に擬した虚構の作品ではなかったか、ということである。

例えば文時封事の第三条目、鴻臚館復興の訴えは、渤海が滅亡して時を経た天暦年間にはおよそ現実的に評議の対象となるべきものとも思われない。文時の封事が観念的懐古的と評される所以であり、それは本当にこの封事が、評議にかけられるべく提出されたものだったのか、強い疑念を抱かせる。しかしこの第三条には、文時の祖父菅原道真さえもはや口にしなかった「文章経国」の語が用いられ[47]、文学の価値を信じる文人文時の理念を我々はそこにみることができる。だが「文章経国」の理念が平安中期の時代の現実とはもはや乖離した、勅撰三漢詩集時代の旧き遺産であることも明らかである。文時は天暦八年の意見徴召に応じた封事という姿を借り、但しこれが実際提出された封事ではないことを記載年月の不審等を仕掛けることで明かしながら、決してもはや実際の封進としては口にし得ない自らの理念――観念――を語ったのではなかったろうか。

四　結び

最後に『本朝文粋』の構成に触れておきたい。藤原明衡（永祚元（九八九）年～治暦二（一〇六六）年）によって編まれた『本朝文粋』十四巻は、巻一に賦と雑詩（巻頭が文時の賦で始まるのは前述した通り）、巻二に詔・勅書・勅答・位記・勅符・官符・意見封事の公式様文書[48]、続く巻三に対策[49]を収める。巻二の内で意見封事はその他公式様文書の最後に置かれ、さらに文時の封事は所収される三つの封事の最後、つまり公式様文書を集める巻二の最後に位置する。文時の封事が巻二最後に来るのは、他の二つの封事（「公卿意見六箇条」と清行「意見十二箇条」）とあわせ年代順に配列したとみれば自然なことだが、注意したいのは続く巻三の対策の配列である。

対策とは、大学寮における最高課程の試験である文章得業生試の答案文をいい、その問題文は策問と呼ぶが、『本朝文粋』巻三では、問題文（策問）と答案文（対策）を一組にして全十三組収録し類題を「対冊」とする[50]。これら十三組の策問・対策のうち、最初から十二組目までは課試の年代順に配列されており、その半数は史料から実際の試験時のものと判明している[51]のだが、巻三最後に位置する十三組目の「散楽策」は、課試の年代順の配列からも外れ幾つもの奇妙な点を持つ。まず第一に、策問の題が「散楽」で出題者が村上天皇であるという点があげられる。散楽という、いわば庶民的な娯楽が策問の題となるのは巻三所収の他の策問からみて異質であり、通常儒者が任ぜられる問頭博士（出題者）を帝が務めるのも例がない。巻三のその他の出題者をみれば、問頭博士として春澄善縄・橘直幹・菅原文時・菅原輔正といった儒者の名が連なる。第二に受験者名をみるに「散楽得業生正六位上行兼腋陣吉上秦宿禰氏安対」とある。文章得業生試は、文章得業生あるいは文章生から任官した者で方略宣旨を受けた者が受験資格をもつのであり、かつそもそも「散楽得業生」なるものは存在しない。この署名は、例えば「散楽策」の前に収められる大江挙周の対策に「文章得業生正六位上行播磨少掾大江朝臣挙周対」などとある、こうした文章得業生試受験者の署名に準えたものである。以上の不審点の数々はこの「散楽策」が実際の対策ではないことを既に明示するが、なお身延山久遠寺蔵本には「蔵人文章得業生藤原雅材作云々」の注記があって、藤原雅材が「秦氏安」なる人物に仮託して作ったものであることがいよいよ明瞭にされ[52]、また諸本巻三冒頭目録に「藤雅材散楽策」と記す[53]。

対策は本来、官人登用の第一歩となる大学寮の最高試験、「考課令」によって規定される公式の官吏登用試験であり、『延喜式』にもその受験資格が明確に定められている[54]。勅撰集『経国集』にも収められる対策文のその完成された文体は、典故を用い四六の駢儷を駆使する非常に修辞性豊かなものであり、かつ国家治政に参与する内容をもつ対策文は、まさに平安朝において文章経国の理念を担う「晴れの文学[55]」としてあったはずである。もっともこの「散楽策」もまた、隔句対を多用し句形は整然と整えられ、経書や『文選』を典拠とする典故表現をちりばめて、対策文の様式に合致する端正な文章となっていると指摘される[56]。つまり「散楽策」は、最も公的で厳粛なるべき文体を借りた、すなわち正規の対策文の形式に極めて忠実に擬して作られた虚構の作品であり、受験者の肩書はじめ予め不審をいくつも置くことによって自らが正規の対策文とは異なることを明示しつつ、厳粛な文体で散楽という内容を語る、そうした虚構の構築を存分に楽しむものなのであった。

『本朝文粋』巻二巻三は、巻二が公式様文書、巻三が対策と、いずれも極めて公的な色の強い文章を収める巻だといえる。藤原明衡が何故に巻三において、平安朝を代表する文人達の優れた対策文の数々の最後に、敢えて年代順の編纂の流れを無視し「散楽策」のような作品を置き、巻を閉じたのかは不明である。あるいはそれは『新猿楽記』を記した藤原明衡の嗜好や特質を物語るものなのかもしれないが、いずれにせよ巻三にみられる明衡の編纂のありかたは、巻二最後の文時の封事が実際に提出されたものではない可能性、すなわち『本朝文粋』編者が、実際提出された封事と虚構の封事とを並べて収録する可能性を十分に示唆しよう。

さらに付言すればこの「散楽策」を通して、我々は文時の活躍した村上朝の、天皇を中心とする文学圏において、公的な性格の文体を借りて虚構の作品を作るという機運が充分に熟していたのを確認することができよう(57)。村上天皇は和漢兼作の詩人、好文の天皇として名高く、「散楽策」の実作者藤原雅材も『江談抄』によれば帝に秀句を愛でられたゆえに蔵人に補されたのだという(58)。『類聚符宣抄』九文章得業生試によれば、「散楽策」の作られた応和三年六月の前年応和二年四月、この藤原雅材について対策推挙の奏上をしたのが菅原文時である(59)。村上天皇と文時については、同じ題にて賦詩し率直にその優劣を語ったことがやはり『江談抄』にみえる(60)。村上朝の文人達は、天皇自らが積極的に参与する活発な文学活動の中で、虚構を構築する方法を柔軟な姿勢で磨きあげていったように思われるのである。

最後に少し唐突ではあるが『源氏物語』に触れておきたい。『源氏物語』の準拠と呼ばれる方法は仮名文学史の中にあって独自であり、それは唐代伝奇の方法を倣ったものかと指摘されている(61)。加えて、『源氏物語』の成立する一条朝に先立つ村上朝の文学圏において、公的な文体の姿を装い擬し、史実を文脈に持ち込みながら幾つもの齟齬をしかけて虚構を作るという方法が熟していたと考え得るならば、そのように平安中期漢文学において磨かれた虚構の方法は、『源氏物語』の準拠という虚構の方法について考える、さらに一つの手掛かりを与えてくれるのではないだろうか。

注

(1) 審議によって有用な意見として採用された封事は、天皇や公卿に治政の参考とされただけでなく、必要に応じ関係官司に頒布された(後掲(7)所論文)のであり、ここに収録される公卿意見六箇条は太政官符によって諸司に頒下されたもの。

(2) 父は菅原高視。文時は祖父道真の左遷の影響もあって三十五歳でようやく文章生となり、四十四歳にして対策及第してのち、長く内記・弁官を務め文章博士・式部大輔等を歴任した。文時の家集とされる『文芥集』は今日散逸。真壁俊信「菅原文時伝」(『国学院大学日本文化研究所紀要』33、一九七四年三月)、川口久雄「菅原文時とその作品」(『三訂 平安朝日本漢文学史の研究』一九八二年、明治書院)等参照。

(3) 新日本古典文学大系『江談抄 中外抄 富家語』(一九九七年、岩波書店)巻五—四十九「文時は村上朝文壇の重鎮として大江朝綱と並んで賞賛され、彼の詩文が当代および後代の詩人達の手本となったことは『江談抄』中他にもみえる」。佐藤道生「句題詩詠法の確立——日本漢学史上の菅原文時」(『平安後期日本漢文学の研究』二〇〇三年、笠間書院)は、句題詩の詠法を創案したのもこの菅原文時であり、以後の句題詩盛行を導いたと論じる。一条朝に関していえば、藤原公任撰『和漢朗詠集』が本邦の詩として文時詩を最も多く収録しており、慶滋保胤・藤原有国などが文時の弟子として知られる(『古事談』「粟田左府尚歯会詩」)。大曽根章介「文人藤原為時」(『大曽根章介日本漢文学論集』第一巻、一九九八年、汲古書院、初出は一九八二年)は、紫式部の父為時を文時の弟子とする『紫家七論』の説を拠所不明と断わりつつも取り上げ、「その出自から文章院の西曹に属することや、当時の翰林の情勢から推して的外れとは思われない」と述べる。
（4）村上天皇親撰とされる『新儀式』封事事に「先降詔書、令献封事」と明記される。なお「公式令」には意見封事に関して「凡有事陳意見、欲封進者、即任封上。少納言受得奏聞。不須開看」とある（『令義解』）。但し後に少納言の機能が後退するに従って、外記が受理し弁官が奏聞するようになった（『西宮記』等）。
（5）後藤昭雄「《意見封事》売官を停めんと請ふ事（菅原文時）」（『本朝文粋抄二』二〇〇九年、勉誠出版）
（6）平安朝の封事の例として今日残されているものは少ない。後掲（7）所論文に一覧があり参照されたい。
（7）所功「律令時代における意見封進制度の実態」（『延喜天暦時代の研究』一九六九年、吉川弘文館）は、文時の封事について「表現は類型的であり内容は観念的」と述べる。川口久雄前掲（2）論文も「彼（＝清行―長瀬注）は論をやること具体的・合理的、此はやや抽象的でぼやけている」とする。
（8）本文は新日本古典文学大系『本朝文粋』（大曽根章介・金原理・後藤昭雄校注、一九九二年、岩波書店）により、金原理氏の訓読文等を参考としつつ私に訓み下した。
（9）小島小五郎『公家文化の研究』第五章（一九四二年、国書刊行会）は「身の差等を過ぎる事がこの頃に於ける奢侈の根本義であった」とする。
（10）天暦十年七月二十三日、まさに文時が村上天皇の「減服御常膳并恩赦」の詔書を作成している（『本朝文粋』巻二）。
（11）前掲（7）所論文および所功『三善清行』（一九七〇年、吉川弘文館）。所氏は、続く第二・第三条についても、清行の封事と対比して同じ事がいえるとする。
（12）なお醍醐朝には清行の封事以前に奢侈の禁制は出されておらず、封事提出後に奢侈の禁制が発令されている。西村さとみ「平安時代中期の貴族の奢侈観」（『人間文化研究科年報』6、一九九一年）によれば、十世紀頃から奢侈を禁ずる法令や禁ずるべきとする奏言が目立って多くなり、その法令中において、身分が低いにも拘らず身分を顧みない態度を殊更に強調して非難する表現が見出されるようになるという。また天暦元年の奢侈の禁令について、それがあらゆる人々の行ないを規制したわけでなく、「諸司史生豪富之輩」や「諸衛舎人」らの奢侈を問題にしており、以降の禁令も比較的限られた人々を対象にしていることを指摘し、「十世紀、富の多少と身分の高下が必ずしも一致しないという事態が生じ、従来の秩序、価値観は動揺をきたしていた。そうした時期に、奢侈の禁令はしばしば出されるようになったのである。……社会の変動を受けて、分相応を説く部分が全面に押し出されてきたのである」と述べ、特定の人々に向けた奢侈の禁制は経済の再建安定のための政策であったと同時に、身分秩序を維持するための重要な政策でもあったと論ずる。

(13) 竹内理三「成功・栄爵考」（『竹内理三著作集』第五巻、一九九九年、角川書店。初出は一九三五年）。

(14) 前掲(5)後藤論文。

(15) 前掲(13)。

(16) なお本条については、「才を量りて職を授くれば、則ち政成り事挙ぐ」という副題をもつ『白氏文集』巻四十六・策林「審官（官を審らかにす）」と語句や内容面での関連がみられ、その受容を考察しなければならないが、今後の課題としたい。

(17) 鴻臚館・渤海・渤海使については、川勝政太郎「平安京の鴻臚館について」（『古代学』十、一九六二年）、石井正敏『日本渤海関係史の研究』（二〇〇一年、吉川弘文館）、上田雄『渤海使の研究―日本海を渡った使節たちの軌跡―』（二〇〇二年、明石書店）、佐藤信編『日本と渤海の古代史』（二〇〇三年、山川出版社）、田中隆昭監修『アジア遊学別冊　渤海使と日本古代文学』（二〇〇三年、勉誠出版）等参照した。

(18) 『王朝文学と東アジアの宮廷文学』（二〇〇八年、竹林舎）。

(19) 天暦よりのち成立の『扶桑集』『本朝文粋』にも渤海使との贈答詩・詩序が所収される。

(20) 『日本紀略』天慶五年五月十七日条に「於殿上有遠客来朝之禮、是為備詩興也」とあり、同十九日条にも「擬遠客饌」とある。『古今著聞集』（巻三・公事）には「天慶五年五月十七日、内裏にて蕃客のたはぶれ有りけり。大使には前中書王の中将にておはしましけるをぞなし奉られける。其の外諸職皆その人を定められけり。主上、村上の聖主の親王にておはしましけるを、其の主領にてわたらせ給ひけり」とあり、この外国人入朝の儀をまねた戯れは、朱雀天皇と当時親王だった村上天皇が中心となって催されたものと伝える。

(21) 前掲(4)『新儀式』、前掲(7)所論文。

(22) 『類聚符宣抄』（六、可上封事事）にこの時の詔書が載る。意見封事は新天皇の即位当初に徴召されることが多いが、この天暦八年の場合は詔に「爰陰陽難和、貢賦易闕。倉蔵有乏栄辱之主、康衢久絶治安之謡」とあり、天災（および政策の破綻）によって国民が疲弊窮乏に陥っているが故に、益国利民の方策を得るべく封進が求められた。

（23）『類聚国史』巻七一、歳時二。

（24）『日本紀略』天慶五年三月十四日条。

（25）『別聚符宣抄』。本文は『新訂増補国史大系』に拠り、後引の官符「□□」の闕字箇所については意により「諸国」を補うべしとする国史大系の頭注を、横に（　）にて記した。「余り有（有余）」の語も、闕字を意に依って国史大系が補っている箇所である。

（26）『貞信公記』天慶八年正月四日・二月十九日条。

（27）『新儀式』封事事にも「若不進輩、立科責之」とある。このほか参考となる例として、貞観四（八六二）年四月十五日の清和天皇の意見徴召の詔がある。この詔勅に対しては、まず同年十二月に藤原良相が有能な能吏五人に意見を求めるべく推挙する上表を奉っているが（こののち推挙された五人の意見が上奏されたと思われる）、審議は大いに遅れたようで徴召後三年の貞観七年の記事に「諸臣所進意見奏状中、先択要切、且以施行」（『三代実録』貞観七年六月五日条）とある。この審議の遅れについて前掲(7)所論文は「幼弱な天皇の指導力の欠如、良房の支配権の強化に伴う貴族間の抗争などが大きく作用していたのではなかろうか」と論じる。この例から翻って村上天皇の意見徴召と文時の封事について考えれば、「天皇の主体的な政治関与の表徴」（瀧浪貞子「参議論の再検討―貴族合議制の成立過程―」、『史林』一九八六年九月）ともいわれる意見徴召に対して、文時が三年半も経てから意見を封進したというのは、やはり問題があるといえよう。なお瀧浪氏は、三善清行の封事を含めて、意見封進は十世紀に入ると本来の性格が失われいよいよ儀礼的なものとなると述べる。

（28）文時が文章博士となったのは天暦十一年（『二中歴』）だが、天暦八年の頃には十年以上に及ぶ内記職から弁官職（右少弁）に任じられている。いずれにせよ意見徴召の対象「公卿大夫、及京官外国五位已上、職居官長、秀才明経課試及第、名為儒士」に該当する。なお文時は意見徴召のあった天暦八年以後、天暦十年七月二十三日には「減服御常膳弁恩赦」の詔書を、同年八月十九日には諸公卿の論奏に対する勅答「答諸公卿請減封禄表勅」を作成している（『本朝文粋』）が、これらが天暦八年の意見徴召と関わるものか否かは不明。

（29）『日本紀略』天徳元年十月条。なお『一代要記』村上天皇には文時が天徳の元号を撰進したとある。

(30) なお『日本紀略』天徳元年十二月条には文時の封事に関する記事はない。角川書店『平安時代史事典』の「意見封事三箇条」（佐々木恵介）の項は本封事を天徳元年提出と説明したうえで「『文粋』二所収の本封事末尾の日付は「天暦十一年」となっているが、十月二十七日に天徳と改元されており、問題が残る」とする。

(31) 土井洋一・中尾真樹『本朝文粋の研究　校本篇』（一九九九年、勉誠出版）。但し猿投神社蔵本は天暦十一年十二月の後の廿七日の部分が虫損により判読不能

(32) 『新儀式』臨時、封事事「献畢、切棄其名下給。諸卿定之」。『西宮記』臨時、定封事「件封事、於御所切除年月日官姓名、以同事続寄一所、下給也」

(33) 『九暦』天徳元年四月五日条「封事定事」

(34) 『日本紀略』天徳元年十月十四日条「於宜陽殿被定封事」。

(35) 『日本紀略』応和二年二月十九日、同三月五日に「定封事」とある。これらの意見徴召時は不明。また康保二（九六五）年二月二十九日「諸卿於宜陽殿定封事」、同三年六月二十三日に「定封事」とあり、これも徴召時は不明。前掲所論文は「『日本紀略』の応和二年条と康保二年前後に封事定の記事が集中的にみられるので、村上天皇の意見徴召は晩年まで実施され、それに応じて意見を封進する者も、まだいたものと考えてよいであろう」と述べる。

(36) 『江談抄』（巻四―五十四）等。

(37) 翰林学士院に属し主に詔勅の起草をつかさどる官。日本では文章博士の唐名としても用いられる呼称である。

(38) 『白氏文集』に収められる八百四十五篇の文のうち、制・詔・判・策・状・表といった公文書が八割強を占めているが、これは韓愈や柳宗元などが官文書でない文章を大量に残しているのとは対照的であって「白居易の文章を考えようとすれば、官文書を考えなければならない」と言われる。（下定雅弘「中書制誥」、後掲（39）書）。

(39) 白居易擬制については、花房英樹「白氏文集校訂余録」（『京都府立大学学術報告　人文』一八、一九六六年九月）、平岡武夫「杜佑致仕制札記―白居易の習作―」（『鈴木博士古稀記念　東洋学論叢』一九七二年）、下定雅弘「翰林制詔の擬制について」（『白氏文集を読む』一九九六年、勉誠社）を参照した。

(40) 前掲（39）下定論文。

(41) 前掲(39)花房論文。
(42) なお下定氏は、擬制であることを明らかにするために故意に齟齬をしかける白居易の態度を、諫官としての「中正の精神の現れ」と述べる。
(43) 『金沢文庫本　白氏文集　一』(一九八三年、勉誠社)、平岡武夫・今井清校定『白氏文集』(一九七一年、京都大学人文科学研究所)。ただし「送春帰」については、那波本は「元和十一年三月一十日」と日付に異同がある。
(44) 前掲(43)。
(45) 太田次男『中国の詩人10　諷諭詩人白楽天』(一九八三年、集英社)、神鷹徳治「『源氏物語』と『唐詩解』」(『アジア遊学』116、二〇〇八年、勉誠出版)。なお「琵琶引」の平安中期の受容については拙稿「朝顔巻の紫上―冬夜の歌について―」(『国語と国文学』、二〇〇三年九月)を参照されたい。
(46) 「諷諭詩―「新楽府」五十章の成立をめぐって―」(前掲(39)書)。
(47) 藤原克己「詩人鴻儒菅原道真」(『菅原道真と平安朝漢文学』二〇〇一年、東京大学出版会)。
(48) 「勅答」については「公式令」に項目として立てられていないが、『朝野群載』は勅の一種として扱っており(前掲(8)書後藤昭雄「文体解説」)、古代勅の一種とみなされていたと思われる。
(49) 『文粋』の類題としては「対冊」とあるが、「策」の字を用いるのが一般的なので以下「対策」と表記する。
(50) 前掲(8)書後藤昭雄「文体解説」参照。
(51) 伊澤美緒「逸脱する対策文―『本朝文粋』「散楽策」の再検討―」(『古代中世文学論考』第七集、二〇〇二年、新典社)。
(52) 前掲(31)書。
(53) 身延山久遠寺蔵本は「材」を「林」とする。
(54) 『延喜式』二十、大学寮式。桃裕行『上代学制の研究』(一九四七年、吉川弘文館)。
(55) 小島憲之「対策文の成立」(『國風暗黒時代の文学』上、一九六八年、塙書房)。
(56) 前掲(51)伊澤論文。
(57) 大曽根章介氏がこの「散楽策」について「後の『新猿楽記』や「洛陽田楽記」などに連なる戯文ともいうべきもの」と述

べ　大曽根章介「『本朝文粋』所収作品概説」（『大曽根章介　日本漢文学論集』第一巻、一九九八年、汲古書院）、川口久雄氏も「一種の戯作の文学」（「村上天皇と散楽対策」前掲（2）書）とみるように、「散楽策」は白居易の擬制にみられたような自らの理念を語るために公文書に〝擬す〟のとは意図の異なった、遊戯的な試みである点は留意しておきたい。

（58）『江談抄』巻六―一六。

（59）雅材が文章得業生として受験したのは応和二年九月二十六日（『日本紀略』）。

（60）『江談抄』巻五―五十七。

（61）田中隆昭「源氏物語と歴史と伝奇―中国史書類伝奇類とのかかわりから―」「源氏物語と唐代伝奇」（『源氏物語　歴史と虚構』一九九三年、勉誠社）。

『うつほ物語』作者考
——源順作者説の再検討——

西本香子

序

十三世紀初頭の物語評論書、『無名草子』は言う。

・さても、この『源氏』作り出でたることこそ、思へど思へど、この世一つならずめづらかにおぼほゆれ。まことに、仏に申し請ひたりける験にやとこそおぼゆれ。（一八八頁）

・げに、『源氏』よりはさきの物語ども、『うつほ』をはじめてあまた見てはべるこそ、皆いと見どころ少なくはべれ。(1)（二四三頁）

右のように、『源氏物語』はその成立以来、他の追随を許さぬ達成を誇っていた。一方『うつほ物語』は、『源氏』の盛名の蔭に甘んじてきたといえるだろう。しかし成立当時には、『うつほ物語』も相当な好評をもって迎えられていたことは間違いない。たとえば『枕草子』「かへる年の二月二十よ日」の段では、一条天皇中宮定子のサロンにおいて、女房たちが涼・仲忠優劣論を戦わせている。また『公任集』（五三〇番歌）にも「円融院の御時」のこととして、同じテーマが争われているのがみえる。

だが、宮廷の女たちを魅了したのは、あて宮求婚譚の恋愛世界だったようだ。同じ『枕草子』でも「物語は」の段には、

物語は　住吉。宇津保。殿うつり。国譲はにくし。(2)

とある。解釈には諸説あるが、すなおに読めば「物語の中では住吉・宇津保・殿うつり（が良い。しかし）国譲は気に入らない」の意になるだろう。清少納言は『うつほ物語』贔屓で知られるが、立太子争いという政争劇が描かれた「国譲」三巻は不快だというのだ。

また、藤原定家作とされる『松浦の宮物語』は、遣唐使として渡唐した主人公橘氏忠が政変に巻き込まれ、唐后と皇太子を助けて大活躍する物語である。『うつほ物語』の影響が濃厚なこの作品は広く流布していたと思われるのだが、『無名草子』の評は歯切れが悪い。

また、定家少将の作りたるとてあまたはべめるは、まして、ただ気色ばかりにて、むべにまことなきものどもにはべるなるべし。『松浦の宮』とかやこそ、ひとへに『万葉集』の風情にて、『うつほ』など見る心地して、愚かなる心も及ばぬさまにはべるめれ　（二五七頁）

『無名草子』の作者は俊成女とする説が有力であり、彼女にとって定家は叔父にあたる。その叔父の作品群についても彼女の舌鋒は容赦ない。当代の物語に見るべき作品はほとんどなく、叔父定家が手がけた多くの作品もその例に漏れない、というのだ。ただし、『松浦の宮物語』だけは、『うつほ』と同様に、自分の愚かな心が及ばぬ様子だという。これもおそらく、この物語に濃厚な政治色ゆえの言なのであろう。ことに、自ら戦略を立てて敵に立ち向かい、政権を奪回して諸政策を打ち出していくというような唐后の造型は、当時の貴族女性にはおよそ共感しがたいものと思われる。こういった女傑の話は唐代伝奇小説に多く、漢文に慣れ親しんだ男性作者ならではの題材といってよい。

しかし、俊成女にとってなじまぬ作品であっても、三十余本もの写本の伝存には、この物語の世評の高さがうかがえる。ことに、伝伏見院宸筆本や伝後光厳院宸筆本の存在には、皇族を含む男性社会における積極的な受容を推察できるだろう。

『松浦の宮』は恋愛物語ではあるものの、氏忠の忠臣ぶりもまた大きな見どころである。氏忠は「人の国に琴の声を伝へ広むべき契り[3]（三六頁）」つまり日本に七絃琴を伝え広める宿世をもつ。そして物語中には唐皇帝の言葉として「礼楽の道捨つべきにはあらねば、聞き合はせまほしかりつる物の音をだに……」（一二〇頁）とあり、この物語の音楽観に礼楽思想が底流していることがうかがえる。『うつほ』を受ける『松浦の宮』に見られるこのような礼楽思想は、男性享受者たちが『うつほ物語』を、儒教思想を基盤理念とする物語として受容していたことを示すだろう。

俊成女が「愚かなる心も及ばぬさま」というのは、『松浦の宮物語』がこうした男性の社会理念である儒教思想に裏打ちされた作品だったからに違いない。そしてそれは、清少納言の『うつほ物語』評にも通じるものであっただろう。「国譲はにくし」とするのは、あくまでも女性読者の側に立った評にすぎないのである。紙が貴重品であった当時、『うつほ物語』が二〇巻もの長編へと成長した背後には、確固たる支持者層の存在がうかがわれる。なおかつ、物語が進行するほどに政治色を濃厚にしていったことには、むしろ女性読者が疎んだ政治的世界を描くことにこそ、主要支持者層の興味があったことを示しているといえるだろう。すなわち『うつほ物語』成立の背後には、熱心な男性知識人読者の存在が推察されるのである。そして作者もまた、そういった内の一人であったはずだ。

七〇年代後半から八〇年代にかけてのテキスト論を契機に統一された作者という幻想が否定され作者主体の解体が生じて以来、『うつほ物語』の作者について論じられることはほとんどなくなっている。もとより作者が一人だけとも限らず、いまや特定は不可能に等しいだろう。しかし、作者が誰であったか・どのような人物であったか・どんな環境にあったのかといった問題に少しでも近づくことはやはり、物語世界を理解する大きな助けとなるはずである。

本稿では、『うつほ物語』にみられる独特な知識・興味・志向性を作者の資質に基づくものととらえ、これらを検討することによって、古来指摘されてきた源順作者説についての再考を試みる。

一　「国譲中」巻――夏越の祓と〈水の祀り〉

（1）桂殿の夏越の祓

桂川は、京都府の丹波高地東縁に発し淀川に合流する河川である。京に近く水量豊かな清流であったことから、貴族たちによって多くの別邸が構えられたことで知られている。また、この流域には多くの神社が鎮座する。嵯峨野には伊勢斎宮の野宮跡を前身とする野宮神社があり、少し下流に嵯峨皇后橘嘉智子由来の梅宮大社、その西岸には松尾大社と月夜見神社が置かれている。

『うつほ物語』に描かれる藤原兼雅の桂殿は、このような、貴族の別荘や神の社の集まる地に営まれた。そしてこの地を舞台に、祭の使巻・国譲中巻の二度にわたって〈夏越の祓〉が描かれる。しかし、前者はあて宮求婚譚、後者は立太子争い譚の進行上に位置するため、それぞれの主題の違いにともなって〈夏越の祓〉の描かれ方にもかなりの懸隔が生じている。禊祓をモチーフとしてあて宮をめぐるさまざまな恋の駆け引きが語られる祭の使巻に対して、国譲中巻では恋愛色は払拭され、勢力争いの渦中にある人々のやりとりが描かれるのである。

夜に入りぬれば、燈籠《とうろ》懸けつつ、大殿油参り渡したり。亥《ゐ》の時に、「御祓へ、時なりぬ」と申す。おとどの壇の上より水出だして、石畳のもとまで水せき入れて、滝落として、大堰川《おほゐがは》のごと行く。簀子《すのこ》に、御簾《みす》懸け、御床《ゆか》立てて、御屏風ども立てたり。そこに、宮三所出で給ふ。尚侍《かん》のおとどは、床《ゆか》も立てで出で給ふ。

（「国譲中巻」七二一頁）

禊をともなう祓には、清らかな水が不可欠である。ゆえに禊祓は水辺で行われるのが常であった。しかしここでは、桂川の流域まで赴いておきながら禊祓は屋内で行われる。そしてそのためにわざわざ、他に類を見ない大掛かりな装置が設けられている。

傍線部によれば、女君たちは簀子で禊祓を行っている。浜床や屏風を立てた簀子は御簾によって外部の視線から遮断されており、そこに御殿内の祭壇から水を流し出す。流れ出た水は、石畳[4]の際、つまり簀子の外側ぎりぎりのところまで流されて、そこでいったん堰き止められる。堰き止めた水で禊祓を行うためであり、おそらく水を溜めるための木槽のようなものがあったのだろう。しかし、水は見る間に溢れ、簀子から石畳の上へと滝のように流れ落ちる。その様を大堰川に喩えているのは、「堰」があったというだけではなく、水量の多さをも表現しているのだろう[5]。したがって、流れ落ちた多量の水を排水するために、遣水などの水路も設けられていたと思われる。

水はあるていど長時間にわたって流し続けなければならない。よって祭壇から流し出された水は、何処かの水源から祭壇まで樋のような設備で導かれていたと考えられるだろう。つまりこの設備についてまとめれば、水源↓祭壇↓簀子へと樋がかけられており、水はいったん簀子上の木槽にためられて禊祓に供され、溢れた水は石畳上に落ちて排水される、といったものが想像されるのである。他の物語にはみられない、実に特異な仕掛けだ。

しかし、これに類するものが全くないわけでもない。驚いたことに、古墳時代の遺跡から、この場面を彷彿とさせる設備が発見されているのだ。古代地方豪族が支配権象徴の儀式として行った水の祀りの施設、導水祭祀遺構である。

(2) 導水祭祀遺構

近年、近畿地方を中心に、水にかかわる古墳時代の祭祀施設が相次いで発見され、有力首長の王権と水の祭祀との関係があらためて注目されている。こうした水の祀りには、湧水現地で行う井泉祭祀と、樋によって特設された場へ水を導く導水祭祀の二つの形式があった。井泉祭祀は、首長層が農耕に関わる水の支配権を宣言するとともに、異界から湧き出る聖なる水に自らの王権を象徴させた儀礼である。また導水祭祀とは、特設された施設内に樋によって水を引き込み、禊などの秘儀を行ったものと推察される。ここでは桂殿の禊祓場面との関係から、とくに導水祭祀について考察しよう[6]。

導水祭祀遺跡の中でもまず注目したいのは、南郷大東遺跡である。これは奈良県御所市の南郷遺跡群の一つであり、この遺跡群の谷間部分から導水祭祀遺構が発見された。遺構の上手では谷川の小河川がせきとめられ、石で護岸した小さな貯水池が造られている。水を溜めるのは浄化のためで、この水のうわずみを木樋で木槽に導き祭祀が行われたらしい。木槽には上屋が架けられ、人目から遮られている。また使用済みの水は、木槽の下流から延びる樋によって廃棄される。

こうした水祭祀の様式は遺跡に限らず、四世紀末から五世紀前半代の屋形埴輪にもみることができる。たとえば三重県宝塚1号古墳からは、掘に囲まれた家を象る二つの埴輪が出土している。一つには井戸形が、もう一つには槽が内蔵され、それぞれが井泉祭祀と導水祭祀の施設を表していた。同種の埴輪は神奈川県加古川の行者塚古墳、大阪府の狼塚古墳・心合寺《しおんじ》山古墳などからも見つかっており、これらから、水の祭祀が広く列島各地の有力首長に共有化された、普遍的なものであったことがうかがわれるのである。

しかし古墳時代後期頃を境に、こうした導水祭祀遺構や埴輪の発見は途絶えてしまう。そのため、律令国家成立期の宮都における〈水の儀礼〉に、古墳時代の事例が直接つながるかどうかの判断は困難なようだ。(7) ひいては、導水施設祭祀は六世紀後半の祭祀転換期にはすでに廃絶したともされる。(8) 確かに、王権を表象するための水の祀りは絶えてしまったのかもしれない。だがその祭祀の〈様式〉は、平安朝に至るまで受け継がれていった可能性があるようだ。

奈良県飛鳥村の酒船石遺跡は、斉明天皇（在位六五五～六六一）の両槻宮《ふたつきのみや》におかれた水の王権祭儀施設であったとみる説が有力である。施設の周囲は石敷きで整えられ、切石造りの湧水施設から流れ出した水は、小判形・亀形の二つの石槽を通り下流の溝に排出される。遺構より饒益神宝《にょうえきしんぽう》（八五九年初鋳）が出土していることから、斉明朝（七世紀中頃）から平安朝初期まで約二五〇年間活用された導水施設の例をここに認めることができるのである。また類例として、島根県出雲市の青木遺跡もある。この遺構では、湧水点に板を四角く組み、そこから溢れ出た水が幅一メートルほどの溝に導かれているという。さらに溝の随処に板を埋め込んで小さな堰とし、瀬が表現されていたらしい。この遺跡の石敷遺構等は八世紀中頃から九世紀前葉のものとされ、(9) ここにも平安初期に至る導水遺構を認めることができるのである。

さらに、導水遺構ではないが、十世紀頃の京内の邸宅遺跡からも水の祭祀跡がみつかっている。この遺跡は平安京右京三条二坊十六町に位置する一町四方の邸宅跡であり、「斎宮」「斎雑所」「斎舎所」と墨書された土器が出土したことから斎宮邸跡として注目されている。斎宮邸としての使用は九〇〇年頃と推定邸宅には東西一五メートル・南北四〇メートルの池があり、池の中央近くの泉（泉1）と、池の北東部の泉（泉2）との二つの水源をもつ。飛田範夫の提示する図によれば[10]、泉2の東側から一部池に張り出す形で建物Aが建てられており、さらに、泉2の水が流れ込む東汀周辺から、祭祀に使われたと思われる土器が出土した。これらのことから飛田は、この泉が斎王邸宅にとって重要なものであること、また斎王がここで禊を行っていた可能性を指摘している。

平安京に住まう人々は、年中行事としてしばしば水辺での禊祓を行った。だが邸宅内にそうした禊祓のための施設があったわけではなく、遊興を兼ねて所々の水辺に出るのが常であった。しかし、神に仕える斎宮は日常的に禊を行う必要があったはずであり、泉2とそれに接する建物Aとがそういった日々の禊のための施設であった可能性は確かにあるだろう。建物A内部の設備は不明だが、九世紀前葉の青木遺跡にいまだ導水祭祀がみられたことからすれば、十世紀前後のこの斎宮邸にも、導水祭祀の流れを汲むような〈水の祀り〉の設備や様式が受け継がれていたのかもしれない。そしてさらに時代を下って、十世紀末の『うつほ物語』桂殿の設備が現れるのだ。

桂殿の禊祓と古代の水の祀りとの類似は導水設備に限らない。南郷大東遺跡からは松明に使用したと思われる木材も出土しており、水の祭祀が夜間に行われたことがうかがえる。また木槽は上屋で覆われ、儀式はこの中で秘儀として行われた。さらに導水遺構は堰や瀬を設けることで水の響きを生み出すように工夫され、聖なる空間を現出させる重要な演出として闇に響く水音を利用している。『うつほ物語』もまた、亥の刻の挙行・御簾内の儀式・溢れ落ちる水の音などで重なるのである。しかし一方で、桂殿は神事の専用空間ではない。平安時代、神に奉仕する斎宮邸のような家に禊の設備が特設されることがあったとしても、避暑と遊宴の地にある貴族別邸にそういった設備が設けられるのは、やはり謎だといえるだろう。そしてなによりも問いたいのは、なぜ『うつほ物語』は、このような特殊な仕掛け——王権表象としての水祭祀の流れを汲む導水設備——を描くことができたのかということなのである。

二　樹下の宴

(1) 桂川河畔・樹下の宴

そこでもう一つ注目したいのが、祓に先立って描かれる桂川河畔での宴である。

かかるほどに、魚《いを》いと多く、川のほとりに、厳《いかめ》しき木の陰、花・紅葉などさし離れて、玉虫多く住む榎《えの》木《き》二《ふた》樹《き》あり。……(中略)……

かくて、遊びなど、これかれし給ひて、日やうやう夕影になるほどに、あるじのおとど、かはらけ取りて、弾正の宮に参り給ふとて、

　行く水と今日見るどちのこの宿にいづれ久しとすみ比べなむ

弾正の宮、取り給ひて、大将にさし給ふとて、

　水の色は君もろともにすみ来《く》とも我らは人の心やはする

大将、

水はまづ澄み替はるとも円居《まとゐ》ゐる今日の夏越しはいつか絶ゆべき

とて、宮に奉れ給へば、

三千代《みちよ》経て澄むなる川の淵は瀬になればぞ心も知る

大《たい》守《す》の宮、

人はいさわが身に適《かな》ふ心だに行く先までは知られやはする

八の宮、

我らだにむすび置きてば行く水も人の心も何か絶ゆべき

とのたまへば、大将、「あが君、よくのたまはせたり。このわたりこそ。あな心憂や」と聞こえ給へば、皆笑ひ給ふ。（七一七頁）

歌の詳細は擱筆するが、源藤二氏の立太子争いに世上騒がしい折、朱雀帝の婿である仲忠が未婚の朱雀帝皇子たちと不変の交誼を誓いあう場面である。そうした意図は、仲忠歌が「水はまづ澄み替はるとも」と、間近い御代替わりを仄めかしつつ、〈今日この夏越しの祓に集まった我らの親交はいつ絶えることがあろうか〉と詠み、その意を汲んだ八の宮の〈我らの連帯こそが世のまとまりを招くでしょう〉という詠で全体が結ばれていることによく表れているだろう。

そして昭和歌群の内容がこうした親交と信頼の確認であるがゆえに、この場面が水辺の大樹下の、しかも六月十九日の出来事として描かれている意味を問いたいのである。

(2) 聖樹と聖泉

世界的に、聖なる大木は異界に通じる宇宙樹と観念される。こうした聖樹は水とともにあることが多く、わが国でも多くの古代遺跡から大木と井泉の遺構が発掘されている。また記紀・風土記などの文献にも例が多い[11]。聖樹の種類はさまざまであるが、中でも古代人は槻の大木に格別の霊性を見いだしたらしく、纏向・長谷・磐余・飛鳥・軽など、歴代王宮が営まれた地には、池にそびえる百枝槻の伝承が数多く残っている。ことに、用明天皇の磐余池辺双槻宮《いわれのいけべのなみつきのみや》や斉明天皇の両槻宮《ふたつきのみや》などの宮号は、二本の大樹かあるいは二股に分かれた一本の大木であったか、いずれにせよ、過剰性を帯びる聖樹のひときわ強力な霊性に、王権の聖性を象徴させた呼び名であったと思われる。そしてこうした聖樹の下ではしばしば宴が催された。雄略天皇が朝倉宮の百枝槻の下で豊楽《とよのあかり》の饗宴を開いたのをはじめとして、天武・持統朝には、飛鳥寺の西にそびえる槻の下で、蝦夷・隼人・多禰嶋人《たねのしまびと》などの夷狄の饗応が行われている。

仲忠らが集ったのもまた、「川のほとり」に立つ「厳《いかめ》しき」「榎木二木《えのきふたき》」の下であった。「榎木《えのき》」は「斎《ゆ》の樹」であり、やはり聖樹である。彼らは、清流の岸辺に樹陰を落とす二本の聖樹のもとで信頼を確認し合ったのだ。しかもそれは六月十九日のことと明記されている。『うつほ物語』は儀式次第や贈物等を詳述する記録的文体で知られるが、そうした中でも、この「六月十九日」は何度も確認されている点で注目される。夏越の祓は陰暦六月三十日に宮中や各神社で行われるものだが、個人の場合、立秋前であれば六月三十日に限らない。国譲中巻では、当初は「つごもり方」(七一三頁)と予定されていた。しかし、次には「十九日ばかりに」(七一四頁)とあり、出発当日には「かくて、十九日になりて」(七一四頁)と明記される。そして、禊祓後の管絃場面でも再び「十九日の月、山の端よりわづかに見ゆ」と記されるのである、さほど長くもない場面に「十九日」が三度繰り返されているのだ。秘琴披露の「八月十五日」と並んで、特別に強調されている日付けといえるだろう。

そして、読み手に史書に関する知識があれば、この日付けから強く連想されると思われるのが、『日本書紀』孝徳天皇即位前紀の「樹下の誓盟」である。

（3）『日本書紀』「樹下の誓盟」

大化元（六四五）年の六月《みなづき》乙卯（十九日）には以下のようにある。

乙卯《きのとう》に、天皇《すめらみこと》、皇祖母尊《すめみおやのみこと》・皇太子《ひつぎのみこ》、大槻《おほつき》の樹《き》の下《もと》に、群臣《まへつきみたち》を召《め》し集《あつ》めて、盟《ちか》曰はしめたまふ。天神地祇《あまつかみくにつかみ》に告《まう》して曰《まう》さく、天《あめ》は覆《おほ》ひ地《つち》は載《の》す。帝道《きみのみち》唯一《ただひとつ》なり。而《しか》るを末代《すゑのよ》澆薄《うすら》ぎて、①君《きみ》臣《やつこらま》序《ついで》を失《うしな》ふ。皇天《あめ》、手《て》を我《われ》に假《か》りて、暴逆《あらびと》を誅《ころ》し殄《た》てり。今《いま》共《とも》に心《こころ》の血《まこと》を瀝《した》づ。而《しかう》して今より以降《のち》、②君は二《ふた》つの政《まつりごと》無《な》く、臣《やつこらま》は朝《みかど》に貳《ふたごころ》あること無し。若《も》し此《こ》の盟《ちかひ》に貳《そむ》かば、天災《あめわざはひ》し地妖《つちわざはひ》し、鬼誅《おにころ》し人伐《ひとう》たむ。皎《いちしる》きこと日月《ひつき》の如《ごと》し」

（岩波書店　日本古典文学大系『日本書紀』二七一頁）

とまうす。

この誓盟に先立って、いわゆる乙巳の変（大化の改新）が起こったのは戊申（十二日）のことであった。自らの家を「上の宮門《みかど》」と僭称するなど、権勢をたのんで臣下の分を越えた蘇我蝦夷・入鹿父子が、中大兄皇子・中臣鎌足らによってついに誅殺されたのである。つづく十四日には皇極天皇が同母弟の孝徳天皇（軽皇子）に譲位し、中大兄皇子が皇太子に立った。さらに大臣任官を経て新たな政治体制を固めた後、群臣を集めて誓約を行ったのがこの十九日である。

今上・上皇・皇太子・群臣らが集った「大槻の樹」は、飛鳥寺前の槻だとも、また、軽の大槻であるともいわれる。

そびえたつ聖樹のもとで、「今後は君主の政治に二つの方針があるということはなく、また臣下も朝廷に対して二心を抱くようなことはない（傍線②）」ことが天に誓われた。「君臣序《きみやっこらまついで》を失《うしな》（傍線①）」ったこと、つまり〈君臣秩序の乱れ〉が乙巳の変の原因であり、政変後の新政権こそが正しい秩序を体現していることが宣言されたのである。そして臣下たちには、二心のない忠誠をこのあらたな朝廷に捧げることが求められた。もちろん、六月十九日の出来事であるというだけで『うつほ物語』の樹下の宴が『日本書紀』を踏まえているとはいえないだろう。しかし、準拠や引き歌といった文学的技法としてではなく、書き手のもつ知の発露として、王権をめぐる上代の世界が物語に反映されているのだと考えられはしないだろうか。

仲忠の誓盟は、禊ぎ後の女君唱和歌群でも繰り返されている。女一宮をはじめとする仁寿殿腹朱雀帝皇女たちの歌の後、仲忠が扇に書き付けたのは、

神も聞け顔変はりせず八百万《やほよろづ》世に禊ぎつつ思ふどち経む　（七二二頁）

という、神への誓いといえる歌であった。女君たちのありきたりな詠に比べ、仲忠は「神も聞け」と高らかに打ち上げる。しかもこれは、ただ身内への親愛を誓ったものではない。昼間に桂川河畔で唱和したのは朱雀帝親王たちであり、この場にあるのは同じく朱雀帝の内親王たちである。仲忠の誓いは今上帝の皇子女に向けられているのであり、いわば皇室への誓盟といってよいものなのであった。そして再び『日本書紀』をみれば、敏達紀一〇年閏二月条に蝦夷の首領綾糟等が泊瀬河の岸辺で天皇家への忠誠を誓ったことがみえる。ここでもまた、聖なる水域で王権に誓言するという形そのものが『日本書紀』の世界に通じているのである。

振り返れば、『うつほ物語』は水へのこだわりが突出する物語だといえよう。連続する宴や儀式の多くは宮中や正頼の三条院・兼雅の三条殿で催されるが、そうした中で、秘琴弾琴の舞台に限りそのほとんどに水にまつわる場が選択されている。たとえば、俊蔭女が南風を弾琴した北山のうつほ前には、不思議な童によってもたらされた泉を源とする一筋の流れがあった。また、涼と仲忠の琴の競演によって天人が天降った舞台は神泉苑であり、その名の通り、聖なる泉を水源とする広大な池水を抱えた離宮である。さらに物語の結末では、波斯風弾琴によって京極殿の遣水が溢れるという、水の奇跡が描かれている。『うつほ物語』は、清浄な水の流れに格別な注意を払っているのだ。水の時空ともいいうる桂殿の祓もまた、こうした関心の上に描き出されたものといえるだろう。そしてこうしたこだわりの根底には、〈水の祀り〉と王権が古代より不可分に関わってきたことへの、深い理解があるのではないかと思われる。

三　『うつほ物語』と嵯峨皇統

（1）桂川流域と嵯峨皇統

嵯峨皇統へのこだわりもまた、この物語の特色の一つである。実在の嵯峨天皇を想起させる「嵯峨帝」を物語に登場させ、物語始発の時代をこの帝の代としたこと、立太子争いが源高明の失脚劇である安和の変を下敷きにしていると考えられること[12]、さらに、秘琴披露の舞台である六条京極殿が、源融の河原院を踏まえていると思われることなどが例として挙げられるだろう[13]。そして桂川流域もまた、嵯峨皇統に深いゆかりをもつ地であった。

嵯峨天皇は嵯峨野に嵯峨院（現、大覚寺）を設け、さらにその敷地の一部を譲り受けて、源融（嵯峨皇子）が棲霞観を営んだ（現、清凉寺）。また、渡月橋付近にある野宮神社は、伊勢斎宮が群行前に精進潔斎した野宮を前身としている。延喜式に、野宮は「城外の浄野を卜し」て造るとあるが、嵯峨天皇皇女仁子内親王のとき初めて嵯峨野に野宮が置かれ、以来野宮にはつねに嵯峨野が選ばれるようになった。そして渡月橋の下流に位置する梅宮大社は、嵯峨天皇の皇后橘嘉智子が現在の地に遷したとされる神社である。嘉智子がこの神に祈願して仁明天皇を授かったことから、皇后・中宮の授子安産の守護神として皇室に篤く信仰され、二十二社に数えられた。

醍醐天皇皇子である兼明親王は晩年、嵯峨小倉に小倉山荘を営んだが、それはこの地が嵯峨天皇の故地であり、また源融が棲霞観を営んだ地であったからだという(14)。桂川流域がいかに嵯峨皇統に縁深い地とみなされていたかが理解されるだろう。

（2）平安時代の嵯峨皇統観

榎本寛之によれば、王権が安定し「万代宮」としての平安京が定まったのは、承和の変を経た後だという(15)。承和の変は兄弟継承と長子継承の複合型という複雑な皇嗣継承法に起因しているのだが、この変を経て仁明皇子道康親王（文徳）が立太子したことで、嵯峨―仁明―文徳と嵯峨系の直系継承が確立し、以降、嵯峨皇統が王権を継承していくこととなるのである。

『愚管抄』を代表とする平安後期から中世にかけての歴史観では、天皇と摂関が相互補完して政治にあたった理想的時代として、宇多・醍醐・村上朝が聖代とみなされる。しかし、平安前・中期には、嵯峨皇統への正統意識もいまだ根強かったようだ。たとえば、陽成天皇の後継を決める際に源融が自薦の声を上げたことには、嵯峨皇統としての彼の並々ならぬ自負がうかがえるだろう。嵯峨第十二皇子の融は臣籍降下を受け左大臣に至ったが、基経を外祖父とする陽成の即位を機に、実質的な引退を余儀なくされた。そして陽成皇嗣決定会議までの八年間をもっぱら文雅風流に過ごしていたのである。そんな融が久方ぶりに政治の場に姿を現し、「いかがは。近き皇胤をたづねば、融らもはべるは」(『大鏡』基経伝)と皇位への意欲を表明したのであった。

これに対して基経は「皇胤なれど、姓《しやう》たまはりて、ただ人にて仕へて、位につきたる例《ためし》やある」と一喝したという。しかし平安後期成立の『玉葉』に、このとき参議諸葛が剣の柄に手をかけ、基経の意に従わない者は切り捨てると睥睨・恫喝したとあるのは(承安二年十一月二十日条)、融の発言が正当であったことを明かしているといえるだろう。事実このわずか三年後、光孝崩御の後に基経が皇嗣として推したのは、臣籍にある光孝皇子源定省(宇多天皇)だったのである。すでに傍系であった光孝源氏が即位可能なのであれば、嵯峨一世源氏である融の方がはるかに正統性において優っている。融が八年もの沈黙を破って皇嗣の名乗りを挙げた背景には、嵯峨一世源氏の正統性を尊ぶ支持層の存在が推察されるだろう。

また、『玉葉』治承四年八月四日条には、福原遷都に異をとなえる根拠として「嵯峨隠君子算道命期堪文」が引かれている。嵯峨隠君子は嵯峨皇子とされる謎の人物であり、仁和の頃に仮託されているものの、もとより偽書と思われる。しかし、真否の如何に関わらず、福原遷都に異を唱える根拠としての文書が〈嵯峨〉隠君子のものとして偽作されていることは重要だろう。隠棲した嵯峨の皇子が都を「永代変異すべからざる」と主張できるのは、平安京を永代の都と定めたのは嵯峨天皇であるという共通認識があってこそのはずなのだ。

以上みてきたように、平安時代の貴族社会には、嵯峨皇統への正統意識が根強かったことと思われる。『うつほ物語』の時代においてもまた、嵯峨天皇は正統な皇統の皇祖であり、定都たる平安京の創始者と認識されていたことだろう。『うつほ物語』の嵯峨皇統へのこだわりは、こうした認識に根ざしていると思われる。

物語の発端は嵯峨帝后腹皇女の正頼への降嫁であり、この大宮が次々と子をなしたことから正頼家の躍進が始まる。そして嵯峨の院での太后六十の賀や神泉苑の菊の宴など、嵯峨帝やその后を中心とする饗宴が描かれ、物語結末では嵯峨院の四代の孫であるいぬ宮に秘琴が伝授される。[16] さらに来るべき将来として、いぬ宮が藤壺若宮に入内した暁に、父系母系ともに嵯峨院の血を受け継ぐ天皇に秘琴が伝えられることが予見されるのである。

四　『うつほ物語』の作者

（1）『うつほ物語』の時代

『うつほ物語』の作者は未詳であるが、かなりの学識をもつ律令官人と想像される。また成立は永観（九八三〜九八四）の頃、すなわち円融天皇在位の末頃までと考えてよいだろう。知られる通り、仮名散文の当初の担い手は男性知識人たちである。九世紀後半に仮名の体系が完成すると、勅撰和歌集の編纂をはじめとする様々な仮名叙述が試みられていく。そして『古今和歌集』の「仮名序」が詩経を踏まえているように、新たな叙述形式である仮名散文創出にあたって参考にされたのは漢散文であった。

とりわけ物語創作においては、漢散文の中でも唐代伝奇小説からの影響がうかがえる。唐代伝奇小説とは、唐の時代に文人によって書かれた短編小説の総称である。前代の六朝志怪小説に比べ現実性が増し、都市に生活する多様な人々の人間性の掘り下げに向かうとともに、政治批判精神の発露として理想的社会を志向する傾向がある。作者の多くは社会の上層にあった文人であり、歴史家としての豊かな知識を持つ者も少なくなかった。たとえば「枕中記」をものした沈既済などがその好例である。[17] 唐代伝奇の創作は彼らにとって余技ではあったものの、そこに手腕を尽くすことは仲間内からの賞賛につながり、また小説の成功によって世に出ることもあったため、多くの作品が手がけられたのである。

唐代伝奇小説のこのような傾向は、これに学んだ物語文学に大きな影響を与えている。たとえば『うつほ物語』には市女・博打・巫などの都市民が描かれ、また三奇人にみられるような社会風刺の精神に富む。何よりも、七絃琴という儒教の宝器を物語のメインモチーフとして取り入れ、立太子争いを経て聖代を現出させるという、理想政治追究の姿勢をみせている。なおこうした理想政治志向に関しては、実際の時代背景も影を落としていよう。物語成立直前は、後に聖代と謳われる村上天皇の時代（在位九四六〜九六七）である。この時代には天皇自身の風雅への嗜好に支えられ、文運が隆盛し、学者たちに活躍の舞台が与えられた。しかし、村上朝が終焉を迎えると、続く冷泉天皇（在位九六七〜九六九）・円融天皇（在位九六九〜九八四）の時代には藤原摂関家の勢力が急伸し、実力による立身を望めぬ時代となってしまう。『うつほ物語』の成立した円融朝には、文雅華やかであった村上朝に生きた文人がいまだ多く生存し、古き良き時代を懐旧しつつ現在を嗟嘆していたのである。

村上朝以降の国政は、天皇と藤原摂関家の協力体制によって進められた。しかし『うつほ物語』には摂関家は登場しない。源氏と藤原氏との勢力が拮抗し、その上に自ら統治する天皇が君臨する。この物語が志向した政治世界は、天皇親政下における源藤二氏の並立もしくは皇親優位の政治体制であった。ここにもまた、藤原摂関政治をよしとしない『うつほ物語』の批判精神があらわれていよう。

（2）『うつほ物語』にみる作者の資質

以上に述べてきた『うつほ物語』の叙述の根底にある理念、また物語世界の志向性などから、作者の資質として次の五つの要素を抽出したい。

1．仮名散文への意欲

律令官人の基本はあくまでも漢文叙述である。仮名使用は和歌・消息など私生活に属するものであり、散文創作もあくまでも余技にすぎない。したがってこうした述作を積極的に手がけたのは、仮名叙述の可能性に対して格別な熱意を抱く人物であろうと思われる。

2．王権理念に関する豊かな知識と深い理解

一章で述べたように、『うつほ物語』桂殿の祓は古代水の祭祀の観念的なポイントを押さえている。同時に、斉明紀「樹下の誓盟」を想起させる聖樹下の宴や水辺での神への誓約など、史書に記される王権理念の取り込みが見られる。したがって国譲中巻の禊祓場面は、単に当時の禊祓習俗をそのままに写したというものではなく、水の祭祀が王権表現の一様式であることを充分に知悉した上で、理想的王権支配と君臣のあるべき姿を描いた場面と考えられる。こうした叙述が可能なのは、史書類における王権叙述の狙いや効果を深く理解している人物だろう。

3．嵯峨皇統への近さ

三章にみたような、嵯峨皇統への特別な関心からは、嵯峨皇統との近さがうかがえる。

4．藤原摂関政治に対する批判的な意識

立太子争い譚における藤原氏人物たちをおとしめた書きぶりや、歴史的事実を覆した源氏立坊、また摂関職の不在など、皇統尊重の反面、藤原氏や摂関政治に対する批判的な姿勢が看取される。

5．七絃琴への興味

歴史上の七絃琴は、わずか一〇〇年足らずの間皇室中心に演奏されただけで廃絶し、楽器としての命脈を保ち得なか

った。こうした楽器を主要モチーフとして取り込み、音楽の物語として描き上げられたことは、この物語最大の特徴としてとくに留意しなければならない。

五 『うつほ物語』と源順

(1) 『うつほ物語』と源順

『うつほ物語』の作者としては、古来、源順が有力とされる。『うつほ物語』の作者を彼とする最初の文献は『紫明抄』であり、成立年代の上からも順説に矛盾はない。しかし現状では順を作者とする決定的な証もなく、彼以外の適格者がいないという見地から消極的に順説がとられているという状況である。[18]

源順（延喜一一～永観元年〔九一一～九八三〕）は嵯峨天皇の三世源氏で、早くより奨学院に学び博学で知られる人物である。天暦五（九五一）年には撰和歌所の寄人となり、〈梨壺の五人〉の中心メンバーとして『万葉集』の訓読修撰にあたった。和歌・漢詩文共に優れ、宮中をはじめとする諸処で歌詠・詩作しており、とくに王族たちとつながる場で活躍していることに特色があるという。[19] 中でも西宮左大臣源高明との関係は格別に深く、また斎宮女御徽子女王（九二九～九八五）とその娘規子（九四九～九八六）のサロンにも親しく出入りしていた。

順の昇進はその多才ぶりに反してはかばかしくない。しかし村上朝にはそれなりの活躍の場を与えられ、康保四（九六七）年にはようやく和泉守の官を得ている（五十七歳）。ところが天禄二（九七一）年以降は、十年ほどの散位生活を送った。この不遇は安和の変（九六九年）で失脚した源高明との近さに起因するといわれ、七〇歳でようやく能登守に任ぜられたが、永観元（九八三）年、任地にて七十三歳の人生を終えている。こうした源順の人生を踏まえた上で、第四章(2)節に挙げた『うつほ物語』作者の資質を彼に重ねてみよう。

1．仮名散文への意欲

この点については、順が『万葉集』訓読修選にあたっていることが注目される。『万葉集』の訓読とは、当時すでに読むことが困難だった万葉仮名表記の『万葉集』を仮名書きのやまと言葉に翻訳する作業である。こうした作業は和文へのより深い理解と鋭敏な感覚を鍛え上げたであろうと思われる。一般の律令官人たちに比して、順は遙かに仮名散文創作に近い立場にいたといえるだろう。

2．王権理念に関する豊かな知識と深い理解

また、『万葉集』は仁徳天皇時代から淳仁天皇時代の歌（七五九年）まで、約三百五十年間の和歌を収める歌集である。その訓読作業において、内容的に時代が重なる記紀への知悉は不可欠であったろう。いわば『万葉集』訓読は同時に記紀研究でもあったと思われ、この作業によって上代文献における王権叙述への深い理解もまた培われたと想像される。

3．嵯峨皇統への近さ

順自身が嵯峨源氏であるからには当然、嵯峨皇統としての自負を堅持するとともに、同皇統への親しみがあったであろう。

4．藤原摂関政治に対する批判的な意識

藤原摂関政治への批判は、この時代の学者官人に共通する姿勢と思われる。しかし、深い交誼を結んでいた源高明が安和の変によって失脚し、源氏の権威そのものが失墜するとともに、自らもその後長く沈淪することとなった順にとっては、村上前代への憧憬と現状批判の意識はとくに深かったと推察される。

5．七絃琴への興味

『うつほ物語』が七絃琴の物語であることと関連して最も注目したいのが、順と斎宮女御徽子母娘との交流である。『順集』には規子内親王が斎宮に卜定された後、宮中の初斎院や嵯峨野の野宮また群行に随行して彼が詠んだ和歌が収められており（二五六、二五七、二七二番歌）、徽子母娘との親しさがうかがわれる。この徽子と七絃琴との関わりについては、次節で改めて詳述しよう。

（2）斎宮女御徽子と七絃琴

斎宮女御徽子は、醍醐天皇皇子、重明親王の第一王女である。八歳で朱雀帝の斎宮に卜定されて伊勢に下向し、十七歳で退下した。帰京後は叔父の村上天皇に請われて二十歳で入内し一男一女を設けたが、男子は夭折、娘の規子内親王は天延三（九七五）年、二十七歳で円融天皇の斎宮に卜定される。そして貞元二（九七七）年の規子下向に際して母の徽子女王もこれに同行し、世人を驚かせた。このエピソードが『源氏物語』六条御息所の伊勢下向の準拠であることは周知の通りである。

村上後宮には安子をはじめとした摂関家出身の后妃が多く、有力な後見を欠く徽子は必ずしも華やかな存在ではなかった。しかしながら、その出自の高貴さに加えて、三十六歌仙に数えられる天賦の歌才と、父重明から受け継いだ七絃琴の弾き手であったことによって、徽子は充分に重んじられていたといってよい。徽子の歌集『斎宮女御集』十五番歌には、彼女の弾琴を聞きつけた村上が、身繕いもそこそこに駆けつけたという逸話が記されている。

ところで、駒田利治によれば、桓武天皇の長岡京期の七八五年から村上天皇までの約一七〇年間が、斎宮（ここでは伊勢に設けられた斎王の居処を中心とする施設をさす）の機能のもっとも充実した時期であり、以降は衰退の道を辿るという。[20]

一方、摂関期の御遊における楽器の演奏者について調査した豊永聡美は、[21]琴《きん》が演奏されたのは九〇二年から九七三年というごく一時期に限られ、しかも演奏者は醍醐・村上の二人の天皇と貞保・克明・長明・重明・章明の五人の親王だけであることを明らかにした。こうした事実からは、琴《きん》が王権荘厳のために皇室によって意図的に輸入・独占された可能性が考えられるだろう。[22]

後世には聖代と讃えられる醍醐・村上朝であるが、実情はすでに政治的行き詰まりをみせるとともに、権門の台頭によって皇室権威の下降が生じていた。こうした時代に、中国で別格扱いに尊ばれた七絃琴を皇族の楽器としてもてはやし、また皇室の巫女である伊勢斎宮を重んじたことには、ともに王権補強の狙いがあったと捉えられよう。

徽子の名にある「徽」とは、七絃琴においては左手で音の高さを調節する際の目印として表面につけられたしるしをいう。九三八年から九五三年の御遊においてほとんど重明親王のみが琴《きん》の演奏を担当していることから、重明は皇室における琴《きん》受容の中核を担った存在だったのではないかと推察される。そして、皇室権威の象徴の一つともいうべき七絃琴の奏法は、琴《きん》にまつわる名とともに娘の徽子に伝えられたのである。村上天皇は二十才年上の異母兄である重明親王をひじょうに敬愛したといわれており、その縁から姪である徽子の入内を望んだとも考えられる。しかしまた、前斎宮であり重明親王の七絃琴を伝授されているという、二重の意味で皇室権威を体現する存在であったことも、村上がぜひともこの女王を我が妃としなければならなかった理由だったのではないだろうか。

『枕草子』によれば、村上天皇女御の芳子は入内に備えて七絃琴の習得に励んでいたらしい。しかし入内後に村上が芳子と興じたのは琴《きん》ではなく箏であった。[23]我が国で七絃琴の名手として知られる女性は、斎宮女御徽子ただ一人なのである。『うつほ物語』「楼上上・下」巻において、父俊蔭の追悼に沈む俊蔭女は次第に巫女的な相貌を深めていき、七夕の秘琴弾琴ではついに父俊蔭の霊を招く[24]。そして秘琴披露の波斯風弾琴によって、人々の心身を癒すと同時に遣水の水を溢れさせるという、鎮魂と水の奇跡を起こしている[25]。

父俊蔭の琴《きん》を伝える娘・俊蔭女と、やはり父重明の琴《きん》を伝える徽子。さらに二人は巫女の相貌や前歴を抱え、桂川のほとりに過ごした。こうした共通点を考えるとき、『うつほ物語』の書き手は何よりも、斎宮女御徽子に近い人物であったと考えざるをえないだろう。

徽子が有名な「松風入夜之琴」の歌を詠じたのは、娘規子に付いて嵯峨野の野宮で催した野宮歌合（貞元元年冬）であった。そしてこの野宮には先述のように順も訪れ、歌を詠んでいるのである。

結語

『うつほ物語』から抽出される数々の特質は、いずれも源順の資質に重ねうるものである。中でも斎宮女御徽子女王との関係の深さは、物語のモチーフに関わるものとして重く見られるべきだろう。源順を『うつほ物語』の作者とする確証には至らないとしても、彼とこの物語とを全く切り離して考えることは難しい。今後は和歌等の物語内の表現から、源順とのつながりをより具体的に考察していくことが課題となるだろう。

結論として、『うつほ物語』の作者はいまだ未詳である。しかし、時代を代表しうる男性知識人であったことは間違いない。そして七絃琴を王権の象徴とすることをはじめとして、『源氏物語』は実はこの最初の長編物語から実に多くのことを学んでいる。ことに、後期女流物語が政治世界を離れた男女の恋に主題を採るのに対し、光源氏の政権獲得物語でもある『源氏物語』正編の世界は、男性作者による『うつほ物語』の世界をその礎としてこそ描かれたものとみるべきだろう。

注

（1）本文は新編日本古典文学全集『無名草子』久保木哲夫校注・訳（小学館）による。
（2）本文は角川文庫『新版　枕草子』石田穣二訳注による。
（3）本文は、新編日本古典文学全集『松浦宮物語』樋口芳麻呂校注・訳（小学館）による。
（4）この石畳は砌《みぎり》（軒下・階下などの敷石のところ）と解しておく。
（5）大堰川の名称は、桂川流域を支配していた秦氏が六世紀頃に築いた堰堤に由来する。
（6）参考文献。辰巳和弘『聖なる水の祀りと古代王権　天白磐座遺跡』シリーズ「遺跡を学ぶ」003（新泉社　二〇〇六年一二月）。
（7）今尾文昭「『導水』の埴輪と王の治水」（『水と祭祀の考古学』奈良県立橿原考古学研究所附属博物館編（学生社　二〇〇五年一月　所収）。
（8）榎本寛之「大王の祭祀から天皇の祭祀へ」（『水と祭祀の考古学』学生社　二〇〇五年一月　所収）。二〇〇頁。
（9）「島根県遺跡データベース」http://iseki.shimane-u.ac.jp
（10）飛田範夫「斎宮邸宅の庭園」（『平安京のすまい』西山良平・藤田勝也編所収　京都大学学術出版会　二〇〇七年二月）三四五頁図。
（11）海幸・山幸神話にみられる海《わだつみのみや》宮門前の井にそびえる「湯津香木《ゆつかつら》」など。
（12）西本香子「『宇津保物語』の藤氏排斥」（『明治大学大学院紀要』第29集文学篇　一九九二年二月　所収）。
（13）源融が営んだ広大な邸宅「河原の院」は、六条京極の賀茂河の辺《ほとり》に設けられた。源順の「源澄才子が河原院賦に同じ奉る」（『本朝文粋』巻一）によれば、庭園には仙台（仙人のいる楼台）の如き〈高楼〉がそびえていたという。

(14) 亀山祭文「受尊先祖聖皇嵯峨之墟、請地於栖霞観」（『本朝文粋』）。

(15) 参考文献、榎本竟之『古代の都と神々—怪異を吸い取る神社—』歴史文化ライブラリー248（吉川弘文館　二〇〇八年二月）

(16) 嵯峨院は「末の世に、かくありがたきことのとどまりぬること」（九三六頁）と自らの血筋に秘琴が伝わったことを喜んでいる

(17) 沈既済は当代一流の歴史家であり、とくに「任氏伝」の作者として知られる。「枕中記」は主人公盧生の夢の世界を、玄宗朝の史実をそのまま編年的に踏まえて描き出した作品

(18) 原田芳起『宇津保物語』上「解題」三七三頁（角川文庫）。

(19) 神野藤昭夫「源順の官職・位階と文学」（日向一雅編『王朝文学と官職・位階』竹林舎　二〇〇八年五月　所収）。

(20) 駒田利治『伊勢斎宮に仕える皇女　斎宮跡』（シリーズ「遺跡を学ぶ」058　新泉社　二〇〇九年六月）六一頁。

(21) 豊永聡美「王朝社会における王卿貴族の楽統」（堀淳一編『王朝文学と音楽』竹林舎　二〇〇九年二月　所収）。

(22) 西本香子「『うつほ物語』の音楽—天皇家と七絃琴」（日向一雅編『源氏物語と音楽』青簡舎　二〇一一年二月　所収）。

(23) 『箏相承系図』によれば、芳子は村上から箏の伝授を受けており、『大鏡』にも村上が芳子に箏を教える条がみられる。

(24) 西本香子「俊蔭女と予言の行方—「楼の上」下巻・波斯風弾琴をめぐって—」（『中古文学』第49号　一九九二年六月　所収）。

(25) 西本香子「物語の庭園と水の聖域—『うつほ物語』桂邸を中心に—」（倉田実編『王朝文学と建築・庭園』竹林舎　二〇〇七年五月　所収）。

「夕顔」巻の和歌・「心当てに」歌をめぐって
――〈不正解〉を導く方法――

鈴木裕子

はじめに

『源氏物語』には、作中和歌七九五首が、総勢一一七人の作中人物たちによって詠まれている。それらの中には、今もなお解釈が分かれていて、なかなか「正解」が定まらないものや、従来とは異なる解釈をするべきではないかと思われるものも少なくない。

例えば、「夕顔」巻では、夕顔の宿の女から光源氏に贈られた「心当てに」歌を始めとして、何がしの院で夕顔が光源氏に応じた「山の端の」歌や、六条御息所の邸で光源氏に応じた侍女中将の君の「朝霧の」歌においても、今なお解釈が定まっているとは言い難い。特に、「心当てに」歌の解釈をめぐっては、古注より現在に至るまで、諸説入り乱れて紛々たる状況となっている。詳細な研究史[1]は省略するとして、以下に主な論点だけを示しておきたい。

まず、夕顔は、相手を光源氏と認識していて、扇に歌を書いて贈ったのか、ということが定かではない。そのことに、「夕顔の花」という表現は、光源氏を指しているのか、それとも夕顔自身を指しているのか、あるいは、「花」そのものと読むべきか、という解釈の違いも絡んでくる。いずれにせよ、光源氏とわかっていて歌を贈ったと解する場合、夕顔を内気で臆病な性格であるとするならば、女の方から積極的に、しかも男を誘うような歌を贈る行為が、大いに矛盾しているということになる。よって、そうした矛盾をどう合理化するか、ということが問題となったのである。

古くからある頭中将誤認説[2]は、そうした矛盾を解く有力な解釈の一つであったと思われる。また、同じような趣旨で、夕顔自身ではなく侍女が詠んだ歌であるとする解釈も、既に古注に記されている。

さらに、夕顔に遊女性を見る読み方や、聖なる「性」である巫女性を負わされた女として描かれているとする解釈[3]もある。それに対する反発も多いが、夕顔に「遊女」性を見ようとする読みは、ひたすら内気で臆病な女であるというステロタイプの夕顔像の上に積み重ねられてきたそれまでの読み解きから、一歩踏み出す可能性を持つ重要な指摘ではないかと思う。

なお、「夕顔」巻の物語に、『任氏伝』や『遊仙窟』などのプレテキストを見る読みの方法から[4]、女の側から歌を詠みかけるという積極性と内気な夕顔の性格設定との矛盾など問題にするべきではないという意見も打ち出されている。

最近では、夕顔は、高貴な花盗人に対して挨拶の歌を贈ったにすぎないとする見方もある[5]。女方から歌を贈る行為が、花を手折るという男側の働きかけに応じてなされたのであれば、内気で控えめとされる夕顔であっても不自然ではない、ということになる。確かに、そういうことならば、花に寓意を認めても、認めなくても、夕顔からの贈歌は自然な流れとなり、納得がゆく。ただ、花盗人への挨拶という風流なふるまいじたい、恋の風情と全く無縁であるとは言いがたいことを認めるかどうか、見解も分かれよう。私としては、どうしても、そこには色好みの雰囲気が漂ってくるように思われてならない。

花に寓意を読み取らず、光源氏が、古歌（『古今和歌集』の旋頭歌、一〇〇七番歌）の文句「遠方人に物申す」を口ずさんだのに対して、夕顔が歌で応じる形で花の名を答えたにすぎないとする解釈もある。(6) これも、確かに、一つの理解としてうなずけるものである。ただし、『古今和歌集』一〇〇七番歌を媒介にしたやりとりであるならば、当然、それに応じる一〇〇八番歌が問題となろう。それは、花の名を問う一〇〇七番歌に対して、「幣なしに」やすやすとは名告るべき花ではないと主張する歌である。「幣」とは「花代」であるという指摘もあり、(7) そうすると、一〇〇八番歌には、遊女のイメージが詠い込められていることになる。一〇〇七番歌と一〇〇八番歌が、色恋の雰囲気漂うやりとりだということは無視できまい。夕顔の歌では、一〇〇八番歌とは異なり、花の名を答えてしまっている点が疑問となろう。求愛を意味する旋頭歌を意識した答えの歌と解釈することは、とりもなおさず求愛を受け入れたことを意味することになる。「花の名を答えたにすぎない」という場合、この点をどのように考えればよいだろうか。(8)

このように、これまでに、さまざまな角度からの読み解きがなされているのだが、それぞれに納得がゆく点とそうでない点とが出て来てしまい、なかなか決定的な解釈が定められるに至らない。多様な読み解きが可能だということは、換言すれば、どのように論理的に読み解こうとしても、何らかの綻びができてしまうということではないかと思う。

そもそも、「夕顔」巻に多くの謎が仕組まれているということは、既に多くの指摘がなされているとおりである。(9) 物語そのものが、読者に謎解きを誘う仕組みになっていて、しかも、ただ一つの正解があるというのではないように思われる。初めての読者には見えなかったことや、知らされていなかった情報が、読み進めていくに従って次第に見えてくる。始めにはわからなかった作中人物の心情や事情が見えてくることもある。そうすると、最初に〈正解〉として読み取ってきたことが、実は後で振り返ってみると、〈不正解〉となり得る。言わば、〈不正解〉を導く方法とでも言おうか。あるいは、ただ一つの固定的な〈正解〉があるとは言えないような状況も生じてこよう。〈正解〉は〈不正解〉ともなり、〈不正解〉は〈正解〉ともなり、その揺らぎの中に、読者は物語世界の複雑な〈現実〉を理解するのだ。そのような仕組みの中で、この扇の和歌もまた、さまざまな理解を促されるものなのではなかろうか。本稿では、以上のような観点から、「夕顔」巻における「心当てに」歌の機能について、考察を試みたい。

一　光源氏の立場から

五条に住む乳母の病がたいそう重いと聞いた光源氏は、密かに通っている六条の女君のもとに行く途中に見舞うことにした。門が開くまでの間、車中で待っていた光源氏は、隣家の籬越しに何人もの女たちの影が動くのを見た。どうやら自分は注目を浴びているらしい。お忍びゆえ身をやつしていたこともあり、このような下々の者が住む所で、自分を光源氏と知る者はいるまいと思って、解放的な気分になっていたのだろう。彼は、車の中から、むさ苦しい大路の様子を「少しさし覗き」、そこで見知らぬ白い花に目をとめたのだった。そして、「遠方人に物申す」と、『古今和歌集』一〇〇七番歌の文句を口ずさんだ。「花」の名を問うことは、女性への求愛を意味する。おそらく、そのときの源氏は、自分を覗き見ている女たちのふるまいに、好きがましい気配を感じ取ったのだろう。美しい男に関心を懐いて覗き見る女たちには、確かに色好みの風情が感じ取られる。源氏自身、そうした女たちのまなざしが自分に注がれていることに嫌な気はしなかっただろう。だから、この口ずさみは、白い花そのものに強く関心を持ったというよりも、色好みめいた女たちの好奇心に対するサービスのような意味あいがあったのではないかと思う（実際に、源氏が花を手に入れた後は、もはや花そのものは話題の端にものぼらない）。ところが、源氏の口ずさみに即座に応じたのは、女たちではなく、随身だった。それは、光源氏の（読者の、でもあろう）期待を、少しばかり裏切る展開であった。随身は、宿の住人たちは、光源氏の風雅の相手にはならぬと思った、ということだろう。花の名を答えた随身に、光源氏は、その一房を手折るように命じることになる。随身が花を手折ると、家の内から女童が出て来て、白い扇を差し出し、「これに置きて参らせよ、枝も情けなげなめる花を」（夕顔・一〇一頁）[10]と言う。扇は、折から門を開けて出て来た惟光を経て光源氏の手に渡ったが、乳母の病気見舞いがすむまで顧みられることはなかった。

出でたまふとて、惟光に紙燭召して、ありつる扇御覧ずれば、もて馴らしたる移り香、いと染み深うなつかしくて、をかしうすさみ書きたり。

心当てにそれかとぞ見る白露の光添へたる夕顔の花

そこはかとなく書き紛らはしたるも、あてはかにゆゑづきたれば、いと思ひのほかにをかしうおぼえたまふ。

（夕顔・一〇三頁）

扇は、すっかり日が落ちて暗くなるまで顧みられなかった。夕顔の花じたいは、既に萎んで棄てられてしまったかもしれない。「みすぼらしい垣根に咲く、憐れな運命の花だな。一枝折り取って参れ」と、随身に命じた時には、誰からも顧みられない憐れな花に目をかけてやろう、という一種ヒロイックな気分があった。しかし、それは一時の気まぐれで、もし女方から扇が差し出されなければ、そのまま萎んだ花が棄て置かれたように、夕顔の宿の女たちのことも、源氏の記憶から跡形もなく消し去られたはずだ。

紙燭で照らし出された白い扇は、「もて馴らしたる移り香、いと染み深うなつかしくて」と、まず嗅覚を刺激するものであった。扇は新しい物ではなかったのだ。使い馴らした人の移り香が深く染み込んでいる、そんな状態の扇を受け取ったならば、持ち主と関わりのある人であれば、どこの誰と特定できそうなものだ。一瞬、源氏は、この香りの女性と何処かで逢ったことがあっただろうか、と記憶を手繰り寄せようとしたはずだ。

そして、香りに心当たりがないまま、「そかしうすさみ書きたり」と、風情のある筆跡が目に飛び込んでくる。この筆跡の美しさは、歌を読んだ後にも「そこはかとなく書き紛らはしたる」と、控えめな感じに書いて墨付きも上品にしたためられていたことが評価されている。歌の書き様から、意外にもこの歌の贈り主が無教養・無風流な卑しい女ではなかろうことが察知されたのである。

「心当てに」歌の解釈が今なお定まらないことは、既に述べた。しかしながら、この場面で確かに言えるのは、扇の歌を目にした光源氏がどのように感じ、何を思ったかということであろう。

扇の歌は、「心当てにそれかとぞ見る白露の光添へたる夕顔の花（おそらくその花なのだろうと思って見ています。白露が光を添えている夕顔の花を）」というものであった。下句は、「白露」が「光」を「夕顔の花」に「添ふ」という構造[11]になっている。ここは、白露が花に置くことで光を付け加える、つまり、花というものは美しいものだが、露が置くことで輝きを増していっそう美しくなった夕顔の花、という意味あいで読み取りたい。「露」は、男が女にかける「情け」の喩でもある。それは、蔓性植物である夕顔がいくつもの花を咲かせていた、その中から、たった一房が選ばれて貴人の手に渡った花の幸せを言うことにもなろう。源氏は（そして読者も）、常日頃、彼が「光る君」と世の人から呼ばれることを了解し、意識しているはずである。よって、この「白露の光添へたる」という表現から、相手は自分を光源氏ではないかと推し量っている、と受け取ったのではなかろうか。

つまり、この時点での源氏にとって、この一首は、夕顔の宿の女が、わが家の花・夕顔が、高貴な光源氏の目に止まったことを歓び、光栄に思うというメッセージを届けてきたものということになる。今少し詳しく解釈するならば、次のようになろう――「（あなた様が御所望なさったのは）おそらくその花なのだろうと思って拝見致します。白露が光を添えている（光源氏様が目をとめてくださり、情けをおかけくださったことで、ますます輝きを増した）夕顔の花を」

女童が、「枝も情けなげなめる花を」と言った夕顔の花を、和歌の中で高貴な光源氏に喩えているとするのは不自然であるので、花はやはり夕顔の花そのものを指すと解したい。象徴的な意味で、花を所有する夕顔の宿の女を指すと考えてよい。女童の言葉「情けなげなめる」は、歌の詠み手からそう言葉を添えるように託された挨拶だろう。むろん、女方が示した謙遜である。美しい夕顔の花に、光源氏の「情け」の露が置くことで、ますますその美しさが増したと主張することは、卑しい花と断言した随身に対して、たとえ卑しい花でも花は美しいもので、その美しい夕顔の花の価値を見抜いた光源氏を賞賛することにもなるのではないか。

源氏は、自分を覗き見ていたいくつもの女たちの隙影を知っている。女たちが、美しい男を「見る」という、先刻の色めかしいふるまいを想起し、その女方から、わざわざ白い扇を差し出して花を奉ったのだから、言外に、「どうぞ、その花をお取り下さい（どうぞ、おいでください）」という隠れたメッセージをも発信していると思っただろう。色好みの女たちが、名高い光源氏と推察して、挑発してきた（心当たりはないが、もしや、自分と何らか関わりのあった女なのだろうか）……その時の源氏の視点からは、そういうことになろう。少なくとも、源氏は、そのように受け取ったのではなかったか。さればこそ、夕顔の宿の女の素性が気になったのである。まずは、自分を知っているらしい相手は誰なのか、もしや関係を結んだことのある女性たちの一人ではないかと、疑ってみるのが自然であろう。そこで、惟光に隣家の女たちの素性を問うのだが、惟光が最初にもたらした情報は、次のようなものであった。

「揚名の介なる人の家になむはべりける。『男は田舎にまかりて、妻なむ若く事好みて、はらからなど宮仕へ人にて来通ふ』と申す。くはしきことは、下人のえ知りはべらぬにやあらむ」と聞こゆ。

さらば、その宮仕へ人ななり、したり顔に物馴れて言へるかなと、めざましかるべき際にやあらむと思せど、

……以下略……

（夕顔・一〇四頁）

「宮仕え人のしわざか」と源氏は一応納得する。それならば、自分を光源氏ではないかと推し量ることがあっても不思議ではない。宮仕え人ならば、主家はどこか、あるいは主人は誰か、気になってこよう。

御畳紙に、いたうあらぬさまに書き変へたまひて、

寄りてこそそれかとも見め黄昏にほのぼの見つる花の夕顔

ありつる御随身して遣はす。

（夕顔・一〇四頁）

「御畳紙に、いたうあらぬさまに書き変へ」たのは、源氏自身であることを隠すためで、相手が宮仕え人ならば、宮廷社会での噂の種にならないように、との用心である。関係を結んだことのある女性を忘れているという可能性を、完全には払拭し切れていないからでもあろう。歌の読みぶりのみならず、白い扇の「もて馴らしたる移り香、いと染み深うなつかしくて」という意味ありげな形状も、見知らぬ男への「贈り物」としては、どうにも腑に落ちない。

源氏の返歌は、「もっと近くに寄ってこそ「それか」とはっきり見ることができるでしょうに。夕暮れ時にほのかに見た花の夕顔を。もっと近くに寄ってお会いするなら、あなたが誰なのか見定められるのですが……夕暮れ時にほのかに見た

あなたのことを。残念なことにあなたが誰なのかわかりません。もっと親しくお会いしたいものです）」という意味となる。「心当てにそれかとぞ見る」と言って夕顔の花を「どうぞ」と、差し出してきた女に対して、「私の方は、もっと近くであなたのことを「それか」と見たい」として、切り返している歌になろう。自分には心当たりがない相手に、揺さぶりをかけているのである。

この歌が例の随身によって届けられた折、繰り広げられたらしい女たちの困惑ぶりは、「まだ見ぬ御様なりけれど」以下「めざまし」に至るまで続く、随身の長い心内[12]によって説明されている。それは、あくまでも、光源氏に付き従う随身の視点による解釈であって、それが真実を言い当てているかどうかは、その時点では明らかではない。むしろ、随身の解釈は、〈不正解〉であったかもしれない、ということを、夕顔の正体を常夏の女と知った読者は、疑うことになろう。さらに、もう一つ、随身が感じ取った「言ひしろふべかめれど」という女たちのざわめきから連想を働かせて、「心当てに」歌は、つれづれの日々を送る常夏の女と侍女たちが、心を寄せ合い、思いをつなげて作り上げた「合作」の一首であったのではないかと想像することも可能となろう。

光源氏の目と心に寄り添う読者は、光源氏の解釈を〈正解〉として、この「心当てに」歌を受け取ることになろう。特に、夕顔側の情報を何も与えられていない初めての読者は、そのように導かれるしかない。

しかし、やがて、惟光の情報収集によって、夕顔の宿の女は、頭中将の思い人・常夏の女であったらしいことが明らかになる。夕顔の素性を知った読者は、光源氏の解釈は〈不正解〉であったのではないか、という疑惑とともに、物語の読み直しを迫られることになろう。夕顔側の真意や意図はともかくとして、まずは、扇の歌は、光源氏を〈誤解〉させ、贈り主である夕顔の宿の女に惹き付けられていくような仕組みになっているのである。

二　〈正解〉が〈不正解〉に転じるとき

夕顔の宿の女たちの様子は、惟光の報告[13]によって明らかになっていく。女たちは、惟光の目にも「いみじく隠れ忍ぶる気色」に見えるという。車の音がすれば、若い女たちだけでなく、主人格の女も覗き見をすることがあるらしい。

一日、前追ひて渡る車の侍りしを、覗きて、童部の急ぎて、「右近の君こそ、まづ物見給へ。中将殿こそ、これより渡り給ひぬれ」と言へば、また、よろしき大人出で来て、「あなかま」と手掻くものから、「いかで、さは知るぞ。いで見む」とて這ひ渡る。……中略……「君は御直衣姿にて、御随身どもも、ありし何がしくれがし」と数へしは、頭の中将の随身、その小舎人童をなむ、しるしに言ひ侍りし。　（夕顔・一一二頁）

この報告を受けた光源氏は、「もしかのあはれに忘れざりし人にや」と、夕顔の宿の女が頭中将の思い人・常夏の女ではないかと思い寄り、思いがけない事態に好奇心を募らせることになる。「雨夜の品定」で披露された頭中将の逸話の中に登場した常夏の女のその後が、このようなところで、惟光の言葉によって語られるのだ。北の方筋から「情けなくうたてあること」を言われて身を隠した常夏の女と侍女たちは、どうやら、頭中将が今に自分たちを迎えに来てくれることを期待しているような風情に見える。

顧みれば、なるほど白い扇[14]は謎めいた「贈り物」であった。「もて馴らしたる移り香、いと染み深うなつかしくて」という扇は、もし相手が頭中将ならば、すぐに夕顔の持ち物とわかったはずである。そうならば、わざわざそれを差し出したところに、夕顔たちの思いがこめられていたわけで、白い扇じたいの謎は解けよう。

そうすると、扇の「心当てに」歌の「白露の光添へたる」は、光源氏ではなく、頭中将を指していたのではなかったか、という疑惑が生じよう。つまり、「あなた様が御所望なさったのは、おそらくその花なのだろうと思って拝見致します。白露が光を添えている（頭中将様が見つけてくださり、情けをおかけくださったことで、ますます輝きを増した）夕顔の花を」ということになる。「お尋ねになったのは、私が身を隠している宿に咲く花の名なのですよ。名告りましょうとも、花の名は夕顔です。やっと見つけてくださいましたね。お待ちしていました」というメッセージを読み取るべきなのだろう。

さらに、「雨夜の品定」の場面まで後戻りするならば、常夏の女が、撫子の花を文付け枝にして頭中将に贈った歌「山賤の垣ほ荒るとも折々にあはれはかけよ撫子の露」（帚木・五四頁）には、「情け」の「露」が詠い込められていたことが思い合わされよう。撫子（わが子）に対する頭中将の「情け」を乞うという詠み方で、母である自分への顧みを促す一首であった。もし頭中将であれば、「心当てに」歌には、「山賤の」歌から続く、「情け」の「露」を待っていた女の思いが込められていることに気がつくだろう。

以上のように「再読」するならば、先の随身の憶測は誤りだったということになる。自分たちが贈った和歌に対して、誰とも知れぬ男から思いがけない内容の返歌を受け取り、とんでもない人間違いをしてしまったことを知り、あわてた女たちの様子が、随身の誤った情報を経由して、間接的に語られていたということになろう。後に、童部が「御随身どもも、ありし何がしくれがし（御随身どもも、以前の誰それ誰それ）」と、頭中将の随身たちの名を挙げたのも、先日の人間違いを戒めにして、今度こそ間違いない、知っている随身たちも確認できた、頭中将が今ここを通ったのだと主張したことになる。

しかし、これで、「心当てに」歌をめぐる解釈は〈正解〉にたどり着けたのだろうか、というとそうはならないように思う。物語を最初から読み返したときに気になるのは、五条の大路で、光源氏が車中「少しさし覗きて」とある場面である。御簾越しに覗いていた女たちには、車から少し顔を出した貴人が、頭中将その人ではないことを推し量れなかったのだろうか。花の名を問う歌を口ずさむ声が、別人のものとは聞き取れなかったのだろうか。やはり、すっきり解けない謎が残ってしまうようだ[15]。

あるいは、女たちは、待ち人とは別人のようだとは思いつつも、それでも僅かな望みをかけて、「心当てに」歌を、大路の佇む牛車の貴人に詠みかけたという可能性はないのだろうか。つれづれの時間を待ち続け、頭中将が訪ねて来るはずがないと諦めつつ、それでもなおきっぱりとは望みを捨てきれないでいる女たちの目の前に、かつての頭中将の風情を思わせるような貴人が乗っている、お忍びらしい牛車が止まっている。しかもこちらの気配をうかがっているように見え、夕顔の花を摘み取らせようとしている。とすれば、「もしや頭中将ゆかりの人か、そうであって欲しい」という期待から歌を詠みかけてみようとした気持も理解できなくはない。差し出された白い扇は、頭中将その人ならば、すぐにわかる標の扇である。それは、女たちのはかない〈誤解〉だったという展開になるけれども。

もしかすると、そもそも童部が見たという頭中将の姿「君は御直衣姿にて」も、随身や小舎人童も、〈誤報〉であったかもしれないという気もしてくる。目の前を通り過ぎていく牛車に乗っていた頭中将の直衣姿を、はたして童部はそれと見定めることができたのだろうか。童部に呼ばれて確かめに来ようとした右近は、見ることができなかった。惟光も、童部の声は聞き取ったものの、確かに頭中将一行だったとは言っていない。彼もまた、確認することはできなかったのだ。

童部が「見た」ものは、そうであって欲しいという幻想だったのかもしれない。件の「心当てに」の歌の場面における女たちもまた、光源氏をそうとは知らず、待ちわびた頭中将と思いなしたのであったかもしれない。それは、あてもなくさすらい、頭中将を忘れられずに心の中で待ち続けて、困窮の度を深めるばかりの女たちの、言わば共同幻想のようなものであったかもしれない。そうならば、もはや、五条の大路に佇む貴人は、頭中将その人である必要すら無く、頭中将に仮託しうる高貴な男君というだけで十分だったのかもしれない。

頭中将誤認説は、結局〈正解〉であったか否か、最後まで解き明かすすべはない。物語は、〈不正解／正解〉を幾重にも重ねて、巧妙に〈誤読〉を誘う。読者は、物語世界の謎へと迷い込むばかりである。

三　常夏の女・夕顔の〈真実〉を探る

常夏の女・夕顔の〈真実〉は、奈辺にあろうか。物語には、夕顔の心情が直接語られることが驚くほど少ない。ともかく、内気で万事控えめなたおやかな女、悪く言えばむやみに物を怖がる臆病な女というような、はかなさを魅力とするステロタイプからの解放をはかってみたい。

従来の夕顔像は、「雨夜の品定」での頭中将が告白した言葉に拠るところが大きい。頭中将の話では、この女の様子は、「らうたげ」、「うらなし」、「つつましげ」などと形容されている。彼に拠れば、常夏の女とは、「いと忍びて見そめた」女で、初めのうちは長続きするとも思えなかったが、馴染んでゆくにつれて「あはれ」と思うようになったのだと言う。次第に自分を頼みにしている様子が見えて来て、そうなると見捨てられないと思うようになったものの、われながら夫として頼もしい状態とはほど遠い通いぶりであった。だから、女としては、私を「うらめし」と思うこともあっただろうに、「見知らぬやう」に「朝夕にもてつけたらむありさま」に見えるようにふるまっていた。恨めしい思いを心の中におさめているようにふるまう様子がわかるので、それが「心苦し」、いじらしいと思い、「頼めわたるること」、私を頼りに思わせ続けるようなこともあったのだと言う。北の方側から「情けなくうたてあること」を言われたのに、そのことをはっきりと伝えようとはせず、和歌を贈ってきただけだったので、女の本心を察知できなかったのだと言う。「あはれと思ひしほどに、わづらはしげに思ひまつはす気色見えましかば、かくもあくがらさざらまし」（帚木・五五頁）、「私が女をいとしく思っていたときに、うるさいくらい慕って、私の関心を向けさせるようにすればよかったのに」と、後悔と恨めしさの入り交じった告白となっていた。頭中将は、常夏の女は、「え保つまじく頼もしげなき方なりける」と、長続きできない頼りにならない女だと言うのだった。

しかし、この「雨夜の品定」とは、五月雨降る夜のつれづれの、男たちの円居において、男の視点で語られた思い出話なのであった。それぞれの恋の「失敗談」は、誇張され、歪められ、あるいは美化されて、笑いや溜息とともに、円居の場に供されたのである。どこまで事実どおりの展開であったかは誰にもわからない[16]。

「夕顔」巻を読み終え、夕顔について知り得た情報を以て、かつての常夏の女のふるまいを再解釈するならば、決して内気で控えめなだけでなかったことも推察できるに違いない[17]。心に思うことを表さず、耐えているというふうに男に見えるというのも（頭中将の言葉を信じるならば）、見方を変えれば、そのように意識的にふるまっていたということにならないか。北の方側から嫌がらせを受けたことをはっきりと告げ口しなかったのも、内気だからとか、臆病だったからというのではない。それは、三位の中将の娘としての矜持からではないかと思う。貴人としての教育を受けた者は、他人の行状を逐一告げ口するような、品格に欠ける軽々しいことはできまい。ただし、そのような夕顔の心意気は、頭中将にも、夕顔に親しく仕える右近のような侍女たちにも、到底理解が及ぶはずもなかったのであろう。後に、右近は、夕顔のことを「物怖ぢをわりなくしたまひし御心に、せん方なく思し怖ぢて」（夕顔・一三九頁）と、源氏に説明することになる。

北の方側からの「情けなくうたてあること」とは、どのような嫌がらせ・脅しであったのか、詳細はわからない。ただ、推測できることは、単に北の方が嫉妬したからではなく、まだ頭中将の子どもを産んでいなかったとおぼしい北の方にとって、頭中将の子を産んだ女が許し難かったのではないかということだ。夕顔は、保護者を失っているとは言え、三位の中将の娘であったのだから、もともと素性の卑しい女ではない。夕顔が、この先、頭中将の寵愛を受けて子どもを生み続けるようなことは、北の方としては、受け入れることなどできず、それを未然に防ごうと図ったのではなかろうか。夕顔が、女からの贈歌として、わが子・撫子への「情け」を乞う歌を詠み贈った背景には、そのような正妻側からの子どもをめぐっての嫌がらせ・脅しがあったと推察できよう。夕顔は、告げ口をする代わりに、歌によってわが身とわが子の危機を訴えたのである。ついでに言うならば、北の方の考えやふるまいを頭中将も知っているのかどうか、あるいは、知っていても右大臣家という後ろ盾のある正妻のふるまいに、夫が口出しできるものかどうか、一抹の不安があったのかもしれない。事実を明らかにして問いただすなどできようものではなかろう。だから、歌を介して訴えた結果、わが身とわが子を守るために、身を隠すという判断を自ら下したのであろう。決して、むやみに怖がる気性であるとか、内気過ぎて頼りない性格などと言うようなことではないと思う。

さて、そうであるとして、夕顔が「心当てに」歌を光源氏に詠みかけたことをどう理解できるだろうか。

前節では、特に白い扇に着目したときには、頭中将誤認説が合理的であることを確認した。しかし、必ずしもそれで総てすっきりと解決するわけではなかった。確かなことは、夕顔の宿の女主人が頭中将の思い人であったこと、つれづれの日々を過ごしながら、女たちが頭中将とおぼしき待ち人との出会いを期待しているらしいことである。そして、後の右近の情報に拠れば、源氏との交渉が始まったのは、いよいよ京から山里に移ろうことを考えていた矢先であったという。方違えのために、賤しい夕顔の宿に身を寄せていたのだった。五条の宿は、たとえ一時的に身を寄せるにしても、本来ならば、夕顔が住まうのに相応しい家ではなかったのだ。このような右近の情報に拠って、頭中将誤認説に拠らない立場で再読するならば、以下のようになろう。

三位の中将の娘であった夕顔には、頭中将という貴人に愛された過去があり、ゆえに貴人に愛されるに相応しい女としての自負もあろうし、落ちぶれようとも棄てられない貴族の誇り[18]というものもあろう。そんな夕顔にとってみれば、あの夏の夕暮れ時、花の名を問う源氏の独り言に応えた随身の発言、夕顔が「こんな賤しい家の垣根に咲く」花であるということは、夕顔自身にとっては心外ではなかっただろうか[19]。

御随身突い居て、「かの白く咲けるをなむ、夕顔と申しはべる。花の名は人めきて、かうあやしき垣根になむ咲きはべりける」と申す。……中略……「くちをしの花の契りや。一房折りて参れ」とのたまへば、この押し上げたる門に入りて折る。

（夕顔・一〇一頁）

随身風情に、みすぼらしい垣根に咲く花・夕顔と、花の名をやすやすと名告られてしまったのだ。聞き捨てならぬ屈辱ではなかろうか。とりもなおさず、その家に住まうわが身に、下賤なものというレッテルが貼り付けられたも同然であろう。追い打ちをかけるように、名も知らぬ貴人に、「くちをしの花の契りや（憐れな運命の花だな）」とまで言われてしまった。その上、一言の断りもなしに自分たちの領域に踏み込んで、花を摘み取らせようとしている。この家の住人は、風流事などとは無縁の輩であると侮られたに相違ない。とすれば、このまま沈黙を守って見逃すわけにもいくまい。一言物申さねば、それこそ無風流の極みというものであろう。

歌そのものの意味は、「（あなた様が御所望なさったのは）おそらくその花なのだろうと思って拝見致します。白露が光を添えている（あなた様が目をとめてくださったことで、ますます輝きを増した）夕顔の花を」ということでかまわない。挑発する意識はなくて、わが宿の夕顔の花に目をとめてくれたことを光栄に思います、という趣旨の、花盗人への挨拶歌には違いない。「白露の光添へたる夕顔の花」の表現の中で、「添ふ」に拘りがあると了解すれば、こめられたメッセージは次のように読み取りたい……「憐れな運命の花とおっしゃいましたが、それにしても夕顔の花の美しさによくぞお気づきになりました。あなた様の手元にあっては、ますますその美しさが増すというものです」……夕顔の花の美しさに理解を示した貴人を賞賛する形で、自分たちが風流事を解さないわけではないことを主張したい、そのようなメッセージを伝える歌として、手馴れの白い扇にしたためられた。思いがけない事態ゆえ、咄嗟に、常に携えていた扇に和歌をしたためた、ということになろう。ただ、この場合、持ち主が特定可能なほどの存在感を発する、手馴れの白い扇であることの意味は希薄になる。扇の必然性に拘りたい読者にとっては、それでは〈正解〉とは言いがたいと思うかもしれない。

ともあれ、ここで確認しておきたいことは、夕顔を賤しい花と言う人がいようと、ものにとらわれない目を持つ人ならば、ただ純粋に、美しい花を美しいものとして見ることができるということだ。むさ苦しい垣根に、蔓性植物夕顔は青々と心地よげに繁茂し、「おのれひとり笑みの眉開けたり」と、この濁世とは無関係であるかのように涼しげな風情で、白い花を咲かせていた。環境に似つかわしくない清々しさに、光源氏は意外だと思い、目をとめたのだ。夕顔の花は、どのような境遇にあろうと誇りを棄てずに生きようとした夕顔その人のメタファーとして、いかにも相応しいということになろう。何もかも恵まれていながら、否だからこそ、心の奥に憂愁を蟠らせている光源氏。言うまでもないことだが、藤壺の宮への秘めた思いや、葵の上との心ゆかぬ夫婦関係、六条御息所との行き詰まりつつある関係など、上の品の女性たちとの関係性の複雑さに疲れはじめた源氏が、このような夕顔の宿の女に、溺れるように心を傾けていくのは必定であったことが実感できる。

四　最後に　解けてはならない〈謎〉ということ

最後に、光源氏に対して名告ろうとしなかった夕顔の心情について、いささかの言及を試みつつ、物語の方法についてのまとめをしたい。

惟光の働きによって、光源氏と夕顔は逢瀬を持つようになったが、互いに名告りあわぬままに、恋は進展した。むろん、このような展開は、周知のとおり三輪山伝説などの古い伝説や神話の型を踏まえて、非日常的な恋の物語を創りあげるという、物語作者の工夫に拠るところもあろう。それはそれとして、ここでは、別の方向から恋物語の意味づけをしたい。夕顔自身の語られぬ心の内にも思いを馳せてみよう。

なぜ源氏が夕顔のような女に耽溺していったのか、といえば、まずは、夕顔の宿に集う女たちが持っている謎めいた雰囲気の魅力であろう。人目を忍ぶ事情を持つ女たち、頭中将の思い人だったと思しきかわいい女、今でも頭中将を待っているのだろうか、いったいこれからどうするつもりなのだろうか、いつかふいに何処かへ行ってしまうのではないだろうか……。謎を持つ女は魅力的だが、謎というものは、いったん解かれたらつまらないものになってしまうだろう。謎は永遠に解けないままの方がすてきだ。女が頭中将の思い人であったと判明し、かつ自分が光源氏だと判明したら、二人の関係は、おそらくそのままではいられまい。現実世界の中で、関係性の再構築を迫られることになろう。頭中将との関係も煩わしいことだ。源氏は、女が頭中将の思い人であったことを確かめたいと思いつつ、しかし同時に、知らないままでいたいと思ったのではなかったか。強いて名告りを促さず、また自身も名告らないことで謎を共有し、しばしの間でも非日常的な世界へと逃げ込んだのだ。

一方の夕顔の方でも、いつまでも頭中将をあてもなく待ち続けるわけにはいかぬ厳しい現実にさらされていたはずだ。特に、右近をはじめとする侍女たちは、女主人を支えながら、生き抜くためのすべを模索していただろう。夕顔と頭中将の幸せな日々を見知っているだけに、再び保護者となり得る男君との新しい出逢いを、女主人の夕顔に望む気持がなかったとは言えまい。『源氏物語』における末摘花の場合に見るまでもなく、主従は運命共同体とも言えるわけで、斜陽していく女主人に仕える侍女たちが、したたかさな面を持つのも、厳しい貴族社会を生き抜くためには、当然なのであった。

そのような折に生じた貴人・光源氏との関係は、夕顔にとっても侍女たちにとっても、希望の光を感じさせたはずだ。もちろん、名告らぬ男の真意がくみ取れず、不安もあっただろう。だから、相手が名告らない以上、自らも決して名告ろうとしなかった。また、源氏の帰途を尾行させて、密かに住まいを探らせようともしている。不躾に相手の名を問うようなことはしないが、可能な限り正体を探ろうとしたのだ。しかし、突き止めることはできなかった。その折の夕顔のつらく不安だった心情は、後に右近によって源氏に語られることになる。右近によれば、夕顔は、名告らぬ男に対して、「なほざりにこそ紛らはしたまふらめ」（夕顔・一三八頁）、きちんとした関係にするつもりはなくて、うやむやになさるつもりなのだろう、とつらく思っていたという。それでも、高貴な男君との新しい関係は、夕顔にとっては現実の憂いを忘れさせるものであったのだろう。夕顔もまた、心ゆかぬ現実世界から、源氏との恋の世界へと逃げ込んだのだ。そのような観点から見れば、夕顔が名告らなかったのは、謎を持つ女として恋を続けるためだとも言えよう。二人共に名告りあわないことで謎を共有し、非日常的な世界へと、二人で逃げ込んだのだ。しかし、光源氏の物語において、そのような非日常の恋が長く続くはずがない。それが物語のルールであろう。

何がしの院でひとときを過ごした際に、光源氏は自ら正体を明かしてしまった。二人の関係性は変容することになろう。夕顔は、名告らぬ男が光源氏だったと聞かされた時には、それまで無縁だった現実社会の風が、二人の世界に吹き込んで来ることを察知したことだろう。先に、二人の恋が三輪山説話の型を踏むことに触れたが、このタイプの説話・神話では、相手の正体がわかると二人の関係は破局してしまう。物語の型においても、恋の終焉は必然なのであった。

光源氏の正体を知った後も、夕顔は、名告りを促す源氏に対して、「海人の子なれば」（夕顔・一二〇頁）と含みのある返答をするばかりで、名告ることはなかった。その心中では、いずれ総ての謎が解かれる。夕顔自身の身元も知られる。時が来ることを察しつつ、怖れていたのではないか。

そう言えば、夕顔は、何がしの院に連れ出されて、気味悪くもの恐ろしく思っていた。確かに、見知らぬところ、それも荒れ果てて暗く気味悪い廃院なのだから、不安にならぬはずはなく、生理的な恐怖を感じるのは当然である。だが、夕顔が最も恐ろしいと感じていたのは、この恋が終わることではなかっただろうか。

「山の端の心も知らでゆく月は上の空にて影や絶えなむ
心細く」とて、もの恐ろしうすごげに思ひたれば、　（夕顔・一一九頁）

この「山の端」歌も、なかなか解釈が定まらない和歌の一首であるが、ここは、既に解かれているように[20]、「山の端」は私・夕顔であり、「月」は光源氏を指していると解釈するのがよいと思う。月が出入りする山の端は、いつも月のことを思っている。つまり、私はいつもあなたのことを思っているのに、月が入るべき山の端に入らず、空の途中で姿が消えてしまうように、私の心も知らずに、あなたは私の所にもどってこなくなるのではないか、そう思うと心細くてしかたがありません、という意味となる。

光源氏に捨てられるのではないかという不安、この恋が終わるのではないかという恐怖。名告らぬことで続いてきた恋の終わりは、夕顔が自分の素性を明かさなければならないとき、つまり、すべての謎が解けるときに、終焉することになろう。さればこそ、光源氏の正体が明かされた後も、夕顔は、最後まで名告らなかったのだ。夕顔にとって、わが名は、解けてはならない〈謎〉であらねばならなかったのである。結局、名告らぬままに急死し、謎が解かれることはなかった。謎を抱いたまま、夕顔はこの世を去ったが、それゆえ、光源氏には忘れ得ぬ人として心に刻まれることになる。

「夕顔」巻で、光源氏は、本来の生活世界では成り立たないような恋を経験した。名告りあわぬことで、階級制の秩序から逃走して、相手の身分や過去に拘らない、自由な魂と魂との交歓を可能にしようとしたのだ。夕顔という謎めいた女に翻弄されるほどに自由であったのだとも言えよう。自由な恋の体験と記憶を獲得した代償として、夕顔を失い、自らも重い病になって、命にかかわるような経験もした。帚木三帖は、光源氏の成長の物語であったのだから、空蟬との出会いから始まった非日常的な場での経験によって、それまでの光源氏にはなかったもの（例えば、憶測して言うならば欠落していた感情とか、人間観の成熟とか、自分の弱さや格好悪さへの自覚とか）が備わったかもしれない。それは、何であるか、物語には明快には語られない。とにかく、光源氏は、そろそろ階級制の秩序にからめとられていく日常に戻らなければならない。夕顔の急死によって、非日常の世界は閉ざされ、光源氏は日常の世界にもどっていくということになる。

「夕顔」巻の物語における謎は、ただ一つの絶対的な〈正解〉に到達することは出来ないように思う。けれども、さまざまな場面に応じて解釈を重ねることは許されよう。〈正解〉が〈不正解〉になり、新たな〈正解〉が生まれ、また〈不正解〉になり、〈不正解／正解〉は次々と重ねられて、循環する。読者たちを、物語世界の謎へと迷い込ませる、それこそが「夕顔」巻の方法なのであろう。そうした読者の〈読む〉行為こそが、物語世界を生きるそれぞれの人物たちの〈真実〉を炙り出していくことになろう。そして、それはとりもなおさず、不確かな現実世界において、私たち自身が〈真実〉を求める方法の一つでもあるように思う。

注

1　星山健「研究史・研究ガイドライン・主要参考文献目録」（『人物で詠む源氏物語　夕顔』勉誠出版、二〇〇五）に、和歌、人物像、引用などの項目別に整理した研究史がまとめられている。それ以降の最新の研究としては、管見に触れたものに、清水婦久子『光源氏と夕顔―身分違いの恋―』（新典社、二〇〇八）、今井上「白露の光そへたる―夕顔巻の和歌の言葉へ―」（『文学』二〇〇六・九→『源氏物語　表現の理路』笠間書院、二〇〇八）、森一郎「光源氏と夕顔―「隠ろへごと」の恋―」（『王朝文学研究誌』第二十号、二〇〇九・四）、工藤重矩「夕顔巻「心あてに」「寄りてこそ」の和歌解釈―語義と和歌構文―」（『源氏物語の婚姻と和歌解釈』風間書房、二〇〇九）、竹内正彦「そのそこの夕顔―「夕顔」巻における「心あてに」歌の解釈をめぐって―」（『玉藻』第四十五号、二〇一〇・三）、加藤睦「『源氏物語』の和歌を読む（二）―夕顔の花をめぐる贈答歌―」（『立教大学日本文学』第一〇四号、二〇一〇・七）などがある。なお、「夕顔」巻の和歌の解釈については、「光源氏と夕顔―贈答歌の解釈より―」（『青須我波良』四六、一九九三・十二→『源氏物語の風景と和歌』和泉書院、一九九七）以降、清水婦久子氏の活発な研究が積み重ねられている。特に、「心当てに」歌では、頭中将誤認説を退け、また「夕顔の花」が光源氏を指しているという説を明解に打ち消し、さらに、躬恒歌を本歌として認定するなど、以後の研究に大きな影響を及ぼす発言が続いている。

（2）『岷江入楚』（中野幸一編、源氏物語古註釈叢刊、武蔵野書院）、黒須重彦「白き扇のいたうこがしたる」（「平安文学研究」四六、一九七一・六→『源氏物語私論』笠間書院、一九八〇）、『夕顔という女』（笠間書院、一九七五）など。

（3）原岡文子「遊女・巫女・夕顔―夕顔の巻をめぐって―」（「共立女子短期大学（文科）紀要」三二巻、一九八八・二→『源氏物語の人物と表現　その両義的展開』翰林書房、二〇〇三）

（4）土方洋一「夕顔の女と物語の生成」（『人物造型から『源氏物語』』至文堂、一九九八→『源氏物語のテクスト生成論』笠間書院、二〇〇〇）。氏は、夕顔の性格にそぐわないなどというのは、「自然主義的作中人物観に基づく疑問」であるとして、問題にならないとする。

（5）藤井貞和「三輪山神話式語りの方法―夕顔の巻―」（「共立女子短期大学（文科）紀要」二二巻、一九七九・二→『源氏物語論』岩波書店、二〇〇〇）など。

（6）高橋亨「夕顔巻の表現―テクスト・語り・構造―」（「文学」一九八二・十一→『物語文芸の表現史』名古屋大学出版会、一九八七）など。工藤重矩氏、清水婦久子氏もその立場。

（7）竹岡正夫『古今和歌集全評釈下』（右文書院、一九八三）。注（3）原岡氏論文でもこの説を引く。

（8）田中喜美春「夕顔の宿りからの返歌」（「国語国文」一九九八・五）は、名を答えている「心当てに」歌は、「女の側からの招誘」であるとし、右近の歌であると読み解く。

（9）日向一雅「夕顔巻の方法―「視点」を軸として―」（「国語と国文学」一九八六・九→『源氏物語の王権と流離』新典社、一九八九）、高橋亨「源氏物語の方法―謎かけの文芸」（『新講源氏物語を学ぶ人のために』世界思想社、一九八九）、今井久代「夕顔巻の「あやし」の迷路」（「国語と国文学」一九九六・三→『源氏物語構造論』風間書房、二〇〇一）など。なお、日向氏は、早くに黒須重彦氏の頭中将誤認説の立場を認めた一人。

（10）源氏物語本文の引用は、新日本古典文学大系『源氏物語一』（岩波書店、初版一九九三）に拠り、私に表記を改めた。

（11）当該歌の表現「添へたる」に、早く着目したのは今井上氏注（1）論文。氏と「心当てに」歌の解釈は異なるが、「添ふ」のニュアンスを読み取ることに同意するものである。

(12)「まだ見ぬ御様なりけれど」以下を随身の心内と解釈する立場は、松尾聡「夕顔巻「されかとぞ見る」の歌をめぐって」（『文学』一九八〇・十一）に整理されている。

(13) 惟光自身の欲望を変換した情報こそが光源氏を夕顔へと突き動かしていくという物語の仕組については、拙著「夕顔をめぐる物語の方法―情報の伝達者・惟光、そして右近―」（『源氏物語を考える―越境の時空』所収、武蔵野書院、二〇一一）で述べた。なお、当該論文は、物語世界を越境する読者の視点から光源氏と夕顔の恋の物語を読み解くという試みであった。本稿はその続編として執筆したものである。

(14)「白き扇」の問題に関しては、注(2)の黒須重彦氏論文に詳しい

(15) 頭中将誤認説を唯一の〈正解〉とするならば、夕顔の宿の女たちには、車中から差し覗いた光源氏の顔も見えなかったし、声も届かず、随身とのやりとりも聞こえなかったと読まなくてはならなくなる。しかし、「見入れのほどもなくものはかなき住まひ」（夕顔・一〇〇頁）でのことなのであるから、無理があろう。

(16) 拙稿「男たちの記憶の中の女たちの歌―指食いの女と博士の娘の場合―」（『源氏物語の歌と人物』翰林書房、二〇〇九）は、「雨夜の品定」における男たちの一方的な語りから炙り出される女の生き難さの様相を読み解く試みである。

(17) はかない女というステロタイプではない夕顔像の早い指摘は、今井源衛「夕顔の性格」（『平安時代の歴史と文学』吉川弘文館、一九八一→『源氏物語の思念』笠間書院、一九八七）

(18) 注(13)の拙稿においても、夕顔のプライドについて言及した。今井久代氏も、三位の中将の娘としての夕顔の品位の高さを指摘している。注(9)の論文

(19) 注(1)竹内正彦氏論文に、「夕顔は屈辱に身をふるわせたのではなかろうか」という発言がある。それほどに強い衝撃を受けたかどうかは不詳だが、確かに、夕顔側にとっては、口惜しい言われようであったと思われる

(20) 従来の「月」を夕顔の喩であるとする説を退け、「山の端」を夕顔、「月」は光源氏を指すとする、清水婦久子氏説に従う。注(1)の同書など。

『源氏物語』の須磨

――「行平」伝承をめぐって――

袴田光康

はじめに

「須磨」の巻は、『源氏物語』の中でも特に人々から好まれ、また重んじられてきた巻であった。光源氏の人生の転換点となるこの巻は、都、須磨、明石と場面を切り変えながら劇的に流離の悲哀を描いており、引歌や引詩を随所に散りばめたその文章も、古来、名文として誉高い。享受としても、謡曲に世阿弥作と伝えられる「須磨源氏」があり、人々に親しまれたことが窺われる。石山寺を舞台にした「須磨」起筆説なども広く知られたものであった。

石山寺に通夜してこの事をいのり申けるに、おりしも八月十五夜の月、湖水にうつりて心のすみわたるまゝに、物かたりの風情、空にうかひけるをわすれぬさきにとて、仏前にありける大般若の料紙を本尊に申うけて、まつ、すまあかしの両巻をかきはしめけり。これによりて、須磨の巻に、こよひは十五夜なりけりとおほしいてゝとは侍るとかや。(中略)光源氏を左大臣になそらへ、紫上を式部か身によそへて、周公旦、白居易のいにしへをかんかへ、在納言、菅丞相のためしをひきてかきいたしけるなるへし　（『河海抄』巻第一「料簡」）[1]

八月十五夜の月を前にして石山寺から眺めた琵琶湖を須磨の海に見立てて、『源氏物語』が書き出されたという起筆伝承は、『湖月抄』の名を出すまでもなく、中世から近世にかけてお馴染みのものであったろう。石山寺の観音の導きということが言外にあるのだろうが、ここに「須磨」「明石」の巻を物語構想の始発点として特別視する発想が窺われることに注意したい。江戸期の「須磨源氏」[2]などという言葉も、むしろ、『源氏物語』全体を「須磨」の一巻に集約させて、「須磨」の巻だけを読んで知ったかぶりする者を、揶揄するものであったかもしれない。「須磨」の巻が人々を魅了し、また人々が「須磨」の巻を特別視した理由は様々であろうが、光源氏の物語が貴種流離譚の話型をなし[3]、その流離の悲哀を最も克明に描いたのが「須磨」の巻であったことと、それは無縁でなかったように思われる。

光源氏の流離や明石一族について総合的に検討し、その後の研究の大きな基盤を築いたのは、阿部秋生氏の『源氏物語研究序説』であったが、そこでは、「名門の血の回復のために、榮光の座の鬼となつてゐる人物」として明石入道が指摘され、彼の「名門の血の疼き」が当時の貴族社会の実状を背景に論じられた[4]。この「名門の血の疼き」を、桐壺大納言家をも視野に入れながら、「家」の遺志の物語という大きな主題的構造として把握したのは、日向一雅先生であった[5]。「家」の遺志の物語という視点は、明石一族の論のみならず、光源氏の王権論にも多大な影響を与えるものであったが、明石一族との邂逅を果たす光源氏の流離が、光源氏の宿世とその宿世を貫く「家」の遺志の物語と不可分であるとすれば、光源氏が初めに謫居した須磨の地は「家」の遺志の物語にとって、どのような意味を持つのであろうか。なぜ「須磨」なのかを改めて問うてみたい[6]。

須磨に関しては、「禊」として意味合いや、須磨と明石が暗（死）と明（再生）の対照性にあることなどが指摘され[7]、また歌枕としての須磨との関連も論じられているが、[8]「家」の遺志の物語との関係から須磨が論じられることは無かったように思われる。この問題を、「須磨」巻における「行平」引用の観点から考えてみようというのが、小稿の試みである。

一　『源氏物語』の「行平」引用

前掲『河海抄』では、源高明（左大臣）、周公旦、白居易、在原行平（在納言）、菅原道真（菅丞相）の名を記しているが、「須磨」巻の注釈には、更に屈原、王昭君、小野篁、藤原伊周などの名も見える。和漢の流離の故事を物語に喚起させながら、その重層性の中に光源氏の流離は描かれているわけである。このうち、実際に須磨の地に流離したとされるのは、在原行平ただ一人である。この点に注目した『河海抄』は、「須磨」巻の冒頭に次のように記している。

光源氏大将、在納言のむかしを尋て此所に隠居せらるゝ歟。古来、赴謫所ニ人は配流の宣旨によりて左遷する也。いまの源氏大将は讒におそれてわれと城外に籠居せらるゝにや。周公旦東征の跡をおもへるにや。風雷の変異も相似たり。又、行平中納言も此義たる歟。[9]

光源氏が須磨に謫居したのは、行平の故事を慕ってのことかと言い、そして、源氏が配流の宣旨によらず自主的に退居したものと見られる点は周公旦に似通うが、行平もまたその例であったろうというのである。つまり、須磨への退居と自主的退去という二点において、行平は、光源氏の流離の有力な準拠と見做されてきたわけである。その行平の固有名詞が、「須磨」巻に二度にわたって語られている点も特筆すべきである。

おはすべき所は、行平《ゆきひら》の中納言の、藻塩《もしお》たれつつわびける家《いへ》ゐ近きわたりなりけり。海《うみ》づらはやや入りて、あはれにすごげなる山中《やまなか》なり。　（須磨②一七九）(10)

「須磨」巻には『白氏文集』や『菅家後集』の詩句を踏まえた表現は多く見られるが、白居易や道真の人名が明らさまに記されることはない。それに対して、前掲の引用箇所では「行平の中納言」の実名を記し、行平歌の「藻塩たれつつわぶ」の歌句を引いた上で、あたかも歴史と物語を重ね合わせるように、行平のかつての家居の近くに源氏の須磨のわび住まいがあると語られている。源氏の流離は、行平の須磨流離のイメージにかなり色濃く縁取られており、特に「行平」の固有名が大きな意味を持つことが窺われる。この行平の須磨流離は、『古今和歌集』巻第十八雑歌下の行平歌（九六二番）に依拠するものであった。

田村の御時に、事に当りて、摂津の国の須磨といふ所に籠り侍りけるに、
宮の内に侍りける人につかはしける　　在原行平朝臣
わくらばに問ふ人あらば須磨の浦に藻塩垂れつつわぶと答へよ(11)（九六二番）

この詞書の「事に当りて」は、行平が都に居られなくなり、須磨に籠らなければならなかったような特別な事情、

つまり、文徳天皇の勅勘や不興を買うようなことが何かあったらしいことを暗示している。しかし、賀茂真淵が、「勅勘をいへど今はいさゝか御けしきのあしかりけるをしばし避けて須磨に籠居られし成へし罪ありて流されしと云事文徳実録に見えず」（『伊勢物語直解』）と述べている通り、『文徳天皇実録』のような公的な記録には、行平の須磨流謫の事実は確認できない。また、行平の履歴を精査した阿部秋生氏も、「流罪といふやうな處分をうけた消息は全くない」とし、毘沙門堂本『古今集註』や京都大学所蔵『古今秘註抄』などの中世の行平流罪説も信頼が置けないとした上で、「行平須磨下向の事情は探るべき方法がないといふことになるだらう。主として古今集の歌によつて、須磨の浦にひきこもつて、もしほたれつつ侘住まひをしてゐたといふ、歌語り的情緒において、共通するものがあることを認めうるにすぎないやうである」[12]と結論づけている。

それゆえ、国史には記されないような自主的籠居が、いわば「歌語り」として『古今集』に伝えられたものと見られるが、史実として承和十三年（八四六）の二十九歳の時から仁寿二年（八五二）の三十五歳までの六年間、行平は従五位上に留まっており[13]、この間の嘉祥三年（八五〇）に文徳天皇が即位していることから、時期としては嘉祥三年より仁寿二年までの間に行平の須磨蟄居が実際にあったものとする見方もある[14]。

在原行平については、ここで改めて説明をするまでもないが、業平の同母兄として知られる人物である。平城天皇皇子阿保親王を父とするが、行平が生まれたのは、阿保親王が薬子の変に連座する形で大宰府員外帥に貶謫されていた弘仁九年（八一八）のことであった。在原氏にとっては厳しい時代の中、行平は比較的順調に昇進し、大宰府権帥時代には起請を奏上するなど「剛直な良吏型官人」[15]として活躍し、遂には在原氏としては最高の正三位中納言にまで昇っている。娘の文子を清和天皇に入内させて、貞数親王の外祖父ともなった。晩年は奨学院を創設し、王族出身者の人材育成にも心を砕く一方、『古今集』の真名序では小野篁と並ぶ和歌の先人として称されており、歌合の嚆矢とされる民部卿家歌合の主催者としても知られている。行平の高貴な出自、官人としての有能さ、文化的な和漢の才能もさることながら、何よりも、およそ業平的生き方とは対照的であった行平の実人生が、没落した在原一門の再興を一身に担った生涯であったろうことは注目される。

行平の薨年は寛平五年（八九三）である。つまり、『古今集』の成立との間にそれほど時間的な隔たりがあるわけではない。行平を記憶している人々もいたであろうし、『古今集』が根拠のないことを記したとも思えない。しかし、一方で『伊勢物語』の基盤となるような歌語りの世界を考えるならば、行平には、歴史と伝承の間にあって、業平に極めて近い人物として業平と同様に流離の歌語りの中に語られる素地が十分にあったと言えるだろう。その一端を『古今集』は伝えているものと考えられる。『古今集』の行平の須磨詠歌の背後に広がる世界を、阿部氏は「歌語り的情緒」と称したが、ここでは、それを「行平」伝承と呼ぶことにしたい。

二　須磨の信仰と貴種流離譚

室町期の『本朝皇胤紹運録』は、行平に「配流」と注記しているが、『撰集抄』に「昔、行平の中納言と云ふ人いまそかりける。身にあやまつこと侍りて、須磨の浦に遷《うつされ》て、もしほたれつゝ、うらづたひしありき侍りけるに……」[16]とあるように、行平の須磨流離は鎌倉期頃から「あやまつこと」、即ち流罪として語られるようになったものと見られる。やがて、謡曲「松風」で知られるような行平と松風・村雨二女との悲恋という尾鰭までがつくことになるが、『古今集』・『源氏物語』・『撰集抄』・謡曲「松風」などの蓄積の末に、行平の須磨「配流」は史実のように認識されるに至ったものであろう。

須磨の地に目を向ければ、現代まで、行平の旧宅、行平衣懸松、行平月見松、因幡山（稲葉山）、松風村雨堂など、行平ゆかりとされる古跡が多く残されている。[17] これらの古跡について、須磨では、光孝天皇の仁和二年（八八六）十二月の芹川行幸で天皇の勘気に触れた行平が三年間を須磨で過ごしたことによるという独自の伝承を伝えている。[18] この伝承が、『伊勢物語』百十四段を踏まえていることは明らかであるが、行平の須磨流離を光孝朝とする点、文徳朝のこととする『古今集』の「行平」伝承とは異なる伝承のようである。[19] これは、仁和二年に光孝天皇の勅願として創建されたという須磨寺（福祥寺）の縁起に引きつけられ、そこに『伊勢物語』の百十四段が付会されたものと考えられる。

江戸時代に流布した「摂州須磨寺略縁起」によれば、淳和天皇の御代に和田岬に光り輝く聖観音像が漂着し、北峯寺を建立してこの像を納めたが、後に光孝天皇の夢に老翁のお告げがあって、これを須磨の上野山に移し寺号を福祥寺としたのが同寺の起源であるという。[20] 漂流仏による寺の縁起は、類型的なものであるが、そこには海から訪れる来訪神の信仰との重なりが認められることに注意しておきたい。

また、『須磨史蹟』所収の「須磨寺縁起」には、行平への言及が見られる。それによると、「在原黄門行平卿、平城天皇之孫、阿保親王之子也。有故著謫籍而遷斯境。初先諸賓前懇述歸絡、懐謹俯牀上、祈還郷願。[21]」とあって、行平の須磨流離を流罪説の立場から語っているが、その後、行平の夢に「白衣真人」が現れて三年の後に帰京することを予告し、果してその通りになったというから、行平の逸話は一種の須磨寺の霊験譚をなすものでもある。

但し、同縁起には、松風・村雨の二女も登場することからすると、その成立は中世以降に下ることは確かである。恐らく、行平ゆかりの須磨の古跡も、須磨現光寺の光源氏伝承や、綱敷天満宮の菅原道真伝承などと同様に、後世の付会である可能性が高い。しかしながら、行平、光源氏、菅原道真などの貴人の流離が須磨の地に伝承されてきたことは、単なる偶然ではないだろう。須磨寺の縁起の漂流仏もそうであるが、須磨には流離の伝承を形成するような信仰的基盤が古くからあったものと考えられるのである。

須磨の地名の起源は定かでないが、畿内の隅《すみ》にあたるからスマと呼ばれるようになったとも、その景観を州浜と呼んだことに起因するとも、あるいは諏訪神社の諏訪から転じたとも言われている。ここに言われる須磨の諏訪神社（神戸市須磨区）は式内社ではないが、海神の長田社と共に、須磨の山神として篤く信仰されてきた古社である[22]。諏訪神社の祭神である建御名方神は、『日本書紀』には見えないが、『古事記』では大国主神の子神とされ、出雲の国譲りに抵抗して建御雷神に敗れ、「科野国之州羽」（信濃国諏訪）に逃れた神とされている。しかし、当社では異伝を伝えており、それによると、出雲より周防の周方に逃れた建御名方は、次いで播磨の日下部から須磨の地に渡り、更に伊勢、近江と進み、天龍川を遡って遂に信濃に至ったと言う[23]。建御名方は神氏《みわ》の祖神と言うが、ミナカタの名はムナカタに通じることから、宗像氏の神とする説もあり[24]、海神《わたつみ》の信仰とも無縁ではないようである[25]。まつろわぬ荒ぶる神として諸国を転々とした建御名方が、海上を流離する子神の原像を秘めていることは、須磨の信仰基盤を考える上でも注目される。

摂津国の八部郡に属していた須磨付近の古社としては、『延喜式』の八部郡の式内大社、生田社（神戸市中央区）、長田社（神戸市長田区）、或いは明石郡の海神社（神戸市垂水区）などが挙げられる。いずれも海の信仰との関係が深く、神功皇后の神話と結びつけられた起源を持つ神社である。『日本書紀』神功皇后摂政元年条によると、新羅遠征の帰路、難波を目前にして麛坂王と忍熊王の反乱にあった神功皇后とその皇子は、一旦、紀州に逃れて再び難波を目指したが、海上で船が進まなくなったために、務古水門（摂津国武庫郡武庫）に戻って神意を占ったところ、天照大神の荒魂を広田社に、稚日女尊を生田社に、事代主尊を長田社に、筒男三神を住吉社（大阪市住吉区）に、それぞれ祀るように託宣が下り、その教えの通りにすると、神功皇后と皇子の船は無事に海を渡ることができたと言う(26)。

この神話においては、仲哀天皇の子とされる麛坂王と忍熊王の兄弟は反逆者として語られているが、本来は、摂津の在地神を象徴するものではなかったかとも考えられる。つまり、摂津の海部族が天皇家の勢力の傘下に入ることで、在地の固有的信仰が神功皇后伝承に統一化され、広田、生田、長田の三神として据え直された歴史的構造を語っているのである。

広田、生田、長田の三神は、神功皇后の新羅遠征の際に筑紫の橿日宮で顕現した神々であるが、ここで注目されるのは、いずれも子神の属性を示していることである。天照の荒魂は若宮的性質の神であり、稚日女も大日孁（天照大神の別名ともされる太陽神）に対する「わか」を意味する。事代主は、本来、出雲系の神であるが、前述の建御名方と兄弟の関係にあることから、大国主の子神として須磨の諏訪社と対応する関係にあったと見られる。なお、海神社については紀記に記述がないが、住吉三神と同様に、神功皇后が綿津見三神を創祀したという由緒が伝えられている。つまり、須磨一帯の古社は、いずれもその古層には、海の彼方から来訪する子神の信仰を基盤としており、それゆえに神功皇后伝承とも深く結びついたものと考えられる。その意味では、広田、生田、長田の三社は、同一の信仰圏にあったものと見られる。それは、同じく神功皇后によって鎮祀された住吉神の信仰とも類似するものと言えよう。

ちなみに、須磨には本宮長田神社があるが、これは、須磨がかつて長田社の氏子地であった頃の名残と言われる。しかし、むしろ、須磨の方を本来の長田社とする見方もある。いずれにしろ、本宮長田神社のすぐ近くに綱敷天神があり、その綱敷天神の西側には諏訪神社が隣接していることは、須磨の流離の神々が、同一の信仰の上に時代を隔て幾重にも折り重なって伝承されてきたことを示唆しているように思われる。

古代から中世にかけて、須磨には海の信仰を基盤とする来訪神の伝承、更には貴種流離の伝承が展開されていたことが窺われる。このような須磨の信仰的基盤の上に、「行平」伝承も語られたと考えていいだろう。いわくありげな「事にあたりて」に仄めかされた罪の匂いは、史実の隠蔽というよりも、貴種流離譚の話型において主人公が運命的に抱える「原罪」の微かな痕跡であったのかもしれない。

三　屏風歌の須磨

さて、「須磨」の巻には、前掲の「行平」引用とは別に、もう一箇所、行平の名が見える。

須磨には、いとど心づくしの秋風に、海はすこし遠けれど、行平《ゆきひら》の中納言の、関吹き越ゆると言ひけん浦波《うらなみ》、夜々《よるよる》はげにいと近く聞こえて、またなくあはれなるものは、かかる所の秋なりけり。（須磨②一九〇）

ここでも「行平の中納言」の名が引かれ、その悲哀の情緒が源氏の侘び住まいの上に重ねられていく。古来、ここで論じられてきたのは、「関吹き越ゆると言ひけん浦波」という引歌表現をめぐる本歌の問題である。確かに、『続古今和歌集』巻第十は次のような行平の歌を載せている。

つのくにのすまといふ所にはべりけるとき、よみ侍ける　中納言行平
たび人はたもとすずしくなりにけりせきふきこゆるすまのうらかぜ[27]

この行平歌の「関吹きこゆる」を引歌とするのが現在も通説であろうが、『花鳥余情』が次のような注釈を付していることも見過ごせない。

天暦御時屏風歌　忠見
秋風の関吹きこゆるたひことにこゑうちそふる須磨の浦なみ
続古今集　つの国須磨と云所に侍ける時によみ侍ける　中納言行平
旅人のたもとすゝしく成にけり関吹きこゆる須磨の浦かせ
今案関吹きこゆるといふ詞は忠見歌と行平歌とにあり　しかるを奥入及伊行尺に能宣か歌といへり　おほつかなし　この物語の詞のせきふきこゆるといひけん浦なみといへるは忠見か歌の心はなはたあひかなへり　旅人の袂涼しくとよめる行平の哥あるによりて忠見か哥をおもひわたりて行平の哥といへるにやと邪推をくはへ侍り
（後略）(28)

壬生忠見の歌の「秋風」、「関吹きこゆる」、「浦波」などの詞は確かに物語の記述と共通であり、「こゑうちそふる」も「げにいと近く聞こえて」という物語の情緒に通じることは、『花鳥』が指摘する通りであろう。『奥入』が「行平中納言哥可尋之、能宣朝臣詠之」と注するように、「旅人の（は）」の歌を行平の歌ではなく、大中臣能宣の歌と認識されていた一方で、(29)後世の『続古今和歌集』で初めて行平の須磨詠歌として現れることも不審である。特に、行平歌が「須磨の浦かせ」と詠んでいるのに対して、物語の方は「関吹き越ゆると言ひけん浦波」という表現になっている点は注意される。物語の表現は、むしろ忠見の屏風歌に密着したものとなっており、『花鳥』の説を一概に「邪推」

とばかりは言えないように思われる。

実際には忠見歌を踏まえながら、源氏と行平のイメージの重なりを強く印象づけるために、行平の名を前面に押し立てて表現したということも考えられよう。この『源氏物語』の記述によって、行平が須磨で「関吹きこゆる」と詠んだことが既成事実と化し、後世の『続古今集』は、それを踏まえて「旅人の　は」の歌を行平の須磨詠歌とするに至った可能性も考えられないわけではない[30]。いずれにせよ、この場面描写が忠見の名所屏風歌を踏まえていることは確かであり、それは「須磨」巻に底流する屏風絵的趣向の一端を示すものと言える。

めづらしきさまなる唐《から》の綾《あや》などに、さまざまの絵ども書きすさびたまへる、屏風《びやうぶ》の面《おもて》どもなど、いとめでたく見どころあり。人々の語りきこえし海山《うみやま》のありさまを、はるかに思しやりしを、御目に近くては、げに及ばぬ磯《いそ》のたたずまひ、二なく書き集めたまへり。「このごろの上手《じやうず》にすめる千枝《ちえだ》、常則《つねのり》などを召して、作り絵仕うまつらせばや」と、心もとながりあへり。（須磨②二九一～二九二）

この源氏の屏風絵が、「若紫」巻の北山の場面で語られた「外《ひと》の国などにはべる海山《うみやま》のありさまなどを御覧ぜさせてはべらば、いかに御絵いみじうまさらせたまはむ」（若紫①二七六）を受けながら、更に、「かかるいみじきものの上手の、心の限り思ひ澄まして静かに描きたまへるは、たとふべき方なし。親王《みこ》よりはじめたてまつりて、涙とどめたまはず」（絵合②三七七）という源氏の須磨の絵日記へと繋がるものであることは既に指摘されている通りである[31]。注意されるのは、「千枝、常則」の名である。特に飛鳥部常則は、村上天皇の時代に活躍した宮廷絵師である。忠見の屏風歌も、後世に名所絵の規範とされた天暦八年（九五四）の村上天皇名所屏風絵での詠歌である。つまり、物語の須磨の情緒は、〈国風〉的文化規範である村上朝の名所屏風歌の世界を強く想起させるものと言えるだろう。[31] それは、「絵合」巻の内裏絵合が、天徳四年内裏歌合を有力な準拠とすることとも呼応するものと見られる。

但し、物語は、村上朝の屏風絵や屏風歌の名所絵を光源氏の須磨の世界に重ねる一方で、「御目に近くては、げに及ばぬ磯のたたずまひ、二なく書き集めたまへり」と、須磨の実景を描く源氏の絵筆に心技一体の新たな境地を開かせることで、村上朝以来の観念的で類型的な屏風絵の伝統を超えてゆく存在として源氏を描いているのである。忠見的な観念的須磨から、光源氏的な心景一致の須磨へと昇華させる上で、その仲立ちの役割を果たすのが「行平」であり、その須磨流離の伝承であったろう。源氏は限りなく行平に近づくことによって、伝統的な屏風絵の須磨の世界を超えていくのである。その意味では、天暦名所屏風の忠見歌が、須磨に流離したという行平の詠歌を通した形で物語の光源氏に重ねられたことにも物語的必然性があったのである。

四　行平・業平兄弟の流離

行平の須磨流離は『古今集』にのみ伝えられるものであるが、『伊勢物語』の中にも「兄の中納言行平」（七九段）、「左兵衛の督なりける在原の行平」（百一段）のように行平の名が見えている。特に須磨との関連で注目されるのは、八七段である。八七段は、「むかし、男、津の国、菟原の郡、蘆屋の里に、しるよしして、行きて住みけり」[33]と語り出され、摂津の芦屋を舞台にした物語が展開されている。しかも、「この男、なま宮仕へしければ、それを頼りにて、衛府の佐ども集り来にけり。この男の兄も衛府の督なりけり。」と語られる。「この男の兄」であり、「衛府の督」であった人物とは、七九段と百一段を勘案すれば、行平を指していることは自明である。つまり、名前こそ明示されていないが、八七段も行平が登場する章段として把握されるわけである。
行平と業平の兄弟は、衛府の佐らと連れ立って逍遥し、須磨からもほど遠くない布引の滝で歌を詠み合う。

そこなる人にみな滝の歌よます　かの衛府の督、まづよむ、
わが世をば今日か明日かと待つかひの涙の滝といづれ高けむ
あるじ、次によむ、
ぬき乱る人こそあるらし白玉のまなくも散るか袖のせばきに
とよめりければ、かたへの人の、笑ふことにやありけむ、この歌にめでてやみにけり。

この主の男が詠んだ歌は、『古今集』巻十七雑上の業平歌（九二三番）と同一歌である。同歌の直前には布引の滝を詠んだ行平歌（九二二番）が載っているが、そちらの方は『伊勢物語』の衛府の督の歌とは異なっている。八七段と『古今集』との間には密接な関係があると見られるので、『古今集』の当該和歌も掲げておこう。

布引の滝にてよめる　　在原行平朝臣
こきちらす滝の白玉ひろひおきて世のうき時の涙にぞかる（九二二番）
布引の滝のもとにて、人々あつまりて歌よみける時によめる　　なりひら朝臣
ぬき乱る人こそあるらし白玉のまなくも散るか袖のせばきに（九二三番）[31]

九二二番歌も九二三番歌も共に「白玉」の語を詠んでおり、あるいは、八七段に語られたように、行平と業平が布引の滝に同行して歌を詠み合った時の作であったかもしれない。だが、それならば、「ぬき乱る」の業平歌が『古今集』と八七段とに共通するのに対して、「こきちらす」の行平歌の方は、八七段には取られず、別の歌が衛府の督の歌として記されているのは、どういうわけであろうか。

この点に関して、『伊勢物語』の行平関係章段を分析した松田喜好氏は、「「行平」側が時の権力者の傘下に連なり優遇され、主人公（をとこ＝業平）は冷遇されているという構図」が『伊勢物語』にはあるとして、八七段においては、「わが世をば」の歌の嘆きは、時流に合った行平の物語上の人物像に合わないので、人々の皮肉な笑いを誘い、批判の対象とされていると捉えた。その上で、『古今集』の「こきちらす」の歌は、「ひろひおきて」とあるように、行平の「世のうき時」が現在ではなく、「もしも憂き時があったら」という将来的な形で詠まれている点で、『伊勢物語』の意図に相応しくないため、代わりに現在の我が身の不遇を詠んだ「わが世をば」の歌が用意されることになったと論じている(35)。

しかし、『伊勢物語』の行平像には全く逆の解釈もなされている。神尾暢子氏は、『伊勢物語』の官職呼称は、必ずしも史実と合致しないが、それは藤原北家に対する批判を構成するためであり、百一段で「左兵衛の督なりける在原の行平」と語られるのも、承和の変直前における藤原良房の官職を想起させるもので、そこには良房に対する政治的敗者としての行平が表現されていると言う。八七段の「わが世をば」の歌も、自己の不遇期間の長さを滝の高さに比較したところに現体制への不満と批判が込められているとする。しかし、体制批判を含みながらも、それを韜晦していく語り方が『伊勢物語』の方法であり、体制批判の兄の歌を覆い隠すように、滑稽な歌によって巧みに笑いへと転じたのが、業平の「ぬき乱る」の歌であると論じた(36)。

『伊勢物語』における行平像をどう捉えるかは難しい問題であるが、ここでは、八七段も、『古今集』の九六二番歌も、行平の「わくらばに」の歌との関連において解釈されてきた面があることに注目したい。三条西実隆の『伊勢物語直解』は、「わが世をば」の歌を「行平のゐ中わたらひして人かずもなくおちぶれたるをけふか明日かと待つやうなりといへり」[37]と解する。一方、『古今集』の「こきちらす」の行平歌にも、賀茂真淵は、「此歌世のうき時といへるは下に田村の御時に事にあたりて津の国のすまといふ所にこもり侍りけるにといへる度なるべし、須麻よりほど遠からぬ所也」[38]というように、行平の須磨流離と結びつけられた注釈がつけられている。後世の注釈ではあるが、布引の滝が地理的に須磨と近いこともあり、どちらの行平歌も容易に行平の須磨流離と連動した解釈を誘発するものがあったのであろう。

行平の「わくらばに」の歌は文徳朝であり、八七段は行平が左兵衛督であった清和朝の頃と目され、『古今集』九二二番については、九六二番と切り離して独立した一首と見た場合には詠歌時期は不明となる。つまり、歴史的には三首の行平歌は別個の成立事情が想定されるわけだが、しかしながら、そうした事柄は超越して、「今日か明日かと待つかひの涙」も、「世のうき時の涙」も、行平歌の涙は全て「藻塩垂れつつわぶ」という彼の須磨流離と結びつけられる傾向にあった。実は、それこそが『伊勢物語』の語りに潜む仕掛けであったのではなかろうか。

行平の須磨流離の延長上に八七段を語ろうとした場合、予感的な「世のうき時の涙」（九二二番）よりも、現在的な「今日か明日かと待つかひの涙」（八七段）の方が、須磨に流離している行平の悲しみに相応しいものと言えるだろう。つまり、八七段は、『古今集』九六二番・九二二番の行平の両歌を踏まえつつ、あえて、在原一門の再興を待ち望む気持ちが強く込められた「わが世をば」の歌を衛門の督の歌とすることによって、あたかも、須磨で「藻塩垂れつつわぶ」と歌を詠んだ行平が業平と共に布引の滝で兄弟二人の沈淪と流離を嘆き合ったかのようなイメージを促す表現の仕組みを内包させているのである。

福井貞助氏は、かつて『伊勢物語』と『古今集』の関係を論ずる中で、「在原兄弟の悲運の伝承」に言及して次のように述べた。

行平は文徳朝津の国へ行ったという。業平も身のうれいありて津の国に住んだという。そして共に津の国布引の滝で歌をよむ。これは包括された一つの物語を伝えただよわせうるものである。（中略）さりげなく書き流されている底には津の国在住にまつわる、在原兄弟の悲運の伝承が、物語構成者をゆり動かして行く跡を見ぬわけには行かぬ。(39)

福井氏の言に倣えば、『伊勢物語』の八七段は、「津の国在住にまつわる、在原兄弟の悲運の伝承」を基盤とし、それに引きつけられた章段の一例と言えようか。福井氏はまた、行平の須磨流離を、業平の東下りと呼応するものとしても把握している。しかしながら、八七段から窺われる「津の国在住にまつわる、在原兄弟の悲運の伝承」は、『古今集』の「わくらばに」の行平歌（九六二番）とは、少なくとも直接に結びついたものではないと言わなければならない。むしろ、『伊勢物語』の受容の中で、『古今集』の「わくらばに」の歌と結びつきながら、「行平」伝承が兄弟の流離譚として成長した側面があることも重視すべきであろう。

ただ、在原兄弟の流離譚が、古くからの須磨の信仰や伝承を基盤としていることは、この章段の始めと終わりに窺うことができる。八七段の冒頭には「蘆の屋の灘の塩焼きいとまなみ黄楊の小櫛もささず来にけり」の古歌を引いているが、これは、「志賀の海人はめかり塩焼きいとまなみくしげの小櫛とりもみなくに」（『万葉集』巻三・二七八・石川少郎歌）の改作とも言われており、海部族の本拠たる「志賀の海」からの伝承であることを示唆している。また、八七段の最後の歌は、「わたつうみのかざしにさすといはふ藻も君がためにはをしまざりけり」というものだが、この歌は、客人《まろうど》（行平）を饗応するために高坏に盛られ海松を覆う柏に書かれていた。あたかも来訪した海神に捧げるような海松と和歌にも、客人を来訪神に重ねた流離の伝承の痕跡が認められる。摂津の海に流離する兄弟とは、出雲から流れてきた事代主と建御名方、あるいは反逆者として語られた麛坂王と忍熊王らの遠い末裔であったのかもしれない。

　このように八七段の古層には、摂津の海の信仰が窺われる。だが、それだけでなく、特に須磨や布引の滝という名所を舞台として「行平」伝承が語られたのは、やはり天暦名所屏風歌などに見られるような名所絵や屏風歌の流行とも無縁ではなかったと考えられる。古代的な流離伝承の基盤の上に平安朝の名所絵の流行を背景としながら、『古今集』や『伊勢物語』の受容の中で語れた、行平と業平の兄弟流離の歌物語、それが「行平」伝承であったと考えられる。

　『源氏物語』における二度の「行平」引用は、いずれもその前後に『伊勢物語』引用を伴っていると言われる[39]。即ち、須磨に着く直前の難波での「渚に寄る波のかつ返るを見たまひて、『うらやましくも』とうち誦じたまへるさま」（須磨②一七八）には、『伊勢物語』七段の「いとどしく過ぎゆく方の恋しきにうらやましくもかへる浪かな」を引く。また、「行平の中納言の、関吹き越ゆると言ひけん浦波」と記した直後の詠歌、「恋わびてなく音にまがふ浦波は思ふかたより風や吹くらん」（須磨②一九一）も、故郷に帰る浪と故郷から吹く風の違いはあるが、「うらやましくもかへる浪かな」と「思ふかたより風や吹くらん」は望郷の思いにおいて通じるものがある[40]。このような『伊勢物語』と密着した「行平」引用が二度も意図的に繰り返されることによって、行平―須磨―業平の三点を結ぶ時、浮上するのが行平・業平兄弟の須磨流離のイメージを帯びた「行平」伝承であろう。「在原兄弟の悲運の伝承」は、「須磨」巻の「行平」引用によって強化されたとも言える。そして、「須磨」巻の「行平」引用は、単に行平一人の須磨流離を源氏に重ねるだけでなく、行平・業平兄弟の流離という在原一族の悲運を物語に強く想起させる仕組みを持つ引用であったと考えられるのである。

五　まとめ

皇孫の出自にありながら、薬子の変以降、没落の道を辿った在原氏にあって、兄は良吏としての生き方を貫き、弟は風流人として名を馳せた。史実の行平は、良房・基経の政権下にあっても中納言にまで昇り、娘を清和天皇に入内させた。その孫の貞数親王は皇位からは遠い存在であったが、それでも一門の血脈が王統《わかんどおり》流に返り咲いたことは、皇族出身の一族にとってささやかな希望の光であったろう。七十余年の行平の生涯もまた、明石一族と同様に、「名門の血の疼き」を抱え、一門再興の夢を追い続けた人生であったかもしれない。『古今集』の行平の須磨伝承が光源氏に重ねられるとすれば、行平の実人生は明石入道を中心とする明石一族のあり方を照らし出すと言えよう。その両者の橋渡しにこそ、「行平」引用の大きな意味があったのではないだろうか。

「須磨」の巻で行平の名が二度にわたって『伊勢物語』の業平の東下りとも関連する形で引かれるのは、業平と行平のそれぞれの流離のイメージを光源氏に重ねるだけに留まらず、『古今集』や『伊勢物語』の受容の中で育まれた、行平と業平の兄弟が須磨付近の海辺に流離するというイメージを含み込む形で、「行平」伝承を物語に呼び起こすものであったと考えられる。それは、明石一族の物語への序曲でもあった。それまで物語が語らなかった明石大臣と桐壺大納言の兄弟の系譜が、初めて「須磨」の巻で明石入道の口から明かされる所以である。

行平・業平の兄弟流離の物語は、皇族出身の在原一族の没落を物語るものであったが、それは、明石大臣・桐壺大納言の兄弟の沈淪と流離という明石一族の秘史を手繰り寄せるものであったろう。明石大臣の嫡男でありながら、近衛中将の官を捨てて明石の地に流離した明石入道の生き方の背後にあるもの、そして、一世の源氏に生まれながら、今、須磨で侘び住まいをしなければならない源氏の宿世を突き動かしているもの、それらが明石一族の歴史からくる「家」の遺志に貫かれた流離であることを、「行平」伝承の兄弟流離の悲哀が遥かに照らし出すことになる。

やがて、桐壺大納言家の血を受け継ぐ光源氏と明石大臣家の血を引く明石入道の二人の出遭いによって、光源氏の流離の物語から明石一族の「家」の遺志の物語が本格的に紡ぎ出されていくことになるが、「須磨」の巻において繰り返される「行平」伝承の兄弟流離のイメージが、明石大臣・桐壺大納言兄弟の挫折と没落を暗示し、それが更に明石入道と光源氏の二人の宿命的流離を二重に映し出すことによって、明石物語の端緒が開かれたことを見逃してはならないだろう。その意味では、光源氏の流離は行平ゆかりの須磨の地から語り始められなければならなかった。

『源氏物語』[11]の構造として、あるいは『源氏物語』の主題として、明石一族の明石大臣家と桐壺大納言家の「家」の遺志の物語が論じられてから、早くも三〇年近くの歳月が流れた。その翼尾に付して「須磨」巻の「行平」伝承から、ささやかな補助線を引くことを試みたが、あるいは、とんだ「須磨源氏」であったかもしれない。

注

1　玉上琢彌編『紫明抄　河海抄』（角川書店、一九六八）一八六頁。但し句読点を私に補う

（2）『日本国語大辞典　第二版』第七巻（小学館、二〇〇一）の「須磨源氏」の項によれば、「（源氏物語が長編であるために、須磨の巻あたりでやめてしまう人が多いことから）源氏物語を読むのを途中まででやめてしまう人をあざけっていう語」（一〇四六頁）であると言う。
（3）折口信夫「小説戯曲文学における物語要素」『折口信夫全集』第七巻（中央公論社、一九六六）など。
（4）阿部秋生『源氏物語研究序説』下（東京大学出版会、一九五九）七六二～七六三頁。
（5）日向一雅『源氏物語の主題―「家」の遺志と宿世の物語の構造―』（桜楓社、一九八三）
（6）高崎正秀「『禊ぎ』文学の展開」日本文学研究叢書『源氏物語Ⅰ』（有精堂、一九六九）、林田孝和「須磨のあらし」『源氏物語の発想』（桜楓社、一九八〇）など。
（7）南波浩「巻名としての地名『須磨・明石』の機能」同編『源氏物語　地名と方法』（桜楓社、一九九〇）
（8）高橋亨「喩としての地名―明石を中心に」南波浩編『源氏物語　地名と方法』（前掲）
（9）玉上琢彌編『紫明抄　河海抄』（前掲）三〇九頁。但し句読点を私に補う。
（10）『源氏物語』の引用は、小学館日本古典文学全集本によるものであり、以下、（巻名・巻数・頁数）のみを記す。
（11）片桐洋一『古今和歌集全評釈（下）』（講談社、一九九八）三二四～三二五頁。
（12）阿部秋生『源氏物語研究序説』下（前掲）六一九～六二三頁。日向一雅先生も、「行平は何かの事件に関わって何らかの処罰を受けたが、それは左遷や流罪に当たるほどのものではなかったものの、とはいえ自発的に須磨に下って謹慎の意思表示とした」（『源氏物語―その生活と文化―』中央公論美術出版、二〇〇四、二五五頁）と論じられている。
（13）『続日本後紀』承和十三年条に「従五位上左兵衛佐少将」とあり、『文徳実録』仁寿二年閏八月二十九日条には「右近衛少将従五位上」と官位を記す。左兵衛から右近衛に移ってはいるが、仁寿三年正月に正五位下になるまでの六年間、位階は従五位上のままであった。
（14）福井貞助『増補　伊勢物語生成論』（パルトス社、一九九七）三八七頁。
（15）目崎徳衛「在原行平について」『平安文化史論』（桜楓社、一九六八）所収。
（16）撰集抄研究会編『撰集抄全注釈』下巻（笠間書院、二〇〇三）「行平事」三八一頁。

(17) 名所図会叢刊5『摂津名所図会』(三)(新典社、一九八四)「矢田部郡下」の条、及び、上原勇太編纂発行『須磨誌』(一八九六)、伊丹武司編『須磨史蹟』(神戸市須磨尋常小学校、一九二九)などを参照。なお、近年では、加納重文『源氏物語の舞台を訪ねて』(宮帯出版社、二〇一一)に須磨の古跡が紹介されている。

(18) 上原勇太編纂発行『須磨誌』(一八九六)一七頁、伊丹武司編『須磨史蹟』(神戸市須磨尋常小学校、一九二九)九六~九七頁など。

(19) 小池義人監修『摂津国八部郡福祥寺古記録 須磨寺「当代歴代」』(校倉書房、一九八九)所収の明応七年(一四九八)六月付の「沙門弘源勧進状」による。

(20) 『摂津国八部郡福祥寺古記録 須磨寺「当代歴代」』(前掲)所収の「摂州須磨寺略縁起」による。

(21) 『須磨史蹟』(前掲)八五頁。但し、句読点を私に補う。

(22) 『須磨史蹟』(前掲)所引の「須磨古跡記」は、諏訪神社について、「濱邊の森にあり。祭日霜月八日也。村民獣肉を食する古式あり。長田神と此神は須磨ノ浦の大昔よりの霊社にして、長田の神は漁を守り給ひ、此神は山狩りを守り玉ふ。此の二神は山海の守り神也。此の社を世に東向の諏訪と云ふ」(七〇頁)と記している。

(23) 『須磨史蹟』(前掲)七〇~七一頁。但し、この伝承が何に依拠しているのかは未詳である。諏訪信仰が流布する中世以降の成立も考えられる。

(24) 日本古典文学全集『古事記 上代歌謡』(小学館、一九七五)二二三頁頭注一一。

(25) 後世の資料ではあるが、『諏訪大明神画詞』には、神功皇后伝承と関連させた形で、八幡・諏訪・住吉は同体であると説かれていることも興味深い。

(26) 新編岩波日本古典文学大系『日本書紀Ⅰ』四三七~四三九頁に基づく要約である。なお、ここでの住吉については、神戸市東灘区の本住吉神社を比定する説もあるが、大阪市の住吉大社とする同書の注に従った。

(27) 『新編国歌大観』第一巻「勅撰集編」(角川書店、昭和五八年)三三五頁。

(28) 中野幸一編『源氏物語古註釈叢刊第二巻』所収『花鳥余情』(武蔵野書院、一九七八)一〇三頁。

(29) 『私家集大成』所収『能宣集』(西本願寺本・正保版歌仙家集本・書陵部本など)には、同歌を確認することができない。

『拾遺集』や『後拾遺集』においても同様である。但し、『後拾遺集』巻九「羇旅」には「筑紫へ下りけるに、道に須磨の浦にてよみ侍ける大中臣能宣朝臣」として、「須磨の浦を今日すぎゆくと来し方へ返る波にやことをつてまし」の歌が認められる。この歌には「関吹きこゆる」の詞はなく、本歌の問題とは無関係であるが、『伊勢物語』七段を踏まえ、それを須磨の景として詠んでいることは注意される。

(30)　由良琢郎『伊勢物語人物考—藤原敏行と在原行平』（明治書院、一九八二）にも、「しかし、この『新古今集』の一首（忠見歌—私注）の方が『源氏物語』を取り、「須磨」の巻に重ねて作られたという考えも成り立つ。（中略）『続古今集』『玉葉集』と時代が下ったものではなおさらのことであろう。行平という作者名まで、『源氏物語』などの行平伝承が先行して持ち出されたとみることも可能であろう。」（八八頁）と指摘されている。

(31)　高橋亨「唐めいたる須磨」『物語と絵の遠近法』（ぺりかん社、一九九一）。

(32)　屏風歌については、家永三郎『上代倭絵全史』改訂重版（名著刊行会、一九九八）、同『上代大和絵年表』（座右宝刊行会、一九四二）、及び田島智子『屏風歌の研究』資料篇（和泉書院、二〇〇七）を参照。

(33)　石田穣二訳注『伊勢物語』（角川ソフィア文庫、二〇〇九）八二頁。以下、『伊勢物語』の引用は同書による。

(34)　片桐洋一『古今和歌集全評釈（下）』（前掲）二四二～二四四頁。

(35)　松田喜好「伊勢物語と『古今和歌集』—八七段を中心として—」福井貞助編『伊勢物語—諸相と新見—』（風間書房、一九九五）所収。

(36)　神尾暢子「行平章段と体制批判—史的事実と勢語規定—」『伊勢物語の成立と表現』（新典社、二〇〇三）。

(37)　未刊国文註釋大系第八巻（清文堂出版、昭和四四年）所収『伊勢物語直解』二七二頁。

(38)　『増補　賀茂真淵全集』巻九（続群書類従完成会、一九七八）所収「古今和歌集打聴」三七二頁。

(39)　福井貞助『増補　伊勢物語生成論』（パルトス社、一九九七、初版一九六五）三九二頁。

(40)　藤河家利昭「流離物語の史実と伝承」秋山虔ほか編『講座　源氏物語の世界』第三集（有斐閣、一九八一）は、「行平の名が出て来る前後は、『伊勢物語』の東下りの諸段をふまえていると見られる」（二三五頁）と指摘している。

(41)　この須磨の浦波に関して、私見では、粟田山荘障子絵（正暦四、五年頃）の須磨の場面を詠じた大江匡衡の「過海浦」

〈群書類従第九輯『江吏部集』所収〉の末句、「自感去来潮有レ信　不レ知早晩欲レ帰鞍」（自ら感ず去来の潮 信《まこと》有りと知らず早晩帰鞍に欲ふを）」も密接に関わるのではないかと見ている。この須磨を詠じた匡衡の詩句には、「行平」伝承が投影されている可能性もあるだろう。なお、紫式部の父、為時も粟田山荘障子絵の参加者であったと言われている。

(42) 日向一雅「光源氏論への一視点―「家」の遺志と主権と―」『源氏物語の主題―「家」の遺志と宿世の物語の構造―』（桜楓社、一九八三）所収。初出は『東京女子大学論集』三〇巻二号（一九八〇・三）、三一巻一号（一九八〇・十）。

『源氏物語』と『九雲夢』の比較研究
――「玉」と「光」の表現における理想性――

愼　廷娥

はじめに

『九雲夢』は、ハングル文字で書かれた初の長編小説として、日本における『源氏物語』ともいえるほど、韓国では代表的な古典小説である。ところで、十一世紀初めの日本の作品『源氏物語』と、十七世紀後半の韓国の作品を比較する意味はどこにあるのか、六世紀という時代のかけ離れた両作品を比較の対象とすることへの疑念を抱かれることであろう。しかし、日本と韓国の古典文学の実情からやむを得ないことでもあるが[1]、固有文字の発明や中国文学の影響を多く受けるという文学状況の類似性から、両作品には共通性が認められる。まず、その一つが、両作品共に、男主人公が栄華へ昇りつめるまでの女性遍歴を通した一代記形式になっていることである。主人公においては風流の貴公子という面でも共通しており、「罪」を内在した人生となっていることも一致している[2]。そして、両作品の思想的背景には、仏教が大きな流れを占めながらも、儒教や道教的な要素が底流していることにも共通点が認められる。こうした共通点をもつがゆえに両者の表現の違いを比較することで、それぞれの作品の独自な論理や主題を一層、明らかにすることができる。

ところで、『源氏物語』の主人公を正篇に限定するならば、言うまでもなく「光源氏」である。『九雲夢』の場合は、夢以前の世界の「性真」と夢の中での「楊少游」との二者が存在する。それは、『九雲夢』が夢以前の内容の学僧性真の世界の物語と、夢の中の楊少游の世界の物語、そして夢から覚めた性真の話のいわゆる、現実―夢―現実の「幻夢構造」となっているからである。研究者の間では作品の主人公が「性真」なのか「楊少游」なのかで議論の対象にもなっている(3)。しかし、楊少游は性真の後身であり、作者が語りたいことは聖の世界の性真と俗の世界の楊少游の両方で、二人を分離して考えるのは作者の意図に反することであると思う。従って本稿では、性真を楊少游の前世の人物として二人を同一視して考えたいと思う。

さて、時代設定からしても両作品は似通っているのだが、『源氏物語』では「いづれの御時にか」、『九雲夢』では「唐の時節」として物語は始まる。「いづれの御時にか」、それは昔物語の漠然とした時代設定ではなく、史実を漂わせて物語世界の実在感を印象付けるとともに、物語がタブーを犯すことを回避する方法であると考えられる(4)。『九雲夢』が中国を舞台にしていることは、朝鮮時代の小説がそうであったように、小説上の人物が社会的な批判を被り風俗を乱すような行動をしたとしても、それは中国人のことであって、儒学者からの批判を避けることが可能であったからである。また、異国風俗として興味をそそる効果もあった(5)。このような両作品の時代装置には、主人公たちに現実社会の秩序を乱すほどの能力と美質を与えると同時に、現実性をも付与する効果を持っていると考えられる。

さらに、光源氏と楊少游は古代物語において伝統的な主人公像を持つという面でもいくつかの共通点がある。それは主人公たちが誕生するまでの前段階、つまり光源氏には親の世代である桐壺帝と更衣の悲恋の話が、楊少游には前身である性真の物語が語られる点である。そして、その誕生した子がこの世のものとは異なった神格化した存在であり、その子にまつわる予言が語られ、それによって物語が展開されるという点である。
本稿では、これらのような共通点を念頭に置きながら両主人公の理想性を中心に互いの特質を見出したいと思う。

一　光源氏と楊少游の神異的な人物像

物語の主人公は近代小説の主人公とは異なり、絶対的優位を誇示する語り方になっている。光源氏も楊少游も、その出生当初からこの世の人とは思えないほどの美質と才能を兼備した人物として描かれている。ここでは、両主人公の卓越した人物像が各々どのように表出されているのか、何に基づいて表現されているのかを探ってみることにする。

両主人公の誕生から幼児期までの人物像を確認してみる。光源氏はその名の如く、「光る源氏」或いは「光る君」と呼称されるように、常に「光」を身体から発するような人物として描かれている。

（1）前の世にも御契りや深かりけん、世になくきよらなる[a]玉の男御子さへ生まれたまひぬ。（「桐壺」①一八頁）[6]

（2）それにつけても世の譏りのみ多かれど、この皇子のおよすけもておはする[a]御容貌心ばへありがたくめづらしきまで見えたまふを、えそねみあへたまはず。ものの心知りたまふ人は、かかる人も世に出でおはするものなりけりと、あさましきまで目をおどろかしたまふ。（同・二一頁）

（3）いとどこの世のものならずきよらにおよすけたまへれば、いと[a]ゆゆしう思したり。（同・三七頁）

（4）七つになりたまへば読書始などせさせたまひて、世に知らず[a]聡うかしこくおはすれば、あまり恐ろしきまで御覧ず。（同・三八頁）

(5) わざとの御学問はさるものにて、琴笛の音にも雲居をひびかし、すべて言ひつづけば、ことごとしううたてぞなりぬべき人の御さまなりける。 (同・三九頁)

右に挙げた本文は源氏の誕生を語る場面である。本文(1)では、桐壺帝の寵愛を受ける更衣腹から玉のような美しい男の子が誕生したとされる。その玉のように光り輝く美しい男御子は、本文(2)の(a)にあるように「御容貌」と「心ばへ」との外面及び内面がこの上なく素晴らしいことが語られる。しかも、本文(4)の(a)の「聡うかしこく」と、知性面でも卓越している。つまり、外面・内面・知性面の三拍子が揃った形で描写され、その超越した人格は周囲の人々が恐怖心までも抱くほどなのであった。このように、光源氏は非凡な美貌と才能を先天的に持って生まれ、この世の人とは異なる神格化した人物として描かれている。それは、楊少游の人物造型においても同様である。楊少游の場合、どのように紹介、描写されているかは性真を含めると次のようである。

(A) その中で、特に若い弟子の名は性真で、顔が白雪のごとく、精神は秋水のごとく、若年二十歳で三蔵経文を精通しており、聡明且つ智慧が衆中で卓越しており、(略) (巻一・四〜五頁)[7]

(B) 處士、児子の骨格が清秀であることを見て、頭を撫でながら曰く、

「この子はきっと天人が謫降したものであろう。」と、名を少游とし字を千里とした。人間の歳月は流水のようで少游の十歳になると、a 顔は玉のようであり瞳は暁の星のようで、度量が大きく智慧は人を凌いでいた。

處士、柳氏に曰く、

「略 この子の鋭敏さはこのように優れている。汝はより所を得たので b 晩年には栄華と富貴を得るであろう。私

を思念することはない。」

（巻一・二四～二七頁）

（C）少游十四・五歳に至ると、顔つきは潘岳の如く、気質は青蓮の如く、文章は燕許の如く、詩才は鮑謝の如く、諸子百家や六韜三略、弓矢、刀に精通しており、誠に数代を修業した人として、世上の俗士とは比べものにならない。

（巻一・二六～二七頁）

本文（A）は、性真が物語において初めて紹介される場面である。性真の顔は「白雪」として形容されるほど輝かしい白色で、精神は秋の水のように清明とされる。ここでも同じく、「顔」と「精神」、「聡明且つ智慧」と外面及び内面的な描写、知性面と、先ほどの光源氏の「御容貌」・「心ばへ」・「聡うかしこく」と同じく、その優秀さを三段階に賞賛している。それは本文（B）の（a）にあるように楊少游においても同様である。

ところで、楊少游の父楊處士が実は神仙であることがここになって明かされるのだが、その父から、本文（B）の波線部のように彼の「骨格」が天人であると占われる。韓国古典文学や説話において英雄の誕生の際には必ずといっていいほど、自然の異変が起こったり、誕生した主人公の観相が非凡であったりする。この自然の異変や観相から主人公の未来を予知するのだが、前者を自然観相占い、後者を人物観相占いと命名することができる(8)。特に、人物観相占いは顔・頭・手・足・眉・声・行動など身体や身振りなどを見て新生児の未来を占う。例えば、新羅の儒学者の強首は「頭の後ろに高い骨」と「頭に黒いほくろ」のあることから将来、国士になるであろうと予言されたという(9)。また、『三国遺事』巻二「駕洛国記」には、予言ではないが、その観相が「身長は九尺」・「顔は龍の如く」・「眉は八彩」・「眼は重瞳」とあり、容貌の卓越した男子たちが六個の卵から生まれ各国の王になったとされる。古代韓国の三国統一を成功させた新羅の将軍の金庾信は「背に七星の模様」があったとされる(10)。説話や神話のみならず、古典小説でも同様のことで、主人公の観相を麒麟や竜、熊、虎といった想像上の動物や瑞祥の動物に喩えられ描写されている。一見すると気味悪さをも感じさせるほど人間離れした描写の仕方ではあるものの、その意図するところは、容貌が清雅であり、非凡である美質を強調することにある。人間離れした姿が人々に敬畏心を抱かせ神人として崇める効果を与えられたのであろう。

日本における観相占いの例は『河海抄』に挙げられている。光孝天皇が「至貴之相其登天位必」であり、必ず天の位に登るほど貴さが極まっていたとされる。また、延喜の御代における異国の観相の例として、

大鏡勘文云く古老伝に云く延喜の御時異国の相者参来　天皇簾中に御す　御声を聞て云く此人国主為る歟　多上少下之声也　国躰に叶と[11]

とある。観相人は天皇の声を通して国の主になる人物であると予言している。そして、保明太子には「容貞国に過ぐ」、左大臣時平には「賢慮が国に過ぐ」、右大臣道真を「才能国に過ぐ」と占っている。さらに『河海抄』には高明親王の観相も挙げているのだが、「容白人にすぐれ給へり」とその相を褒め称えてはいたが、またその後ろ姿を見て「背に苦相あり」と吉凶をあわせもつ予言をしている。このように、声や容貌、後ろ姿などを通して観相占いをしているのだが、その具体的な様相は明記されていない[12]。光源氏の観相も高麗の観相人によってその具体的な容貌は明視されないものの、「相人おどろきて、あまたたび傾きあやしぶ」（「桐壺」①三九頁）とあるように、源氏の人相は「恐ろし」・「ゆゆし」・「うたて」の念を抱かせるものであった。人相や骨格を通して高麗の相人の目には、韓国の説話で見られた「龍顔」のような光源氏の特異な相が映し出されたのであろう。しかし、源氏の神性を象徴するような奇異

な観相は、宮廷文学における美意識にふさわしい容姿美として表出される。[13] それが光り輝く「玉の男御子」として表象されているのである。

両作品の先の引用文のように、両主人公の容貌や才能、気質などを互いに置き換えても支障がないほど、光源氏と楊少游の人物像は酷似している。本文（B）の（a）のごとく、楊少游は顔は玉のようで、瞳は暁の星のようであると輝かしい容貌で描かれている。楊少游の容貌描写は「玉」として象徴されていると考えられる。それは、楊少游が始めて巡り会う女性である秦彩鳳が、彼の印象を「その美しさ玉のようであり」（巻一・三二～三三頁）と、乳母に説明する場面でも分かる。『九雲夢』で「玉」によって描かれる人物は楊少游と彼の理想の女性である秦彩鳳のみであり[14]「玉のような人」・「玉釵」（同・三〇～三一頁）を挿した女性として形容されていた。

源氏やはり、その美質や才能が「世になく」・「世のものならず」と、この世の人ではないと思われるぐらい卓越していることが繰り返され、聡明さは恐怖心さえも抱かせるほど優れていることが殊更強調されている。これは、楊少游の骨格や顔つき、気質、鋭敏さなどが優れており、父から「天人」の「謫降」した人物であると言われたように、源氏の人物造型にも「神の子」としての属性が付与されているからなのであろう。神性的な才能は（5）と（C）のように実質的な学問や芸道などの多方面にわたって他人を凌ぐ万能の人物として描かれている。

ところで、ここで注目したいことは、両主人公が同じく、その容貌、あるいは気質を「玉」に形象されているということである。いったい「玉」にはどのようなイメージが内包されているのであろうか。次に考えてみることにする。

二　「玉」の意味するもの

『源氏物語』では「玉」は、周知の通り賛美の語として「玉の台」や「玉裳」、「玉の枝」などのように用いられることが多い。あるいは、「玉の軸」や「玉の装束」など、宝玉で飾られた装飾物や「玉の瑕」や「玉を磨ける」のように諺に用いられ、その形から露や涙の喩えとしても使用されている。一方、人物が「玉」と形容されているのは源氏とその秘密の子冷泉帝、藤壺、明石姫君のみであり、「玉」の詞が「聖なるものへの象徴」[15]や「王権を規制する鍵語」[16]であることが確認される。

『花鳥余情』では、先の本文（1）の傍線部（a）の「玉の男御子」に対し、「人の徳をも玉にたとへ又かたちをも玉にたとふる也玉のおのこみこはかたちのきよらなるをたとへていへり」と注し[17]、「玉」は徳や容姿を称える言葉であることを述べ、源氏の場合は形を喩えて形容したものであると断定している。

しかし、『河海抄』では、「毛詩曰生芻一束其人如レ玉　又云有リ女如レ玉徳如玉箋云徳如玉者取其堅而潔白也（略）」とより詳細な注を施している[18]。この『河海抄』の注は、前半部分は『詩経』小雅・鴻鴈之什「白駒」篇から、後半部分は国風・召南「野有死麕」篇からの引用である。「白駒」篇の詩は客神の参向を歌う内容となっている。「生芻」とは、刈ったばかりの青草の意で、白駒に捧げるためのものである。「白駒」は真白な馬で神霊の乗り物であり、神の来臨を告げる使者である[19]。「其人如レ玉」とあるように、「其人」を玉の如しと表現しているのだが、ここでの「其人」とは水神を指した語であり、神人のことをいう。その神人を玉のように美しいと形容しているのである。続く、後半部分の「又云有リ女如レ玉」は、「野有死麕」篇の句からの引用部分であるのだが、一般的には女が玉のように美しい意と解釈できる。しかし、『河海抄』は『詩経』の注である「毛伝」や「鄭箋」の注を挙げ、女の「徳」が玉の如くであると解している。「鄭箋」には「玉の如くとは其の堅くて潔白なるを取るなり」と、玉の性質を注している。ところで、ここでの女を白川静氏は「神に仕える巫女」と捉えられると指摘される(20)。

このように、「玉」は神または神に仕える者を形容するために用いられる語であることが分かる。人を玉に比喩することは、神霊の美しさや女性の徳を称えているように、外形的な光り輝く美しさ以上の価値があると考えられる。さらに『礼記』「聘義」第四十八には、玉の美質を君子の徳に喩えた内容がある。

夫れ昔は、君子徳を玉に比せり。温潤にして澤あるは仁なり。縝密にして以て栗なるは知なり。廉にして劌《やぶ》らざるは義なり。之を垂れて隊つるが如きは禮なり。之を叩けば其の聲清越にして以て長く、其の終詘然たるは樂なり。瑕、瑜を揜《おほ》はず、瑜、瑕を揜はざるは忠なり。孚《ふ》尹《ゐん》旁《はう》達《たつ》なるは信なり。氣、白虹の如きは天なり。精神山川に見るるは地なり。圭璋特達するは徳なり。天下貴ばざる莫きは道なり。

（新釈漢文大系『礼記』）

右記では、君子の徳目「仁・知・義・礼・楽・忠・信・天・地」と玉の性質に引き比べている。玉の温かく光沢のある性質は「仁」、きめ細かくて堅いところは「知」、筋目が立っていても物を傷つけない性質は「義」、身に帯びれば下に垂れ下がるところは「礼」、玉を叩けば音が清らかに高く響き、終わりまではっきりと絶え余響がないところは「楽」、玉の美しさが瑕を隠さないところは「忠」、内に発する輝きはあまねく表面に透き徹るところは「信」の力の通達に、玉の発する白虹のような光気は「天」の性を表し、玉の精気が山川に現出するところは「地」の性を示している。このような玉の性質から君子は玉を尊び、君子の徳に玉を喩えると説明する。右の引用文と類似した内容は

『礼記』以外にも、『孔子家語』問玉篇や『管子』水地篇、『荀子』法行篇にもその内容があり、玉の性質に少しの異同はあるものの、玉を聖人の九つの徳目に喩えることに変わりはない。

以上のように、中国における玉は外形的には貴重で美しく、その内面的には君子の備えるべき徳目を凝縮した結晶体として尊ばれたと考えられる。このような玉の性質は、先の『詩経』「白駒」篇で見たように神をも形容する賛美の表現となる。

一方、韓国説話や神話における「玉」は主に美しいものを喩えることが多いが、特に主人公の誕生の予兆としての夢の中に現れる。この誕生の予兆の夢を特に「胎夢」と言うのだが、胎夢は子を身ごもった際にその子の将来を予言するはたらきを持つ。『源氏物語』では、冷泉帝の誕生の際の源氏の夢や明石の君を身ごもったときの明石入道の夢、柏木の猫の夢などが胎夢に属する。韓国の古典小説の主人公において超人化・神格化を目論むために、父系を曖昧にし、日月星辰や仙界、龍神の子が人間を通して誕生することを胎夢で暗示する例が多いとされる。[21]『三国遺事』巻五「明朗神印」では、金光寺を建立した明朗法師の誕生の時、彼の母は「青い珠を呑み込んだ夢を見た」とされる。[22]『九雲夢』でも鄭瓊貝の誕生の際に夢の中で仙女が「明珠」（巻一・八二～八三頁）を授けており、蘭陽公主もその母が夢の中で真珠を見たとされる（巻二・七二～七三頁）。胎夢における玉は、龍神から授けられる「如意珠」の意味合いもある。[23]さらに卵生神話の一環として、球の形をした果物、卵と同じように太陽を象徴するものと考えられ、天から授けられたものであることを表象する。新羅国の三つの宝物の一つである「天賜玉帯」は、天から授けられた帯が玉で装飾された物であったことからも窺われる。[24]

日本においても子が玉に喩えられる。『日本書紀』の海幸山幸神話において豊玉姫が妹の玉依姫に子を託しながら詠った歌に見られる是の後に豊玉姫、其の児の端正《きらぎら》しきことを聞き、心に甚だ憐び重《をし》み、復帰り養さむと欲すも、義《ことわり》に於て可《よ》からず。故、女弟玉依姫を遣して、来し養しまつる。時に豊玉姫命、玉依姫に寄《ことよ》せて、報歌奉りて曰さく、

①　赤玉の　光はありと　人は言へど　君が装し　貴くありけり

（新編日本古典文学全集『日本書紀』巻第二・神代下）

本来の姿を見られた豊玉姫が「きらぎら」とした我が子を妹の玉依姫に託しながら詠んだ未練の歌である。この歌は、先の『河海抄』でも引かれている内容で、「あかたまとは子也子を玉にたとへたる也」と注している。[25]『古事記』上巻には①の歌の代わりに、「赤玉は緒さへ光れど　白玉の　君が装し　貴くありけり」と、「赤玉」と「白玉」の対比をなし、「白玉（彦火火出見尊）」の美しさが「赤玉」より勝っていると詠う。ところで、この海幸山幸神話は、源氏の須磨流謫に投影されているとされるのだが[26]、ならば、「白玉」は弟の彦火火出見尊を指し、光源氏であると考えられる。そして、明石姫君を「夜光りけむ玉」と　明石姫君を明石入道が比喩していたことから、「赤玉」は明石姫君と考えられる。『古事記』中巻の天之日矛伝説にも「赤玉」を産む内容がある。ある女に日の光が当たると身ごもり「赤玉」を生んだ。その「赤玉」は美しい女性と化したが、それが比売碁曾の社に鎮座する阿加流比売という神であった。天から授かった子が玉として生まれ、後の阿加流比売になった。「日」と「光」、そして「神の子」は、「玉」として表象されていると考えられるのである。

もう一つ、日本固有の「玉」の象徴するところとして、「玉」は古代においては「魂」とも通じる呪力を持つとされる。[27]例えば、「玉の緒」という語は玉を貫き通す緒ということから、恋人に逢うことの少なさ、短さを喩えるが、また玉に魂を掛けて命の意味に用いられている。[28]『源氏物語』でも「玉の緒」を命の意とする二例が見られる。[29]さら

に、玉は神霊をも意味しており、豊玉姫や玉依姫の名はそれ自身において神の容貌を専らにすることを意味するとされる(30)。『万葉集』巻二・二〇七「柿本朝臣人麻呂、妻が死にし後に、泣血哀慟して作る歌二首併せて短歌」には次のような歌がある。

（略）後も逢はむと　大船の　思ひ頼みて　玉かぎる　磐垣淵の　隠りのみ　恋ひつつあるに　渡る日の　暮れぬるがごと(31)（略）

この歌に関して、臼田甚五郎氏は「玉」が「磐垣淵」にかかる場合は、玉は霊魂を意味しているとされる。死後の霊魂が山谷の奥にあると想像されている磐垣淵に集まって真珠のような白い光を放つという信仰に立脚していると指摘される(32)。古代人には玉を死者の霊魂と見なす観念があったことが窺われる。日本の場合「玉」に「魂」が掛けられて、命や霊魂といった負のイメージがあるように思われる。この負のイメージは、先の豊玉姫の歌からも垣間見られる。「端正」とした我が子を手放す「憐れ」の感情が「赤玉」として表現され、彦火火出見尊と離別する心情は一層輝きを持つ「白玉」として表出されている。貴い輝きとあきらめや憐れみが「玉」に託されているように思われる。これは、光源氏の人生における数々の死別を暗示しているのではなかろうか。源氏の人物像は少游には見当たらない翳りが垣間見えている。それは「ゆゆし」や「恐ろし」の表現から窺うことができるのだが、また、これが源氏の運命を左右する属性にもなっている。

少游の運命は、引用文（B）の傍線部（b）のように栄華富貴を我が物にする運命と端的に告げられ、その前途は明るく、母に安堵感を与えている。同じような予言を後になって、父楊處士を知る藍田山の仙人からも告げられる。

その時にも「人間の富貴を免れない」（巻一・四四～四五頁）と告げられていた。少游の人生は戦乱に会ったり、投獄されたり紆余曲折はあるものの、晩年には八人の妻妾たちと悠々自適な生活を送る。そして、仏道に帰依することを決意する時点で夢が覚める。最後には、少游は性真に、妻妾たちは八仙女に再び戻り、極楽往生を願いながら物語は終わる。物語の締めくくりに、葛藤や悲哀などと言ったものはどこにも見当たらない。性真と八仙女たちの和合と仏教的な悟りのみが表出されている。

一方、源氏は高麗の相人から「国の親となりて、帝王の上なき位にのぼるべき相おはします人の、そなたにて見れば、乱れ憂ふることやあらむ。朝廷のかためとなりて、天の下を輔くる方にて見れば、またその相違ふべし」（「桐壺」①三九～四〇頁）と謎のような予言をされる。高麗の相人の予言に関しては従来、その解釈の面から議論の多い箇所ではあるが、予言の要点は、「国の親」となる相であることと、しかし「帝王の上なき位」になれば世間が「乱れ憂ふる」ことになるという、「光」と「闇」の両面を持っているところにあると思う。それは、光源氏の卓越した人物像の裏面に隠された世間を脅かすほどの輝きを持っていることと軌を一にする予言であるといえる。源氏は、神仙の後身であり神仙の子として誕生した楊少游よりも、遥かに神異性を帯びる人物として造型されており、闇の面も同時に持っているのである。「玉の男御子」として誕生した源氏は、父桐壺帝と母更衣の悲恋の愛の証であり、宮廷内の敵方においては脅威的な存在である。その卓越した容姿は政敵の警戒心を刺激し、母更衣を死に至らしめる契機にもなったと考えられる。そして、その母の死を負うかのように、源氏の人生は藤壺との密通、葵の上や夕顔、六条御息所などの女君たちとの死別、最後には最愛の女君紫の上の死を見届ける「憐れな」男主人公として表出され物語から姿を消している。このように、源氏の光り輝く人生の裏面には母更衣の死のイメージが内在し、源氏の内面には最愛の人と離別するという憐れみを含んでいる。これは日本における「玉」に内包されている意味と相通じていると思われる。

三　「玉」の仏教的な意味合い

ところで、もう一つ、「玉」の持つ意味について看過してはならないのが仏教との関わりである。周知のように、仏教は『源氏物語』の大きな底流思想として重要な意味を持つ。日向一雅氏は、光源氏の「玉の男御子」として形象される彼の人生を『過去現在因果経』に記す釈尊のものと似ているとし、「光」を身体から発するような源氏の属性は、釈尊が誕生し成道に至るまでの光り輝く姿に重ねることができると指摘している[33]。特に、幻巻で御仏名の後の源氏の容貌を「昔の御光にもまた多く添ひて」（「幻」④五五〇頁）と、以前にも増して光り輝くと表現する箇所に関して、源氏の光に包まれた様子が、釈尊の成道を遂げた時に「大光明を放ち[34]」た様子と似ていると述べる。

右記以外にも、源氏と釈尊には少なからずその共通点を見出すことができる[35]。両者ともに王や天皇の子として生まれ、予言によってその人生が展開される。また、母を幼い時に喪い、他人を凌ぐ卓越した才能を先天的に持って誕生している。晩年には、源氏と釈尊は出家を願うのだが、そこには人生に対する「憂愁の思い」が付きまとっているという点で似通っている。しかし、両者の大きな違いと言えば、光源氏の出家には「迷いや不安」があるということである[36]。日向氏は、光源氏の「迷いや不安」は「成仏自証」の困難から起因したものであり、源氏を通して表出された作者の出家に対する問題意識でもあるとしながら、これは平安時代の仏教に関する思想的問題にも繋がるものと述べる[37]。

さて、このような源氏と釈尊との共通点は楊少游にも当てはまる。源氏と楊少游は神格化された人物として、卓越した才能や容貌が酷似している。両者とも予言によって人生が展開され、俗世では絶大の権勢を我が物にし、晩年には出家に赴く。楊少游やはり幼い時に母ではないが父を喪っている。ただ、楊少游が王孫ではないという点では源氏や釈尊と違っている。楊少游の出家においても、源氏や釈尊と似通っているところがあるので、ここで出家を決意する場面を少し見てみる。

楊少游は晩年、母と八人の妻妾たちと一緒に翠微宮で過ごしていた。日頃彼は翠微宮に位置する高い台を好んでいた。ある秋の日、八人の妻妾を連れて台に上った。そこで自ら玉簫を取り出し奏でるのだが、その音色は次のようである。

> 嗚嗚咽咽、怨むか如く泣くか如く、訴えるか如くし、荊卿の易水を渡りて漸離を離別する如く、覇王が帳中で虞姫を顧みる如し
>
> （巻四・四〇八～四〇九頁）

彼の悲しみに満ちた玉簫の音色は、傍で聞く妻妾たちにも意外なものであった。富貴栄華を我が物にした彼の人生とは違って、ここに至っての楊少游は嗚咽や怨み、訴えと言った悲哀感に包まれている。もちろんそれは八人の妻妾たちとの別れを惜しんでのものであろうが、その心底には人生の無常を実感したからだと考えられる。続いて、彼は八夫人たちに出家の思いを告げる。すると、物語は一変し性真の世界へと移動する。夢から覚めた性真は今までの富貴栄華が一晩の夢であったことを悟り、六観大師に説法していただくことを願う。

（六観大師が）法座に上り経文を講説するに、白毫の光が世界を射し、天花が雨の如く降った。説法を終え、四句

の真言を誦し曰く、

一切有為法　如夢幻泡影　如露亦如電　應作如是觀

（同・四二三～四二三頁）

このように云うと、性真と八人の尼僧が一時に悟り……

大師が経文を講説すると、「白毫の光」が降り注ぎ、天から花が舞う[38]。「白毫の光」とは言うまでもなく、仏の額から発される光のことである。仏身の光が世界に降り注ぐということは性真と八仙女たちが悟りを得たという暗示でもあろう。以後、物語は性真が菩薩大道を得て八仙女たちと共に極楽往生をしたというところで締めくくられている。

右記のように、楊少游の出家にも、釈尊や源氏のような人生に対する憂愁の思いが内包されている。ただ、楊少游の場合は晩年に至って初めて感ずるもので、憂愁の念を若い頃から抱いていた源氏や釈尊とは少し違っている。しかし、夢から覚めた性真が出家の際に「白毫の光」に降り注がれることは、釈尊が成道し「大光明」を放った姿や源氏が御仏名の後光に包まれた様子と似ている。

このように、光源氏と楊少游の「光」を帯びた「玉」のような人物像、そしてその誕生や出家に至るまでの大きな人生の道のりは、釈尊像に重ねることができると思う。

おわりに

光源氏と楊少游にはその人物像や晩年に至るまでの人生において類似性が認められる。特に、両主人公の優れた美質は、「玉」という共通した修辞語を通してその理想性が強調されている。「玉」として表現されるものには神聖なもの、光り輝くものとして日本及び中国・韓国に共通した観念があったと考えられる。殊に、日本における「玉」には死や離別のイメージが宿され、悲哀感をも醸し出している。光源氏の人生における数々の死別が日本固有の「玉」の意味によって暗示されているように思われる。

さらに、「玉」の光り輝く性質には仏身の光という共通観念も内包されている。『源氏物語』と『九雲夢』は、ともに仏教を大きな底流思想としており、光り輝く「玉」の意味するところに仏教との関連性を認めざるを得ない[39]。光源氏及び楊少游（性真）は、神格的な人物像として描かれており、その神異性は釈尊に準えることも可能である。両主人公の「玉」ような輝きは、釈尊にも匹敵するほどの神秘性を生まれながら持っていることの証なのであろう。

しかし、源氏と楊少游はその出家において大きな違いを見せていた。源氏は出家はするものの、その出家生活は、源氏本来の「光」を失わせるものであって、心の安らぎをもたらしてはくれなかったと考えられる。反面、楊少游（性真）は仏身の「光」を受け、極楽往生を成し遂げている。源氏の最後の様子は、光源氏の人生における「光」と「闇」の両面性を表し、彼の内面の苦悩や葛藤を表現したものであると考えられる。それは日向一雅氏が指摘された如く、現実世界における思念を振り切っての成仏自証は困難であるという作者紫式部の内面の揺らぎを描いたものでもあったろう[40]。

一方の『九雲夢』の「光」を帯びる明快な結末は、作者の人生に対する理想的なあり方が反映したと考えられる。作者は権門家に生まれ一時は権勢を振るった支配層であった。しかし、時流の変わりによって配流されるのだが、その配所で『九雲夢』を執筆した。また、『九雲夢』は作者の母の憂愁を慰労するため綴られたとされる。性真の成道した締めくくり方は、現実状況における作者やその母の苦悩を晴らすためのものではなかろうか。楊少游は儒教社会において作者の追及する理想像でもあろう。絶頂の座に上った楊少游は出家を決意し、仏教的な悟りによって心の浄化が果たされるのだが、それは作者及び彼の母の心の浄化でもあったと思う。

このように、『源氏物語』と『九雲夢』は主人公を通して作者の苦悩を表出したり、あるいは反対に心の闇を晴らしたりと、その方法は違っていても、作者の内面の問題を表現しようとしたという点で共通している。『源氏物語』と『九雲夢』は国も時代も異なった作品ではあるが、大きな思想的流れや文化を共有したことによって多くの類似点を持っている。これら共通点はまた互いの特色を浮き彫りにする手がかりにも繋がる。『源氏物語』を『九雲夢』と比較研究することは『源氏物語』を相対化し違った角度で見据えることを可能にさせると思う。本稿はその試みの一つである。

注

（1）韓国古典文学はハングル文字の発明が遅れたため、日本の仮名文学より遥かに遅れている。

（2）源氏は藤壺との関係において、一方、楊少游は前世で性真が心を乱したことに対して、各々潜在的に罪を背負った人生になっていると思われる。

（3）薛盛璟「『九雲夢』の主人公論」『梅芝論叢』三、一九八七年二月。

（4）浅尾広良「いづれの御時にか」『源氏物語事典』大和書房、二〇〇二年。

（5）崔晶「李朝小説主人公たちの作名考（其二）―実存名賢たちと対比して―」『人文科学』二一、一九六九年。

（6）『源氏物語』の本文の引用は、新編日本古典文学全集（小学館）により、巻名・巻数・頁数を記した。

（7）『九雲夢』の本文の引用は、韓国古典文学大系（民衆書館）により、巻数・頁数を記した。なお、本文の日本語の翻訳は私にしたものである。

（8）朴大福「説話主人公の出生と民間信仰―説話と古代小説との比較を中心に―」『韓国民俗学』二〇―一、一九八七年。

（9）『三国史記』巻四十六「強首」。
（10）『三国遺事』巻一「金庾信」。
（11）『河海抄』（玉上琢彌編『紫明抄河海抄』）二〇五頁。
（12）『河海抄』の観相の用例に関する指摘は、堀内秀晃「源氏物語と聖徳太子伝」（『むらさき』二五、一九八八年七月）、土方洋一「高麗の相人の予言を読む」（『源氏物語のテクスト生成論』笠間書院、二〇〇〇年）、湯浅幸代「光源氏の観相と漢籍に見る観相説話―継嗣に関わる観相を中心に―」（『中古文学』七十、二〇〇二年十一月）になされている。
（13）湯原美陽子氏は、物語の発展とともに、神話や伝説の流れを汲みつつも、そこから脱皮して、人間性の表象として、洗練された美意識のひとつの姿を確立していく、とされる（「源氏物語の容姿美―王朝容姿美に見られる美意識とスピリチュアリティの特性から―」『源氏物語講座』七、勉誠社、一九九二年）。
（14）金仙雅氏は、幼少の時最初に巡り会った女性秦彩鳳が楊少游の理想の女性であるとする（「九雲夢の人物命名、その構造と意味」『千峰李能雨博士七旬紀念論叢』一九九〇年）。
（15）高橋亨「日月の象徴」『色ごのみの文学と王権―源氏物語の世界へ―』新典社、一九九五年。
（16）金鍾徳「大陸の日月神話と光源氏の王権」『神話・宗教・巫俗―日韓比較文化の試み』風響社、二〇〇〇年。
（17）伊井春樹編『花鳥余情』桜楓社、一二頁。
（18）『河海抄』（玉上琢彌編『紫明抄河海抄』）一九二頁。
（19）石川忠久『詩経』（新釈漢文大系）の語釈参照。
（20）白川静『詩経』（中公新書）（石川忠久『詩経』（新釈漢文大系）の語釈に指摘がある）。
（21）呉出世「古典小説主人公の誕生モチーフ攷―民間信仰の影響を中心に―」『東慶語文論集』二、一九八六年十二月。
（22）原文は「初母夢呑青色珠而有娠」とある。
（23）島内景二『源氏物語の話型学』（ぺりかん社、一九八九年）は、明石姫君を「如意宝」として論じている。なお、松風巻の「夜光る玉」については、村井利彦「夜光る玉」（『源氏物語とその周辺』勉誠社、一九九一年）、秋澤亙「「夜光る玉」考」（『中古文学』五十・一九九二年十一月）などの論がある。

(24)「新羅有三寳不可犯、何謂也、皇龍寺丈六尊像、一、其寺九層塔、二、眞平王天賜玉帯、三也」（『三国遺事』巻一「天賜玉帯」）
(25) 注(18)に同じ
(26) 光源氏須磨流謫と海幸彦山幸彦神話とのかかわりについては、『花鳥余情』や『岷江入楚』などを受けた石川徹氏（「光源氏須磨流謫の構想の源泉について―日本紀の御局新考―」『国語国文学報』一三、一九六〇年十一月）の論考がある。
(27)『新編日本古典文学全集』（『源氏物語』①）一八頁の頭注。
(28) 小学館『古語大辞典』及び、増田繁夫「「たま」「たましひ」のイメージ―「人魂」「魂筥」「魂の緒」」『論集平安文学』五、勉誠出版、二〇〇〇年。
(29)「そこはかとなきいにしへ語りにのみ紛らはさせたまひて、玉の緒にせむ心地もしはべらぬ（略）」（「横笛」④三五六頁）「露をつらぬきとむる玉の緒、はかなげにうちなびきたるなど、（略）」（「宿木」⑤四六五頁）
(30) 柳田国男「玉依姫考」（『定本柳田国男集』九、筑摩書房、一九六二年）
(31)『万葉集』①（『新編日本古典文学全集』）小学館、一九九四年
(32) 臼田甚五郎「光源氏」（『臼田甚五郎著作集』七、おうふう、一九九六年）
(33) 日向一雅「光源氏の出家と『過去現在因果経』」『源氏物語と仏教』青簡舎、二〇〇九年
(34)『過去現在因果経』（『国訳一切経』本縁部四、巻三・七〇頁）
(35) 注(33)日向氏の論文に指摘されている。
(36) 日向氏は、人々の目に映った源氏の出家生活が悲しみに満ちたものであった、という宿木巻（⑤三九五頁）の記事は、出家後の源氏が憂愁や悲哀から離脱できない姿を表すものであり、光を失っていたことを暗示しているものであるとされる（注(33)に同じ）。
(37) 日向氏は、作者は出家が人生の憂愁や無常から救済を保障するものではない生の現実を見つめていたと思われる、と述べる（注(33)に同じ）。
(38) この箇所は本文の異同が見られる場面であって、漢文本（乙巳本）には「講説經文 其經有白亳光射世界 天花下如亂雨

等語　説法将畢」とあり、六観大師が説く経文に「白毫の光が世界を射す」という語があったと解される。しかし、実際に光が射したか経文の句がそうであったのかという問題は置くとして、光の意味するところが性真の得道を表すということには変わりないと思う（本稿の引用本文は、ソウル大学中央図書館蔵本であるハングル筆者本を底本としたものを使用した）。

(39)　特に、『九雲夢』の作者金萬重は仏教に関する深い興味と知識を持っていたことでよく知られており、作品の主要思想が仏教であることは既に論じ尽くされているところである。

(40)　注(33)に同じ。

III

源氏物語と文化・思想

源氏物語「蛍」巻の物語論をめぐって
――政教主義的文学観との関わりを考える――

日向一雅

はじめに

蛍巻の物語論についての論文は枚挙にいとまがないが、基本的な問題としていくつか整理してみると、まずこの光源氏によって語られた物語論は作者の物語論として理解してよいのかどうかとい問題がある。次にこのような物語論がなぜ語られたのか、この物語論は何を意味していたのか、またこのような物語論の文学史的背景は何かという問題があろう。この物語論はそのように問題を広げて考えなければならない性格のものであろうと思う。確かに場面としては、光源氏が物語に夢中になっている玉鬘を冷やかすような恋物語の場面における議論であるが、恋物語の場面に収束させてすませるわけにはいかない問題の広がりを抱えている議論であると言ってよい。源氏物語にはたとえば帚木巻の「雨夜の品定」の比喩論における絵・書・工芸の論をはじめとして、和歌論、音楽論、教育論など、いくつも「論」といってよい評論があり、それらは登場人物の意見と見る以上に、作者の見解が披瀝されたものと考えられる例が多いのである。蛍巻の物語論もその代表的な一つであると思う。本稿ではこれを作者紫式部の物語論として捉える立場で考察する[1]。

いったいこのような物語論がなぜ語られたのか。その内容は当代の男性貴族の通念的な物語観を転倒させるような議論であったはずであり、そのような発言をあえて光源氏にさせているところに重い意味があるのであろう。その理由を考えると、この物語論は作者としてぜひ論じておきたい問題であったからだと考えるほかあるまいと思う。それでは作者は何を言いたかったのか。おそらく蛍巻の物語論は『古今集』序文の和歌文学論を意識しつつ、物語とは何かを考えたのであろうと思う。それはまた物語のための独立した物語文学論であったというだけでなく、現に書き進めている源氏物語の内容にも深く関わる論であったと考える。そのような観点からこの物語論の意義について検討し考察してみる。

一　物語論の概略と『古今集』序文との類似

はじめに蛍巻の物語論の概略を整理してみよう。長雨のころ、光源氏が玉鬘を相手に物語について長広舌をふるうのであるが、その発言の大略は次のようである。

1物語は事実が書かれているわけではなく、作り話であることは承知しているが、その中になるほどそうであろうとしみじみと思わせ、もっともらしく書かれていると、たわいないことと思いながらも興味のわくものである。

2ありえないことだと思いながら、仰々しい書きぶりを見ると驚いて、落ち着いて読み返すと馬鹿ばかしくなるが、それでもふと感心することもある。幼い者が女房に読ませるのを聞いていると、作り話の上手な者が世間にはいるものだと思う。

3とはいえ、物語は神代以来の世の中の出来事を書き記したものであり、日本紀などは一面的にすぎず、物語にこそ政道の役にも立ち人生にも詳しいことが書いてあるのだろう。

4物語は誰それの身の上としてありのままに書くことはないが、世間の人の有様で見たり聞いたりして、そのまま聞き流してしまうことのできないことを、後世にも言い伝えさせたいと思い、心に納めておくことができずに語り始めたものであろう。

5よく言おうとしてはよいところばかりを書いたり、読者の受けをねらって悪いことで珍しい話を取り集めたりするが、どれもみなこの世のことでないものはない。

6外国のものでも作り方は変わらない。内容に深い浅いの違いはあるが、ただ一途に物語は作りごとだと言ってしまっては実情を無視したことになる。仏の教えにも方便ということがあって、悟りのない者はあれこれ疑いを持つが、せんじつめると一つの趣旨になる。よく言えば何ごとも無益なものではない。


（「蛍」③二一〇～二一三頁。以下、引用は新編日本古典文学全集『源氏物語』による）

ここで光源氏は物語の価値を揚言しているのであるが、全体は物語の性格や特色についてさまざまな角度から考察するとともに、物語の意義を強調するものになっている。これを再度整理してみると、第一の論点は物語は作り話であるということである。物語は作り話だとする原文を示すと、「ここら（物語）の中にまことはいと少なからむを」、「かかるすずろごと」、「このいつはりども」、「いとあるまじきこと」、「そらごとをよくし馴れたる口つきよりぞ言ひ出だすらむ」、「そらごと」などの言葉が繰り返される。

しかし、作り話であっても、物語は読者の心を打つもの、読者を虜にするもの、感動させるものであるというのが第二の論点である。「かかるすずろごとに心を移し、はかられ給ひ」、「はかなしごとと知りながら、いたづらに心動き」、「憎けれどふとをかしきふしあらはなるなどもあるべし」と語られる。第三には物語の内容は神代からの人間世界の出来事を語るものだと言う。「神代より世にあることを記しおきけるなり」、「よきもあしきも、世に経る人のありさまの見るにも飽かず聞くにもあまることを（中略）言ひおきはじめたるなり」、「みなかたがたにつけたるこの世の外のことならずかし」という。国が違ってもそれは変わらないと言う。

第四には物語の意義を論ずる。世間では一般に物語は「まこと」が少ないとか、「すずろごと」、「はかなしごと」、「そらごと」と考えられているが、実は「政道の役にも立ち人生にも詳しいこと」が語られているというのである。「日本紀などはただかたそばぞかし。これらにこそ道々しくはしきことはあらめ」という。さらに物語の書き方、語り方には誇張も作り事もあり、出来栄えには深浅があるが、物語は有意義なもので、「よく言へば、すべて何ごとも空しからずなりぬや」と述べる。それは仏の説法における「方便」説と同様に考えてよいとするのである

このような物語論のどこが卓抜であったかといえば、物語といえば、「女ノ御心ヲヤル物（婦女子のもてあそびもの）」[2]と言われ、「そらごと」として批判された物語に対する見方を根本から考え直し、評価を逆転させているからである。物語を「そらごと」として批判した代表的な例は『蜻蛉日記』序文である。「世の中に多かる古物語のはしなどを見れば、世に多かるそらごとだにあり、人にもあらぬ身の上まで書き日記して、めづらしきさまにもありなむ」[3]と、物語は「そらごと」で満ちていると言い、そのような物語に代わって「身の上の日記」を書いて、身分の高い男との結婚がどのようなものかを、その実情に即して読者に考えてもらいたいのだと、作者は述べた。おそらく当時身分の高い男と結婚した女のハッピーエンドな物語が溢れていたのであろう。それは「そらごと」だと、道綱の

母は異議を唱え、そのような物語に代わるものとして日記文学という新しい文学を提示すると宣言したのである。物語はたわいのない作り話で消閑の具にすぎないという物語観の転換を紫式部はここで提示したのである。作者紫式部はいつどのようにしてそのような物語観に到達したのか。物語を書き進める経験の中でおのずと育んだ見解であったというのでは十分な説明にはなるまい。その物語論の出てくる背景を考えることが必要であろう。

その点につい阿部秋生氏は次のように論じた。当時の官僚貴族は中国の古代から行われていた文章論、政教主義的効用を重んじる文芸観を身につけてしまっていたから、文学を評論する時には、政教主義的文芸観によるしかなかった。それが彼らの常識であった。蛍巻の物語論の中で、紫式部が終始意識して抵抗していた相手もこの文芸観であったろうと言い、それとともに「紫式部が物語論の中で、最もあらわに抵抗していた直接の相手は、物語は作り話である、「そらごと」である、だから低級なものだという批評である。この批評の裏には、物語のような「そらごと」のないものとして「日本紀」(国史)が意識されていた」と述べた(4)。

作者の時代の文芸観は政教主義的文芸観であり、物語は作り話であり、「そらごと」だから低級だという物語観に終始していたというのである。それが蛍巻の物語論において作者の向き合っていた問題であったと阿部氏は論じた。

一方、この物語論が『古今集』仮名序を意識していたであろうことを、藤井貞和氏が問題にした。すなわちこの物語論には仮名序と一致する発想や語句、類似・近似する表現がいくつも見いだせることを指摘して、蛍巻の物語論の淵源が仮名序から中国の文献に遡るとした(5)。その問題を改めて検討してみたい。それは阿部秋生氏の問題にした政教主義的文芸観とも深く関わる。以下藤井氏の指摘した蛍巻の物語論と仮名序との類似を見たうえで、その意味を考えてみたい。

1「この歌、天地の開闢初まりける時より出来にけり。」（「仮名序」、引用は新日本古典文学大系本による。五頁）

「神代より世にあることを記しおきけるななり。」（「蛍」③二一二頁）

2[イ]「やまと歌は、人の心を種として、万の言の葉とぞなれりける。[ア]世中にある人、事、業、繁きものなれば、心に思ふことを、見るもの聞くものに付けて、言ひ出せるなり。花に鳴く鶯、水に住む蛙の声を聞けば、生きとし生けるもの、いづれか歌を詠まざりける。力をも入れずして、[ウ]天地を動かし、目に見えぬ鬼神をも[エ]哀れと思はせ、男、女の仲をも和らげ、猛き武人の心をも[オ]慰さむるは、歌なり。この歌、天地の開闢初まりける時より出来にけり」（「仮名序」四頁）

「かかる[a]世の古事ならでは、げに何をか紛るることなきつれづれを[b]慰めまし。さてもこのいつはりどもの中に、げにさもあらむと[c]あはれを見せ、つきづきしく続けたる、はた、はかなしごとと知りながら、いたづらに[d]心動き、らうたげなる姫君の[e]もの思へる見るに、かた心つくかし。またいとあるまじき事かなと見る見る、おどろおどろしく取りなしけるが、目おどろきて、静かにまた聞くたびぞ、憎けれどふとをかしきふしもあらはなるなどもあるべし」（「蛍」③二一二頁）

「その人の上とて、ありのままに言ひ出づる事こそなけれ、よきもあしきも世に経る人のありさまの、[f]見るにも飽かず聞くにもあまることを、後の世にも言ひ伝へさせまほしきふしぶしを、[g]心にこめがたくて言ひおきはじめたるなり」（「蛍」③二一二頁）

1は歌や物語の発生を「天地開闢」や「神代」の時代に始まるとする発想の類似、2は語句の類似、近似の例である。ア－a、イ－e（f）（g）、ウ－d、エ－（c）、（オ）－（b）などが、それである。「」で囲った箇所には和歌と物語との違いが示されていると、藤井氏はいう。

このような点から藤井氏は蛍巻の物語論が『古今集』を意識していると推測し、『古今集』が「毛詩序」などに拠るところから、物語論は古代中国に淵源するとしたのであるが、ここでは『古今集』との類似の意味を物語論における政教主義的発想として考えてみたい。物語論は単に同時代の政教主義的文学論に対抗して物語の独自性を論じたのではなく、物語が政教主義的な意義を有することを述べつつ、物語の独自性を論じたものとして考えてみたい。それは『古今集』序文が「毛詩序」や、魏文帝「典論・論文」の文章経国思想に基づきながら展開した和歌論の政教性と軌を一にするものであったのではないかと考えるのである。

二　『古今集』序文の政教性

『古今集』序文の政教性については、別稿で検討したところでもあるが[6]、その論点を一部省略しつつ引く。『古今集』編纂の目的は「仮名序」と「真名序」の二つの序文に述べられており、両序では若干の違いがあるが、「仮名序」によって要点を述べれば、次のようである。

和歌は人の心を本にして生まれ、神代から今日まで詠み継がれてきた。和歌の形式には六義があり、その歴史には盛衰がある。現代では世の中の風潮が虚飾を求め、人の心が華美になって、実意のない軽薄な歌ばかりになり、公的な場所で詠まれることがなくなったが、昔はそうではなかった。代々の帝は春の花の美しい朝や、秋の月の美しい夜などには、臣下を招いて和歌を詠ませ、賢愚のほどを見分けたものである。『万葉集』が作られてから百年以上が経ち、古代のことや和歌のことを理解できる人が少なくなったが、近代では僧正遍照や在原業平、小野小町など六歌仙が有名である。こうした和歌の歴史に鑑みて、古代のことを忘れず、和歌を復興しようという醍醐天皇の意図に基づいて、『古今集』は編纂されたというのである。

この序文の性格や意義については、目崎徳衛氏は一〇世紀初頭の朝廷の律令制強化策の一翼をにない、和歌を宮廷の公的な文学として位置づけようとする意図が存したと論じた。(7) 小沢正夫氏は「仮名序」「真名序」の典拠、出典について詳細に検討し、「真名序」は『詩経』大序、『毛詩正義』序、『文選』序、『詩品』の影響下にあるが、語句の面では『詩経』大序に拠るところが一番多く、『正義』序の強調する政教主義的効用は薄められて移植され、『文選』序は文学展開の跡を整理する参考書になり、『詩品』は作家論の方法というような面での影響が考えられると述べる。その上で「真名序」と「仮名序」との異同と特性を論じた。(8) 山口博氏は『古今集』の政治性について、「政治的風土」「律令の精神」「序文における標榜」「儒学の思想」等々の小節を設けて、律令制強化政策としての『古今集』編纂には儒教思想に則った政教主義、経学思想が謳われるが、序文から見て撰者は「儒学的文学論を以て編集に臨んだ事は疑いない」と論じた。(9)『古今集』の政治性と政教的文学観については、これらの研究で論じ尽くされたと言ってよいと思うが、私なりに再度確認をしておきたい。

まず『古今集』が勅撰集であることの政治性、政教性についてであるが、「仮名序」「真名序」のその部分を見てみよう。

かかるに、今すべらぎの天の下知ろし召すこと、四つの時、九のかへりになむ成りぬる。遍き御慈しみの波、八洲の外まで流れ、広き御恵みの陰、筑波山の麓よりも繁くおはしまして、万の政を聞こし召す暇、もろもろの事を捨て給はぬ余りに、古の事をも忘れじ、古りにし事をも興し給ふとて、今も見そなはし、後の世にも伝はれと

て、（下略）　（「仮名序」一五頁）

伏して惟ひみれば、陛下の御宇、今に九載なり。仁は秋津洲の外に流れ、恵は筑波山の陰に茂し。淵変じて瀬となる声、寂々として口を閉ぢ、砂長じて巌となる頌、洋々として耳に満つ。既に絶えにし風を継がむと思ひ、久しく廃れにし道を興さんことを欲す。　（「真名序」書き下し。三四九頁）

醍醐天皇の治世は九年になり、仁徳は海外にまで聞こえ、恵みの陰は筑波山の木陰のように深く、世の無常を嘆く声はなくなり、天皇の長久を讃える声が溢れている。天皇は多忙な政務の合間に、衰退した和歌を復興しようという意図に基づき、後世にも長く伝わるようにと撰者に命じて『古今集』の編纂に当たらせたというのである。天皇の徳を称えるとともに、和歌の復興に取り組み文化隆盛の時代を導いていると讃美するのである。

このような叙述形式が勅撰集の序文の大事な形式であったことは勅撰漢詩集の序文と比較するとよく分かる。『凌雲集』の序文を見てみよう。

臣岑守言ふ。魏文帝に曰ふこと有り。文章は経国の大業、不朽の盛事なり。年寿は時有りて尽き、栄楽は身に止まる。信なる哉。伏して惟みれば、皇帝陛下、紫極に握裒《あくほう》し、丹霄《たんせう》を御辨し、春台熙《よろこ》びを展べ、秋荼《しうと》繁きを翦《か》る。叡知天縦、艶藻神授なるも、猶且つ学びて聖を助け、問ひて裕を増す。世機の静謐に属《あた》りて、琴書に託《よ》せて日を終ふ。光陰の暮れ易きことを歎かひ、斯文の墜ちなむとすることを惜しみたまふ。（下略）(10)

ここではまず『凌雲集』の編纂は魏文帝の「文章は経国の大業、不朽の盛事なり。云々」の言葉に相当する大事業であると、高らかに宣言される。当代嵯峨天皇の時代を「春台熙びを展べ、秋荼繁きを翦る」—「春の台に君臣ともも喜びを延べわかち合い、繁る秋の雑草の如き煩わしい刑法を破棄する」という仁慈の政事を行ったと讃え、天皇の聡明は天の許すところ、文才は神の授けるところであるが、さらに天皇は学問に努め、太平の時代に琴書に身をゆだねながら、月日の過ぎやすいことを嘆き、詩文が衰退することを惜しんだというのである。

これは『古今集』序文が醍醐天皇の徳を称え、太平の世にあって、衰退した和歌の復興に取り組む姿を讃えたのと内容的に同じ構文である。文章の形式も「伏惟、陛下御宇」（真名序）—「伏惟、皇帝陛下」（凌雲集）はまったく同一である。「砂長爲巖之頌」（真名序）—「屬世機之静謐」（凌雲集）、「思継既絶之風、欲興久廃之道」（真名序）—「歎光陰之易暮、惜斯文之将墜」（凌雲集）は対応する表現である。

次の『文華秀麗集』序文（日本古典文学大系本）はこれが「君唱臣和」の集であると述べるとともに、英邁な天皇・皇太子によって詩文の隆盛が導かれたことが称賛される。但し「伏惟、皇帝陛下」の形式はない。三番目の勅撰集『経国集』序文は『凌雲集』や『文華秀麗集』の二倍もある長文で、文字の発生、文章の役割、目的から説き起こされる堂々たる文章であるが、詳細は小島憲之氏の注解に依られたい。そこでも日本漢文学史に言及する箇所では、「伏惟、皇帝陛下、教化簡樸、文明鬱興」という形式で始まり、嵯峨上皇、淳和天皇の徳の高さ、学問に対する精励、御製の気品の高さ、筆跡の優れていること等々を讃美して、当代の文運隆盛を讃える。「当代重輪の光、精華弥盛なり」と、英明高邁な上皇・天皇の指導の下に花開いた聖代を寿ぐのである。[11] 天皇の徳を称え、太平の世を謳歌し、文運の興隆を謳うのが勅撰集の形式であることがよく分かる。『古今集』序文がそれらを手本にしていたことは明らかであろう。これが「文章経国」思想の文学観である。

『古今集』序文の政教性については、さらに「毛詩序」との関わりをも見ておきたい。「仮名序」「真名序」の冒頭の一文は次のようである。

①やまと歌は、人の心を種として、万の言の葉とぞ成れりける。②世中に在る人、事、業、繁きものなれば、③心に思ふ事を、見るもの、聞くものに付けて言ひ出だせるなり。（「仮名序」四頁）

[a]夫れ和歌は、其の根を心地に託け、其の華を詞林に発くものなり。[b]人の世に在る時、無為なること能はず。[c]思慮遷ること易く、哀楽相変はる。感は志に生り、詠は言に形はる。（「真名序」三三九頁）

表現に異同はあるものの、両序の意味するところは変わらない。和歌は心に思うことを言葉に表現するもの（①―a）であり、人は生きている限り煩雑な現実に向き合わねばならず、無為に過ごすことはできない（②―b）から、心に思うこと、感じることを言葉にして詠うのである（③―c）。c「感は志に生り、詠は言に形はる」は、a「和歌は、其の根を心地に託け云々」を言い換えていると取れるので、①の「やまと歌は人の心を種として、万の言の葉とぞ成れりける」と同じと解される。

この冒頭の文章が「毛詩序」を典拠にするものであることは定説である。

[1]詩者志之所之也。在心爲志、發言爲詩。情動於中而形於言。[2]言之不足、故嗟嘆之、嗟嘆之不足、故永歌之、永歌之不足、不知手之舞之、足之踏之也。情發於聲、聲成文、謂之音。治世之音安以樂、其政和。亂世之音怨以怒、

其政乖。亡國之音哀以思、其民困。故正得失[3]、動天地、感鬼神、莫近於詩。

[1]（詩なる者は志の之く所なり。心に在るを志と為し、言に発するを詩と為す。情中に動きて言に形はる。[2]之を言ひて足らず、故に之を嗟嘆す。之を嗟嘆して足らず、故に之を永歌す。之を永歌して足らず、手の之を舞ひ、足の之を踏むを知らざるなり。情は声に発し、声は文を成す、之を音と謂ふ。治世の音は安んじて以て楽し、其の政和すればなり。乱世の音は怨みて以て怒る、其の政乖けばなり。亡国の音は哀しみ以て思ふ、其の民困しめばなり。[3]故に得失を正し、天地を動かし、鬼神を感ぜしむるは、詩より近きは莫し）[12]

「仮名序」「真名序」の引用した一文が「毛詩序」の1の文章に基づき、それを咀嚼して和歌論としたことは明らかであろう。特に②―b、③―cは、「毛詩序」の「情動於中而形於言」という簡潔な文章をよく噛み砕いて表現したものと言える。中国の詩論に学びながら、紀貫之や紀淑望ら撰者は和歌の本質は詩の本質に変わらないという理解に立っていたのだと思われる。

大きな違いは「毛詩序」の2、3の部分である。「毛詩序」は全体として『毛詩』（詩経）が諷諭の文学であることを述べるので、ここにも「治世の音」「乱世の音」「亡国の音」というように詩が政治の得失に結びつく意義が説かれる。これに対して「仮名序」ではこの部分はほぼすべて消去される。「真名序」では「逸する者は其の声楽しく、怨ずる者は其の吟悲し。以ちて懐を述ぶべく、以ちて憤を発すべし」と、語句に類似があるが、「毛詩序」における詩は「治世の音」―「政和」、「乱世の音」―「政乖」、「亡国の音」―「民困」という政教主義とははっきり一線を画している。「毛詩序」の3「天地を動かし、鬼神を感ぜしむる」に相当する箇所は、「仮名序」「真名序」ともに同様の表現があり、和歌は天地を動かし鬼神を動かす力を持つと述べるが、それはあくまでも個々の歌の次元のことであり、「毛詩序」のように政治や社会の得失に関わる言及ではない。

さらに続けて「毛詩序」は詩の六義を説くが、その根本は「上以風化下、下以風刺上、主文而譎諫、言之者無罪、聞之者足以戒、故曰風。（上は風を以て下を化し、下は風を以て上を刺す、文を主として譎諫す、之を言ふ者罪無く、之を聞く者以て戒むるに足る、故に風と曰ふ。）」というように、上が下を教化するだけでなく、下が上を諷刺し過ちを正すことであると明言する。そのような意味の諷刺、諷諭が「仮名序」「真名序」の文学論においては消去されたのである。和歌における六義にも言及されるものの、「毛詩序」のそれとは内容において大きな隔たりがある。

端的に言えば、『古今集』序文の政教主義は「上は風を以て下を化す」という、上が下を教化するという方向でのものであった。これは先に見たように勅撰漢詩集の序文の形式に則るものであるという点に再度注意を払いたい。「仮名序」では、「古の世々の帝、春の花の朝、秋の月の夜ごとに、侍ふ人々を召して、歌を奉らせ、その歌を見て、帝は「賢し愚かなりと知ろし召し」たと述べる。「真名序」も同様に、古の天子は侍臣に和歌を奉らせて、「君臣の情」や侍臣の「賢愚の性」を見分けて、「民の欲に随ひて、士の才を択ふ所以」としたと述べる。「和歌は人民の願いに合うように官人の適性を選択する手段[13]」として、天皇は和歌を活用したというのである。果たしてそのような史実があったかどうかは問題ではない。和歌がそのような役割を担ったとするところに、『古今集』序文の政教的和歌文学論がある。しかし、それは「毛詩序」とは異なって天皇の視点に立った政教主義、上からの政教的文学論であるということである。「君唱臣和」（『文華秀麗集』序文）の精神であった。「毛詩序」の言う「下は風を以て上を刺す、文を主として譎諫す」という諷刺、「譎諫」の政教性はまったく消去されたとは言えないが、大きく後退した。

三　蛍巻の物語論の政教的言説

物語は勅撰とは無縁のものであるゆえに、蛍巻の物語論も『古今集』や勅撰漢詩集の序文に見られる、天皇の徳を称え文運の隆盛を謳うというような政教主義的意義を主張することはない。しかし、「仮名序」「真名序」の構成と蛍巻の物語論の構成には類似点が確かにある。『古今集』両序では和歌本質論に続いて和歌の発生とその歴史、特に『万葉集』と六歌仙に触れた後に、醍醐天皇による勅撰集編纂の意義を顕彰するという形式である。蛍巻の物語論でも物語の本質論とともに、物語の発生や方法、意義が論じられ、さらに「住吉の姫君」「くまのの物語」「うつほの藤原の君の娘」、「継母の腹ぎたなき昔物語」など物語史に言及される。この「住吉」以下の物語批評は、「仮名序」「真名序」の六歌仙批評に見合うものであると言えよう。蛍巻の物語論は『古今集』序文の構成を意識したものと考えてよいと思う。

それでは『古今集』序文の有した政教主義に相当する言説は見られるであろうか。次の一文は物語の政教的意義―「風刺」「諷諫」を主張するものであったのではなかろうか。

1　物語は、神代より世にある事を記しおきけるななり。日本紀などはただかたそばぞかし。これらにこそ道々しく詳しきことはあらめ。　　　　（「蛍」③二一二頁）

2　物語は、世に経る人のありさまの、見るにも飽かず、聞くにもあまることを、後の世にも言ひ伝へさせまほしき節ぶしを、心に籠めがたくて言ひおきはじめたるなり。よきさまに言ふとては、よき事のかぎり選り出でて、

人に従はむとては、またあしきさまの珍しき事を取り集めたる、みなかたがたにつけたるこの世の外の事ならずかし。（同上）

1は、物語は神代の昔から人間世界の出来事を記述してきたものであり、日本紀など比較にならぬ「道道しく詳しきこと」が物語には書かれているというのである。つまり神代以来この世の出来事を記す点では、物語は「日本紀」と変わらないが、その記述は物語の方にこそ「日本紀」をはるかに凌駕するところがあると言うのである。「日本紀」については六国史説と『日本書紀』説とがあり、現代の代表的な注釈書でも解釈が分かれている。新編日本古典文学全集本は前者、新潮日本古典集成本は後者である。玉上琢彌『源氏物語評釈』は、「朝廷編纂の『日本紀』といえども、書くべきことにきまりがあり制限があり、その文体にはばまれて、伝えるのは一面にすぎない。物語は自由である。されば、人の生きる道を伝え、ことこまかに語ってくれる」と解説するが[14]、これは六国史説であろう。

「日本紀」は何を意味するのか、広く精査考察している神野志隆光氏は、「日本紀」は六国史を指すことはなく、また『日本書紀』そのものを意味するのでもなく、「『日本書紀』の外側で、解釈作業をくり返し、新しい物語を生みながら多くのテキストを生成して広がってゆく言説空間があり、そうした全体が「日本紀」と呼ばれる」ものだという[15]。すなわち「朝廷編纂の『日本紀』」というようなものはないのである。それでは「日本紀」は恣意的な言説なのかといえば、決してそうではなく、「根拠を証する権威[16]」、「正史としての権威を代行[17]」するものであったとされる。ここでは神野志氏の説に従う。

「これらにこそ道々しくくはしきことはあらめ」は、「これら物語にこそ道理にもかない、委細を尽くした事柄が書いてあるのでしょう」（新編日本古典文学全集本）、「物語のたぐいにこそ為になる細かいことは書いてありましょう」

（新潮日本古典集成本）、「物語のほうに学問的なこと人間のいっさいがあるのだろう[18]」と訳されるが、阿部秋生氏は「道々し」について、「朝廷に仕うまつるべき道々しきことを教へて」（「帚木」①八六頁）、「三史五経、道々しき方を明らかに悟り明かさむ」（同上、八九頁）という例があることなどを指摘して、「三史五経など儒教的性格をもっていることをいう語」であり、「倫理道徳にかなっている」「政道に役立つ」というほどの意であると解する[19]。本稿ではこれに従う。

「日本紀」が「正史としての権威を代行」する、「権威」あるものとして認知されていたとすれば、それを一面的と批評して、物語の方にこそ道理にかない、「政道に役立つ」事柄が書いてあるとする主張は、物語の政教主義的意義を主張するものであろう。それは物語の評価を高めるためのレトリックという以上に、作者の物語創作の方法に関わるところのある発言であったと思われる。

2は物語の虚構の方法や特色を述べるが、それに止まらずここでも諷刺や教誡というような物語の政教的意義を含意していたのではないかと考える。「よきさまに言ふとては、よきことの限り選り出でて」という理想化の方法は、光源氏や紫上の人物像をはじめ、六条院邸宅やそこでの暮らしぶりなど、源氏物語の随所に見て取れるし、また「あしきさまの珍しきことを取り集め」るという物語の作り方は、光源氏が父帝の女御、藤壺と密通し、その子が冷泉帝となり、源氏は帝の父として栄えるという物語がその典型と言えよう。この物語論が作者の物語創作の方法に関わっていたと考える所以である。

引用文に続いて、さらに物語は他国の物語と大和の国の物語とでは異なり、同じ大和の国の物語でも昔の物語と今の物語とでは違いがあり、また内容にも深浅の違いがあるが、それを一概に「作りごと」にすぎないと言うのは、物語に対する理解を欠いているという。このようなところにも物語作者の経験的な思想が反映していると思うが、作者の言いたいところは、物語には「道々しくくはしきこと」が書かれているということだと理解してよい。少なくとも源氏物語はそのような物語であり、「日本紀」など及びもつかぬものと作者は言っているのである。この物語論は物語に政教的意義が含意されることをはっきりと述べていると思うのである。

源氏物語を政教的意義を有する作品として位置付けたのは、実は『河海抄』以下の中世の古注釈書であった。周知のところであるが、『河海抄』「料簡」には、源氏物語は「誠に君臣の交、仁義の道、好色の媒、菩提の縁にいたるまで、これをのせすといふことなし[20]」とあり、『明星抄』「大意」は『河海抄』のこの一文を引いた後に、「此物語はことことく好色淫風也。何とて仁義五常を備ふべき哉」と不審を呈する人への答えとして、「毛詩又淫風を記して戒とす。史漢是又暴虐をしるせり。是後人のいましめ也[21]」と説いた。古注の集大成である『岷江入楚』「大意」では、『河海抄』の先の一文を掲げた後に、恋物語としての源氏物語をどう読むかについては、次のように「毛詩序」を引く。

又此物語何としたれは男女の道を専とする也。是毛詩関雎の徳を可見云々。関雎后妃之徳也云々。此后妃は文王の后太姒を云そ。賢女を得て文王の后になして天下の政をたすけたいと（文王のおほしたれは、太姒を得給へり。此太姒詩人のほめて作る詩也。）太姒の思はれたる事をほむる也。これを以て知るへしとそ。[22]

同じく「文躰等之事」においても、「男女の道」を語る物語の意味については、次のように言う。

抑男女の道をもととせるは、関雎螽斯の徳、王道治世の始たるにかたとれり。その中に好色淫風のよこしまなることをしるせるは、隠よりもあらはなるはなし。君子のつつしむところ、専ここにあり。[23]

「関雎后妃之徳也云々」は「毛詩序」の冒頭の文章の引用であり、太姒については『列女伝』巻一「周室三母」に基づくかと思われる。「男女の道」の物語を「関雎螽斯の徳、王道治世の始たるにかたとれり」というのは、政教主義的文学観による解釈にほかならない。

延喜天暦准拠説も同様の文学観による解釈であったと言えよう。『岷江入楚』「物語時代之準拠」では『紫明抄』『河海抄』以来の准拠説を整理しているが、たとえば「桐壺のみかどを延喜に准する事、醍醐は殊聖主にてましませは、是も聖代明時を模するの義也」[21]と述べる。源氏物語の政教的意義を説く読み方は、その他「文体文法」は司馬遷史記に依るとか、「一字褒貶は左伝之法也」、また「或抄」説の「荘子の寓言を模して作る物語」等々の説を挙げるように、中世古注釈の特色である。それらは政教主義的文学観による読み、批評にほかならない。

では、そのような古注釈の読みは恣意的であったのかと言えば、一概にそうとは言い切れまいと思う。そのような読みを導く物語の構造が存したと考えるべきであろうと思う。「男女の道」の物語をことごとく「関雎后妃の徳也」「関雎螽斯の徳、王道治世の始たるにかたとれり」と言っては、あまりに教条主義的な解釈であり、物語の具体的な文脈を無視した議論と言うほかないが、政教主義的文学論に立てばそのような結論に行き着くであろう。しかし、蛍巻の物語論はそのような意味での文学論であったはずはない。

四　政教主義的文学観を越えて

蛍巻の物語論はどのような意味の物語論であったのか。政教的意義を主張する物語論であったろうということを述べてきたが、しかし、それは政教主義的文学論とは一線を画する論であったと考えるべきであろうと思う。物語が

「女ノ御心ヲヤル物」（三宝絵）、「そらごと」（蜻蛉日記）、「狂言綺語」「雑穢語」（今鏡）と言われていた時代に、蛍巻の物語論は作者の創作体験に基づいて論じられたところを見落としてはならない。それら物語に対する否定的言説を作者は逆手にとって、物語の独自性として、また可能性として意味づけをし直したのであろうと思う。「そらごと」「狂言綺語」「雑穢語」の世界は、「神代より世にあることを記しおきける」ものであり、「世に経る人のありさま」を自在に取り上げ加工できる想像力の世界として、新しい意味の下に発見されたのである。すなわち物語は人間と社会のあらゆる問題を主題として取り上げることができるということ、政教主義的文学観の教条主義的な硬直性からは自由な地点にあって、作者には恋愛と結婚、王権と政治、宗教、ジェンダーの問題まで、物語の主題的な対象として広がって見えたのであろう(25)。それは新しい文学の地平の発見であったに違いない。

冷泉帝が出生の秘密を知った時、中国と日本の史書を博捜して自らの出処進退を考えるところがある。

いよいよ御学問をせさせ給ひつつ、さまざまの書どもを御覧ずるに、唐土には顕れても忍びても乱りがはしきこといと多かりけり。日本にはさらに御覧じうるところなし。たとひあらむにても、かやうに忍びたらむことをば、いかでか伝へ知るやうのあらむとする。（「薄雲」②四五五頁）

中国には帝王の血統の乱れに関する史実が記録されているが、日本には見いだせないとしながら、そうした秘事がなかったとはいえまいと考える。日本の史書には見いだせないという事件が冷泉帝の物語として語られた。それは王権と政治の問題としてだけでなく、恋愛や結婚、光源氏や藤壺の罪障意識から出家に及ぶ宗教の問題までが渾然一体になった事件であった。そのような物語を荒唐無稽と取るか、歴史と人間の問題として捉えるかは読者に委ねられているとも言えるが、物語は一面では無責任でありつつ、ラディカルな想像力を読者や社会に対して投げ出し、人間や社会や歴史の問題を問いかけるのである。蛍巻の物語論はそのような文学の本質を問うていたものであると言ってよいであろう。

注

(1) 光源氏の物語論を作者の物語論として捉えることについては、秋山虔「蛍巻の物語論」(『源氏物語の論』笠間書院、二〇一一年。初出『日本文学』一九八六年二月。)の精細な考察に従う。

(2) 新日本古典文学大系本『三宝絵注好選』岩波書店、一九九七年。六頁。有名は一説であるが、引用しておく。「又物ノ語ト云テ女ノ御心ヲヤル物、オホアラキノモリノ草ヨリモッシゲク、アリソミノハマノマサゴヨリモ多カレド、木草山川鳥獣モノ魚虫ナド名付タルハ、物イハヌ物ニ物ヲイハセ、ナサケナキ物ニナサケヲ付タレバ、只海アマノ浮木ノ浮ベタル事ヲノミイヒナガシ、沢ノマコモノ誠トナル詞ヲバムスビオカズシテ(下略)」とあるように、物語は浮薄にして「誠」のないものと、源為憲は評した。

(3) 日本古典文学全集『土佐日記蜻蛉日記』小学館、昭和四八年 一二五頁。

(4) 阿部秋生『源氏物語の物語論』岩波書店、一九八五年。二六八頁。同様の指摘は一〇四、一一四、一二八、一三〇頁などに繰り返される。本書のもっとも重要なテーマである。

(5) 藤井貞和『源氏物語論』岩波書店、二〇〇〇年。第二章「雨夜のしな定めと蛍の巻の〝物語論〟」。

(6) 日向一雅「平安文学の自然表現をめぐって」紫式部学会編『源氏物語の環境研究と資料古代文学論叢第十九輯』、武蔵野書院、二〇一一年。

(7) 目崎徳衛『平安文化史論』桜楓社、昭和四三年。「古今和歌集勅撰の歴史的背景」。

(8) 小沢正夫『古代歌学の形成』塙書房、一九六三年、第一編「古今集序の研究」。

（9）山口博『王朝歌壇の研究』桜楓社、一九七三年、第二篇第四章第九節「古今集の政治性」。
（10）『凌雲集』の引用、解釈は、小島憲之『国風暗黒時代の文学　中（中）』第二篇第三章一（3）「凌雲集詩注」。塙書房、平成一〇年版。
（11）『経国集』は小島憲之『国風暗黒時代の文学　中（下）Ⅰ』第三篇第四章二（3）「経国集詩注」。塙書房、平成一四年版。
（12）「毛詩序」の引用はすべて本文、書き下しとも、新釈漢文大系『文選（文章篇）中』明治書院、平成一七年。
（13）新日本古典文学大系『古今和歌集』岩波書店、一九八九年。三四二頁。
（14）玉上琢彌『源氏物語評釈』第五巻、角川書店、昭和四〇年。三三七頁。
（15）神野志隆光『古代天皇神話論』若草書房、一九九九年。第四章二「平安期における「日本紀」、三一九頁。
（16）（15）に同じ。二九九頁。
（17）神野志隆光『変奏される日本書紀』東京大学出版会、二〇〇九年。［一］「『革命勘文』の依拠した「日本記」」、二八頁。
（18）（14）に同じ。三三五頁。
（19）（4）に同じ。九五頁。
（20）玉上琢彌編『紫明抄河海抄』角川書店、昭和四三年。一八六頁。
（21）中野幸一編『明星抄種玉編次抄雨夜談抄』武蔵野書院、昭和五五年。六頁。
（22）中野幸一編『岷江入楚自一桐壺至十一花散里』武蔵野書院、昭和五九年。八頁。
（23）（22）に同じ。一〇頁。
（24）（22）に同じ。一一頁。
（25）小嶋菜温子『源氏物語批評』（有精堂、一九九五年）は、『今鏡』の「雑穢語」を手がかりにそこに物語の本性を見い出そうとする。二〇～二二頁。三六三頁。

字書の出典となる『河海抄』

吉森佳奈子

一　出典としての『河海抄』

漢字による和語の注釈が『河海抄』に特徴的であることについて、小論「『日本紀』による和語注釈の方法」[1]で考察した。注目したいのは、後の時代の字書に、同じかたちで、『河海抄』が出典となっている項目が見られることである。この、出典としての『河海抄』という問題については、従来あまりとりあげられてこなかった。

字書というのは、弘治二年本『節用集』（印度本系、南葵文庫本）、『運歩色葉集』、『塵芥』のことである。これらの成立は、弘治二年本『節用集』は、「天文十五年に一旦稿成つたのを、弘治二年に又改めたものである」[2]と、一六世紀なかばと指摘されている。『塵芥』は、一五一〇年以降、『運歩色葉集』は、一五四八年と指摘されており、諸説はあるが、いずれも一六世紀初からなかばにかけての成立と見られている。

これらは、漢字に傍訓を付し、その訓によっていろは順に配列するものである。漢字は意味理解として機能する、いわば和漢字典である。『類聚名義抄』が、漢字に対応する訓を集成したのとは逆転しているものといえる。したがってこれらの字書では、別の言葉に同じ漢字があらわれることも少なくない。

【1】父母《カツイロ》（『塵芥』一〇九頁）[3]
【2】父母《フモ》（『塵芥』二六六頁）

こうしたかたちの字書が、たとえば、『倭訓類林』のように、江戸時代に流れこむのであった。いま、この三つの字書に『河海抄』が出典としてあらわれることに注目したい。

二　字書と『源氏物語』注釈書

以下、各字書にそくして述べると、『河海抄』を出典としてあげる用例数は、弘治二年本『節用集』一例、『運歩色葉集』二七例、『塵芥』一一六例である。弘治二年本『節用集』は一例のみであるが、数多くの『節用集』のなかで『河海抄』を出典とした唯一の例であり、他の二つの字書とあわせここにとりあげることとした。用例のかさなりについていえば、弘治二年本『節用集』の一例、

（1）婀娜《ナコヤカニ》［河海］（弘治二年本『節用集』七五頁）[4]

は、『運歩色葉集』に、

〈1〉婀娜《ナコヤカナリ》［同上　又柔《ナコヤカ也》　河海］（『運歩色葉集』一六七・二〇七頁）[5]

とあるのとかさなり、『塵芥』には見られない。『運歩色葉集』と『塵芥』のかさなるのは四例にすぎない。右の、弘治二年本『節用集』と『運歩色葉集』にあり、『塵芥』にない例は、『河海抄』に、

1なこやか
婀娜　又柔（『河海抄』胡蝶巻、四〇五頁）[6]

のように、ほぼ一致して見られる(7)『運歩色葉集』と『塵芥』とがかさなる四例は、

〈2〉才学《カト〳〵シ》［河海］（『運歩色葉集』九九・一七七頁）(8)

【3】才《カト〳〵シク》［河海］才学《同》［河海］廉々《同》［河海］（『塵芥』一二四頁）

〈3〉才《カト〳〵シ》［河海］（『運歩色葉集』一〇六・一八一頁）(9)

これは、『塵芥』は、先掲【3】に見られる

〈4〉言吹《コトフキ》［河海］（『運歩色葉集』二三二・二四九頁）

【4】言吹《コトフキ》［祝言　河海］詠《同》［河海］（『塵芥』二八四頁）

〈5〉疋如《ヒタスラ》［河海］（『運歩色葉集』二四三・二三一頁）(10)

【5】疋如《ヒタスラ》［河海］禾《同》［同］（『塵芥』四一〇頁）

である。

さらにこれらを『河海抄』と見あわせると、『運歩色葉集』の「河海」二七例のうち、傍訓が『河海抄』と一致しないものが、

〈6〉寝《ウタタネ》［河海］（『運歩色葉集』一八五・二二八頁）

〈7〉桜人《アナタウト》［河海］（『運歩色葉集』二六・二六三頁）

〈8〉冷眼《メスサマシ》［河海］（『運歩色葉集』二九七・二八八頁）

の三例見られるほか、文字順が『河海抄』の、

2すけなう

無人望《スケナシ》［日本紀］（『河海抄』桐壺巻、一九七頁）

とは異なる、

〈9〉人望無《スケナシ》［河海］（『運歩色葉集』三六一・三三五頁）

のようなものが一例見られる。また、

〈10〉訓《イチシルシ》［河海］（『運歩色葉集』二一・一二三頁）(11)

〈11〉絶妙《トキメク》［河海］（『運歩色葉集』五八・一四七頁）

の二例は『河海抄』にないように見える。これらについて、「訓《イチシルシ》」は、『河海抄』に、

3おとるけしめ

験《ケチメ》《シルシ》　又結目　或掲目《イチシルシ》［訓］　穴目［伊勢物語真名本］

伊勢物語云おもふをもおもはぬをもけちめみせぬ心なんありける　けちめはしるしといふ心なるへし（『河海抄』桐壺巻、一九四～一九五頁）(12)

とある、「掲目《イチシルシ》」に関する注記「訓」が「イチシルシ」と傍訓されるべき文字であると誤解されたことによると推測される。同様に、「絶妙《トキメク》」も、『河海抄』に、

4すくれてときめき給ありけり

絶妙《スクレ》［日本紀］　時《トキメク》［同］　めくはよみつくるてには也　生《日本紀》をもなまめくとよめり　又人めく春めくなと
もいへり（『河海抄』桐壺巻、一九〇頁）(13)

とある、「時《トキメク》」の傍訓が「絶妙」の傍訓であると誤解されたものであろう。(14)字書類に見られる出典「河海」については、直接『河海抄』が参照されていたと見られることが指摘されており、確かにこのような例は実際に『河海抄』を

手にしていなければ生じ得ないものかもしれないが、直接引用であったことを証するとは一概にいえず、すでに生じていたものの引用であった可能性は残る。

『塵芥』では、傍訓が『河海抄』と異なるものが六例見られる。以下、『河海抄』との違いを指摘しながらあげる。

【6】稔《ナリハイ》　農《同》　東作《同》　稼穡《同》　農業《同》　田宅《同》［以上六河海］（『塵芥』一八四頁）

『河海抄』では、

5なりわひ

稔《ナリハヒ》　農《同》［順和名］東作　稼穡［已上同］　農業《ナリハヒトキ》［日本紀］　田宅［ナリハヒトコロ　同十二］（『河海抄』夕顔巻、二四三頁）

で、傍訓は、「農業《ナリハヒトキ》」、「田宅《ナリハヒトコロ》」である。

【7】牛麦《ナテシコ》［河海］　石竹《同》［河海］（『塵芥』一八六頁）

『河海抄』では、

6なてしこのいろをと、のへたるからのやまとのませいとなつかしくゆひなして

牛麦［ナテシコ　万葉］　石竹《ヤマトナテシコ》　金銭［カラナテシコ　白氏文集］

ませ　架　籬（『河海抄』常夏巻、四一二頁）[15]

で、傍訓は「石竹《ヤマトナテシコ》」である。

【8】真事《マメコト》［河海］　海浜《同》［河海］　海頭《同》［同］（『塵芥』一五〇頁）

『河海抄』では、「真事」は、

7あたことまめこと

真事（『河海抄』帚木巻、二一九頁）

とあるが、「海浜」、「海頭」は、

8うみつらなとにはひかくれぬるおり

海類　又海浜［日本紀ニハウミヘタトヨメリ］海頭［伊勢物語真名本］

周太子泰伯仲雍譲弟季歴隠荊恋海浜［論語］（『河海抄』帚木巻、二一九頁）

のように見られ、訓は「マメコト」ではない。

【9】斂色《マメヤカ》［河海］（『塵芥』二五〇頁）

『河海抄』では、「斂色」に「マメヤカ」の傍訓は見られない。

また、以下の、

【10】不審《ヲホツカナシ》　悶《ヲホツカナシ》［河海］（『塵芥』九七～九八頁）

【11】芋環《ヲタマキ》［河海］（『塵芥』九九頁）

【12】遊士《タハレヲ》［河海］（『塵芥』一四一頁）

【13】酹《タムケ》［河海］（『塵芥』一四九頁）

【14】通巌巓《ツ、ラヲリ》［河海］　隇陜《同》［河海］（『塵芥』一六七頁）

【15】争《ナトテ》［河海］（『塵芥』一八四頁）

【16】防人《マスラヲ》［河海］（『塵芥』二四六頁）

【17】飯器［河海］（『塵芥』二五〇頁）

【18】真寸鏡《マスカ、ミ》［河海］　一徳一寸鏡《同》［河海］　摩蘇鏡《同》［河海］　真素鏡《同》［河海］　真澄鏡　犬馬鏡《同》［河海］　白銅鏡《同》

［河海］（『塵芥』二五一頁）
【19】松明《マツヒ》［河海］　続松《同》［河海］（『塵芥』二五三頁）
【20】不　詳《フサハシクカラス》［河海］（『塵芥』二七〇頁）
【21】細雨《コサメ》［河海］　微雨《同》［同］（『塵芥』二七七頁）
【22】胡路《コシチ》［河海］（『塵芥』二七八頁）
【23】感操《ココロハヘ》［河海］（『塵芥』二八三頁）
【24】麓鹿《サノシカ》　棹鹿《同》　佐保鹿《同》　左男鹿《同》　男鹿《同》　雄鹿《同》［以上六　河海］（『塵芥』三二三頁）
【25】嬰児《ミドリコ》［河海］（『塵芥』三六三頁）

二六項目中、一二例は、『河海抄』に見られない。このうち、【14】は、『河海抄』を見あわせると、

9たゝこのつゝらをりのしもに
盤折通巌巓《ハンセツトウスカンテンニ》［白氏文集遊悟真寺詩］嶮陜或九折《ツヽラヲリ》
清少納言枕草子とをくてちかきものくらまのつゝらをり（『河海抄』若紫巻、二五四頁）[16]

とあり、引かれている「白氏文集遊悟真寺詩」の「通巌巓」の部分を誤ってよんだことによるとうかがわれる。先にあげた『運歩色葉集』の例同様、このような項目は『河海抄』そのものを見ていたからあり得たともいえるが、一方で、それが『塵芥』の段階で生じたものであるかを確かめることはできない。これらの例には現行『河海抄』との繋がりがまったく推測できないものもある。清原宣賢が「河海」として引くが見られないということで、彼の手にしていたもの——宣賢の時代の『河海抄』——がどういうものだったのか、ここに『河海抄』にとって重要な問題が生じる。

ところで、出典となる『源氏物語』注釈書という点で見ると、弘治二年本『節用集』には『千鳥抄』が、『塵芥』には『仙源抄』が引かれていることに注目される。[17] 弘治二年本『節用集』に、出典「千鳥」は、

(2) 詫言《ワヒコト》［又見千鳥］（弘治二年本『節用集』四〇頁）
(3) 幼婦《タヲヤメ》［千鳥］（弘治二年本『節用集』五三頁）
(4) 便《タツキ》［又ハ縁　千鳥］（弘治二年本『節用集』五七頁）
(5) 将計《タハカル》［千鳥］（弘治二年本『節用集』五八頁）
(6) 凡俗《タヽヒト》［千鳥］（弘治二年本『節用集』五九頁）
(7) 猛健《タケキ》［千鳥］（弘治二年本『節用集』六〇頁）
(8) 斎礼《タムケ》［手祭《同》　亨礼《同》　千鳥］（弘治二年本『節用集』六〇頁）
(9) 副臥《ソイブシ》［遊仙屈ニ横棟ト書也　元服夜之ニ女来也　千鳥］（弘治二年本『節用集』六三頁）
(10) 鶏皮《ソヽロサムク》［鳥肌ノ事　千鳥］（弘治二年本『節用集』六五頁）
(11) 無端《ソヽロ》［千鳥］（弘治二年本『節用集』六五頁）
(12) 足下《ソコ》［森菊説　千鳥］（弘治二年本『節用集』六五頁）
(13) 幾等《ソコラ》［多義也　千鳥］（弘治二年本『節用集』六六頁）
(14) 最媚《ナマメク》［千鳥］（弘治二年本『節用集』七五頁）

の一三例見られ、出典「河海」よりはるかに多い。これらの例のうち、『河海抄』に見られないのは、(2)、(13) の二例で、[18] 他は『河海抄』にあり、場合によっては複数回見られるものもある。『河海抄』が最初にあげた語についても、出典「千鳥」となっているものが少なくないということである。

同様に、『塵芥』と、出典「仙源抄」についても見る。

【26】祢宜言《ネキコト》［泉源抄］（『塵芥』一七八頁）

【27】眼眼《マナシリノハラ》［仙］（『塵芥』一四七頁）

【28】賄賂《マカナイ》［仙源抄］（『塵芥』一五〇頁）

【29】太《フツヽカ》［仙源抄］（『塵芥』一六九頁）

【30】不祥《フサハシカラス》［仙原抄］（『塵芥』二七〇頁）

の五例ある。参考までに『河海抄』を見あわせると、【27】以外は見られる。これは『仙源抄』にも見られず[19]、先に見た清原宣賢が手にしていた『河海抄』の問題とともに、あらためて字書が依拠していたものはなにかが問われる。

先掲弘治二年本『節用集』の出典「千鳥」の例について、『河海抄』と『千鳥抄』を見あわせると、『河海抄』は、（3）、（4）、（6）、（9）、（14）の五例について、

11たをやめの袖にまかへるふちの花
　婦人《タヲヤメ》［日本紀第二］　又手弱女人［多乎夜米］　幼婦［万葉］（『河海抄』藤裏葉巻、四五〇頁）

12世にふるたつき
　使［万葉］　鶴寸［同］（『河海抄』帚木巻、二二七頁）

13たゝ人にて
　凡俗《タヽヒト》［日本紀］　直仁［伊勢物語真名本］（『河海抄』桐壺巻、二〇六頁）

14そひふし
　横陳［注日在身傍横臥也　遊仙窟］

延喜十二年十月廿二日保明親王元服夜故左大臣《時平》女参俗謂副臥乎［李部王記］
寛和二年七月十八日三条院［于時親王］御元服同日皇太子《年十一》法興院大相国女尚侍淳子為副臥［見大鏡］
光源氏通執政臣女事
九条《新古今》右大臣の女にはしめてつかはしける
とし月は我身にそへてすきぬれと思ふ心のゆかすもあるかな［西宮左大臣］（『河海抄』桐壺巻、二一〇頁）

15なまめかしく
最媚《ナマメク》［伊勢物語真名本］又生［日本紀］
秋《古今》の野になまめきたてる女郎花あなかしかまし花も一時（『河海抄』桐壺巻、二〇四頁）

のように、「日本紀」、「万葉」等、出典をあげており、一方、『千鳥抄』が出典を記すのは、

・タヲヤメ　婦人ト云［日本記第一二八］手弱女人又日本記幼婦［万］（『千鳥抄』藤裏葉巻、四六六頁）
・凡俗《ダヽビト》　日本記（『千鳥抄』桐壺巻、三五七頁）
・ソイブシ　遊仙窟ニハ横陳ト云元服ノ夜ハソイフシニ女マイル事也（『千鳥抄』桐壺巻、三五八頁）

の三例で、『千鳥抄』のみが出典を記している例はない。

『千鳥抄』は、原則として文節で項目を立てる『河海抄』に対し語句で項目を立て、『河海抄』の和語の注から出典を削って注としており[20]、かたちとして『仙源抄』も同様である[21]。しかし弘治二年本『節用集』は、出典を記さない『千鳥抄』のほうを多くあげている。字書にとっては語句で項目を立て、出典を記さないもののほうが見やすく採りやすいということだったかと考えられる。

三　出典「河海」の意味

『河海抄』を出典としてあげるものについてさらに見ると、弘治二年本『節用集』の例は、先に指摘したように、『河海抄』が出典を表示していない。『運歩色葉集』について、『河海抄』にたち戻って出典を見ると、一一七例のうち、「日本紀」九例、「白氏文集」三例、「新猿楽記」、「荘子」、「遊仙窟」が各一例である。同様に、『塵芥』では、一一六例のうち、「日本紀」一五例、「和名抄」、「遊仙窟」各五例、「万葉」四例、「伊勢物語真名本」、「新猿楽記」各三例、「白氏文集」二例、「李部王記」、「毛詩」各一例である。これらの出典は『運歩色葉集』、『塵芥』にも見られないものではないが、しかし、ここではほぼすべて、たんに「河海」としてあげられているのである。[22]

これらのうち最も多い「日本紀」について具体的に見る。

〈13〉折《オリカラ》　身《同》　思《同》［以上三　河海］（『運歩色葉集』八六・一六七頁）

〈14〉無状《アジキナシ》［河海］（『運歩色葉集』二五八・二六一頁）[23]

および、先掲〈2〉、〈3〉、〈4〉の、五項目七例については、『河海抄』に、

17心つからとの給すさふるを
　心《ココロツカラ》［日本紀］　折《オリカラ》［同］　身［同］　思［同］
恋しきも心つからのわさなれはをき所なくもてそわつらふ［中務集］
春風は花のあたりをよきてふけ心つからやうつろふとみん［古今］
かけていへは涙の河のせをはやみ心つからや又もなかれん（『河海抄』朝顔巻、二六六頁）

18あちきなう

無為《アチキナシ》［史記高紀　白氏文集　古語拾遺　老子経］無道［日本紀　此心歟］無状［同］無事《アチキナシ》［遊仙窟］

何須《ナンソアチキナク》［同］无情［同］無端《アチキナシ》［舎利講式解脱上人］（『河海抄』桐壺巻、一九一頁）

19いとをしたちかと〳〵しく

最押立　才《カト〳〵シ》［日本紀］才学［同］廉々（『河海抄』桐壺巻、二〇二頁）

20われことふきせんと

寿詞《コトフキ》［日本紀］言吹［同］寿［文選］或譸［同　ことふきは年始の祝詞也］

古事記曰撃口鼓為伎［コトフキツ］

文選曰　振《アケテ》十城之虚《スキシコトフキヲ》　寿　掩咸陽以取隽

西宮云歌合人於南殿西発調子入自日花門列立東庭踏歌周旋三度列立御前言吹奏祝詞畢（『河海抄』初音巻、三九三頁）

のように、「日本紀」としてあらわれているものである[24]。

同様に、『塵芥』についても、『河海抄』を併記して示すと、

【31】時《トハカリ》［シハシ計也　河海］（『塵芥』六七頁）

21とはかり

時《トハカリ》［日本紀］しはし計也（『河海抄』絵合巻、三四四頁）

【32】未通女子《ヲトメコ》［又云乙女］少女《同》［乙通女　以上河海］（『塵芥』九二頁）

22をとめこかあたりと思へは榊葉のかをなつかしみとめてこそおれ

未通女子《ヲトメコ》［万葉］　少女［日本紀］　乙通女

榊葉の枝さすかたのあまたあれはとかむる神もあらしとそ思ふ［拾遺］

をく霜に色もかはらぬ榊葉のかをやは人のとめてこさらん［貫之］

榊葉のかをかくはしみとめくれは八十氏人もまとゐせりけり［拾遺　神楽歌］（『河海抄』賢木巻、二九六頁）

【33】水長《ヲチカタ》　遠方《同》［以上河海］（『塵芥』九七頁）

23 舟とむるをちかた人のなくはこそあすかへりこむせなとまちみめ

水長《ヲチカタ》［日本紀］　遠方《同》　彼方《同》

をち方の花もみるへくしら波のともにやわれも立わたらまし［拾遺］

せな　夫也　兄《セナ》［日本紀］　背男《同》［万葉］（『河海抄』薄雲巻、三五八頁）

【34】無破《ワリナシ》［河海］　無別《同》［同］（『塵芥』一〇四頁）

24 わりなくまとはさせ給あまりに

無別《ワリナシ》［日本紀］　無破　纏［マトウ］（『河海抄』桐壺巻、一九三頁）

【35】凡俗《タヽヒト》［河海］　直仁《同》［同］（『塵芥』一四三頁）

【36】現人《ウツシヒト》［河海］（『塵芥』二〇〇頁

『河海抄』は、先掲13。

25 うつし心ならす

現心《ウツ》［万葉］　現人《ウツシ》［日本紀］（『河海抄』葵巻、一八九頁）

【37】気［河海］　形勢《同》［河海］　景気《同》［河海］（『塵芥』二五七頁）

26しねんにそのけはひ

気《ケハヒ》［日本紀］　形勢［新猿楽記］　景気（『河海抄』帚木巻、二一七頁）

【38】巨々等《コヽラ》［河海］　多々等《同》［河海］（『塵芥』二八四頁）

27こゝら

巨《奥入》々等　又多々等［日本紀］　おほくといふ心也

秋の夜の月かも君は雲かくれしはしもみねはこゝら恋しき［万葉］（『河海抄』桐壺巻、二一一頁）

【39】龍鐘《サスラフ》［河海］　流離《同》［河海］（『塵芥』三三六頁）

28さすらふらむ

伶俜《サスラウ》　又竜鐘　流離《サスラウ》［日本紀］

已《ステニ》忍伶俜《レイヘイ》十年事　強移《シイテウツス》栖息一枝安［杜甫《トホ》］（『河海抄』帚木巻、二二五頁）

および、先掲【3】と19、【6】と5、【8】と8、【4】と20の、約一三項目一五例の出典「河海」が、『河海抄』では出典「日本紀」となっている。

『運歩色葉集』、『塵芥』にも、また、弘治二年本『節用集』にも、

（15）安忍《イブリ》［日本］（弘治二年本『節用集』一一頁）

〈15〉親昵《ムツマシ》［日本］（『運歩色葉集』一七五・二二二頁）

【40】扇《トヨム》［日本紀］（『塵芥』六六頁）

のように、出典「日本紀」は見られるにもかかわらず、『運歩色葉集』、『塵芥』いずれも、『河海抄』が「日本紀」で登録しているものを、たんに「河海」としてあげる場合があるということだ。そのうち、先掲〈2〉と【3】、〈3〉

と【3】、〈4〉と【4】の二例は、『運歩色葉集』と『塵芥』どちらも「河海」としてあげるもので、二つの字書がかさなる四例のうち、二例が、『河海抄』では「日本紀」として登録されているのである。

一方で、

(16)夕附夜《ユフヅクヨ》「日本記」(弘治二年本『節用集』一一六頁)

〈16〉牛麦《ナデシコ》「日本」(『運歩色葉集』三七七・二四五頁)(25)

【41】可畏之神《カシコキカミナリ》「日本記」(『塵芥』一一九頁)

等の例は、それぞれの字書が「日本紀」としているが、『日本書紀』には見られない。これらのうち、「夕附夜」、「可畏之神」は、『河海抄』に、

29ゆふつくよ

暮月夜「万葉」　夕附夜「同上　又日本紀」(『河海抄』桐壺巻、一九八頁)

30かしこき御かけをは

恐「をそる、心也賢にはあらす」　可畏之神《カシコキカミナリ》「日本紀」　恐惶《カシコシ》「同」　恐山《カシコキヤマ》　恐坂　恐海「以上万葉」　威《カシコシ》「左伝」　賢「宛字」　畏也

みなそこのおきはかしこしいはまよりこきめくりませ月はへぬとも「万葉」

かけまくもかしこけれとも「同集人丸奉高市親王短歌」

勅なれはいともかしこしうくひすのやとはととは、いか、こたへん「拾遺」(『河海抄』桐壺巻、一九三～一九四頁)(26)

と、「日本紀」としてあげられている。「牛麦」は、『河海抄』では、先掲6のように、「万葉」として引かれ、これは

『万葉集』に見られる。〈16〉のように、『運歩色葉集』はこれを出典「河海」としてあげている。『河海抄』が「日本紀」としてあげたものが、単に「河海」として引かれる場合もあり、『日本書紀』に見られないものが「日本紀」としてあげられ、それが『河海抄』の「日本紀」と一致している場合もあり、また、出典が『河海抄』とは異なるものもあるということだ。ここで問われるのは、出典「河海」としてあげることの意味である。先に指摘したように、それぞれの字書が「日本紀」その他の出典をもつ一方で、『河海抄』にはある出典を表示せず「河海」で言葉を登録しているのである。

ここで、『塵芥』の筆者である清原宣賢による歌語事典『詞源略注』を見たい。同じように「日本紀」で見ると、

・マカリ申

河、神ニ申辞見、日本記。イトマ申ナリ。（『詞源略注』一八八頁）(27)

31神にまかり申し給ふ

辞見《マカリ申》［日本紀］いとま申也古今集きのむねさたかあつまへまかりける時に人の家にやとりて暁いてたつとてまかり申しけれはとあり（『河海抄』須磨巻、三一一～三一二頁）

・ユフツクヨ

河云、暮月夜。万、夕附夜日本記。古六、夕ノ月。（『詞源略注』二四六頁）

・スケナフ

河、無人望、日本記。（『詞源略注』二九六頁）

「ユフツクヨ」、「スケナフ」については、先掲29、2に見られるが、『河海抄』が『日本書紀』にないものを「日本紀」としてあげる注について、『詞源略注』はほぼ忠実に、「河（云）」として引く。『河海抄』の「日本紀」、『河海

抄』経由の『日本書紀』は、一条兼良『日本書紀纂疏』、吉田兼倶『日本書紀抄』を書写し、『日本書紀』の講義も行い、『日本書紀』を知悉していた筈の宣賢にとっても無視できないものだったのではないか。同じ注が、契沖『源註拾遺』では、

・すけなし

無人望「日本紀」（）〈今案〉日本紀に此言なし（『源註拾遺』桐壺巻、二三九頁）[28]

と、『日本書紀』にない「日本紀」は批判的指摘の対象となっている。[29] 一方で、批判されてはいるものの、近世になってもまだこのような和語の注は生きてはいて、彼らの『河海抄』批判の基盤にあるのが、見てきたような、『河海抄』が字書の出典となってゆくような状況ではなかったか。『詞源略注』では、

・カト〳〵シク　河云、才〳〵　日本記、才学。（一〇一頁）

と、『河海抄』では、先掲19のように、いずれも「日本紀」として引かれているものが、「才」は『河海抄』として、「才学」は「日本紀」としてあげられている例もある。これらは、『運歩色葉集』、『塵芥』では、いずれも出典「河海」で登録されているのである。

『河海抄』の、漢字による和語の注釈が、そのまま字書の出典となるという問題は、『源氏物語』注釈史からも、国語学の立場からも留意されてこなかったが、今後の課題となるべきものだと考える。

注

1　小峯『『河海抄』の『源氏物語』』（二〇〇三年、和泉書院

（2）上田万年・橋本進吉『古本節用集の研究』（一九一六年、東京帝国大学文科大学紀要第二）。一九六八年、勉誠社出版部再版。

（3）『塵芥』の引用は、臨川書店刊『清原宣賢自筆　伊路波分類体辞書　塵芥』により、引用文の番号を【　】で示して、頁数を記す。なお、以下の資料の引用で、論旨にかかわらない範囲の表記等の変更を行ったところがある。引用文中の［　］は、分注であることをあらわす。

（4）弘治二年本『節用集』の引用は、勉誠社刊『印度本節用集古本四種研究並びに総合索引』により、引用文の番号を（　）で示して、頁数を記す。

（5）『運歩色葉集』については、臨川書店刊『元亀二年京大本　運歩色葉集』、風間書房刊『中世古辞書四種研究並びに総合索引』所収静嘉堂文庫本『運歩色葉集』二本で調査し、結果は最大で採り、どちらか一方の本にのみ見られるものについても数える。頁数は、元亀二年本、静嘉堂文庫本の順に記す。引用文の番号は〈　〉で示す。異同がある場合はそのつど指摘する。静嘉堂文庫本の傍注は「ナコヤカ也」で、出典表示がない。

（6）『河海抄』の引用は、角川書店刊『紫明抄　河海抄』により、引用文の番号は、かっこなしの数字で示して、巻名、頁数を記す。天理大学出版部・八木書店刊天理図書館善本叢書和書之部第七十巻、第七十一巻『河海抄　伝兼良筆本』一、二を参照し、必要に応じて注記する。なお、『河海抄』が同じ用例を複数回引いているものについては、論述上の必要が生じない限り、初例であげる。

（7）『河海抄』で「婀娜」は、

たをやき給へるけしき

婀娜［遊仙窟］　窈窕［同］（『河海抄』末摘花巻、二六九頁）

と、「たをやき」の注にも見られ、中世の字書類同様、同じ漢字が別の訓にあげられている。

（8）静嘉堂文庫本は、出典表示なし。

（9）静嘉堂文庫本は、傍訓なし。

（10）静嘉堂文庫本は、「品如」。

（11）静嘉堂文庫本の訓は「イチシルシ」。

（12）伝兼良筆本は、「イチシルシ」の傍訓はない。

（13）伝兼良筆本は、「トキメク」の傍訓はない。

（14）臨川書店刊『運歩色葉集』、同『塵芥』「解題」。安田章執筆。

（15）伝兼良筆本は、「石竹」に「ヤマトナデシコ」の傍訓はない。

（16）伝兼良筆本は、「通巖顛」の部分にルビ、送り仮名がない。

（17）『千鳥抄』は、至徳三（一三八六）年から嘉慶二（一三八八）年の四辻善成による『源氏物語』講義の聞書で、一方『仙源抄』は、長慶天皇がこれを書くにあたって参照した注釈書を列挙した跋のなかに『河海抄』はあげられておらず（『河海抄』と『仙源抄』の問題については、小論「『仙源抄』の位置」紫式部学会編『源氏物語とその享受　研究と資料―古代文学論叢第十六輯―』二〇〇五年、武蔵野書院、で考察した）、四辻善成と確かに関わる『千鳥抄』とひとしなみに見ることはできないのであるが、『河海抄』と同じく和語の注として漢字をあげ、注釈書として、大半が漢字による和語注であるという点で『千鳥抄』も『仙源抄』も共通している。

（18）「幾等《ソコラ》」は『千鳥抄』に見られない（天理大学出版部・八木書店刊天理図書館善本叢書和書之部第五十八巻『和歌　物語古註続集』所収「源氏物語千鳥抄」、「源氏御講義（千鳥抄）」上、下（『文芸と思想』一九五八年一〇月、一九六〇年一二月）による調査。以下『千鳥抄』を引用する場合は、天理図書館本により、巻名、頁数を記す）。「幾等《ソコラ》」についてあげうるものとして、『河海抄』には、

　10そこらはるかなる

　　幾多《ソコラ》［日本紀］　多［同］　若干［同心歟］（『河海抄』若紫巻、二五五頁）

がある。

（19）おうふう刊源氏物語古注集成第21巻『仙源抄・類字源語抄・続源語類字抄』による調査。以下『仙源抄』を引用する場合はこの本により、巻名、頁数を記す。

（20）これについては小論「『千鳥抄』の位置」（注・先掲小著）で考察した。

(21) なお、『塵芥』のあげる出典「仙源抄」五例についても見ると、「不祥《フサワシカラス》」について、いずれも、

16ふさはしからす

不祥［日本紀］（『河海抄』花宴巻、二八三頁）

・ふさはしからす

不祥［日本紀］（『仙源抄』四三頁）

のように出典をあげ、他の四例についてはどちらも出典がない。『仙源抄』は、漢字をあてる和語の注約六一六例のうち、約一二七例に出典があげられており、その度合いは『河海抄』ほどではないが、『千鳥抄』より大きい。

(22) ただ一例、『運歩色葉集』、

〈12〉夜這人《ヨハヒヒト》［新猿楽記　河海］（『運歩色葉集』一三三・一八四頁。静嘉堂文庫本は、傍訓なし）

が、「河海」とともに、『河海抄』のあげる出典を併記している。

(23) 静嘉堂文庫本は、傍訓なし。

(24) 『運歩色葉集』の、「折《ヲリカラ》」以下の二例は、『河海抄』に、出典「日本紀」であることをあらわす「同」を、「ヲリカラ」とよむと指示したものと誤解したものと推測される。

(25) 静嘉堂文庫本は、出典表示なし。

(26) 伝兼良筆本は、「可畏之神《カシコキカミ》［日本紀］」。

(27) 『詞源略注』の引用は、古典文庫刊『詞源略注』により、頁数を記す。

(28) 岩波書店刊『契沖全集』第九巻。

(29) この問題については、小論「『日本紀』による注―『河海抄』と契沖・真淵―」（『中古文学』二〇〇四年五月）で考察した。

謝六逸『日本文學史』における『源氏物語』

——附〈目次・参考文献表〉——

西野入篤男

はじめに

従来、中国における『源氏物語』享受の問題は、大陸の豊子愷訳『源氏物語』[1]、台湾の林文月訳『源氏物語』[2]といった訳者・訳本の紹介や分析が集中的に行われてきた。そこでは日中両国の文化的差異による誤訳の指摘のほか、そうした差異を乗り越えるための訳者の工夫や、和歌や敬語の訳出方法などが中心的に考察されている[3]。また、翻訳出版後に行われるようになった中国『源氏物語』研究の状況も、一九九三年から五年程度の間隔で張龍妹氏による紹介がなされている[4]。

ただし、中国における『源氏物語』の受容が、翻訳出版以前から行われていることはあまり知られていないのではないか。各国語の翻訳を通じて世界に広がる『源氏物語』受容の様相を、翻訳と原文の突き合わせのみではなく、史的変遷の中に位置づけ、より多角的な視野から分析する視座を確保したい。そうした目的の取り組みとして本論では、一九二九年に中国で初めて日本文学史を紹介した謝六逸『日本文學史』（上下・上海北新書店）における『源氏物語』

理解を見ていきたいと思う。(5) この書は、上代から昭和初期までの作家・作品を幅広く取り扱い、古代歌謡・和歌（長歌・短歌）・俳句の多くに「譯例」が付されているために翻訳研究の方面でも注目されている著書である。(6) 非常に系統的組織的な文学史の紹介であることが、目次を見渡すだけでも確認され、それが一九二九年の中国で発表されていたことには驚かされる。なお、謝六逸は『日本文學史』を記すにあたり、当時日本で発表されていた多くの研究書・論文を参照しており、著書の最後に「参考書目」として列挙している。近・現代に中国から日本へ留学してきた人々が、どのような書物によって日本文学を理解しようとしたのか、その一端が窺える興味深い資料であり、本論で扱う『源氏物語』だけでなく、古代文学から近代文学に至る各分野おいて、その内容を更に検討するに価するのではあるまいか。そのような観点から本論では、『日本文學史』の全体像が分かるように「目次」及び「参考書目」を附すことにした。

以下では、謝六逸の経歴や谷崎潤一郎との交流、『日本文學史』出版以前に日本と中国で発表された『源氏物語』関係の論文を概観した後、『日本文學史』における『源氏物語』理解に検討を加えていきたいと思う。

一　謝六逸とは

謝六逸に関する基本事項を整理することから始めよう。『日本文學史』の著者である謝六逸は一八九八年、貴州省貴陽市に生まれた。名は光燊、字・筆名が六逸である。(7) 一九一八年に公費留学生として来日。翌年に早稲田大学専門部政治経済科に入学し、一九二二年に卒業し学士を取得した。留学当時から、欧米及び日本の文芸の翻訳に取り組んだ人物であり、帰国後は商務印書館に勤務。上海神州女校教務主任、曁南大学教授、中国公学文理科学長、上海大学教授を兼任する。一九二六年、復旦大学の中国文学系と新聞系の主任に就任。抗日戦争期は貴陽に在住し、第二联合大学教授、大夏文学院院長兼中文系主任のほか、貴陽師範、貴州大学で教鞭を執っている。(8) 一九四五年八月に、四十六歳の若さで病死したが、彼の翻訳・評論・論説などの執筆活動に関しては、西村富美子氏による詳細なまとめがあり、そこには古典から近代文学まで幅広く扱った彼の業績が列挙されている。(9)

なお、本論で扱う『源氏物語』を、彼はどのテキストによって読んだのか。参考書目として附した資料、(丁)に記されたものを見るに、『日本文學全書』(野口竹次郎編、博文館、一八九〇～一八九一)、『校註國文叢書』(池邊義象編、博文館、一九一二年、有朋堂文庫『源氏物語』(塚本哲三、一九一四～一九一七)、『新釋日本文學叢書』(物集高量注、日本文學叢書刊行會、一九二二～一九二三)が挙げられる。岩波文庫『源氏物語』は、一九二八年から一九三四年出版のため、『日本文學史』執筆時の一九二九年に全て揃ってはいない。また、参考文献書目には記載されないものの、現代語訳として与謝野晶子『新訳源氏物語』(上・中・下一・下二、金尾文淵堂、一九一二～一九一三年)を参照した可能性がある。後に触れるが、一九二六年十月に、中国で発表された雑誌『趣味』第二期に掲載された「源氏物語」で、与謝野晶子が現代語訳に取り組んだことに触れているからである。ほかには、アーサー・ウェイリー訳『源氏物語』(一九二一～一九三三年)について度々言及しており、一九二九年以前に出版されたものに関しては、目を通していた可能性が想定されよう。なお、「現在も調査を進行中」との断りを入れる必要があるが、謝六逸が、その平安時代観・『源氏物語』観を構成するに当たり、いかなる著書によっているのか、現段階で明らかになった点を、以下で述べていくこととする。

二　謝六逸と谷崎潤一郎

謝六逸の経歴の中で、日本人作家との関わりにおいて注目されるのが谷崎潤一郎との交流である。谷崎は大正七年（一九一八年）と大正十五年（一九二六年）の二度にわたり中国を訪れている。「上海交遊記[10]」は二度目の中国旅行を記したもので、そこに謝六逸との交流の様子が書き記されている。そもそも谷崎の一度目の訪中は、「北京でも上海でも新しい文士創作家に會ひたい」というのが目的で、色々手蔓を求めたが、結局そうした人物に出会うことはできなかった。「目下の支那はまだ近代的の文學が勃興する機運に進んでゐない。青年の志は多く政治に傾いてゐる。たま〳〵小説を書く者があつても、それらは大概新聞記者が片手間にやる仕事で、その小説も政治小説である」というのが、ある支那人の答えであった。しかし、二度目の訪中では「満州を除けば支那に於ける日本の書肆では一番大きな店」という内山書店を訪れ、その店の主人である内山完造から、当時の中国における新知識獲得が、日本語の書籍を通して行われているという実情を聞くこととなる。谷崎の訪中が新聞に載り、会いたいと希望する者が大勢いることを話す内山は「そのうちに谷崎さんを招待して、顔つなぎの會をやるから、主な人たちに集まつて貰はうツて、さう云つて置きました。孰れ近々にやりますから、その節は是非いらしつて下さい」と、谷崎に告げる。内山は新進文士の代表的な人物として、謝六逸、田漢、郭沫若の三氏の名を挙げ、そこで謝六逸は日本の古典を研究している人で、目下『万葉集』と『源氏物語』を翻訳しており、時々店へ来ては『万葉集』や『源氏物語』の不審な箇所を質問するので、内山は大いに「マゴツク」のだと紹介される人物であった。さて、「顔つなぎ會」当日に現れた謝六逸を、谷崎は次のように記している。

謝六逸君が續いてやつて來た。うすい、間服のやうな色合ひの背廣服を着て、上下の毛糸のスエーターを見せてゐる。頬の豐かな、おつとりと太つた鷹揚な紳士である。

それから「極めて流暢な日本語の會話」が始まり、謝と谷崎は次のようなやりとりをしている。

謝君の曰く、「僕はあなたの弟さんを知つてゐます。僕は早稲田であの方に教はりました。精二さんは僕の先生です」と。そして出された名刺を見ると、裏に、MR. LOUIS L.Y. HSIEH M.A.（DEAN OF SHEN CHOW GIRLS' HIGH SCHOOL' PROFESSOR OF SHANGHAI UNIVERSITY）とある。即ち謝君は文藝に從事する傍、上海大學の教授を勤め、シェン・チョウ高等女學校の學長を兼ねてゐるのである。その名刺を見、落ち着きのある物腰や態度を見、少し髪の毛の薄いのを見ると、相當の年頃に思へるけれども、精二に教はつたと云ふのだから、まだ若いのに違ひなからう。それにしても精二は彼の教へ子の一人が、今上海で斯くの如き地位にあることを知れりや否や。

謝六逸が早稲田で学んだこと、自身の弟である谷崎精二の教え子であること、そして彼が上海大学教授兼神州女学校校長であることを谷崎は知ることとなる。谷崎潤一郎と交流のあった謝六逸・田漢・郭沫若・欧陽予倩に注目し、近代文学における両国交流の様相を辿る西村富美子氏は、「当時は謝六逸の方が郭沫若よりはるかに社会的に認められていたのではなかろうか」と、日本における知名度との差を指摘している。[11] 後に見るが、一九二六年五月、雑誌『改造』に掲載された「日本古典文學に就て」で謝六逸は、『源氏物語』が「現在已に Mr. Walley の英譯本があり、余も翻譯を試み中である。……余は此書を國人に紹介することを以て、余が生涯の事業の一つとする覺悟である」と述べている。周知のように、谷崎潤一郎は、『源氏物語』の現代語訳に取り組んだ人物であり、両者の活動に関連があればなどと興味の湧くところである。しかし、谷崎が謝六逸に会ったのも、「日本古典文學に就て」が執筆されたのも、谷崎が『源氏物語』の注釈作業に取り組む昭和十年代半ばより前のことなので、二人の間に影響関係が認められるわけではない。内山完造が紹介した三名のうち、以後も交友関係が続いたのは、田漢と郭沫若であり、謝六逸との交流はこの時が最初で最後だったようである。

続けて、『日本文學史』以前に、謝六逸が日本の古典に関して記した「日本古典文學に就て」と「源氏物語」の二本の論文を見ていこう。

三　『改造』「日本古典文學に就て」と『趣味』「源氏物語」

謝六逸の日本古典文学に関する認識を探る上で注目されるものとして、一九二五年五月に出版された雑誌『改造』第八巻第八号の「日本古典文學に就て」が挙げられる。現代中国の特集号として編まれたこの号には、中国の胡適・馮友蘭・陳望道・謝六逸・聞一多・梁啓超・顧頡剛・郭沫若・陶晶孫・田漢、日本からは木村荘八・村松梢風・井上紅梅・小畑薫良・幸田露伴・正宗白鳥・犬養健・長与善郎・武林無想庵・岸田劉生・塩谷温・里見弴・菊地寛・長谷川如是閑・佐藤春夫と錚々たる顔ぶれが並んでいる。

さて、「日本古典文學に就て」で謝六逸は、この三十余年間に日本文学が世界文壇において確定的位置を占めるに至り、日本文学の研究は「東洋人―就中支那人の一個の重要なる仕事」との見解を示している。よって、日本古代の文化は、すべて支那の模倣であるという当時の中国における認識や、日本文学の研究に意を注ぐものがないという中国国内の現状には批判的であった。彼は自身の研究目的を、(一)「日本文学を以て東洋に於ける最も発達した文学として研究すること」、(二)「中日文化関係の密接なること」とし、日本の古典文学の「感想」として『万葉集』と『源氏物語』について述べている。以下、その内容を見ておこう。

『万葉集』の中には多くの傑出した歌が存在し、三十一字形の短歌は日本特有の産物であり、それは「一見簡陋にして深意無きに似たるも、然も能く一時の感情を捉えて、三十一字の形式を以て寫し出したところに、實に一種単純なる情趣がある」と、その特徴を指摘している。万葉歌人では山部赤人と柿本人麿を好むという彼は、上海の「文學週報」紙上に二人の歌各十四首の翻訳を試みたことを述べ、人麿歌一首の漢訳を紹介している[12]。日本の詩歌に対して「世界文學上極めて優秀なる位置を占め」、「萬葉古今二集の外、芭蕉の俳句の如き、能く純撲の調子を以て微妙の感情を傳へる」と、高い評価を与える一方、日本人の作る漢詩は「余より見れば幼稚笑ふべき」[13]で、夏目漱石の「思ひ出す事など」の中にある「斜陽滿徑照僧遠　黄葉一村藏寺深」の二句だけしか見るものがないという。このような漢詩に対する認識は、後の『日本文學史』に「漢詩」の項目が立てられていないことからも窺い知ることができる。

日本の物語文学では、「余の偏見より」と断りつつ、『源氏物語』と『竹取物語』を白眉とし、『源氏物語』はその作者が女性なる故に一層貴い作品であるという。『源氏物語』の如き作品は世界に向かって宣伝されるべきで、先にも引いた通り、既にウェイリーの英訳があり、自分のその翻訳を試みている最中であることを述べている。

以上が「日本古典文學に就て」に記された内容である。僅かに四頁ほどの論文だが、謝六逸の日本文学愛好の度合いを知ることができよう。『源氏物語』の翻訳を「余が生涯の事業の一つとする覺悟」であると述べているが、現在のところ、彼の出版物の中に『源氏物語』の翻訳を見出すことはできない。西村富美子氏が述べるよう、著作や雑誌などの形で出版されているものが発見されれば、豊子愷や銭稲孫、林文月に先立つ『源氏物語』の中国語訳者として貴重な存在となるであろう。[14]

さて、以上のような認識のもとに記された『源氏物語』に関する出版物として、一九二六年十月に出版された雑誌『趣味』第二期に掲載される「源氏物語」および、同誌第四期（一九二六年十二月）に掲載された「桐壺」がある。筆者が確認できたのは、後に『水沫集』（世界書局、一九二九年）に収録された「源氏物語」のみであり、「桐壺」を確認することはできなかったが、『日本文學史』に先立つ彼の著作として、「源氏物語」の内容を確認しておこうと思う。

先に見た「日本古典文學に就て」では、『源氏物語』が世界的価値を有する作品であること、自身も翻訳に取り組んでいることなどが述べられたに過ぎなかったが、「源氏物語」ではその内容まで踏み込んだ言及がなされている。作者紫式部の紹介、作品の時代背景とその文体の特徴が中心的な内容であり、まずはその概略を記しておきたい。

この論文で謝六逸はまず、一九二五年の『文学週報』[15]で『万葉集』の紹介、並びに柿本人麿、山部赤人の短歌十数首と、いくつかの長歌を翻訳したことを述べている。また平安時代の傑作として『源氏物語』があるとし、これはアジア文化を重視する人々は知っておかねばならない作品であり、既にイギリス人のウェイリー氏が翻訳に取り組み、『源氏物語』の半分ほどを翻訳して出版していることを紹介している。[16]その後は『河海抄』の説を次のように引きつつ、作者紫式部を紹介する。

紫式部者、鷹司殿女官也。侍上東門院、父越前守為時、母常陸介為信女。後嫁左衛門権佐（官名）宣孝、生辨局。……式部墓在雲林院白毫院南、小野篁墓西。……

このほか作者に関しては、「紫式部」の名前の由来、『白氏文集』『日本書紀』を中宮彰子に進講したことも記している。ただし、紫式部が『日本書紀』を中宮に進講したという事実はなく、謝六逸は『紫式部日記』に載る、「日本紀の御局」とあだ名を付けられた記事と、「楽府といふ書二巻」を進講した記事とを合わせて解説してしまっている。五十四帖の長篇小説が書き上げられた要因は、宮廷に長年仕えた経験と、彼女の豊かな才能であるとし、前四十四帖を正篇、後の十帖を続篇とすることを述べ、作者の紹介を終える。

続けて平安時代の歴史背景を述べるが、ここで記された時代認識が、後の『日本文學史』では変化している。それについては後述することとし、ここでは「源氏物語」に記された内容を確認しておこう。

日本の平安時代は、正に太平の時代であり、商売繁盛、人々は安楽に暮らしていた（正是宴安太平的時候）。宮廷は雄大で、邸宅は華麗、歴代類を見ない。一切の文物は、我が国の唐代制度に多く習い、正に「五袴的時代」であった。当時宮廷には女官が溢れ、いったん寵愛を受ければ皇后となり、その栄達により外戚の地位を得る。謝六逸は「遂令天下父母心　不重生男重生女」と白居易「長恨歌」の句を引き、当時の宮廷を解説しており、彼はそこに詠われた「後宮佳麗三千人」や「姉妹弟兄皆列土」の如き時代として平安時代を紹介している。当時の女性は、まず和歌を習い、琴箏琵琶といった音楽面、碁や双六といった遊戯を身につけるとし、その他に最も重要なものとして「戀愛學」があるという。当時の貴族社会の男女関係は非常に自由で、源氏もこのような宮廷に生まれたために、自然と多くの女性と関わることとなった。紫式部は宮中に長年仕え、それらを観察し、『源氏物語』という恋愛小説を書き上げたとする。日本の研究者として三浦圭三を取り上げ、『源氏物語』の八つの特色を述べる。この八項目は、三浦圭三『綜合日本文學全史』「第二十三章　源氏物語」に列挙された文体の特徴を指しているようである[17]。両論の記述を対応させ並べると次のようになる。

①如修辞巧妙（修辞　朧化法）
②描寫内心的活動（心理描写の精緻）
③描寫頗細微（描写の緻密）
④優雅（繊細優美）
⑤照應極巧（照応の妙）
⑥引用古歌、催馬楽等、是以詩心作成的散文（歌心して書ける散文）
⑦短歌與文聯絡（地の文と和歌との有機的聯接）
⑧寫景寫情融化爲一（情景融合の筆）

さらに与謝野晶子が現代語訳に取り組んだことに触れ、幼い時から『源氏物語』を愛読していた彼女でも、三年の月日を費やしたことを述べる。最後は『源氏物語』五十四帖の巻名が記されるが、後に『源氏物語』を翻訳した豊子愷は、「巻」を「回」で表し、巻名を中国人読者に分かり易いよう変更した(18)のに対して、謝六逸はそのままの形で紹介している。

以上の論の中でも、平安時代と『源氏物語』に関する認識は、三浦圭三『綜合日本文學全史』の第二篇「中古文学」に拠るところが大きいと思われる。例えば謝六逸は平安朝を、

日本的平安朝、正是宴安太平的時候、商賈興盛、人民楽業。宮殿的宏壮、邸宅的華麗、爲歴代所無。

と解説するが三浦圭三は次のように解説している。

桓武天皇、帝都を山城の平安に奠めさせられてより、百代の規模茲に定まり、皇居の宏壮優雅を始めとして、百官邸宅の壮麗、市井商賈の殷賑、前古其比を見ず。

傍線を付した箇所の内容・表現ともに類似すると見てよかろう。また、謝六逸は女性の教養として「和歌、琴箏琵琶、碁・双六」を挙げている。一般に、当時の女性の教養としてまず思い出されるのは、芳子の父・藤原師尹が日課として「一つには御手を習ひたまへ。次には琴の御琴を、人よりことに弾きまさらむとおぼせ。さては古今の歌二十巻をみなうかべさせたまふを御学問にはせさせたまへ」という『枕草子』の記述であろう。「碁・双六」が組み込まれる要因も、やはり三浦の論を参考にしたための記述と思われる。両氏の記述を並記してみよう。

（謝六逸）因此皇宮裏面、「雀雎粥粥」、如同貴族女學校一様、首習和歌、是現在的國語；琴箏琵琶、今之音樂；碁、双六、今之遊戲。

（三浦圭三）一條帝の時代には紫清兩女を外にして、幾多の閨秀文學家頻々續出せり。眞に是、女子教育の最盛時にして宮廷は夫自身立派なる貴族女學校なり。和歌消息はその国語科なり。和琴箏琵琶はその音楽科なり。亂碁、韻ふたぎ、双六はその遊戯科なり。

「貴族女學校」といった特殊な比喩表現の一致からも、謝六逸が三浦圭三に依拠して論を組み立てていると考えてよい。従って、謝六逸が当時最も重要視されたとする「戀愛學」をいかなるものと考え、紹介したのかといえば、三浦の次のような解説が参考となるだろう。少々長いが、引用する。

最、重要視せられたる學科は戀愛科たりしなり。而して此科は男女共通の重要學科たりしなり。初めて慇懃の通じやう、二度目の甘えやう、三度目の口説きやう、汚ちらる戀のかこち方、心がはりせし男へのうらみ方、或はひとりねにおもひあかしのうらさびしさを云い寄り、或は耿々たる殘燈壁に背いて坐る。斯の戀愛の種々相を書きあつめたるもの韻文に於ては歌集となり、散文に於ては物語となり、以て彬々たる文學の隆盛を致せり。歌集の好代表は古今集にして、物語の好代表は源氏物語なり。此點に於て王朝文學は、又正しく女性文學なり。又、戀愛文学なり。

以上のことから、『趣味』「源氏物語」を記した頃の謝六逸が、平安時代や『源氏物語』を三浦圭三『綜合日本文學全史』によって理解していたことを窺い知ることができる。続けて、彼の著作の中で最も詳細に『源氏物語』を論じている『日本文學史』の記述を見ていこう。

四　『日本文學史』に記された平安時代

謝六逸『日本文學史』上・下巻は一九二九年、中国で最初に日本文学史を紹介した書であり、上巻には日本民族の起源から、上古文学・中古文学・近古文学が、下巻には近代文学（江戸文学）・現代文学上（明治以降）・現代文学下（大正以降）が解説されている。その序文には、西洋で注目を集めはじめた日本文学を、世界文学において見直す必要があること、中国人の日本語・日本文学に対する時代錯誤的認識を改める必要があることなどが述べられている。謝六逸が日本文学を、日本固有の文化研究としてではなく、アジアや世界といった広い視野から捉えるべきだという姿勢は、これまでの著作においても一貫している。

さて、『日本文學史』では第三章に「中古文学」が設けられ、「總論」では「遷都平安」「貴族階級的文学」「社会相」が解説されている。「總論」の後は、（一）小説（原名物語Monogatari）（二）詩歌（三）随筆（四）日記（五）歴史の五項目が立項され、（一）で取り上げられている作品は、（a）源氏物語（b）竹取物語（c）伊勢物語（d）大和物語（e）宇津保物語（f）落窪物語（g）狭衣物語（h）濱松中納言物語（i）堤中納言物語（j）夜半寝覚物語（k）替換物語 Torikaebaya Monogatari の十一作品である。

まずは「總論」における謝六逸の時代認識から確認しておきたい。ここに記された解説は、現代から見ると些か偏った認識が散見され、批判的な日本文化論と取られかねないが、謝六逸自身にそのような認識があるわけではない。これまで見てきた日本文学への愛好からも理解されるように、好意的に紹介していることを留意する必要がある。後に見るが、同様の記述は、彼が参照したであろう日本の研究においても確認され、謝六逸個人の意見というよりは、先行研究を参照しつつまとめたものと理解すべきである。彼の記した平安時代は、おおよそ次のようなものである。なお、後の解説の便宜のため、必要な箇所には『日本文學史』本文を加えた。

桓武天皇は奈良の都が不便だったので、七九四年に平安に遷都した。その地の風景は極めて美しく、三面を山に囲まれ、自然豊であった。このような風土のもと、平安文学に現れたのは、全て歓楽世界であり（在平安文學裏所表現的、都是歡樂世界）、貴族は平民の汗水流して稼いだものを恣意的に浪費する。貴族は一日中、宴や歌舞をし、女性と戯れている（一天到晩宴飲歌舞、玩弄女子）。しかし、実際の社会では、平民の不平不満が充満し、盗人が横行する。貴族は跋扈し、平民は苦しんだが、その不満を口に出すことはできなかった（實際的社會是平民怨嗟、盗賊横行、加以貴族的跋扈、平民史在水深火熱中、敢怒而不敢言）。

国家の大権は全て藤原一門にあり、故にこの時代の文化は、日本全国の文化ではなく、平安城圏の文化を出ない。従って文学も、全国の文学ではなく、貴族階級に独占された文学である（故談到這時代的文化、不是代表日本全國的文化、是不出平安城圈的文化：這時代文學、也非代表全國的文学、乃是貴族階級獨占的文學）。貴族の搾取を受ける中流以下の人々（自中流以下、皆感到物質的不足）に、文学を弄ぶ暇などあったであろうか。この時代の文学に言及する時、しばらく民衆を離れざるを得ない。この時代の文学は、民衆とは無縁である（所以談到這一個時代的文學、只得暫時離開民衆：這個時代的文學、是與民衆無縁的）。

平安貴族は体質が虚弱で、性格は鬱々とし、感情は鋭敏で、動きはゆったりしていた（平安朝的貴族、是體質虛弱、性情沉鬱、咸情鋭敏、擧動沉滞的）。彼らの居住飲食は豪華を極め、毎日やることもなく、数首の歌を作るほかに、女性を誘惑し、男女関係は特に憚りがなかった。実権を握る者は仲間を増やし、対立派を排除することしか知らない。権力のない者は、自分の娘、或いは妻の容姿が良ければ、宮廷人と関係を結ばせ、そこで利益を得た。当時の宮廷は女官が最も多く、彼女たちは和歌を作り、それ故に男性が独占した文学も、彼女たちに半分ほど奪われている。これら女性貴族の生活は、和歌を作り、舞楽をするほか、情事しか知らない。文学に反映されたのは、宮廷生活、貴族生活、男女相愛の詩歌と散文であり、これらはその時の廃頽的、遊技的、愛美的色調が現れ、文学史上頗る価値あるものである。

以上が謝六逸の記した平安時代の概略である。先に見た「源氏物語」で、物語世界の延長線上で「太平的時候」「五袴的時代」とされていたものが、物語と現実とを区分し、批判的に捉え直されていることに気付く。それは謝六逸が、この解説を書き上げるにあたって、藤岡作太郎『國文學全史　平安朝篇』（岩波書店、一九二三年）に拠ったためではなかろうか。文章の構成や表現などに多くの類似を確認できるが、その顕著な例をいくつか挙げておこう。

『國文學全史　平安朝篇』「総論　第三章　平安朝の社會」に次のような解説がある。

> 平安朝の文學を見れば何ぞ悠揚たる。この世は歡樂世界なり、兜率天上なり、日日の行事は宴飲歌舞、民に怨嗟の聲なく、國に盜賊の患あるを知らず、太平無事の常世の春なるが如し。しかれどもかくの如きユトピアは現實に求むべからず、平安朝の實地はその文學の表面に現はれたるよりも悲慘なり、或は重病の者を衢に捨て、顧みず、或は京のうちに盜賊恐れげもなく横行す、權家に虐げられて訴ふるにところなきものあり、良人に捨てられて浮草の寄るべ定めぬものあり。貧窮困厄、樣々なりといへども、物質的不滿足の多き中流以下の社會は、當時の文學とは沒交渉なり……社會は公卿の社會なり、文化は公卿の文化なり、……文学もまた殿上人が獨占の文學なれば、この時代の文學史を論ずるに當りては、中流以下の社会はしばらく問はずして可なり

傍線部を付した箇所と類似する表現が、『日本文學史』においても確認される。対応関係を明確にして、謝六逸の解説をまとめてみよう。彼は平安文学に表れたのは「都是歡樂世界」とし、貴族は「一天到晩宴飲歌舞、玩弄女子」。しかし現實には「平民怨嗟、盜賊横行、加以貴族的跋扈」であった。この時代の文化は「也非代表全國的文學、乃是貴族階級獨占的文化」であり、貴族からの搾取を受ける民衆や、「自中流以下、皆感到物質的不足」のような人々が、どうして文学を弄ぶことができるだろうか。従って、この時代の文学について論じる時、「只得暫時離開民衆；這個時代的文學、是與民衆無緣的」という[19]。

また、謝六逸は当時の貴族の体質を「平安朝的貴族、是體質虚弱、性情沈鬱、感情鋭敏、舉動沉滯的」と記すが、これは『國文學全史　平安朝篇』「総論　第四章　日常の生活」の「平安朝の貴族は體質虚弱にして、資性沈鬱、行

動に鈍にして、感情に敏なり」を訳出したものと考えられる。

以上のことから、『趣味』「源氏物語」に記された時代認識から、『日本文學史』「総論」に示された認識への変化は、謝六逸の依拠した論が、三浦圭三から藤岡作太郎へ重心を移したことで説明できそうである。なお、謝六逸が平安時代に現れた文化を、「一部の貴族階級の文化でしかない」と指摘している点には注意しておきたい。海外では一般的に、『源氏物語』などを〈日本文化の象徴〉と捉えるが、中国において初めて体系的に日本文学史を扱った著作で、それらが「平安城圏」の文学でしかないことが明記されているのであった。続けて『源氏物語』の解説、及びその梗概の特徴的な点を確認していこう。

五　『日本文學史』に書かれた『源氏物語』

『日本文學史』では、『源氏物語』の梗概に至るまでに、作者紫式部、作品の思想、作品に描かれた恋愛の形式、五十四帖の構成及び巻名の解説がなされている。作者紫式部に関しては、先に見た「源氏物語」の解説とほぼ同様であるが、藤原道長の誘いを断った貞女であるとの説が加えられている。思想に関しては、作者の仏教の教養の具現化と、勧善懲悪説の二説を挙げるが、その両説を退け、本居宣長の「人世的哀愁（もののあはれ）」が賛同する人の多い意見であるとする。描写が感傷的であり、文体が「沈漫」という批判に対して、『源氏物語』の優れた点は恋愛心理と自然美を描写する点にあるとし、それ故に原作が、単なる平安時代の風俗史や社会史とならず、不朽の生命を獲得した、というのが謝六逸の主張である。彼は『源氏物語』を「人情」を描き出した作品であると理解する。従ってその関心は、物語が「人情」を描き出す形式にあり、准拠や典拠といったものが言及されることはない。自国の文学作品と比較する意識はなく、従って、後に『源氏物語』の紹介で繰り返される「日本の紅楼夢」の如き解説が付されていないことを特徴として指摘することができる。謝六逸が分類した『源氏物語』の恋愛形式を見ておこう。

（a）寫與愛人的死別（如桐壺、夕顔等）
（b）寫與愛人的生別（如空蟬、六条御息所等）
（c）寫對於年幼的女性的愛（如若紫）
（d）寫對於年長的女性的愛（如藤壺、六条御息所等）
（e）寫對於反對派的女兒的愛（如朧月夜）
（f）寫不能得到愛的煩悩（如葵之上）
（g）寫多情的女子的愛（如源内侍、軒端之荻）
（h）寫毫不披靡的愛（如槿）
（i）寫閉關主義的女子（如末摘花）
（j）寫解放主義的女子（如近江君）
（k）寫争一個女性的愛（如玉蔓、浮舟）
（l）寫肉親的恋愛（如柏木之於玉蔓）

光源氏と女性の関係、また女君の特徴を的確に捉えた分類であると評価できよう。この箇所には、「以上の形式全てが恋愛行動を重視するが、「性的行動」に対して話題にせず」という重要な指摘、及び「原文で愛を歌い上げる「和歌」の描写は、すべて傑出している」との解説が付されている。続けて、『源氏物語』五十四帖は、前篇・後篇に分かれ、前篇四十四帖は光源氏を中心に、後篇十帖は源氏の息子薫大将を中心に描き出すとの解説と、五十四帖は一続きで一部の長篇小説となっているが、各巻は短編小説としても読むことができると、その特徴を記している。物語の手法にも言及し、「前四十四帖は源氏一人の身の上に重点を置き、彼の周りに多くの女性を配し、源氏との関係を発生させ、それは一人の男性が多くの女性を追求する物語」の手法であり、後半は「複数の男性が一人の女性を追い求めるという手法」であるという。海外での享受は「日本古典文學に就て」「源氏物語」でも触れられていたが、ここではドイツ語訳も加えられ、西洋での広がりに対してアジアで顧みる人の少ないことを述べ作品解説を終える。

謝六逸が注目するのは『源氏物語』の恋愛形式であり、従って、彼の梗概は源氏と関係を結んだ女性を中心に構成されている。結果その内容を一読すると、目まぐるしく女性と関係を結んでいく光源氏の好色面が強く印象付けられるような解説であるといえようか。また、系図や年表といったものは付されておらず、後の翻訳などで問題とされる一夫多妻制や、官職制度の解説もない。登場人物の呼称や建築様式・調度品などの特殊名詞も、そのまま使用されている。従って、『源氏物語』を全く知らない読者にとっては、非常に難解な梗概であったと思われる。

さて、そこに記されている内容は、無難な『源氏物語』の梗概であると評価することができ、極端な解釈や大きな誤解はなされていない。その理由は恐らく、謝六逸自身が一字一句読み進めながら梗概を記したというのではなく、研究書に記された内容をもとに書き上げたためではなかろうか。「日本古典文學に就て」で「余も翻訳を試み中」と述べ、「上海交遊記」で『源氏物語』の不審な箇所を質問し、内山完造をまごつかせたことを思い合わせれば、彼が原文を読んでいたことは間違いないであろうが、『日本文學史』執筆の時点でどこまで読み終えていたかは明らかでない。

なお、文章や語句が対応する翻訳とは異なるため、この梗概がいずれの本文・研究書を基に記されたかを明確に特定することは困難である。ただし、その解釈に問題があると思われる箇所の中に、原因が明確に指摘できるものもある。『源氏物語』の梗概を記すことが本論の目的ではないので、その全てを訳出しないが、理解の特徴的な箇所、また誤解のある箇所などを集中的に取り上げておこう。というのも、ここでの思い違いが、後の中国『源氏物語』研究の些細な誤解に繋がることもあるだろうと思うからである。特徴的な解釈を箇条書きすれば、次のようになる。

①源氏と葵の上の不仲の要因を、「源氏對於葵之上的容貌很不滿意」とその容貌をとても不満に思っていたとする点

②空蟬と小君の関係を、兄弟ではなく親子として捉えている点。

③夕顔を殺した霊の言葉を「捨了我去愛他人、我必咒殺你的愛人」と、殺意を明確に訳出するほか、この霊を「怨靈就是六条御息所、她恨源氏的多情、一股怨氣、化作幽靈、在晚上来取了夕顔的命了」というように明確に六条御息所であると解説する点。

④夕顔の死のショックで落馬し、病に臥し、そして北山へ療養に向かったとする点。

⑤太政大臣までの昇進、さらに六条院造営が、須磨退居以前のことであるかのように記されている点。

⑥明石入道と良清が同一人物であるかのような混乱が認められる点。

⑦女三宮と源氏が常に仲睦まじかったとする点。

⑧女三宮と柏木が相思相愛であったと理解する点。

⑨薫は大君の死後、妹である中の君を娶ったとする点（しかしすぐ後には、匂宮の夫人として中の君を扱っている）。

⑩最後のまとめ方で、「一任她的紅顔随時光消蝕了」と浮舟の美しい容貌も時間に浸食されていったとする点。

①⑩では、原文に確認できない解説が加えられている。②⑥⑨などは単純な思い違いであろうが、②に関しては、その要因を三浦圭三『綜合日本文學全史』に求めることができる。『源氏物語』本文には、「姉なる人のよすがに」（帚木巻①九六頁）や「この姉君や」（同）と明記され、与謝野晶子『新譯源氏物語』やウェイリー訳を含め、諸注釈書にも小君を「空蟬の子」と解説するものは確認できない。ただし、『綜合日本文學全史』に記された梗概には、小君が「こゝに空蟬の連れ子、小君と云ふをいとほしみて」と記されている。謝六逸の『源氏物語』理解に、『綜合日本文學全史』が影響していることは、これまで見てきたことからも明らかであり、前後の文章構成にも類似が確認できることから、この間違いは『綜合日本文學全史』に拠るものと見て間違いなかろう。⑤は謝六逸の間違いというよりは書き方の問題であり、太政大臣までの昇進及び六条院造営が、朧月夜との関係を述べる箇所に挿入的に組み込まれるため、それらが須磨退居以前の物語として読まれかねない書き方となっている。③④⑦⑧は原文そのものの解釈が微妙な箇所でもある。③で謝六逸は、夕顔を死に至らしめた妖物を、六条御息所として明記するが、原文の「荒れたりし所に棲みけんものの我に見入れけんたよりに、かくなりぬること」（夕顔巻①一九四頁）[20]との源氏の推定から考えれば、廃院に住む妖物とすべきであろうか。ただし、前後の文章は、読者が妖怪に御息所のイメージを重ねて受け取るように描かれており、解釈の微妙な箇所である。また、物の怪の「おのがいとめでたしと見たてまつるをば尋ね思ほさで、かくことなることなき人を率ておはして時めかしたまふこそ、いとめざましくつらけれ」（夕顔巻①一六四頁）を、「我必咒殺你的愛人」と殺意を明確に訳出するのも特徴的であり、後の翻訳や研究への影響の有無が注意されるところである。④の問題は、謝六逸が夕顔巻と若紫巻に因果関係を求めた結果であろう。確かに夕顔巻と若紫巻は連続するが、

夕顔が死んだ八月十六日と、源氏が北山を訪れた「三月つごもり」は時間の隔たりが大きく、夕顔との死別直後の大病とは無関係であると考えた方がよい。この点も、後の研究などとの関係で注意しておく必要がある。後の翻訳・研究との関わりでいえば、⑺⑻が注目され、特に女三宮と柏木が相思相愛であったという⑻の理解は、豊子愷訳『源氏物語』にも認められる解釈である。葵祭の御禊ぎの前日、源氏の不在に乗じて、柏木は女三宮と通じるが、そこで心中を訴える柏木に女三宮は心動かされたと謝六逸は解釈する。従って、後の女三宮の出家は、柏木の死を聞き、悲しんだ結果として理解されるのである。謝六逸同様、女三宮と柏木を相思相愛として描き出すのが豊子愷訳『源氏物語』であり、その点を張龍妹氏は次のように指摘している[21]。柏木巻に語られる「いまはとて燃えむ煙もむすぼほれ絶えぬ思ひのなほや残らむ」（柏木巻④二九一頁）と「立ちそひて消えやしなましうきことを思ひみだるる煙くらべに」（柏木巻④二九六頁）の贈答歌で豊子愷は、柏木の「残らむ」を「愛永存」と表現し、それを女三宮が受けとめるように訳すため、両者が同じ気持ちを持っていることとなり、さらに女三宮は柏木が死にかけているために「思いみだる る」のであり、彼女の返歌は柏木への愛の告白として訳されているという。豊子愷が謝六逸『日本文學史』を参考にしていたか否かは現段階では明らかでないが、女三宮と柏木の密通の解釈に、日中で差異があることは押さえておくべきであろう。

おわりに

以上、林文月訳や豊子愷訳に先立つ『源氏物語』の中国受容として、謝六逸が『源氏物語』に関して発表した論考を辿ってきた。いずれも世界で認められる文学作品として『源氏物語』を高く評価しているが、その点に関して最後にいくつか触れておきたい。彼の『源氏物語』への高い評価は、何よりアーサー・ウェイリーの翻訳出版が大きく影響していると思われる。これまで見てきた論考において、ウェイリーの英訳は必ず取り上げられている。それらの言及の中で注目されるのが、ウェイリーが「源氏物語」の「いづれの御時にか、女御、更衣あまたさぶらひてまひける中に」（桐壺巻①一七頁）という冒頭部を、誤訳しているとの指摘である（英人Wally氏、早譯好了半部出版・雖然第一句就譯得不對）。問題とされる冒頭の英訳文を挙げる。

At the Court of an Emperor (*he lived it matters when*) there was among the many gentlewomen of the Wardrobe and Chamber one, who though she was not of very high rank was favored far beyond all the rest; so that.

この訳の問題点は、早く五十嵐力が取り上げ、次のように指摘している。

「いづれの御時にか」の疑問式を断定式に換質して、疑問の心を括弧の中に表したのは、穏やかであるまいと思ふ。いふまでもなく冒頭の文句は作者の最も苦心するところの一つであるから、成るべく之れを尊重して、意義をも、趣味をも、口氣文脈をも、そのまゝに譯出するのが、忠實なる飜譯家の義務であるが、原作者が

「いづれの帝の御世であつたか」

と床しく疑つたのを、「一天皇《あるみかど》の朝廷に於いて」と、曲折もなく断定して了《しま》はれるのは、原作者の本意ではあるまい。殊に、作者の斯く疑つたのは、恐らく「時代をいつとはつきり御知らせしたいが、残念ながら解らないの

で」と、朧ろにぼかして、讀者に床しみを感ぜしめ、同時に史實に聯想させて、小説としての面白味を増さうといふ考であつたであらうに、それを、“he lived it matters when”「その帝の生きて居たのが何時であらうと關《かま》つた事ではない」と投げつけられては、作者も意外の感に打たれることであらうと思ふ。殊に又、括弧式、挿入式の改め書きは、事理説明の精確を期する科學書などに於いては、大切でもあり、止むを得ぬことであらうが、興に入つて一氣に讀み進ましめる事を念とする創作に於いて戒めねばならぬことは、既に修辭學の教へて居るところである。それも原文が括弧書きして居るのなら、やむを得ぬことであらうが、原文が伸んびりと美しく續けて居るのを、切り細ざいての象嵌書きは、とにかく、作者の本意でもなく、また、『源氏』の文に對する穩當な取扱ではあるまいと思われるが、僻考であらうか。(22)

ウェイリー訳の問題は、五十嵐が述べる通りなので解説の必要はなかろう。右の記事は、一九二六年五月、『早稲田文学』に掲載された「エーリー氏の英譯源氏物語について」であるが、謝六逸はこの論文に目を通していた。「日本古典文學に就て」で彼は、自身が翻訳に取り組んでいることを述べているが、そこで「併し余は早稲田文學五月號の五十嵐力氏の批評を讀んで、紹介者の責任の重大なることを感じたから、極めて愼重に従事している」と述べているのである。この「五十嵐力氏の批評」が、先に挙げた「エーリー氏の英譯源氏物語について」であり、「源氏物語」に記された謝六逸の考えは、五十嵐力の指摘を踏まえたものと考えてよかろう。ウェイリー訳に対する彼の見解は、恐らく未確認資料である「桐壺」に論じられていると思われ、その収集・分析が今後の課題として挙げられる。

いずれにせよ、『源氏物語』の翻訳を「余が生涯の事業の一つとする覺悟」と語り、当時の研究を幅広く閲読しながら原文を読み進んでいたであろう謝六逸が、四十六歳という若さで病死したことは惜しまれてならない。日本文学を「東洋人―就中支那人の一個の重要なる仕事」とし、『源氏物語』を世界文学の中で捉えようとする彼の研究視座は、現代の文学研究においても共通する重要な視点である。本論は数ある彼の業績のうち、『源氏物語』に的を絞ってその内容を紹介したに過ぎないが、彼の日本文学に対する認識、『源氏物語』やその歴史背景の捉え方、論の根拠となった先行文献など、その一端は明らかにできたのではなかろうか。ただし、彼の論考で触れられている与謝野晶子の現代語訳との関係、ウェイリー訳『源氏物語』との関わり、さらに後の研究への影響など、残された課題は山積している。しかし、謝六逸と彼の著作が、そうした更なる研究へと広がる可能性ある人物であり、資料であることを、改めてここに記しておきたいと思う。

注

（1）豊子愷『源氏物語』上中下、人民文学出版社、一九八〇年

（2）林文月『源氏物語』1～4、中外文学出版社、一九七四～一九七八年

（3）林水福「中国語訳源氏物語」『源氏物語講座』第九巻、勉誠社、一九九二年。胡秀敏「中国語訳『源氏物語』の感情表現―「あはれ」訳を中心に」『海外における源氏物語の世界―翻訳と研究―』風間書房、二〇〇四年。林文月「『源氏物語』の中国語訳について」『世界の中の『源氏物語』―その普遍性と現在性―』臨川書店、二〇一〇年など。

（4）張龍妹「中国における源氏物語の翻訳と研究―翻訳テキストによる研究の可能性」『海外における源氏物語の世界―翻訳と研究―』風間書房、二〇〇四年。「海外における源氏研究　中国における『源氏物語』研究」『源氏研究』5、二〇〇〇年四月。「中国における『源氏物語』研究」『むらさき』第三十輯、一九九三年十二月など。

（5）本論で用いたのは一九九一年に上海書店出版より出された複製本である。

（6）呉衛峰氏は歌の訳出方法に注目し、日本の古典詩歌を現代中国語の口語で訳した成功例として分析を加えている（「白話

か文言か：日本古典詩歌の中国語訳について（その一）―謝六逸とその『日本文学史』―」『東北公益文科大学総合研究論集』21、二〇〇九年六月。

（7）謝六逸は、「六逸」のほかに、「中午」「路易」「宏徒」など多くのペンネームを持つ。

（8）陳玉堂『中国近現代人物名号大辞典』浙江古籍出版社出版、一九九三年。

（9）西村富美子「日本近代文学に於ける中国文学との交流―谷崎潤一郎：者六逸・田漢・郭沫若・欧陽予倩など―」『愛知県立大学外国語学部紀要（言語・文学編）』第三十二号、二〇〇〇年。

（10）谷崎潤一郎「上海交遊記」『谷崎潤一郎全集』第十巻、中央公論社、一九六七年（原題「上海交游記」『女性』六月号・八月号、一九二六年五月。

（11）西村富美子氏前掲。

（12）謝六逸が翻訳したのは、柿本人麿「妻死之後泣血哀慟作歌」である。

（13）一例として『大鏡』の作者が、白居易の「遺愛寺鐘欹枕聴　香爐峯雪撥簾看」を模倣して作った「都府楼纔看瓦色　観音寺只聴鐘聲」を挙げている。ただし、これは『大鏡』の作者の作ではなく、菅原道真の「不出門」（『菅家後集』）である。『大鏡』はその句を激賞している。

（14）西村富美子氏前掲。

（15）「万葉集選訳」『文学周報』第182期、一九二五年七月。「万葉集選訳」『文学周報』第190期、一九二五年九月。以上は、注9の西村富美子論文の挙げた、謝六逸の著作リストに拠る。

（16）謝六逸は、Wally訳の最初の一文の翻訳が間違っていることを指摘している。おそらく一九二六年十二月の『趣味』第四期に掲載された「桐壺」に、その点の言及があると思われる。

（17）三浦圭三『綜合日本文學全史』文教書院、一九二四年。

（18）例えば「幻」巻を「魔法使」、「手習」巻を「习字」とする。

（19）同上の記述は『國文學全史　平安朝篇』の「総論　第二章　平安城」にも確認される。

（20）『源氏物語』本文の引用は『新編日本古典文学全集』（小学館）に拠り、巻名・巻数・頁数を付した。

（21）張龍妹「中国における源氏物語の翻訳と研究―翻訳テキストによる研究の可能性」『海外における源氏物語の世界―翻訳と研究―』風間書房、二〇〇四年

（22）五十嵐力「エーリー氏の英訳源氏物語について」『早稲田文学』244、一九二六年五月

謝六逸『日本文學史』目次

『日本文學史』上卷

山彦與海彦　豐玉姫　神武天皇東征　英雄傳説　大碓命與小碓命　目弱王的復仇　日本書紀作者與内容
古事記與日本書紀的比較
（五）宣命
宣命的意義　宣命與祝詞的比較
（六）風土記與氏文
出雲風土記　高橋氏文
第三章　中古文学
總論
遷都平安　貴族階級的文学　社會相
（一）小説（物語）
源氏物語　紫式部　源氏物語中的思想　它的特色　戀愛心理的描寫　它的結構與内容　全書的梗概
竹取物語　題材的来源與梗概　伊勢物語　内容（譯例）　大和物語　内容（譯例）　宇津保物語
内容與梗概　落窪物語　狭衣物語　濱松中納言物語　堤中納言物語　夜半醒覚物語　替換物語
（二）詩歌
作歌的傾向　古今和歌集　它的生産　編纂者　紀友則的歌（譯例）　壬生忠岑的歌（譯例）
小野小町的歌（譯例）　其他歌集　神樂歌　催馬樂　今様
（三）随筆
枕草紙　清少納言　内容（譯例）　今昔物語　它的作者　内容（譯例）

總論
（一）井原西鶴與浮世草子
西鶴的著作　王人女　一代男　一代女　西鶴的作品的題材與特色　浮世草子的意義
（二）江戸趣味的小説家
町人階級的勃興　草雙紙　赤本　黑本黄表紙　洒落本　山東京傳　他的作品　曲亭馬琴　他的身世　他的著作　讀本　作品的主旨　武士道精神與儒家精神的混合　作品的種類　（a）復仇的故事　（b）市井的事實　（c）傳説　（d）史傳　他的代表作　八犬傳　馬琴的文学　滑稽本　式亭三馬　浮世床與浮世風呂　十返舍一九　膝栗毛　人情本　爲永春水
（三）松尾芭蕉與俳句
俳句的意義與起源　芭蕉的作品的特色　「古池」句的風味　芭蕉的代表作　俳句的影響
（四）近松與浄琉璃
民衆戲曲的誕生　浄琉璃的起源　三味線浄琉璃　木偶劇（人形芝居）與浄琉璃　浄琉璃的發達　竹本義太夫　近松門左衛門　他的作品的種類　時代物（歴史劇）世話物（社會劇）心中物（情死劇）折衷物　每種的代表作品　他的藝術的物色　近松與井原西鶴　他的心中物　近人對於近松的評衡　最大最高最美最初的劇作家　近松與英國的莎士比亞
（五）歌舞伎
歌舞伎的發達史　阿國　女歌舞妓　若衆歌舞伎　野郎歌舞伎　演歌舞伎的優人　脚本與歌舞伎台帳　脚本的作者　名伶阪田藤十郎　市川團十郎

第六章　現代文學（上）

總論

明治維新　維新時代的事業　物質文明的建設　日本文明的指導者　功利思想　自由思想　基督教的精神
國家主義　近代文學發達的原因　近代文學的四個時期

（一）混沌時代

江戶文學的餘燼　假名垣魯文　他的作品　河竹默阿彌　他的作品　定期刊行物勃興　翻譯文學　政治歷史
傳奇小說的翻譯　科學小說的翻譯　政治小說的生產　主要的作品

（二）新文學發生時代

坪內逍遙的小說神髓　小說神髓的內容　作者的主旨　小說的主眼　作者對於日本詩歌的評價　小說神髓與歐美作歌的同類的著作　當世書生氣質　長谷川二葉亭　尾崎紅葉與硯友社　紅葉的作品　幸田露伴　傳奇・偵探・歷史小說之流行　這時的翻譯文學　日本詩歌的革命　井上巽軒

（三）浪漫主義時代

中日戰役以後　思想界的轉變　新聞雜誌的增加　文學的派別　泉鏡花與觀念小說　廣津柳浪與深刻小說
女作歌樋口一葉　德富蘆花與家庭小說　不如歸　新詩・短歌・俳句的革新　史劇的革新　桐一葉與孤城落月

（四）自然主義時代

日俄戰役以後　自然主義產生的原因　自然派作歌的先驅　國木田獨步　他的作品　他的代表作　作品的特質　島崎藤村　破戒　田山花袋　綿被三部曲　生　妻　緣　德田秋聲　他的代表作　正宗白鳥　真山青果

二葉亭的浮雲　其他的自然派作歌

反自然主義的兩傾向　夏目漱石　藝術的特質　有餘裕的小説　低徊趣味　主要作品的作品的種類　森鷗外

高濱虚子　谷崎潤一郎　作品的特質　刺青　惡魔　永井荷風　小川未明　鈴木三重吉　森田草平

第七章　現代文學（下）

總論

世界大戰與現代文學　流行的思想　文學的兩大潮流　各派的峙立

（一）新理想主義

人道主義的作歌　白樺派　武者小路實篤　有島武郎　志賀直哉　里見弴　長與善郎　宗教文學的作家　宗教文学的意味　倉田百三　吉田弦二郎　江原小彌太　賀川豐彦

（二）自然主義的旁系

加藤武雄　加能作二郎　廣津和郎　其他的作家

（三）新思潮派的作家

新思潮派雜誌　芥川龍之介　菊池寛　久米正雄　豐島與志雄

（四）普羅列塔利亞文學

勞働階級的抬頭　社會思想的勃興　俄國革命的影響　思想界與評論界　普羅作家的先驅　藤森成吉　前田河廣一郎　小川未明　宮島資夫　宮地嘉六　江口渙　新井紀一　藤井眞澄

《參考書目》

（甲）文學史

五十嵐力　新國文學史
芝野六助　日本文學史
芳賀矢一　國文學史十講
服部嘉香　日本文學發達略史
鈴木暢幸　新修國文學史
三浦圭三　綜合日本文學全史
鈴木弘恭　新撰日本文學史略
林森太郎　日本文學史
大和田建樹　日本大文學史
三上參次・高津鍬三郎　日本文學史
藤岡作太郎　國文學史講話
永井一孝　國文學史
尾上八郎　日本文學新史
小中村義象・增田于信　日本文學史
今泉定介　日本文學小史
佐佐政一　日本文學史要
坂本健一　日本文學史綱
坂本健一　日本文學小史
杉敏介　日本文學史講義
池邊義象　日本文學史
境野正　日本文學史
境野正　訂正日本文學史
笹川種郎　提要日本文學史
岡井愼吾　新體日本文學史
六盟館　國文學史
和田萬吉・永井一孝　刪定国文学史
鹽井雨江・高橋龍雄　修訂新體日本文學史
高野辰之　國文學史教科書
新保磐次　中學國文學史
木寺柳吉・橘良吉　國文學史綱
大森廣一郎　中等國文學史
內海弘藏　日本文學史
弘文館編　國文學史
三上參次・高津鍬三郎　日本文學小史
小倉博　國文學史教科書
藤岡作太郎著・藤井二男補　日本文學史教科書
藤村作　國文學史總說
津田左右吉　表現在文學裏的國民思想研究

（乙）各時代的文學研究（一）

津田左右吉　古事記與日本書記的新研究
末松謙澄　古文學略史
武田祐吉　上代國文學之研究
（以下為論文）
久松潛一　古代及奈良朝文學概說

武田祐吉　祝詞及宣命之研究
折田《ママ》信夫　萬葉集研究
澤瀉久孝　萬葉集研究
次田潤　古事記與日本書記研究
井手淳二郎　記紀的歌謠

（二）

藤岡作太郎　國文學全史平安朝篇
（以下為論文）
尾上八郎　平安朝時代文學概説
手塚昇　竹取物語
宮田和一郎　落窪與宇津保物語研究
島津久基　源氏物語研究
山岸徳平　源氏物語研究
藤田徳太郎　堤中納言物語研究
窪田空穂　枕草紙研究
池田亀鑑　王朝時代的日記文學
五十嵐力　大鏡研究
和田英松　榮華物語研究

島田退藏　今昔物語研究
志田義秀　宗教讃歌研究
石井直三郎　平安朝勅撰和歌集研究
尾上八郎　古今和歌集研究
窪田空穂　伊勢物語研究

（三）

藤岡作太郎　鎌倉室町時代文學史
藤岡作太郎　戰記文評釋
上村観光　五山文學史
同右　五山文學小史
野村八良　鎌倉時代文學新論
（以下為論文）
沼澤龍雄　鎌倉時代文學概説
齋藤清衛　山家集研究
松浦貞俊　新古今和歌集研究
風巻景次郎　拾遺愚草研究
齋藤茂吉　金槐集研究
松原致遠　鎌倉時代的宗教文學

佐佐木信綱　鎌倉時代的日記文學
久松潜一　鎌倉時代歌論
高野辰之　武家時代的歌謠
後藤丹治　方丈記研究
高木眞　戰記物語研究
笹川種郎　室町文學概説
魚澄總五郎　太平記研究
中村直勝　徒然草研究
平泉澄　神皇正統記研究
高野辰之　幸若舞曲研究
野野村戒三　謠曲研究
林若樹　狂言研究
高野辰之　武家時代的歌謠
笹川種郎　五山文學研究

（四）

佐佐政一　近世國文學史
佐佐政一　近代文藝雑誌
藤井乙男　江戸文學研究

内藤恥叟　江戸文學史略
内藤湖南　近世文學史論
高須芳次郎　日本近代文學十二講
藤村作　上方文學與江戸文學
（以下為論文）
藤井乙男　江戸文學概論
佐久節　江戸時代的漢詩漢文
新村出　南蠻文學研究
水谷不倒　假名草紙研究
水谷不倒　古浄瑠璃研究
加藤順三　近松研究
黒木堪藏　近松時代物研究
山口剛　西鶴好色本研究
片岡良一　西鶴町人物與武家物語研究
山口剛　怪異小説研究
朝倉無聲　洒落本研究
林若樹　江戸的落語

三田村鳶魚　講談與實録物研究
佐佐木信綱　近世的歌論
野崎左文　狂歌狂文研究
藤村作　馬琴研究
和田萬吉　馬琴的生涯
高須芳次郎　京傳研究
藤村作　一九研究
笹川種郎　三馬研究
山口剛　爲永春水研究
太田水穂　芭蕉研究
勝峯晉風　一茶研究
尾崎久彌　江戸文學與遊里生活

（五）

高須芳次郎　日本現代文學十二講
橘文七　明治大正文學史
岩城準太郎　明治文學史
島村抱月　近代文藝的研究
相馬御風　黎明期的文學

服部嘉香　明治時代的文學
佐藤義亮　新文學百科精講
高須梅溪　近代文藝史論
宮島新三郎　明治文學十二講
宮島新三郎　大正文學十四講
（以下為論文）
生田長江　明治文學概説
齋藤昌三　政治小説研究
石川岩　寫實主義以前的小説
柳田泉　明治的本譯文學研究
日夏耿之介　明治新詩的展開
土岐善麿　明治的短歌
高濱虚子　明治的俳句
本間久雄　明治文學研究號（早稲田文學）
田山花袋　明治的小説
木村毅　社會小説研究
柳田泉　明治的歴史小説研究

長田秀雄　明治的戲曲
松居松翁　明示的演劇
中村吉藏　明治大正新劇運動史
高須芳次郎　明治的史論史傳
小酒井不木　明治的偵探小說與大衆物
高須芳次郎　歐化主義國粹主義的文學
平林初之輔　由社會史的觀點所見的明治文學
千葉亀雄　新聞小說研究
宮島新三郎　自然主義文學研究
岡本綺堂　默阿彌研究
高須芳次郎　高山樗牛研究
德田秋聲　尾崎紅葉研究
久保田萬太郎　樋口一葉研究
吉江喬松　國木田獨步研究
小島政二郎　森鷗外研究

柳田泉　幸田露伴研究
藤本成吉　二葉亭四迷研究
森田草平　夏目漱石研究
河東碧梧桐　正岡子規研究

（丙）分科的研究

山内素行　日本短歌史
神谷保則　帝國歌學史
佐佐木信綱　帝國歌學史
佐佐木信綱　和歌之史的研究
佐佐木信綱　近世和歌史
佐佐木政一　連俳小史
池田秋旻　日本俳諧史
長谷川零餘子　俳諧史論
長谷川福平　古代小說史
藤岡作太郎　近代小說史
藤岡、平出　近古小說書目解題
坪内、水谷　列傳體小說史

関根正直　小說史稿
雙木園主人　江戶時代戲曲小說通志
鈴木敏也　近世日本小說史
中野虎三　國學三遷史
田山花袋　明治小說内容發達史
田山花袋　近代的小說
水毛生伊作　以作家爲中心的最近日本文學
大町桂月　日本文章史
高野辰之　日本歌謠史
高野辰之　浄琉璃史
岩野泡鳴　新體詩史（泡鳴全集十四卷）
朝倉無聲　本邦新聞史
小野秀雄　日本新聞發達史
小中村清矩　歌舞音楽略史
堤朝風　近代名家著述目録
中根粛　慶長以来小說家著述目

高須芳次郎　日本名著解題
藤岡勝二　國語學史
保科孝一　國語學小史
花岡安見　國語學研究史
伊原敏郎　日本演劇史
伊原敏郎　日本近世演劇史
立川焉馬　歌舞伎年代記
田中榮三　近代劇精通
蜷川龍夫　日本武士道史
黒木安雄　本邦文學之由来
（以下為論文）
村松武雄　日本文學裏的神話
高田義一郎　日本文學裏所見的[redacted]學
保科孝一　國語及國字問題的経過
土岐善麿　羅馬字日本語文獻研究
阿倍季雄　少年文學的發達
西條八十　日本的童謠童話

（其他的参考資料）
佐佐木、山口　日本文學史辭典
赤堀又次郎　日本文學者年表
森、今園　日本文學者年表續編
芳賀矢一　世界文學者年表
三省堂編　模範最新世界年表
山田孝雄　奈良朝文法史
山田孝雄　平安朝文學史
大畦桂月　日本文明史
福井久藏　日本文法史
佐伯有義　大日本神紙史
竹越與三郎　二千五百年史
高須梅溪　明治大正五十三年史論
副島八十六　開國五十年史
高須芳次郎　日本思想十六講
土田杏村　國文學之哲學的研究

（丁）作品

若列舉古今作家的作品與出版處、不勝其煩、現僅舉出最近刊行的全集。古代作品、均有校訂或註釋的本子、著名的都蒐集在內了。

日本文學全書
日本名著全集　博文館日本名著全集刊行會
校註日本文學大系　國民文庫刊行會
國文學名著集　文獻書院
校註國文叢書　博文館
近代日本文學大系　國民図書株式會社
（此種蒐集江戸時代的作品）
明治文學名著全集　東京堂
（此種蒐集明治時代的作品）
現代日本文學全集　改造社（一圓本）
（此種蒐集明治・大正時代的作品）

有朋堂文庫　有朋堂
岩波文庫　岩波書店
帝國文庫　博文館
（右三首爲叢書、中有古今傑作多種）
現代劇本叢書　新潮社
代表的名作選集　新潮社
新進作家叢書　新潮社
（右二首爲價値較廉的選集每冊値五十錢左右）
新潮文庫　新潮社（一圓本）

新選名作集　改造社（一圓本）
明治大正文學全集　春陽堂
日本劇曲大全　東方出版株式會社
随筆文學選集　書齋社
現代大衆文學全集　平凡社
新進傑作小説全集　平凡社
（此種蒐集最近著名作家的作品、價値最廉）
現代長篇小説全集　新潮社
日本歌謠集成　改造社

新釋日本文學叢書　日本文學叢書刊行會
此種蒐集古代作品
除以上各種全集外、私家的文集甚多、如「近松全集」、「芥川龍之芥全集」、「谷崎潤一郎傑作集」「菊池寛全集」等、讀者如想專讀一人的作品、可以選擇此種私人的全集。

ふたつの〈帝国〉のはざまの文学とスピリチュアリティ

大胡太郎

はじめに

健康とは身体的・精神的・霊的・社会的に完全に良好な動的状態であり、たんに病気あるいは虚弱でないことではない。

この定義を知ったのは二〇〇〇年頃だったと思うが、WHO（世界保健機関）が一九九九年再定義提案した、この「健康」の概念は、「霊性（スピリチュアリティ）」が、多面・多層をなす人間の重要な一面をなしており、その多面・多層的ななかにおけるスピリチュアリティが現代において取り組まれるべき人間学的・人文学的課題であることを実感した[1]。さらにそれは、私たちの立場からは古代や民俗社会との往還においてこそ、あるいは現代とそれ以前とを複眼的にまなざす位置取りにおいてなされるべきではないか、あるいはさらに現代においてのこの複合的な人間観において得られる知見を古代に、いわば「書き戻す」ことが求められるのではないかとさえ思うのだ。

一　スピリチュアリティと「個」

このスピリチュアリティを含んだ人間像・人間観については、詩人の勝連繁雄の語る、次のような人物像を、まず置いてみたい。

祖母（たち）の〈魂〉は、無防備すぎる。原始の闇と現代の状況に対し、祖母（たち）の〈魂〉は裸のままだ。多くの日常を習性によって保つ豊かさにありながら、いつ何どき〈魂〉を闇の誘いにまかすかもわからないもろさもある。

たとえば、祖母（たち）の感性を一つの円と考えると、その中心にある得体の知れぬものが原始の闇である。そこは祖霊をはじめとするあらゆる霊の居場所である。

それは飼いならすこともできるが、失敗すると祟りの基にもなる。霊能者（ユタ）へ向かう〈魂〉が無防備になる。無知なるがゆえの恐怖の世界といえなくもない。(2)

この認識において「祖母（たち）」の「感性」の「中心」は「原始の闇」であり、「あらゆる霊の居場所」とされる。この汎霊論的な認識はアニミズムに基づく霊魂観と解釈できる。そして、そのアニマを中心化したスピリチュアリティが、「原始の闇」と「現代の状況」のふたつながらによって抑圧された、すなわち近代的人間の外側に置かれた〈魂〉の持ち主とされる「祖母（たち）」の内面世界である。

そしてこの言説には、さきほど引用したＷＨＯの「健康」の定義にある「身体、精神・霊・社会」に基づく人間のあり方を読み込むことも容易である。ここにスピリチュアリティも組み入れた、共同体論ではなく、また、近代的な「人間」でもない、「個」とか「個人」のあり方を取り出すことができるだろう。(3)

たとえば稿者である私にしたところで、このような意味での「個」ないし「個人」という内的な精神世界を持ち合わせていない以上、本稿においては、どのような状況や条件においてその内的世界は見いだせるか、見いだそうとしているかという問いへとシフトすることになろう。そこで、本稿においては、「原始の闇」＝古代と「現代」とのふたつによる抑圧をとおして立ち現れる領域において「個・個人」を問題とし、このふたつながらが「同時」に抑圧として現れる状況を「危機」と見なし、その危機という状況あるいは場に生成する主体のあり方を「個・個人」と見ることにしたい。

二　仲宗根政善の「絶唱」歌

ここで、古代と現代との抑圧の「危機」に「個」として立ち現れる存在として、仲宗根政善を考えたい。言うまでもなく、戦前戦中に沖縄の第一高等女学校・女子師範の国語漢文の教師であり、沖縄戦のさなか、ひめゆり学徒隊の引率教師であった、そして戦後をまさにそれゆえの悲しみ苦しみを背負いながら琉球大学の教員、琉球方言学者としてなど、多面的な学問研究・教育と平和運動のシンボルとしての存在など、さまざまなあり方を自らに引き受けつつ生きた、そのひとである。

たとえば、仲宗根の歌集『蚊帳のホタル』におさめられた次の詠歌がある。

乙めごよ　よみがへり来よ　白波の／寄する磯べによみがへり来よ(4)

「思ひ出」と題され、一九七七年十二月二十三日から翌七八年一月二十四日まで日付の付された六首が連作的に配列された歌のなかで「七七・十二・二八」の日付のある三首のうち二首めである。本歌の放つ、この異様なほどのテンションは、習俗＝民俗としての招魂や鎮魂などという共同体論的言語に回収できないほどのものであると言えるだろう。

ひめゆり学徒戦没者たちは、これより二十年以上前、一九五五年に「軍属」として戦傷病者戦没者遺族等援護法の適用を受け、靖国神社へ合祀されていた。すなわち彼女たちの死の意味はすでに国家によって与えられていた。と言うより、すでに国家によって奪われていた(5)。この歌群のある七七年には、六月二十三日にひめゆり学徒戦没者の三十三回忌を終えたのだが、本歌のもつ突出したあり方は、年末・歳末詠(6)として、これら国家や共同体に帰属・回帰するほかなく、民俗的、共同体論的言語において、かつ与え、かつ奪う意味に対しても抗うようにしての詠まれた歌なのではないか。

すなわち、戦没者学徒の死の意味の簒奪という抑圧――国家という現代からも、三十三回忌という民俗（疑似的古代）からも受けている抑圧――という状況や場において生成する「個」というあり方において、歌という形式にかろうじて繋ぎ止められた音声なき「叫び」、文字言語として声なき「声」と、それを発する「個」なのではないか。あるいは、古語にあり、各地に「方言・民俗」として報告される、死者を喚ぶ「おらび声(7)」を文字によってなしているとも見ることもできるのではないか。そして、この歌詠は、仲宗根政善がかつて一高女・女子師範で教えていた『万葉集』とどれほどに隔たっていることであろうか。

三　「古代」とその範型としての琉球

一九九〇年代、私は、学徒隊として沖縄戦にに動員された世代も、それ以前に卒業していた世代も含む同窓会組織であるひめゆり同窓会の方々に、シンポジウムや会合などやその後の雑談などで、幾度か仲宗根政善の授業についての回想を聞く機会があった。「自分の授業を抜け出して廊下から立ち見で聞こうとする生徒が大勢いた」と語られる、仲宗根政善の『万葉集』や『源氏物語』の授業について、そのころから関心を抱いた。

琉球王国時代、琉球士族たちにとっての和文学、和歌・物語の受容とそれにもとづく創作については、本稿は論じることを目的としていないが、和文学が漢文学とともに相当に豊かに受容され、この「琉球」での「和・漢文学」を内包しつつ異化して「琉球文学」として生成してゆく様相について、既に論じたことがある。(8)『万葉集』の影響は直接にはつまびらかにしないが、士族たちの歌道、和歌の学びにおいて万葉由来の名歌、万葉風の和歌に接することは当然考えられる。しかし、このあり方は近代の沖縄（県）の国語教育において直接しているわけではなかろう。(9)そして、近代に入り、帝国大学を持たない沖縄において、東大出の教員である仲宗根政善が、直接に『万葉集』『源氏物語』などなどの日本古典文学を教える旧制一高女・女子師範は、文学を愛好する女学生文化を内包しつつ、(10)さながら沖縄における「最高学府」の相貌を呈していたといえよう。そこで中心化される内容が、ほかならぬ仲宗根政善の教える『万葉集』『源氏物語』なのであった。

この「沖縄万葉集・沖縄源氏」ともいうべき状況について、二〇〇八年に、現在も仲宗根政善研究に取り組む大学院生、百次智仁と、「ひめゆり学園」で、教育内容がさらに軍事化する昭和十二年までに仲宗根政善から『源氏物語』

の授業を受けた方々へのインタビューを行った。[11] この時期の仲宗根は、東京の南島談話会で知己を得た折口信夫の「いろごのみ」論の影響下にあるとおぼしく、『源氏物語』の物語内容を「情趣生活」「信仰生活」「恋愛生活」などの位相に分節し解説してゆく手法をとっていたという。その中で「恋愛生活」は「中国的な好色」とは異なるもので、「清浄なもの」であると説明したという。

これら「生活」というタームで語られる物語内容は、昭和十年代当時であってみれば既に一定の概念規定が定着しており、そのルーツとして折口信夫の一連の「万葉びとの生活」論群を見いだすのはたやすい。『折口信夫事典』の西村亨執筆の「万葉びと」の項によれば、折口による「万葉びと」というタームの使用の初出は大正四年であるというが、すでに翌大正五年には折口『口訳万葉集』に「万葉びとの生活」という後に熟合するタームが初見される。

この「万葉びとの生活」というタームの示す概念が「信仰生活」を内包しながら深化展開してゆく契機として「沖縄」があったとの、西村亨の指摘も重要だろう。そして大正十三年に書かれた「『最古日本の女性生活の根底』は『万葉びと—琉球人』という小見出しをもって書き始められている」[12] のであった。加えて、西村の指摘するように、「万葉びとの信仰生活」論は折口「いろごのみ」論へとつながる重要なポイントを構成している。

四　非—再帰性という位置取りとしてのひめゆり女学生

この「信仰」や「倫理」と「政治権力」観を含んだ「生活」観は、「理想の神の行為、純粋な愛や怒り」[13] を内包し、言うまでもなく折口「古代」学の基盤をなすものであった。しかし、仲宗根政善がひめゆりの女学生たちに授業を通して『万葉集』において語ったのは、むしろ丸山隆司の明らかにしたような[14]「海ゆかば」を含んだものであったとおぼしく、一方で『源氏物語』において「理想・純化された生活」を説くものであったようだ。

『万葉集』を教えるにあたって、先に見た折口の「万葉びと＝琉球人」という構図のもとに、国民国家・日本としての「悠久の歴史」すなわち無時間化され絶対化された「古代」を持つ帝国日本と、その基盤としての琉球を見いだしつつ、それを沖縄の女学生へと再帰的に還流させるというトートロジーを、仲宗根は基本的に避けていたようであるのに対して、「美」として見いだされた「古代」を描く『源氏物語』において「生活」観を強く打ち出した語り方をしていたとおぼしい。

「古代」の範型としての「琉球」は、沖縄に、ことに女学生に対して「これがあなたたちの祖先・祖型であり、あなたたちの理想とするべき姿だ」などと語るべくもなく、語るとすれば、琉球という範型をもって「日本」や「古代」は成り立つのだという、琉球＝沖縄としての日本に対する「優越」として琉球のナショナリスティックな語りになるだろう。事実、日本古語の今なお「生きる」場所としての琉球＝沖縄は、現在に至るまでごく「常識」として存在している。つまり「近代日本女性」たるべく「古代＝琉球」が引き出されるという抑圧を、仲宗根はある程度回避しつつ、語られるべき沖縄の位置を日本との関係において定位していたと見られる。

このときに「調和点」として『源氏物語』の「理想的な生活＝古代」が、再帰性を伴わずに―琉球王国時代なら琉球源氏とでも呼ぶことができるような和文学の受容としての琉球もあったにもかかわらず、それとは非連続的に―非―再帰的に位置取られた存在として立ち現れるのが、仲宗根によって教えられ語られるひめゆりの女学生たちであった。

ならば、この仲宗根とひめゆりの女学生たちは、「日本」や「古代」内破的契機をポテンシャルに帯びながら、しかし逆に、「近代」という日本と「古代」とにふたつながら抑圧されることによって「内なる琉球」を抑圧しつつ、

「日本人」と言うより「帝国皇民」としての生――それは希求しても届かないよう、あらかじめ包摂／排除[15]された生であるのだが――へと拉し去られ、そこにかいま見られる、〈帝国〉によって安定的に囲い込まれた「様式としての生＝ビオス」[16]に、完全に到達することなしに至らしめられることになる。すなわち仲宗根とひめゆりの女学生たちにとって、先に見たような「個」を生成する状況や場をそもそも抑圧し、その抑圧がもたらす抑圧によってもたらされる生、抑圧の抑圧、二重の抑圧（＝疎外）によって保たれうる「生の形式」「様式としての生」のエッジを歩くことであり、アガンベンの言う「例外状態の通例化」にほかならないのであった。本稿で言う〈帝国〉とは、このような生を強制する権力[17]のありかたを指す。

五　戦後の歌詠＝生の外側へ

このように見たとき、沖縄戦の戦場で仲宗根とひめゆりの女学生たちが置かれたのは、この「通例化した例外状態」から、「あらゆる法秩序が停止され、『決定』の権力があらゆる法権利に拘束されずに行使される状況」、すなわち絶えず命を脅かされ、全く無秩序にランダムに死を与えられる「剝き出しの生」、「様式としての生」の「外側」であると言える。

仲宗根歌集『蚊帳のホタル』には、『ひめゆりの塔をめぐる人々の手記』が持つのと同様の、戦場での日次を記した歌群がある。仲宗根は、戦場においても生の様式として行動記録、そして犠牲となった生徒たちの記録でもある日誌的な日記と並行して、歌日記とでも呼ぶことができる日付を伴った歌を詠み書き継いでいたのであった。

しかし、その歌群には既に命を失った生徒への慟哭にあふれており、記録としての性質を強く持つ『ひめゆりの塔をめぐる人々の手記』[18]とは異なって、戦後の、「鎮魂」歌詠に連なる「思い」が既に孕まれているのは明らかであり、さらにその延長線上に既に見た仲宗根の「絶唱」詠があることもまた明らかではないだろうか。

これはどのようなことを意味するか。先に掲げた「絶唱」歌「乙めごよみがへり来よ白波の寄する磯べによみがへり来よ」の喚起する突き抜けた領域が指し示すのは、あるいはこの歌にふれた者にもたらされるある状況や場というものが、「生の外側」のありかであるということなのではないか。この歌に先行して「生の外側」があるわけではない。鎮魂歌群も、いわば共同体論的言語と「様式としての生」の領域の内側でなされるものだ。そして戦後の仲宗根の生き方も、言うまでもなく「様式としての生」の中でこそ全うされるものであり、『ひめゆりの手記』もそれなしに書かれうるものではない。

しかし、仲宗根には、その「沖縄の近代日本人」という生が「疎外の疎外」によってなされうるにすぎないものであることもまた、〈かすかに、常に／既に〉気づかれていたのではないか。それをつかのま内破する実践として、既に述べたような「個」へと到達する実践として、仲宗根の「絶唱」はあるのではないだろうか。そのためには「生の外側」へと自らをシフトしなければならない。

そのような目で、あらためて歌集『蚊帳のホタル』の歌うたを読み返すと、仲宗根には死んだ生徒たちの声が常に聞こえ、姿が見えていたのではないかと思わせるものがあることに気づく。少なくとも歌の中では。

夜のゆけて水くむ玉井に月照りていくさに逝きし乙めごの影　七一・十一・二四　（五一頁）
黒髪の一筋なれどその中に息づきている人の美し　七一・十二・十六　（五八頁）
六月十九日追憶

山城の丘にはてたる乙めごの金歯かがやき骨は朽ち行く
骸骨に金歯輝き我が妹と見分けたれども抱かむすべなし
（作歌日付なし　三三四頁）

これら枚挙にいとまない歌うたは、記録としての『ひめゆりの手記』とは異なり、それが、自身が最も死した生徒たちへ接近するための手段として、自らを変容させ、「生の外側」において死者たちと向き合いうるような仲宗根という「個」を作り出していると言えるだろう。この「個」のあり方は、既に触れたように、スピリチュアリティを排除しないどころか、それそのものだ言ってもよいような実践なのである。

六　ふたつの〈帝国〉のはざま

現在の角川文庫版『ひめゆりの塔をめぐる人々の手記』に至るまでに、この「手記」は『沖縄の悲劇　姫百合の塔をめぐる人々の手記』（華頂書房、一九五一・七）から角川書店版まで四社、出版社が変わり、その都度増補改訂がなされてきた。ここではその初版である華頂出版の『ひめゆりの手記』の末尾の一部を長くなるが引く。

三五　浄魂を抱いて

沖縄最南端の喜屋武海岸の断崖においつめられた生徒は、岩壁にピンで最後《ママ》の言葉を記していた。親に知らせたい最後の文字であった。それが未だに人目にもふれずに、そのまゝ残っているにちがいない。そうして眞新しかったその文字も今は苔むし、磯虫の足に踏みつけられているのである。磯虫が靈感を本能的に持っていて、微細な刺戟にも感應するときすまされた母の靈臺に伝わってくれたらと、私は時々とりとめのないことを考へることがある。

中學一年の時、私は他郷にあって母の死をはっきり豫知したことがあった。十四歳になるまで、一晩中目が覺めて一睡も出來なかったことは未だ一度も經験がなかった。然しあの晩だけは蚊帳の上をぐる〳〵飛んでいる螢が、妙に氣になって、とう〳〵一睡もできなかった。翌日學校へ出て第二時間目の體操が始まろうとした時、「ハハシスカエレ」お電報を級長から渡された。母が病気しているという知らせも受けてはいなかった。「落日をみつめるものではない。母の死にめにあえない。」というタブーをおかして、私はその前日、首里の觀音堂の丘の上に立って、慶良間島に赤々としずむ落日をじっとみつめたのであった。こういう第六感が親子の間には不思議にはたらいているように私には思えた。愛し子の最後の文字が、ちらっと瞬間的であってもよい、母の心眼に映ってくれゝばと時たま思ったりする。……　（二八〇〜二八一頁）

傍線を施した四箇所のうち三番目の、「母の死の予感」とともに語られるのが「蚊帳のホタル」のエピソード（と「夕日」のエピソード）であり、仲宗根の歌集名『蚊帳のホタル』はこの、自身によって繰り返し書かれ語られたこのエピソードに依る命名である。

そして、ふと気づくのが一・二・四番目の傍線箇所、死んでゆく生徒たちが書き記した文字を、スピリチュアルに母へ伝達できないかという、仲宗根の「とりとめのないこと」としてのこの夢想である。磯虫から母へ、「自然」と「人」がスピリチュアリティを媒介に伝達やコミュニケート可能であるとする夢想が、「生の外側」の位相に預けられているのだこの文章が書かれたのは出版された一九五一年までのことである。そして、歌集にはこれに対応するような「母」の姿が歌われているのだ。

戦没者の氏名板を塔壁面にかかぐ
氏名板ふれられじとなげく母は／石碑《いしぶみ》の字を顔と見るらし
（慰霊祭のとき　三三五頁）

ひめゆりの塔敷地内に、手の届かない高い位置に新しく「刻銘版」が設置されたのは一九七四年である。虫が文字からその人の死を受感しその母に伝える、この夢想には、もうひとつ、虫も母も「文字」を「そのひと」と見るという受感が必要である。これを素朴な文字信仰ととるのでは浅かろう。「自然」と「人」とが、さらには「死者」もが、固有の「個」であることを通して、まさにスピリチュアルであり同時に「個」である状況や場において開かれる、アガンベンが論じるところの「一瞬の開き（開性）」[20]がここに到来を希求されている。

ならば、この「開き」を阻む、抑圧する主体として〈帝国〉はあることになる。事実、仲宗根は、戦後、日本国立ではない琉球民政府立琉球大学の副学長として、二つの〈帝国〉の間で苦渋の決断を強いられる。反米的政治活動をおこなったとして学生が退学・停学処分される一九五六年の「琉大事件」において、この処分の「主体」として仲宗根はいたのであった。そして日誌や日記にもこの件は記されるが、それと異なる位相に歌作を残してもいるのだ。退学者を本土の大学へと転学させるために仲宗根は京都へ赴く。

神田良政君立命館大学へ、与那覇佳弘君同志社大学への転学手続に京都御所を雪の中を行く。アメリカ世の

受難

自らの切りし首《こうべ》をささげつつ　雪の降る中、御所を過ぎ行く　（三一二頁）

このグロテスクな仲宗根の自己像と、これに対置される「御所」とは、ともに「首」すなわち処分された学生にとって抑圧どころか「死を与える〈帝国〉」として立ち現れている。さらに、叩きつけるような文字で明らかに別筆（仲宗根以外によってという意味ではない）によって書き込まれた「アメリカ世の受難」とは、もうひとつの〈帝国〉の存在そのものであり、また、この吐き捨てるようにつぶやかれた言葉は、仲宗根のものであって同時に処分された学生の「声」であり、ひいてはアメリカ〈帝国〉占領下の沖縄の「声」である。

　これをあるひとつの主体の「声」に還元してしまうのも浅いであろう。そうではなくて、この「声」によって、この「声」のある状況や場に、さまざまな「個」が立ち現れると見るのでなければならない。仲宗根は「現実」においては学生を処分し、その権力の行使において自身を〈帝国〉化しつつ、そしてそれを「現実」の自身として悔恨する日誌と日記を記しつつ、もう一方で、歌集の中の詞書きと歌との「紙面」に、そこでしかなしえない「個」を生成させている。あるべき未来へと「開かれ」うる、この「生の外側」への転移が、「二重の抑圧」を内破し、誰かの言葉であり同時に誰の言葉でもありうる、いわば言語のスピリチュアリティへとつながる「個」のあり方を、ささやかにしてつかのまであるが示している。

　ならば、最後の問いである。戦後の、私たちの『源氏物語』の読みは、この〈帝国〉を内破し、〈帝国〉から解放する読みを示し得ているだろうか。未だ達しえぬ、到来する読みを希求している。

注

（1）浜崎盛康編著『ユタとスピリチュアルケア　沖縄の民間信仰とスピリチュアルな現実をめぐって』（ボーダーインク、二〇一一・七）は、このような観点からの、哲学、医学、宗教学、民俗学の研究者による論集である。

（2）勝連繁雄「現代の不安とユタ問題」（「新沖縄文学」57号、特集：ユタとは何か－沖縄精神風土の根を探る、一九八三・一一）

（3）民俗学の山泰幸は「いま、なぜ環境民俗学なのか？」（『環境民俗学　新しいフィールド学へ』、昭和堂、二〇〇八・一一）において、以下のように論じつつ「個」の問題の領域を指し示している。

……人類学や民俗学は……習俗に関する社会学的関心を現地調査によって実証するという課題を担ってきた。その結果、習俗を共同体的言語論に回収して語ってきたのである。……（これらが日本ナショナリズムの創出やオリエンタリズムとして批判され―稿者注）……異文化表象の装置として反省的に位置づけられることになった。……研究の対象も、実体から表象へと、いわばメタレベルに移行することになった。……しかし、まだ問題は残っていた。それは、表象の研究者たちも、共同体論的言語から十分に自由でなかったことである。……いま、人類学者たちは、共同体論的言語を前提にするのではなく、また他者を一つのまとまりとして描く全体論的な傾向を反省し、これに抵抗し、個々の行為者と日常的実践に目を向けるようになってきている。（五～六頁）

（4）仲宗根政善歌集『蚊帳のホタル』、（沖縄タイムス社、一九八八・一〇、一〇八頁）なお、本歌集は二〇字二〇行の原稿用紙に手書きされたものを影印印刷したものである。収載歌は二行に分かち書きされている。本歌は、本文で「生きがへり」の「生き」を二重線で見せ消しにし「よみ」と傍書されている。

（5）北村毅は、この「援護法」適用から靖国合祀の流れを、冨山一郎『戦場の記憶』における分析を引用しながら次のように述べている。

このような戦死者を「国民」として同定しようとする在り方こそ、冨山一郎がいうところの「ナショナルな語り」、すなわち、「死者たちがいかなる国民として死んだのかということを指し示すこと」にほかならない。援護法が用意するこの「ナショナルな語り」のモードこそ、死者を「ものいわぬ遺骨（観察対象）」として実定化していく道筋を付けるものであった（『死者たちの戦後誌　沖縄戦跡をめぐる人びとの記憶』御茶の水書房、二〇〇九・九、八一頁）

（6）年末詠・歳末詠が深く内省的に自己を抉り出す性質を帯びやすいことは、『紫式部日記』の教えるところである。紫式部においては、「作家」という位置が、このように突出した「個」の説明装置としてあらかじめ措定されており、抑圧の状況や場において生成する「個」を探ろうとする本稿とは、「個」の概念が異なる。

（7）村山道宣「おらび声の伝承―声のフォークロア―」（『環東シナ海文化の基礎構造に関する研究―壱岐・対馬の実態調査―』一九七九～八二）は、対馬においては「おらぶ」とは「『招く』もしくは『応援する』という意」と記述している。

本田佳奈「対馬における〝昔は今、今は昔〟―感覚の持続と変容について―」は、この村山論文を引きながら、一四世紀の対馬の文書に見られる、領主と地元民の抗争における「おらび声」を「腹の底から沸き上がり、感情が爆発する、怒りに満ちた嘆き」とし、それを発する行為を「力では敵わない彼らに対し、呪詛をこめたおらび声を投げつけ」たものとしている（『年報非文字資料研究』7、神奈川大学日本常民文化研究所、二〇一一・三、二六六頁）

この「おらぶ」という動詞は沖縄にも「ウラブン・ウラビュン」の語形で存在し、『沖縄古語大辞典』（角川書店、一九九五・七）では「大声で叫ぶ。泣きわめく。号泣する」「今帰仁方言のウラブンは、「はかなむ」程の意」とする。ただし首里・那覇語を対象とした『沖縄語辞典』には該当する項目・語がない。『沖縄古語大辞典』が今帰仁方言に言及しているのは、今帰仁が仲宗根の出身地であり、仲宗根の手になる『今帰仁方言辞典』（角川書店、一九八三）をベースにした「琉球大学図書館ＨＰ　琉球語音声データベース」には「ウラービン」という語形で立項されているからであるが、ここには「叫（おら）ぶ。愚痴をこぼす。不平をいう。ぶつぶついう」と記述されている。

（8）拙稿「歌謡と和歌のあいだ」（『解釈と鑑賞』二〇〇六・一〇　特集：琉球文学の内と外　東アジアの視覚）

（9）正式なインタビューではないので、本稿に記すのはやや躊躇いがあるが、次のような話を士族の家系の人から聞いたことがある。

明治生まれの祖父が沖縄の旧制一中に入学する際、その祖父にとっての祖父（琉球王国時代生まれ）から「これからの時代は英語と理系科目を頑張りなさい。国漢（戦前の教育制度での国語・漢文）は家の学問だから当然できるはずなのだから。」と訓戒されたという。和歌（物語）・漢文は代々「家の学問」としてあったのであり、学校で習う筋合いのものではないという意識があったと解釈される。

(10) 新城沙樹「一五年戦争期における沖縄の少女文化―女学校・女教師・文学から―」（二〇〇九年度琉球大学法文学部国際言語文化学科卒業論文）において、沖縄一高女・女子師範における女学生文化のありようについて、ひめゆり同窓会の太平洋戦争突入以前の卒業生の方三名のインタビューをもとにまとられている。

(11) この時の成果は百次智仁「「国漢」教師としての仲宗根政善―県立女子師範と一高女での古典教育―」（琉球大学法文学部国際言語文化学科二〇〇八年度卒業論文）にまとめられている。

(12) 西村亨編『折口信夫事典』（大修館書店、一九八八・七、二三〇頁）

(13) 同、二二九頁

(14) 丸山隆司『海ゆかば―万葉と近代―』491アヴァン札幌、二〇一一・三）丸山は本書の結論として次のように述べている。……この「古代」とは日本の本質であり、それゆえに「歴史的時間」をつらぬくものである。……／近代の国民国家が抱え込んださまざまな矛盾、とりわけ、植民地をもつことによって露呈する矛盾を隠蔽するための「古代」が近代に召喚され、接続された。／「海ゆかば」は、この「古代」と近代との接続、いわば結節点をなす歌謡であった。

(15) 小熊英二『〈日本人〉の境界　沖縄・アイヌ・台湾・朝鮮　植民地支配から復帰運動まで』（新曜社、一九九八・七）の言う「日本国籍があるにもかかわらず、制度的にも一般的にも差別される、『日本人』であって『日本人』でない存在」（四頁）を生みだす権力力学としての「包摂／排除」を指している。

(16) ここでは特にジョルジョ・アガンベン『人権の彼方に　政治哲学ノート』（似文社二〇〇〇・五）における「生の形式ないし生き方＝ビオス」という、通常は文化や社会の中にあり「生の領域」と考えられている生と、「剝き出しの生＝ゾーエー」という「生の外側」＝ただちに死を意味しないが、全うな生とはとらえられない領域を対比する概念に依っている。稿者は「ビオス」について「様式としての生」というタームを用いる。

(17) 同前書では、カール・シュミットの規定に依りながら「　」（巻末の西谷修による解題、一五七頁）を「例外状態」と規定し、その権力を行使する主体を「主権」としている。本稿の〈帝国〉というタームはこの「主権」とその「権力行使」を指す。

(18) 仲宗根政善『ひめゆりの塔をめぐる人々の手記』序文に「この記録は文学でもなく、生き残った生徒の手記を集めて編纂した実録であり、氏名も日次も場所も正確を期した」と、それが記録であることが明記され、そのように編纂されている。

(19) この代表歌に「いはまくらかたくもあらむやすらかにねむれとぞいのるまなびのともは」「沖縄戦かく戦えりと世の人の知るまで真白なる丘に木よ生えるな草よ繁るな」がある。歌集の冒頭はまさに万葉調の長歌と反歌による鎮魂歌である。

(20) ジョルジョ・アガンベン『開かれ―人間と動物―』(平凡社、二〇一一・一〇)において、アガンベンは「剥き出しの生＝生の外側」において未決定な例外状態がもたらしうる、人間と動物との交錯＝開きを考察している。本稿ではこの「一瞬の「開き」」という概念を先に述べた「個」の位相に見ようとしている

日向一雅　略歴・主要業績

〔略歴〕

一九四二年一月　山梨県大月市初狩町に生まれる
　　　　初狩小学校、同中学校卒業
一九六〇年三月　山梨県立都留高等学校卒業
一九六〇年四月　山梨大学学芸学部文芸科入学
　三年の冬、秋山虔先生が集中講義に来られ『蜻蛉日記』の講義を聴き、大学院に進もうと思う。戦後の木造校舎で甲府盆地特有の寒風のすきま風の吹きこむ寒い教室での授業であった。
一九六四年三月　同右卒業
一九六四年四月　東京大学大学院人文科学研究科修士課程国語国文学専門課程入学
一九六七年三月　同右修了
一九六七年四月　東京大学大学院人文科学研究科博士課程国語国文学専門課程進学
一九七二年三月　同右単位修得退学
一九七三年四月　関東学院女子短期大学専任講師、一九七六年三月退職
一九七六年四月　東京女子大学短期大学部専任講師
一九七八年四月　同右助教授、一九八三年三月退職
一九八三年四月　聖心女子大学文学部助教授、大学院兼任
一九八七年四月　同右教授、一九九二年三月退職
一九八九年三月　韓国外国語大学校大学院客員教授
　　　　（一九九〇年三月まで）
一九九二年四月　明治大学文学部教授、大学院兼任
一九九六年六月　全国大学国語国文学会編集委員
　　　　（一九九八年六月まで）
一九九九年五月　中古文学会常任委員・編集委員
　　　　（二〇〇一年五月まで）
二〇〇一年五月　中古文学会代表委員
　　　　（二〇〇三年五月まで）
二〇〇三年五月　中古文学会常任委員
　　　　（二〇一一年五月まで）
二〇〇四年三月　財団法人古代学協会評議員

（二〇〇九年まで）
四月　明治大学大学院文学研究科委員長
（二〇〇七年三月まで）
五月　社団法人紫式部顕彰会理事・紫式部学術賞審査委員
二〇〇六年五月　全国大学国語国文学会常任理事
（二〇〇八年五月まで）
二〇〇七年五月　全国大学国語国文学会『文学語学』編集長
（二〇〇八年五月まで）
二〇一〇年五月　紫式部学術賞審査委員長
二〇一二年三月　明治大学退職

この間、共立女子短期大学、東京女子大学、フェリス女学院大学、中央大学、跡見学園女子大学、実践女子大学、武蔵大学大学院、群馬県立女子大学大学院、恵泉女学園大学、駒沢大学、お茶の水女子大学等の非常勤講師

〔主要業績〕

著書

『源氏物語の主題』桜楓社、一九八三年五月
日本の文学古典編『源氏物語』一・二、ほるぷ出版、一九八六年九月
『源氏物語の王権と流離』新典社、一九八九年一〇月
『源氏物語の準拠と話型』至文堂、一九九九年三月（紫式部学術賞）
『源氏物語その生活と文化』中央公論美術出版、二〇〇四年一二月（連合駿台会学術賞）
『源氏物語の世界』岩波書店、二〇〇四年三月
翰林新書・日本学叢書『源氏物語の世界』（韓国語訳）図書出版小花、二〇〇六年一一月
『謎解き源氏物語』ウェッジ、二〇〇八年九月
『源氏物語と東アジアの文化』笠間書院、二〇一二年三月

共著・編著

『絵本源氏物語』貴重本刊行会、一九八八年一一月（篠原昭二・鈴木日出男と共著）
『源氏物語の鑑賞と基礎知識　須磨』至文堂、一九九八年一一月
『神話・宗教・巫俗―日韓比較文化の試み』風響社、一九九九年一二月（崔吉城と共編）『源氏物語の鑑賞と基礎知識　明石』至文堂、二〇〇〇年六月
『源氏物語の鑑賞と基礎知識　澪標』至文堂、二〇〇一年一〇月
『源氏物語の鑑賞と基礎知識　若菜下（後半）』至文堂、二〇〇四年六月
『源氏物語　重層する歴史の諸相』竹林舎、二〇〇六年四月

『源氏物語の始発―桐壺巻論集』竹林舎、二〇〇六年一一月
（仁平道明と共編）
『王朝文学と官職・位階』竹林舎、二〇〇八年五月
『源氏物語　におう、よそおう、いのる』ウェッジ、二〇〇八年五月（藤原克己・三田村雅子と共著）
『源氏物語と平安京　考古・建築・歴史』青簡舎、二〇〇八年七月
『源氏物語と漢詩の世界　白氏文集を中心に』青簡舎、二〇〇九年二月
『源氏物語と仏教　仏典・故事・儀礼』青簡舎、二〇〇九年三月
『源氏物語と音楽　文学・歴史・音楽の接点』青簡舎、二〇一一年二月
『交響する古代』東京堂出版、二〇一一年三月（石川日出志・吉村武彦と共編）
『源氏物語と唐代伝奇『遊仙窟』『鶯鶯伝』ほか』青簡舎、二〇一二年二月
『源氏物語の礎』青簡舎、二〇一二年三月

論文

「夕霧試論」『へいあんぶんがく』2、東京大学平安文学研究会、一九六八年九月
「源氏物語の方法・構造・世界」阿部秋生編『諸説一覧源氏物語』明治書院、一九七〇年八月
「源氏物語「帚木」三帖の物語試論」『短大論叢』四九、関東学院女子短期大学、一九七三年七月
「音読と文体」『国文学解釈と鑑賞』至文堂、一九七四年一月
「源氏物語の夢」『短大論叢』五三、関東学院女子短期大学、一九七五年一月
「光源氏と藤壺の罪をめぐって」『日本文学』日本文学協会、一九七五年六月
「先祖と霊験」『短大論叢』五四、関東学院女子短期大学、一九七五年一〇月
「源氏物語の「恥」をめぐって」『日本文学』日本文学協会、一九七七年九月
「宇治十帖への一視点」『論集』、東京女子大学、一九七八年三月
「怨みと鎮魂」『論集』東京女子大学、一九七八年九月
「闇の中の薫」『論集』東京女子大学、一九七九年三月
「落窪物語」中古文学研究会編『初期物語文学の意識』笠間書院、一九七九年五月
「源氏物語と継子譚」西尾光一教授定年記念論集刊行会『論纂説話と説話文学』笠間書院、一九七九年六月
「宿世の物語の構造」『論集』東京女子大学、一九七九年九月
「光源氏論への一視点（一）」『論集』東京女子大学、一九八

○年三月
「予言とは何か」『国文学解釈と鑑賞』一九八〇年五月
「光源氏論への一視点（二）」『論集』東京女子大学、一九八○年九月
「雨夜の品定め（2）」秋山虔他編『講座源氏物語の世界』一、有斐閣、一九八〇年九月
「浮舟についての覚え書き」『日本文学』日本文学協会、一九八一年七月
「愛宕地蔵の物語　猿源氏草紙」『国文学解釈と鑑賞』至文堂、一九八一年一一月
「鬚黒」秋山虔編『源氏物語必携』II、學燈社、一九八二年二月
「六条院世界の成立覚え書き」源氏物語探究会編『源氏物語の探究』七、風間書房、一九八二年八月
「九條殿遺誡と源氏物語」編集同人物語研究会『物語研究』4、一九八三年四月
「柏木の遺文」秋山虔他編『講座源氏物語の世界』八、有斐閣、一九八三年四月
「昭和三十年代の源氏物語研究」『国文学解釈と鑑賞』至文堂、一九八三年七月
「源氏物語と仏教」『国文学解釈と鑑賞』至文堂、一九八三年一二月
「異郷」『国文学』學燈社、一九八三年一二月
「光源氏家の成立について」山梨大学国語国文学会『国語・国文と国語教育』1、一九八四年三月
「光源氏の王権をめぐって」『日本文学』日本文学協会、一九八四年五月
「源氏物語の達成・主題と構想」秋山虔編『王朝文学史』東京大学出版会、一九八四年六月
「歌語り」『国文学』學燈社、一九八五年九月
「男性貴族の一日女性貴族の一日」有精堂編集部編『平安貴族の生活』有精堂、一九八五年一一月
「伊勢集論覚書」物語研究会編『物語研究』新時代社、一九八六年四月
「『伊勢集』家集部分の歌物語性について」『日本文学』日本文学協会、一九八六年六月
「夕顔巻の方法」『国語と国文学』至文堂、一九八六年九月
「後撰和歌集の前後　歌物語の展開　事実と虚構のあいだ」鈴木日出男・藤井貞和編『日本文学史II』河出書房新社、一九八六年一〇月
「同時代批評」『国文学解釈と鑑賞』至文堂、一九八六年一一月
「天皇の生活」古橋信孝編『天皇制の原像』至文堂、一九八六年一一月

「光源氏造型の方法」『東京女子大学比較文化研究所紀要』四八、一九八七年一月
「源氏物語」藤井貞和編『王朝物語必携』學燈社、一九八七年九月
「栄光の頂点」『国文学』學燈社、一九八七年一一月
「光源氏の世界」『日本古典文学会々報』一一三、一九八七年一二月
「狭衣物語」『国文学解釈と鑑賞』至文堂、一九八八年三月
「平安文学の雲」『高校通信東書国語』二八一、東京書籍、一九八八年四月
「源氏物語の死と再生」『国文学解釈と鑑賞』至文堂、一九八八年九月
「玉鬘物語の流離の構造」『中古文学』四三、中古文学会、一九八九年五月
「源氏物語第一部における予言・王権・「女の物語」をめぐって」『聖心女子大学論叢』七三、一九八九年七月
「紫式部日記論」『講座平安文学論究』六、風間書房、一九八九年一〇月
「「読む」ということ」『日本学報』二三、韓国日本学会、一九八九年一一月
「源氏物語の一面」『日本研究』五、韓国・中央大学校日本研究所、一九九〇年二月
「大和物語「蘆刈」譚をめぐって」『聖心女子大学論叢』七五、一九九〇年七月
「大和物語「蘆刈」段と本事詩「徐徳言」条」『日本古典文学会々報』一一九、一九九一年一月
「伊勢物語「東下り」をめぐって」『日本文学』日本文学協会、一九九一年一月
「桐壺更衣・桐壺院」『国文学』學燈社、一九九一年三月
「むぐら物語」三谷栄一編『体系物語文学史』五、有精堂、一九九一年七月
「〈主題〉王権と家の意識」『国文学』學燈社、一九九一年九月
「作り物語における「語り」の構造」『国文学解釈と鑑賞』至文堂、一九九一年一〇月
「源氏物語の王権」中野孝一他編『源氏物語講座』一、勉誠社、一九九一年一〇月
「柏木物語の方法」『源氏物語の探究』一六、風間書房、一九九一年一一月
「内裏・後宮」鈴木一雄・山中裕編『平安貴族の環境』至文堂、一九九一年一一月
「「春は曙」段の政教性について」『むらさき』二九、武蔵野書院、一九九二年一二月
「流離する姫君・玉鬘」森一郎編『源氏物語作中人物論集』

勉誠社、一九九三年一月
「「二河白道」と韓国巫俗儀礼」『明治大学人文科学研究所紀要』三三、一九九三年三月
「枕草子の聖代観の方法」『国語と国文学』至文堂、一九九三年九月
「朧月夜物語の話型と方法」『国文学』學燈社、一九九三年一〇月
「朝鮮語訳『源氏物語』について」『物語』有精堂、一九九四年
「「二河白道」と韓国の死霊祭の巫俗」『学術月報』六〇〇、一九九四年
「D・キーン『日本文学史』」『国文学解釈と鑑賞』、至文堂、一九九五年五月
「宿世」「色好み」『国文学』學燈社、一九九五年七月
「「雨夜の品定」と物語批評」『むらさき』三二、武蔵野書院、一九九五年一二月
「桐壺院と桐壺更衣」明治大学文学部紀要『文芸研究』七五、一九九六年二月
「中将姫説話覚書」『明治大学人文科学研究所紀要』三九、一九九六年三月
「ジャンルの成立」『岩波講座日本文学史』三、岩波書店、一九九六年九月
「浄土教の文化と巫俗」『神話と現代』明治大学人文科学研究所、一九九七年三月
「桐壺帝の物語の方法」『国語と国文学』至文堂、一九九八年一一月
「平安貴族の遊芸の中の楽しみ」『歴史と旅』増刊号、秋田書店、一九九九年七月
「「源氏物語の貴族生活の美学・理念」『源氏物語研究集成』一二、風間書房、二〇〇〇年一〇月
「源氏物語と諷諭の方法」『白居易研究年報』二、勉誠出版、二〇〇一年五月
「源氏物語と病」『日本文学』50－5、二〇〇一年五月
「浄土教の文化と巫俗の日韓比較－『観無量寿経』と「二河白道」の図像学」（韓国語）東アジア古代学会（韓国）『東アジア古代学』三、二〇〇一年六月
「「桐壺」巻の準拠・典拠についての諸注集成と注解」明治大学文学部紀要『文芸研究』八六、二〇〇一年九月
「紀貫之」『国文学解釈と鑑賞』至文堂、二〇〇二年二月
「行事と準拠説－光源氏の人生を中心に－」『源氏物語研究集成』一一、風間書房、二〇〇二年二月
「The Structure of the Tales of Kingship, Family, and "Everlasting Sorrow" in the Genji Monogatari: With the "Kiritubo" Chapter as a Starting Point」THE TOHO

GAKKAI（THE INSTITUTE OF EASTERN CULTURE）『ACTA ASIATICA』八三、二〇〇二年五月

「「帚木」巻の準拠・典拠についての諸注集成と注解」明治大学文学部紀要『文芸研究』八八、二〇〇二年九月

「心火・祈り・呪法―古代説話の日韓比較―」『国文学』学燈社、二〇〇三年一月

「宇治の大君」『国文学解釈と鑑賞』八七九、至文堂、二〇〇四年八月

「平安貴族の生活―娯楽・遊芸」、原岡文子編『源氏物語の鑑賞と基礎知識　宿木（前半）』至文堂、二〇〇五年六月

「仏教説話の日韓比較―道成寺・源信の母・中将姫・役小角を中心―」、『明治大学人文科学研究所紀要』五九、二〇〇六年三月

「源氏物語「螢」巻の騎射と打毬」、日向一雅編『源氏物語　重層する歴史の諸相』竹林舎、二〇〇六年四月

「政治と経済」加納重文編『講座源氏物語研究第二巻　源氏物語とその時代』おうふう、二〇〇六年一二月

「幻巻の光源氏とその出家―仏伝を媒介として―」、永井和子編『源氏物語から源氏物語へ』笠間書院、二〇〇七年九月

「中世源氏物語古注釈の魅力」、『都留文科大学国語国文学会会報』一一〇、二〇〇七年一〇月

「光源氏物語における仏伝の構造」、譚晶華主編『二〇〇七年上海外国語大学日本学国際研討会論文集　日本学研究』上海外語教育出版社、二〇〇七年一二月

「源氏物語の年中行事―朝賀・男踏歌・騎馬打毬・追儺―」、明治大学大学院『大学院研究科共同研究報告書』四、二〇〇八年三月

「平安文学作品に現れた宮内省の諸寮」、日向一雅編『王朝文学と官職・位階』、竹林舎、二〇〇八年五月

「昭和の源氏物語研究史を作った十人　阿部秋生」、紫式部顕彰会編『源氏物語と紫式部研究の軌跡』研究篇、角川学芸出版、二〇〇八年七月

「『源氏物語』と『尚書』」、和漢比較文学会『和漢比較文学』四二、二〇〇九年二月

「「雨夜の品定」と諷諭の物語」、日向一雅編『源氏物語と漢詩の世界』青簡舎、二〇〇九年二月

「光源氏の出家と『過去現在因果経』」日向一雅編『源氏物語と仏教』青簡舎、二〇〇九年三月

「源氏物語の歴史的文化論的研究」『明治大学人文科学研究所紀要』六五、二〇〇九年三月

「源氏物語の音楽―宮中と貴族の生活の中の音楽―」日向一雅編『源氏物語と音楽』青簡舎、二〇一一年二月

「源氏物語の王権と年中行事―「朝賀」と「騎馬打毬」の世界―」石川日出志・吉村武彦・石川日出志・吉村武彦・日向

一雅編『交響する古代』東京堂出版、二〇一一年

「大和物語「蘆刈」譚の源流と展開再説—東アジア文化圏における文学の伝流・『両京新記』『本事詩』『太平広記』の徐徳言説話、『三国遺事』調信条との比較から—」『日本古代学』三、明治大学古代学教育・研究センター、二〇一一年三月

「『本事詩』の注釈と平安鎌倉文学における『本事詩』受容の研究」『明治大学人文科学研究所紀要』六九、二〇一一年三月

翻刻・資料紹介

「『後撰集新抄別記全』(翻刻)」『聖心女子大学論叢』六四、一九九七四年十二月

「『後撰集新抄』翻刻」(一)〜(十)『聖心女子大学論叢』六六、六七、六八、七〇、七一、七二、七六、七七、七九、八一集、一九八五年〜一九九三年、「『後撰集新抄』翻刻」(十一)〜(十三)は明治大学文学部紀要『文芸研究』七〇、七一、七三号、一九九三年〜一九九四年

「相州円成寺の縁起類の調査と翻刻」『明治大学人文科学研究所紀要』四一、一九九七年三月

湯浅兼道筆『源氏物語聞録』の「桐壺」「帚木」「空蝉」「夕顔」「若紫」「末摘花」「紅葉賀」巻の翻刻は明治大学古代学研究所『古代学研究所紀要』一、四、五、七、八、九号(二〇〇六年二月〜二〇〇九年三月)(共著)

「明治大学図書館蔵『當麻曼陀羅縁起』上下 解題・翻刻」明治大学古代学研究所『古代学研究所紀要』九、二〇〇九年三月。(共著)

あとがき

日向一雅先生は、なかなかの酒豪である。日本酒、ビール、ワイン、ウヰスキー、マッコリと、お酒に選好みはなさらないが、中でも日本酒の熱燗が一番お好きなようである。そんな先生とお酒をご一緒しながら、いつも不思議に思うことが一つある。それは、先生の背中である。杯を重ね、酔えば酔うほど、先生の背筋は真っ直ぐにピンと伸びていくのである。人の生きる態度を「人生の姿勢」などと言うが、酔うほどに背筋が伸びていくその背中を見ながら、先生の学問というものを思わずにはいられないのである。

日向先生は、昭和四十七年に東京大学大学院博士課程修了後、関東学院女子短期大学、東京女子大学短期大学部、聖心女子大学などを経て、平成四年より明治大学に就任し、以来、二十年にわたり、まさに明治大学文学部の顔として教鞭をとられてきた。この間、『源氏物語の主題─「家」の遺志と宿世の物語の構造─』(桜楓社、昭和五十八年)、『源氏物語の王権と流離』(新典社、平成元年)、『源氏物語の準拠と話型』(至文堂、平成十一年)、『源氏物語の世界』(岩波新書、平成十六年)、『源氏物語─その生活と文化─』(中央公論美術出版、平成十六年)、『謎解き源氏物語』(ウエッジ、平成二十年)などの著書をはじめ、多数の編著・論文を発表し、学界を牽引してきたことはご承知の通りである。

先生の処女論文とも言うべき「源氏物語『帚木』三帖の物語試論─光源氏的日常性の世界─」(関東学院女子短期大学『短大論叢』四九集、昭和四十八年七月)は、「雨夜の品定め」を物語論として捉え直したものであるが、そこには、故阿部秋生氏がその大著『源氏物語研究序説』（東京大学出版会、昭和三十四年）の中で論じた「雨夜の品定め」論の影響が窺われる。先生の話型と準拠の研究の原点も、恐らく、この『研究序説』の批判的継承にあったと言えよう。『研究序説』の明石論の乗り越えは、やがて最初の著書『源氏物語の主題』（前掲）へと結実していく。明石一族と光源氏の物語を貫く「家」の遺志の物語を、主題的構造的に明らかにした研究史的意義は、ここに改めて述べるまでもないが、「家」の遺志の物語の根底に、阿部氏から受け継いだ話型的な問題意識があったことは重要な点である。その話型的問題意識は、王権論の先駆けをなす『源氏物語の王権と流離』（前掲）へと展開されていった。王権の問題は、貴種流離譚と歴史の接点を炙り出し、それはまた、準拠の問題を改めて手繰り寄せる契機ともなった。

第二回紫式部学術賞受賞作『源氏物語の準拠と話型』（前掲）は、先生の積み重ねてこられた準拠研究の集大成であり、独自の学問的境地を拓いたものと言える。この間、大学院の授業では『岷江入楚』を用いた出典・準拠の調査を行い、熱心にご指導いただいたことも懐かしい思い出である。古注釈の準拠論の再評価そのものは既になされていたが、醍醐・村上朝の枠に留まらない、多様な準拠論の可能性と有効性を示された点で、先生のそれは全く新たな視点を提起するものであった。また、あくまでも作者という存在を射程に入れながら、作品の主題や方法を分析する手法として準拠を論じた点は、その頃盛んであったプレテクスト論とは一線を画するものであったと言えるだろう。

新しいタームや研究方法が次々に提唱された当時、古注釈や準拠は基本とされながらも、やはり古臭い研究スタイルと見做されがちであったと思う。先生ご自身も、決して古注釈書を専門的に研究してこられたわけではなかったが、あえてそこに身を投ずることで、やがて古注釈を自家薬籠中のものとし、その上に日向源氏学の礎を築いたのである。古臭さの中に徹すれば徹するほど、かえって厚みと新しさを増していった先生の学問のあり方は、あの先生の背中に似ている。攻め達磨のように展開される大胆な論が、一方で絶妙なバランス感覚によって支えられていたことにも思い至るであろう。古さと新しさ、大胆さと繊細さ、厳しさと優しさ、常にそうした相反する要素を背負いながら、それゆえにこそ、鋭敏なバランス感覚を磨き、道草や誤解をも畏れずに己の信じる道を直向に歩んできた先生の「背中」に、その学問と人となりを思わずにはいられない。

『源氏物語』の研究者として広く知られた日向先生であるが、また一方で、韓国の文化・文学についての造詣も深く、日韓の仏教説話の比較研究などにも意欲的に取り組まれてこられた。その一端は、『神話・宗教・巫俗—日韓比較文化の試み—』（崔吉城共編、風響社、平成十二年）にも窺うことができる。『源氏物語』と韓国のシャーマニズムとでは、随分とかけ離れた研究分野のようにも思われるが、その間には祭祀・芸能から年中行事・有職故実に及ぶ儀礼文化への深い関心が底流しているのである。

平成元年より一年間、先生は韓国外国語大学校大学院の客員教授を務められたご経験をお持ちである。その際に、韓国の『源氏物語』研究の第一人者である金鍾徳教授の案内で『春香伝』ゆかりの古寺を巡られたが、それをきっかけに韓国の歴史や文化に関心を持たれるようになったと伺っている。近年は、文部科学省の大学院GP「複眼的日本古代学研究の人材育成プログラム」において、明治大学大学院と高麗大学校との学術研究交流を牽引されてこられた。また、個人的な人脈を通じて延世大学校主催の研究大会にも院生らと共に参加されるなど、日韓の研究交流を精力的に進められてきた。こうした韓国における広い人脈と活発な交流を通して、日本の学界だけでなく、韓国の文学研究の動向をも常に視野に収めてこられたことは先生の学問の大きな特色と言えるであろう。

先生は、常々、「あえて二足の草鞋を履け」とおっしゃったが、それは、先生ご自身の長年の研究生活を通して体得された金言であった。一見、無関係に見えるものの中に新しいヒントが隠されていること、そして、何であれ地道に研究を続けることに無意味なことなどないということ、そうした貴重な教えを、それとなく私たちに伝えてくださっていたのだと思う。また、実際の論文指導では、一字一句にわたり、誠に丁寧かつ熱心なご指導をいただいたことも忘れがたい。時に先生がお見せになる厳しさに、泣かされたこともあったが、その一方で、いつも私たちの意見を真摯に聞いて下さり、何事にも心から親身になっていただいたことに、感謝の念は尽きない。

平成二十四年三月をもって日向一雅先生が明治大学をご退職されるにあたり、記念となるような論文集を作りたいという話が持ち上がったのは、一年ほど前のことであった。私たちが発起人となって相談を重ねるうちに、準拠、話型、そして総合的な思想という三つのテーマを柱とする方向性が定まっていったが、それが、本書の「源氏物語と歴史」、「源氏物語と文学」、「源氏物語と文化・思想」という三つの章立ての骨格となっている。

書名の「礎」は、『源氏物語』に関わる歴史的・文学的・文化的基盤を指すと同時に、古注釈を通して準拠や話型の有効性を示してきた先生の研究方法や研究姿勢を含意した、『源氏物語』研究にとっての「礎」の意を込めたものである。近年の『源氏物語』研究は、絵巻や音楽は無論のこと、建築や調度品なども含めた文化全体への広がりを見せ、あるいは享受史を含むような文化史的視点も提起され、ますます多様化を深めているが、その一方で、『源氏物語』そのものの基層、物語研究の基盤というものが見え難くなっているのも確かである。『源氏物語』の「礎」とは何か、そして『源氏物語』研究の「礎」とは何か、その問いに真摯に向き合うことが、日向先生の記念論集には誠に相応しいと考えたのである。

執筆をお願いした先生方には快く御賛同をいただき、ご多忙の中、いずれも力作をお寄せいただいたことは、深く感謝申し上げるところである。日向先生の教え子たちも執筆に加わり、ここに十四本の論文を集めた一書を世に送り出すことができたのは、たくさんの方々のご支援、ご協力の賜物である。そして、それはまた、日向先生のご人徳を物語るものでもある。本書に収められた十四本の論文は、様々なテーマを論じているが、それぞれに日向先生の研究方法や問題意識を受け継ぎながら、それを独自に展開していく新しさを備えている点で相通じるものがある。本書が、日向先生の学恩に聊かでも報いることができたならば、そして、明日の『源氏物語』研究のための一つの「礎」となるならば、これに過ぎる幸いはない。日向先生には、ご自愛いただきながら研究を究め、ますますご健筆を揮っていただきたい。そして、時には、小言やダメだしをこれからも聞かせていただきたい。それが、私たちの心からの願いである。

本書の出版に際して、この企画を快諾してくださった青簡舎の大貫祥子氏には、様々な面でたいへんお世話になった。ここに厚く御礼を申し上げる。

平成二十四年三月吉日

発起人
袴田光康
西本香子
湯淺幸代

執筆者紹介

秋澤 亙（あきざわ わたる）
一九六二年生 國學院大學教授
著書『源氏物語の准拠と諸相』（おうふう 二〇〇七年）、『王朝文化を学ぶ人のために』（共編著 世界思想社 二〇一〇年）、『源氏物語を考える―越境の時空―』（共編著 武蔵野書院 二〇一一年）など

浅尾広良（あさお ひろよし）
一九五九年生 大阪大谷大学教授
著書『源氏物語の准拠と系譜』（翰林書房 二〇〇四年）、論文「〈紫式部〉と日本紀―呼び起こされる歴史意識―」（『〈紫式部〉と王朝文芸の表現史』森話社 二〇一二年）、「結集と予祝の男踏歌―聖武朝から『源氏物語』への視界―」（『平安文学と隣接諸学8 王朝文学と音楽』竹林舎 二〇〇九年）など

大胡太郎（おおご たろう）
一九五九年生 琉球大学教授
「イチジャマと共同体―琉球王権論のための序章―」（『日本文学』二〇〇一年一月）、「『島の根』という物語―スピリチュアリティ・身体・共同体―」（『日本文学』二〇〇五年五月）、「帝国と神話―包摂される帝国 越境される神話―」（『古代文学』48号、二〇〇九年三月）、「〈性〉と〈病〉の系譜―源氏 非源氏の〈性の言説〉と〈言説の性〉―」（『日本文学』二〇〇八年五月）など

金 孝珍（きむ ひょじん）
一九七三年生 中央学院大学非常勤講師
論文「韓国古代の婚姻形態考―壻屋制と婿留婦家婚を中心として―」（『明治大学大学院文学研究論集』28号 二〇〇八年二月）、「算賀考―老人の境界年齢を中心として―」（『源氏物語重層する歴史の諸相』竹林舎 二〇〇六年）、「後宮をめぐる文学と諷諭―楊貴妃と桐壺更衣と張禧嬪をめぐって」（『盛岡大学比較文化年報』第15巻 二〇〇五年三月）、「平安時代の歯固・餅鏡の基礎的考察」（『中古文学』74号 二〇〇四年十一月）など

愼 廷娥（しん ちょんあ）
一九七五年生 韓国高麗大学非常勤講師
論文「韓国の神話を通してみる『源氏物語』の上巳の祓―『三月十三日』の問題をめぐって―」（『日本学報』第79輯 二〇〇九年五月）、「『源氏物語』の儒教的女性像―長髪の造型を中心に―」（『明治大学大学院文学研究論集』第30号 二〇〇九年二月）、「古代韓国の官職・位階と服色―新羅を中心に―」（『王朝文学と官職・位階』竹林舎 二〇〇八年）など

鈴木裕子（すずき ひろこ）
駒澤大学教授
著書『『源氏物語』を〈母と子〉から読み解く』（角川書店 二〇〇五年）、論文「『源氏物語』の僧侶像―横川の僧都の消息をめぐ

って—」(『駒澤大学佛教文學研究』第八号　二〇〇五年三月)、「夕顔をめぐる物語の方法—情報の伝達者・惟光、そして右近—」(『源氏物語を考える—越境の時空—』武蔵野書院　二〇一一年)など。

高橋麻織(たかはし　まおり)
一九八〇年生　明治大学助教
論文「『栄花物語』『大鏡』における〈源氏〉の位相—『源氏物語』と創造された「歴史」(『〈紫式部〉と王朝文芸の表現史』森話社　二〇一二年)、「『栄花物語』円融天皇による遵子立后—摂関職と皇統の問題から—」(『物語研究』第10号　二〇一〇年三月)、「『源氏物語』桐壺院の〈院政〉確立—後三条朝における後宮と皇位継承の問題から—」(『日本文学』第58号第9巻　二〇〇九年九月)、「『源氏物語』冷泉朝始発における光源氏の政治構想—冷泉帝の元服と後宮政策から—」(『中古文学』第81号　二〇〇八年六月)など。

長瀬由美(ながせ　ゆみ)
一九七五年生　都留文科大学准教授
論文「中唐白居易の文学と『源氏物語』—諷諭詩と感傷詩の受容について—」(『国語と国文学』第86巻5号　二〇〇九年五月)、「一条朝文人の官職・位階と文学—大江匡衡・藤原行成・藤原為時をめぐって—」(『平安文学と隣接諸学4　王朝文学と官職・位階』竹林舎　二〇〇八年)、「一条朝前後の漢詩文における『白氏文集』諷諭詩の受容について」(『白居易研究年報』第8号　勉誠出版　二〇〇七年九月)、「『源氏物語』と中国文学史との交錯—不可知なるものへの語りの方法—」(『源氏物語　重層する歴史の諸相』竹林舎、二〇〇六年)など。

西野入篤男(にしのいり　あつお)
一九八〇年生　明治大学兼任講師、桐朋学園大学非常勤講師、明治大学古代学教育・研究センターPD
論文「白居易「新楽府」と『源氏物語』—女性の生き方を象る詩篇を中心に—」(『白居易研究年報』第12号　二〇一一年二月)、「『白氏文集』から見た須磨巻の音楽—諷諭詩・閑適詩における琴の特徴と差異」(『源氏物語と音楽　文学・歴史・音楽の接点』青簡舎　二〇一一年)、「『懐風藻』の〈琴〉—その用例と表現の特徴をめぐって—」(『アジア遊学』126号　勉誠出版、二〇〇九年九月)、「玉鬘の流離と『白氏文集』「傳戎人」—光源氏と内大臣との狭間で漂う玉鬘の物語の仕組み—」(『源氏物語と漢詩の世界『白氏文集』を中心に』青簡舎　二〇〇九年)など。

西本香子(にしもと　きょうこ)
一九六四年生　明治大学兼任講師
論文「『うつほ物語』の音楽—天皇家と七絃琴—」(『源氏物語と音楽』青簡舎　二〇一一年)、「『うつほ物語』の〈かたち〉と〈こころ〉—容貌・服飾表現を手がかりとして—」(『平安文学と隣接諸学9　王朝文学と服飾・容飾』竹林舎　二〇一〇年)、「聖なる琴の文化圏」(『アジア遊学』126号　勉誠出版　二〇〇九年九月)、など。

袴田光康（はかまだ　みつやす）
一九六四年生　明治大学兼任講師
著書『源氏物語の史的回路―皇統回帰の物語と宇多天皇の時代―』（おうふう　二〇〇九年）、『源氏物語を考える―越境の時空―』（共編著　武蔵野書院　二〇一一年）、『源氏物語の新研究―宇治十帖を考える―』（共編著　新典社　二〇〇九年）など

湯淺幸代（ゆあさ　ゆきよ）
一九七五年生　駒澤大学専任講師
論文「秋好中宮と仏教―前斎宮の罪と物の怪・六条御息所について―」（『源氏物語と仏教』青簡舎、二〇〇九年）、「玉鬘の尚侍就任―「市と后」をめぐる表現から―」（『むらさき』第45輯、二〇〇八年十二月）、「朱雀院行幸の舞人・光源氏の菊の「かざし」―紅葉と菊の「かざし」の特性、及び対照性から―」（『日本文学』56-9、二〇〇七年九月）など

吉森佳奈子（よしもり　かなこ）
筑波大学大学院准教授
著書『『河海抄』の『源氏物語』』（和泉書院　二〇〇三年）、論文「『河海抄』の『万葉』」（『国語国文』二〇〇一年二月号）、「光源氏と内覧」（『国語国文』二〇一〇年四月号）、「『仙源抄』の位置」（『源氏物語とその享受　古代文学論叢第十六輯』武蔵野書院、二〇〇五年）、など

源氏物語の礎

二〇一二年三月一五日　初版第一刷発行

著　者　日向一雅
発行者　大貫祥子
発行所　株式会社青簡舎
〒一〇一-〇〇五一
東京都千代田区神田神保町二―一四
電　話　〇三―五二一三―四八八一
振　替　〇〇一七〇-九-四六五四五二
装幀　水橋真奈美（ヒロ工房）
印刷・製本　株式会社太平印刷社

ISBN978-4-903996-52-3 C3093